BASTIAN KRESSER

Klopfzeichen

ROMAN

braumüller

Bibliografische Information der Deutschen Nationalbibliothek
Die Deutsche Nationalbibliothek verzeichnet diese Publikation in der Deutschen Nationalbibliografie; detaillierte bibliografische Daten sind im Internet über http://dnb.d-nb.de abrufbar.

Servitengasse 5, A-1090 Wien
www.braumueller.at

Cover Montage: © Shutterstock/Gorbash Varvara
Druck: EuroPB, Dělostřelecká 344, CZ 261 01 Příbram
ISBN 978-3-99200-305-1

Für meine Familie

Die neuen Berufe unserer Zeit: Der Phrenologe;
der Eisenbahner; der Landschaftsgärtner; der Dozent;
der Zauberer, die Geisterklopfer, der Mesmerist,
das Medium; und der Fotograf.

Ralph Waldo Emerson, 1855

Wenn du erfolgreich sein willst, dann musst du neue
Wege einschlagen und nicht auf den ausgetretenen Pfaden
des gemeinhin akzeptierten Erfolgs marschieren.

John D. Rockefeller

I

Maggie

[Es ist immer noch ein Spiel, obwohl es inzwischen oft mehr zu sein scheint. Doch Leah erinnert uns regelmäßig. Sie sagt: Es ist ein Spiel. Und sie hat recht.

Dieses Mal sind es drei Männer, wichtige Männer. Sie warten vor der Tür. Leah lässt sie gerne warten, genau wie Kate. Leah sagt, dass dieses Warten wichtig ist. Sie nennt es einen „grundlegenden Teil des Spiels". Einen Teil des Geheimnisses. Mir fällt dieses Warten schwer. Es ist nicht leicht, ruhig zu bleiben, vorzugeben, dass man alles weiß, eine Antwort auf jede Frage zu haben. Doch es funktioniert. Immer. Zumindest wenn Kate dabei ist.

Draußen auf der Straße höre ich Verkäufer, vorbeifahrende Pferdekarren, Glockenläuten. Ein Hammer saust auf einen Amboss, dann noch einmal und noch einmal; Menschen rufen, laut und unverständlich. Ihr Brüllen und der Lärm sind wie Musik. New York ist riesig. Viel größer als Rochester. Noch viel größer als in meiner Vorstellung. Hier will ich bleiben. Inmitten der Menschen. Will sie beobachten, von ihnen lernen. Der Lärm beruhigt. Mich. Kate nicht. Für sie ist hier von allem zu viel. Ich spüre ihre Angst, als wäre sie meine, doch will ich sie beruhigen, sagt sie, dass es nicht notwendig sei. Ich spüre, wie sie mich imitiert. Manchmal ist sie wie ein Spiegel, sie weiß ganz genau, was ich als Nächstes mache, wie ich mich bewegen werde, wohin ich gehe, was ich denke. Manchmal sagt sie aus dem Nichts: Ich weiß, was du denkst. Und *ich* weiß, dass es stimmt. Ab und zu geht es mir mit ihr auch so, doch meistens kennt sie mich besser als ich sie. Früher musste ich Kate beschützen. Heute nicht mehr. Sie ist stark. Sie versteht die Erwachsenen, liest sie wie ein Buch. Leah sagt, sie wurde so geboren. Sie ist der Überzeugung, dass ich das auch kann, und ich glaube ihr. Kate hat mir gezeigt, wie sie es macht. Sie sagt: Du musst ihnen zusehen, ganz genau. Du musst beobachten, wie sie sich bewegen, wohin sie ihren Blick richten, was sie denken. Es sind meine Worte. Vor vielen Jahren, als wir noch in Kanada lebten, habe ich ihr diesen Ratschlag gegeben und jetzt gibt sie ihn mir zurück. Wir waren noch kleine Kinder. Kate wusste nie, wie jemand fühlt, warum die Eltern wütend waren, warum der Vater schwieg oder schrie, warum die Mutter brüllte oder weinte. Ich habe sie an der Hand genommen, ihr gesagt, dass man die Launen voraussehen kann, dass sich die Wut ankündigt und man sich darauf vorbereiten kann, wenn man ganz genau beobachtet. Kate hat das getan. Sie begann ihre Umwelt zu studieren, als ginge es um ihr Leben. Längst kann sie es viel besser als ich. Kate sieht einen Menschen an und weiß alles über ihn.

Mir gelingt das nicht immer. Manchmal mache ich Fehler. Böse ist sie mir deswegen nie. Meistens findet sie es sogar lustig. Das tut gut. Zuerst habe ich immer ein schlechtes Gewissen, aber danach lachen wir darüber. Sie sagt: Lass uns üben, damit wir besser werden. Immer sagt sie *wir*. Sie bräuchte die Übung nicht.

Ich stehe auf, blicke aus dem Fenster, es schneit. Draußen sehe ich das Leben. Ich drehe mich um und beobachte Kate, die auf dem Teppich sitzt und sich vorbereitet. Ich sehe Leah, die auf einem Stuhl steht und mit ihrem Finger die Decke bemalt. Draußen ist das Leben, hier in diesem Zimmer ist es nicht. Leah ist gleich fertig, ich setze mich zu Kate auf den Boden. Leah steigt vom Stuhl, kniet sich zu uns nieder, lächelt, kneift uns in die Wangen, steht auf und lässt sich dann auf den großen Sessel fallen. Sie atmet tief ein und aus. Noch ein bisschen warten. Das ist wichtig. Gleich werden wir beginnen.

Vor der Tür stehen die drei Männer. Wir wissen alles über sie. Leah sagt, dass die Männer wichtig sind. Nein, anders: dass sie denken, dass sie wichtig sind. Gerade aus diesem Grund lassen wir sie noch etwas länger warten. Ich weiß: Wenn ich längst beginnen will, muss ich mindestens noch bis hundert zählen. Dann, frühestens, bitten wir sie herein.

Draußen ist das Leben, hier drinnen ist es nicht. Hier drinnen sind die Toten. Und gleich werden sie zu sprechen beginnen.

Wir werden sie zum Sprechen bringen.]

Drei Männer

New York City, Februar 1850

Leah saß erschöpft auf dem weichen Ledersessel und genoss für einen Moment die wohlige Wärme. In wenigen Minuten würde sie aufstehen, die Tür öffnen und die Männer würden den Raum betreten. Die Männer, immer waren es Männer. Sie lebte in einer Welt, die voll war von Männern, die sämtliche Macht besaßen und alles daransetzten, dass dies auch so blieb. Männer, die ihr behilflich sein konnten, die förderten und unterstützten, aber die auch, wenn es ihnen beliebte, niedermachen, bloßstellen oder vernichten konnten. Leah ließ sie gezielt länger warten. Alle drei waren Koryphäen in ihrem Fachgebiet: ein Verleger, ein Schriftsteller, ein Poet – Männer des geschriebenen Wortes, deren Stimmen die Standpunkte der USA beeinflussten. Sie alle würden mit Sicherheit über das berichten, was ihnen an diesem Abend bevorstand, so viel war klar. Sowohl in ihrem Freundes- und Bekanntenkreis als auch öffentlich, in Magazinen, auf Vorträgen und vor allem in den Zeitungen. Horace Greeley *war* die *Tribune*, die Tageszeitung, die zwar im Bundesstaat New York nicht die größte Leserschaft hatte, doch seit geraumer Zeit als das einflussreichste Blatt des Landes galt.

Zeitungen hatten Autorität und Einfluss, sie erschufen die Realität und hatten Macht. Macht, die einen bloßzustellen und die anderen zu Helden zu machen. Gerne erinnerte sich Leah an Sir John Franklin, den Polarforscher, der vor einigen Jahren versucht hatte, erstmals die Nordwestpassage, die den Atlantik mit dem Pazifik verbindet, zu durchsegeln. Niemand in den USA hatte zuvor den Namen des britischen Kapitäns gekannt, doch als sein Schiff spurlos verschwand, berichtete plötzlich jede Zeitung des Landes über den unauffindbaren Abenteurer, über sein heldenhaftes Wesen und seinen bemerkenswerten Mut. Aus dem Nichts erschufen die Medien innerhalb kürzester Zeit einen Helden, aus dem simplen Grund, dass Heldengeschichten die Auflagen in die Höhe schnellen ließen. Monatelang verging kein Tag, an dem man nicht neue Spekulationen über Franklin und sein verschollenes Schiff, die *Terror*, erfuhr. Die regelmäßigen Meldungen machten aus einem Kapitän *den* Kapitän, aus einer der vielen Arktisexpeditionen *die* Arktisexpedition und obwohl das Verschwinden der *Terror* inzwischen schon Jahre zurücklag, war der Name Sir John Franklin nach wie vor in aller Munde.

Was Leah an dieser Geschichte am meisten faszinierte, war, dass ohne die Berichterstattung niemand von dieser Expedition oder von Franklin selbst erfahren hätte und dass dieser Mann seinen diskutierbaren Ruhm allein den Zeitungen zu verdanken hatte. Die Zeitungsmacher hatten entschieden, einen Helden zu kreieren, und so war aus dem Kapitän einer geworden. Genau das wünschte sich Leah für sich und ihre Schwestern. Sie war sich sicher, dass

Maggie und Kate das Potenzial hatten, die ersten amerikanischen Heldinnen zu werden, und die drei Männer im Vorraum würden ihnen dabei helfen.

Jeder war seines eigenen Glückes Schmied oder wie es in der Unabhängigkeitserklärung der Vereinigten Staaten hieß: Alle Menschen haben das unveräußerliche Recht, nach Freiheit und Glück zu streben. Leah trachtete nach genau dieser Freiheit und diesem Glück und Maggie und Kates Geister waren der Schlüssel dazu.

Doch *noch* hatten sie die Herren nicht auf ihrer Seite. Leah stellte sich immer wieder die Frage, ob Maggie und Kate angemessen vorbereitet waren. Wussten sie genug? Hatte Leah ihre Schwestern gut genug instruiert? Sie hatte, seitdem sie von dem Wunsch der Männer nach einer Privatvorführung erfahren hatte, unzählige Stunden damit verbracht, sich über die drei schlauzumachen, über Essenzielles, aber noch viel wichtiger über scheinbar Unbedeutendes, um dann ihr Wissen an ihre Schwestern weiterzugeben. Bis spät in die Nacht waren sie aufgeblieben, hatten auswendig gelernt und geübt, hatten die Sitzung durchgespielt, immer und immer wieder. Etwas, das sie zuvor nicht getan hatten, da Maggie und Kate ihr Handwerk eigentlich beherrschten. Doch dieses Mal ging es um mehr. Leah hatte zuerst die Rolle der einzelnen Männer, später die der gesamten Gruppe übernommen, hatte unzählige Fragen gestellt, Szenarien entworfen und das Auftreten der Schwestern, wenn nötig, korrigiert. Viel gab es nicht zu bemängeln, da Maggie und Kate ein angeborenes Talent hatten, ihr Gegenüber zu lesen und durch ihre authentische und aufgeschlossene Art beinahe alle Gäste von der ersten Minute an entwaffneten. Die Menschen waren fasziniert ob der kindlichen Anmut der Schwestern, von deren Schönheit, die, wenn sie nicht im Rampenlicht standen oder überhaupt nie gestanden wären, leicht zu übersehen war, von Leahs Eloquenz und Sinnlichkeit und natürlich von den übernatürlichen Ereignissen, die sich in Anwesenheit der Fox-Schwestern abspielten.

Sie warf einen letzten Blick auf die Uhr, atmete tief ein, stand auf und legte der sechzehnjährigen Maggie und der dreizehnjährigen Kate sanft die Hand auf die Schulter. Sie waren schon so groß geworden. Maggie war beinahe eine Frau und Kate würde es bald sein. Es würde die Arbeit erschweren, das wusste Leah. Bereits jetzt gab es Momente, in denen sie sich sorgte: Dass die zwei den Fokus verlieren könnten, dass sie alles hinschmeißen oder unter dem Druck zusammenbrechen würden. Doch heute machte es nicht den Anschein. Heute musste alles perfekt funktionieren.

Maggie und Kate saßen auf dem Teppich und blickten mit großen Augen zu ihr hinauf. Leah lächelte, ihre Schwestern taten es ihr gleich.

„Sollen wir beginnen?", wollte Leah fragen, doch die Worte brauchte es nicht. Wie abgesprochen standen die beiden vollkommen gleichzeitig auf, nahmen wortlos an dem kleinen runden Tisch in der Mitte des Wohnzimmers Platz und schlossen dann im selben Moment die Augen. Für jeden anderen hätte die Szene befremdlich gewirkt, doch Leah verwunderte dies schon lange nicht mehr. In ihrem Kopf zählte sie bis zehn und sah, dass ihre Schwestern erneut gleichzeitig nickten. Leah atmete ein weiteres

Mal tief ein und aus, trat an die schwere, dunkle Tür und öffnete sie. Da standen sie. Sie blickte in die Gesichter der drei Männer und ohne darüber nachdenken zu müssen, kamen ihr all die Fakten in den Sinn, die sie in den letzten Tagen über die Besucher gesammelt hatte:

Da war Horace Greeley, neununddreißig Jahre alt, Gründer und Herausgeber der *Tribune*, der einflussreichsten Zeitung des Landes. Anders als die *New York Sun* oder der *Herald*, über die in besseren Kreisen oftmals der Kopf geschüttelt wurde, war die *Tribune* bekannt dafür, Nachrichten zu veröffentlichen, die einen hohen Moralstandard hatten. Genau aus diesem Grund war Greeley so wichtig. Um diese Leserschicht, die Intellektuellen, die Mächtigen und die wohlhabenden Bürger auf ihre Seite zu bekommen. Horace Greeley wirkte viel zu jung für seine einflussreiche Position. Sein schmales Gesicht hatte etwas Knabenhaftes, das durch den sonderbar gestutzten Ziegenbart nur verstärkt wurde. Die harten Fakten: Greeley war der Herausgeber der *Tribune*, verfasste selbst regelmäßig Leitartikel und Kommentare, war Republikaner und ausgesprochener Befürworter der Sklavenabschaffung. Zu seinen engsten Freunden zählte die Schriftstellerin Margaret Fuller, die Leah über alles bewunderte. Diese hatte 1845 das Frauenrechts-Standardwerk *Woman in the Nineteenth Century* geschrieben, das die weibliche Bevölkerung zu mehr Selbstbestimmtheit anspornte und das Leah schon drei Mal intensiv gelesen hatte.

Essenzielles über Greeley: 1836, also vor vierzehn Jahren, hatte er die Lehrerin Mary Youngs Cheney geheiratet, mit der er seine Leidenschaft für Poesie und fleischlose Ernährung teilte. Die beiden lebten, das war leicht in Erfahrung zu bringen, in einer äußerst disharmonischen Beziehung. Mary Greeley war bekannt dafür, unter einer niederschmetternden Migräne und einer generellen Schwermut zu leiden. Das waren wertvolle Details, die Leah und auch ihre beiden Schwestern in- und auswendig kannten. Die wichtigste Information jedoch war, dass Horace und Mary Greeley sieben Kinder hatten. Gehabt hatten, um genau zu sein, da fünf von ihnen bereits sehr früh verstorben waren. Greeley und ganz besonders seine Frau Mary, die ihn vor einigen Monaten das erste Mal dazu ermutigt hatte, den Kontakt mit Leah und ihren Schwestern aufzunehmen, waren äußerst empfänglich für jede potenzielle Möglichkeit, die Vergangenheit ein letztes Mal, nur ein allerletztes Mal, Revue passieren zu lassen. Genau dies war eine ideale Grundvoraussetzung für eine Séance.

Der zweite Gast war der Schriftsteller James Fenimore Cooper, der durch den *Lederstrumpf*-Zyklus und durch den Roman *Der letzte Mohikaner* Ruhm und Reichtum erlangt hatte. Der äußerst füllige sechzigjährige Mann mit den etwas traurig wirkenden, aufmerksamen Augen war auch aus dem Grund bekannt, dass er einer der wenigen Romanautoren in den USA war, der von seinen Büchern gut, wenn nicht sogar sehr gut leben konnte. James Fenimore Cooper stand neben Horace Greeley, stützte sich auf seinen Gehstock, atmete schwer und wirkte müde und alt. Dieses Auftreten war jedoch, das hatte Leah ebenfalls in Erfahrung gebracht, nur Show. Aus zuverlässiger Quelle wusste sie, dass Cooper sich gezielt schwächer präsentierte, als er in Wirklichkeit war. Der Stock war ein Accessoire, das er benutzte, um jeden seiner Schritte zu betonten, und das er, wenn er sich in Gesellschaft befand, in der er sich wohlfühlte, oft unter seinem Arm einklemmte oder gar nicht erst verwendete. Auch er und seine Frau hatten zwei Kinder verloren, wobei sich dies bereits vor vielen Jahren ereignet hatte und bei der Sitzung vermutlich nicht zur Sprache kommen würde. Weitaus mehr interessierten ihn mit Sicherheit die Soldaten und Indianer, die in den Schlachten in der zweiten Hälfte des 18. Jahrhunderts gefallen waren, zu deren Zeit die meisten seiner Romane spielten. Leah hatte erfahren, dass Cooper schon als junger Mann eine tiefe Faszination gegenüber dem Tod gezeigt hatte. Während seiner Zeit als Seemann war es nicht nur einmal vorgekommen, dass ein Mann vor seinen Augen ertrunken war, und es hieß, in jüngeren Jahren habe Cooper regelmäßig die verschiedenen Schlachtfelder des Siebenjährigen Kriegs besucht, um dann im Freien an genau den Plätzen zu übernachten, an denen die meisten Soldaten oder Indianer ihr Leben gelassen hatten, nur um den verlorenen Seelen so nah wie möglich zu sein und deren Präsenz zu spüren.

Leah, Maggie und Kate kannten all diese „Geheimnisse“ und waren darauf vorbereitet, dass James Fenimore Cooper ihnen Fragen in diese Richtung stellen beziehungsweise dass dieses Thema zur Sprache kommen könnte.

Der dritte Mann, vor dem ihre Schwestern sich nun beweisen mussten und der gleichzeitig der Gastgeber dieser Séance war, hieß Rufus Griswold. Der egozentrische, zweimal geschiedene Verleger, Literaturkritiker und Schriftsteller, dessen zweite Scheidung auf hässliche Art und Weise in der breiten Öffentlichkeit ausgetragen worden war, hatte einige Jahre zuvor die größte literarische Anthologie aller

Zeiten mit dem Titel *The Poets and Poetry of America* herausgebracht. Dieses Werk hätte gereicht, um ihm einen Namen zu machen, doch noch bekannter als durch diese Sammlung wurde Griswold durch seinen Zwist mit dem Schriftsteller Edgar Allan Poe. Griswold war berüchtigt dafür, lebenslange Auseinandersetzungen mit den verschiedensten Personen zu hegen. Beide Männer, Poe und Griswold, waren damals noch verheiratet gewesen und buhlten dennoch öffentlich über mehrere Jahre um dieselbe Frau, die Lyrikerin Frances Osgood. Diese ließ lange offen, was sie davon hielt, bis sie eines Tages Griswold eines ihrer Gedichte widmete und dadurch signalisierte, dass sie ihn favorisierte. Griswold hatte gewonnen, doch das war ihm nicht genug und kritisierte Poe, wann immer er nur konnte. Selbst als Edgar Allan Poe im jungen Alter von vierzig Jahren auf mysteriöse Art und Weise verstarb, ließ Griswold von seinem Groll nicht ab und verfasste nach dessen Tod einen fürchterlichen und beleidigenden Nachruf, der selbst Poes Kritikern zu grausam war. Doch niemand stellte ihn öffentlich zur Rede, da Griswolds Stimme zu viel Gewicht hatte und er inzwischen zu den einflussreichsten und mächtigsten Männern der USA zählte. Diejenigen, für die er sich stark machte und die er unterstützte, profitierten enorm davon. Wer ihm jedoch nicht in den Kram passte, musste sich vor den Auswirkungen seiner Worte fürchten. Griswolds Beweggründe waren oft irrational und nicht nachvollziehbar, er galt als launenhaft, unberechenbar, anmaßend und rachsüchtig. Doch Leah wusste, dass er sich all diese Eigenschaften leisten konnte, weil er als reicher weißer Mann in eine Welt geboren worden war, die eben diesen reichen weißen Männern gehörte. Hätte er die

Welt als Frau betreten und würde sich ähnlich verhalten, wie er es als Mann tat – man würde ihn als hysterisch, affektiert, verschroben und untragbar bezeichnen. Man würde ihn meiden, er bliebe allein, ohne Ehepartner, nicht heiratsfähig, ohne jegliche Sicherheiten. Selbst wenn er als Frau die gleiche Leistung erbracht hätte, sprich, wenn er *The Poets and Poetry of America* zusammengestellt hätte, niemanden hätte es gekümmert. Die Anthologie wäre unbeachtet geblieben, ein Meisterwerk, das keines sein konnte, weil es aus der Hand einer launenhaften und gehässigen Frau entstanden war. Doch als Mann galten für ihn andere Regeln. Er durfte rachsüchtig sein, da dies Stärke bewies, und er durfte als unberechenbar gelten, da eben niemand die nächsten Schritte eines brillanten Geistes voraussehen konnte.

Leah verachtete Griswold und gleichzeitig beneidete und bewunderte sie ihn. Er wusste, wie er das System, in das er hineingeboren worden war, für sich nutzen konnte, hatte sich mit Gewalt einen Grad an Freiheit erkämpft, von dem viele nur träumen konnten, und konnte sich beinahe alles leisten, ohne sich vor den Auswirkungen fürchten zu müssen. Griswold hatte das System verstanden, spielte mit ihm und nutzte es für sich. Und Leah tat es auch. Hier, in diesem Moment, wollten diese drei Männer, denen täglich gesagt wurde, wie bedeutend sie waren, etwas von ihr und ihren zwei kleinen Schwestern. *Sie* waren die Bittsteller und die Fox-Schwestern waren das, was sie begehrten.

Leah stand vor den Männern, die sich sichtlich darum bemühten, sich standesgemäß zu verhalten und nicht in kindliche Aufregung zu verfallen. Sie kannte das. So ging es den meisten, die zum ersten Mal an einer Séance mit den

Fox-Schwestern teilnahmen. Sie musterte die drei von oben bis unten, ihr Gesicht eine Maske, so wie sie es sich antrainiert hatte, nickte beinahe unmerklich und bedeutete den Männern, dass sie das Zimmer betreten durften.

Sie drehte sich um, wartete nicht, wohl wissend, dass die drei ihr auf dem Fuße folgen würden, sah, dass Maggie und Kate nach wie vor mit geschlossenen Augen an dem kleinen, runden Tisch in der Mitte des Raumes saßen und sich an den Händen hielten.

„Nehmen Sie Platz", sagte sie leise, um die Konzentration ihrer Schwestern nicht zu stören. Als Cooper eine Frage stellen wollte, wies Leah ihn sofort mit einer schnellen Handbewegung an, gefälligst still zu sein. Dies hier war ihr Territorium. Hier sprach nur, wer die Erlaubnis erhielt. Hier galten ihre Regeln. Die Männer setzten sich. Und das Schweigen begann.

Maggie und Kate reizten es aus. Nach einer Viertelstunde räusperte sich Griswold zum ersten Mal. Sofort warf ihm Leah einen strafenden Blick zu. Verschämt senkte der sonst so selbstsichere Mann den Kopf. Nach zwanzig Minuten sah sie, dass Griswold ein Hustenreiz plagte, den er jedoch mit aller Kraft zu unterdrücken versuchte.

Die Stille wurde mit jedem Moment mächtiger. Sie zerrte an den Nerven der Beteiligten, breitete sich aus, legte sich wie eine schwere Decke über die wartenden Männer.

Nach fünfundzwanzig Minuten atmete James Fenimore Cooper geräuschvoll ein, hob den Kopf, blickte in Richtung der Wanduhr, schluckte laut, leckte sich die Lippen und fuhr sich mit den Fingern über seine kurzen Bartstoppeln, was ein unangenehmes Kratzgeräusch verursachte.

Leah beobachtete, wie Horace Greeley dem berühmten Schriftsteller mit dem Ellbogen sachte in die Seite stieß und ihn mit einem ernsten Kopfschütteln ermahnte. Cooper zuckte verzeihend mit den Schultern, schluckte ein weiteres Mal, senkte seinen Blick und starrte wortlos auf die Tischplatte.

Nach fünfunddreißig Minuten bekam es Leah langsam mit der Angst zu tun. Sie spürte die Ungeduld der drei Männer wie ein unangenehmes Prickeln auf ihrer Haut und befürchtete, ihre Schwestern würden dieses Mal zu weit gehen. Was, wenn es den Männern zu viel würde, was, wenn sie aufstünden und die Séance als gescheitert betrachteten. Wie lange wollten Maggie und Kate denn noch warten? Die zwei saßen nach wie vor mit geschlossenen Augen da, atmeten ruhig und geräuschlos ein und aus und schienen von der Anwesenheit und der spürbaren Ungeduld der Männer völlig unbeeindruckt. Die Mädchen waren in den letzten Monaten mutiger und zugleich auch unberechenbarer geworden.

„Kommen Sie doch endlich näher heran", sagten Maggie und Kate plötzlich vollkommen unisono und schlugen die Augen auf.

Leah hatte mit Genugtuung beobachtet, wie alle drei Männer aufgrund des unerwarteten Bruchs der Stille zusammengezuckt waren. Wie befohlen rückten sie ihre Stühle etwas an den Tisch heran.

„Näher", sagte Maggie und deutete auf James Fenimore Cooper. „Sie."

Dieser, verunsichert, als Einziger angesprochen worden zu sein, rückte mit seinem Stuhl so nah an den Tisch, dass sein dicker Bauch die Tischplatte berührte.

„Ist das nah genug?“, fragte er irritiert. „Ich könnte noch …“

Die dreizehnjährige Kate blickte ihn vorwurfsvoll an, schüttelte tadelnd den Kopf und schloss die Augen. Leah konnte es kaum glauben, als zuerst die Wangen und schließlich das gesamte Gesicht des weltberühmten Schriftstellers erröteten.

Erneutes Schweigen.

Und dann plötzlich ein lautes Knacken, das die Stille gewaltsam zerriss. Alle drei Männer zuckten zusammen, warfen sich verunsicherte und irritierte Blicke zu. Horace Greeley, der bereits mehreren spirituellen Kontaktaufnahmen der Fox-Schwestern beiwohnen hatte dürfen, wusste, was als Nächstes geschehen würde, schloss kurz die Augen, atmete tief ein und aus und legte seine Hände flach auf die Tischplatte.

„Es beginnt“, sagte Leah leise, wohl wissend, dass ihre Schwestern alles richtig machen würden. Sie spürte, wie die Anspannung von ihr wich. Den Rest würde der Tote Riese übernehmen.

Leah irrte sich nicht. Zuerst ertönte ein weiteres Knacken, dann das leichte Rütteln des Tisches und schließlich der Ausruf von James Fenimore Cooper: „Seht! Die Decke! Die Wände!“

Grüne Sterne leuchteten überall, schwebten wie winzige Himmelskörper durch den Raum. Doch die Anwesenden hatten gar keine Zeit, sich diesem Wunder zu widmen, da ihre gesamte Aufmerksamkeit nun dem zehn, fünfzehn Zentimeter hochschwebenden Tisch galt, auf dem nach wie vor sowohl die Handflächen der Gäste als auch jene der beiden Mädchen ruhten.

„Was zum ...", entfuhr es Griswold. Im selben Moment knallte der Tisch auf den Boden, es knackte ohrenbetäubend laut und scharf, Maggie und Kate öffneten ihre Augen, blickten von einem Mann zum nächsten und sagten unisono: „Die Geister sind nun bereit."

Vor diesem Abend waren die Fox-Schwestern bekannt gewesen, aber die breite Öffentlichkeit wusste nicht recht, was sie von ihren Fähigkeiten halten sollte. Doch schon wenige Tagen später würde sich dies ändern. Die Séance in Rufus Griswolds gut geheiztem Wohnzimmer war der Wendepunkt, der aus Bekanntheit Berühmtheit machte. Ein Status, den die Schwestern bis zum Zeitpunkt ihres Todes nicht mehr verlieren sollten.

Leah hätte sich nicht erwartet, dass Horace Greeley der Erste sein würde, der über die Séance berichtete. Er war bisher ein stiller und heimlicher Unterstützer gewesen, der Leah seinen Glauben an die übersinnlichen Fähigkeiten ihrer Schwestern zwar versichert, sich jedoch noch nie öffentlich über sie geäußert hatte. Nun aber schien es, als habe ihn dieser Abend im Hause Griswold derart fasziniert und ergriffen, dass er sich nicht länger zurückhalten konnte. So erschien bereits drei Tage später folgender Kommentar in der *Tribune*, der von Tausenden gelesen und diskutiert werden sollte:

Wir waren an diesem erwähnenswerten Abend nicht die Ersten, die die Fähigkeiten der Fox-Schwestern miterleben und bestaunen durften. Viele vor uns haben sich im letz-

ten Jahr mit ihnen getroffen und ich weiß, dass stets alle in Erstaunen versetzt wurden, von dem, was sie während dieser Treffen erlebten. Die drei Schwestern selbst sind mehr als bemerkenswert: Leah Fox-Fish, eine fünfundzwanzigjährige Dame – Leah, in Wahrheit siebenunddreißig Jahre alt, freute sich sehr über dieses unbeabsichtigte Kompliment – *mit einem angenehmen und intelligenten Antlitz, nahm uns in Empfang. Auch sie selbst, so verriet sie uns später, besitze besondere Fähigkeiten, die sie jedoch an diesem Abend nicht zur Schau stellte. Die zwei jüngeren Schwestern Margaret und Catherine verhielten sich äußerst kultiviert und vorbildlich. Es ist zu vermerken, dass Catherine Fox' Haut fast durchsichtig blass war, wie die von Personen, die längere Zeit einem mesmeristischen Einfluss ausgesetzt waren.*

Ich bin überzeugt, dass wir an diesem Abend Zeugen eines Wunders geworden sind. Zusätzlich bin ich mir vollkommen sicher, dass ganz allein die Präsenz der Fox-Schwestern den Kontakt mit der spirituellen Welt ermöglichte.

Seit Bekanntwerden der Fähigkeiten dieser außergewöhnlichen Personen im Jahre 1848 mussten die Schwestern viel Kritik, Missbilligung und Unglauben erdulden. Doch es sei hiermit klargestellt: Was auch immer der Ursprung oder die Ursache der geheimnisvollen und völlig unerklärlichen Geräusche sein mag, die Damen, in deren Gegenwart sie auftreten, verhalten sich anders, als es Betrüger tun würden; und wir, die sie kennengelernt haben, sind der Überzeugung, dass die Schwestern niemals in der Lage wären, sich auf einen so gewagten, gottlosen und beschämenden Betrug einzulassen, wie dies der Fall wäre, wenn sie die Geräusche selbst verursachen würden. Weiters wäre es nicht möglich, eine solche Irreführung der Öffentlichkeit derart lange aufrechtzuerhalten.

So bedanke ich mich bei den drei Schwestern für die magische Kontaktaufnahme mit dem Jenseits, dafür, dass sie für uns die Tore geöffnet haben und wir Zeugen eines Wunders werden durften, und beneide all jene, die in der Zukunft eine Möglichkeit erhalten, die Fähigkeiten der einzigartigen Fox-Schwestern zum ersten Mal zu bestaunen.

Es war dieser Kommentar in der *Tribune*, der den Grundstein für Leahs, Maggies und Kates enormen Erfolg legen sollte. Horace Greeleys Worte, die Worte eines anerkannten, ehrenhaften und angesehenen Bürgers, würden die Fox-Schwestern von jeglichen Vorbehalten freisprechen.

Am Tag darauf folgten die Schilderungen von Rufus Griswold und James Fenimore Cooper. Beide hatten sowohl mit Journalisten der *Tribune* als auch mit anderen Zeitungen gesprochen und schlossen sich voll und ganz dem Urteil von Horace Greeley an. Die Herren bestätigten die Authentizität der Schwestern und versicherten ein weiteres Mal, dass sie an diesem Abend zweifellos einem wahrhaftigen Wunder beigewohnt hatten. Durch die Unterstützung dieser drei einflussreichen Männer würde sich das Leben der Fox-Schwestern für immer verändern und es sollten sich neue, zuvor nicht dagewesene Türen öffnen. Doch Leah würde schon bald erkennen müssen, dass diese Auswahl an neuen Türen die Entscheidung mit sich brachte, welche davon man durchschritt. Es gab die Türen des Erfolgs, des Glücks, der Bewunderung, der Anerkennung. Doch links und rechts befanden sich auch andere Zukunftsszenarien. Türen des Schmerzes, der Einsamkeit, des Ruins, des Untergangs. Letztendlich musste jede der drei Schwestern selbst entscheiden, welche Tür sie wählen sollte. Ob es dann die richtige gewesen war, würde erst die Zukunft zeigen.

Vor dem Erscheinen des Toten Riesen

Oft konnte Leah nicht fassen, wie sehr sich alles verändert hatte. Zwei Jahre vor diesem zukunftsträchtigen Abend, knapp bevor der Tote Riese in ihrer aller Leben getreten war, hatte der Alltag der drei Schwestern noch völlig anders ausgesehen. Leah lebte in Rochester im Bundesstaat New York, verdiente ihr Geld mit Klavierunterricht und Näharbeiten und hatte sowohl ihre Eltern als auch ihre zwei kleinen Schwestern seit über sechs Monaten nicht mehr gesehen. Es verging kein Tag, an dem sie die beiden nicht vermisste, da sie sieben Jahre lang engsten Kontakt gehabt hatten und Leah in dieser Zeit wie selbstverständlich die Mutterrolle für die zwei übernommen hatte. Gerne hätte sie die Trennung verhindert, doch der Vater war mit den beiden und der Mutter in den fünfzig Meilen entfernten, winzigen und völlig abgelegenen Ort Hydesville gezogen, um dort den sündigen Versuchungen, die ihn in jeder etwas größeren Stadt umzingelten, aus dem Weg zu gehen. Die Tatsache, dass seine Frau und seine zwei Töchter todunglücklich mit dieser Entscheidung waren, dass die Isolation, die Langeweile und Monotonie besonders die Mädchen beinahe verrückt machten, hatte den Vater nicht im Geringsten interessiert.

Leah wusste, wie sehr die Kinder darunter litten, und sorgte sich um deren Gemütszustand. Maggie schrieb ihr regelmäßig Briefe und schilderte darin ihre Schlaflosigkeit, ihre Kopfschmerzen und ihre Trauer. Leah war schmerzlich bewusst, dass ihre beiden Schwestern niemals ihre Bestimmung in diesem abgelegenen Ort finden würden. Sie waren zu besonders und unterschieden sich viel zu sehr von den restlichen Dorfbewohnern. Mehr noch als das, sie unterschieden sich von allen Menschen, die Leah bisher in ihrem herausfordernden Leben kennengelernt hatte. Still und in sich gekehrt, manchmal. Extrovertiert, selbstsicher, stark, in anderen Momenten. Außergewöhnlich, undurchschaubar und mystisch immer.

Die zwei hatten es nicht leicht gehabt. Geboren waren sie in Kanada, wo sie die ersten sieben – Maggie – beziehungsweise vier – Kate – Lebensjahre in Consecon, einem gottverlassenen, winzigen Dorf in Prince Edward County, Ontario, verbrachten. In Consecon war ihr Leben derart eintönig verlaufen, dass, hätten sie diesen Ort nicht verlassen, die beiden Schwestern vermutlich dem Wahnsinn verfallen wären. Doch der Mutter fehlte die nötige Weitsicht, um das zu bemerken, und der Vater hatte sich niemals um das Wohlergehen der Kinder geschert. Er war ein Mann, der sein Leben lebte, um es hinter sich zu bringen. Vermutlich hatte er einst in jüngeren Jahren vorgehabt, seinen Fußabdruck zu hinterlassen, vielleicht war er früher anders gewesen, doch Leah hatte nur seine abscheulichen Seiten kennengelernt. Zuerst ein Faulenzer, dann ein Säufer und Spieler und letztendlich ein gottesfürchtiger Geläuteter, der jeden verfluchte, der die Welt nicht so sah wie er.

Leahs früheste Erinnerung war, dass die gesamte Familie immer aufs Neue ihre Sachen packen und fluchtartig ihr Zuhause, das in Wahrheit keines gewesen war, verlassen musste. Der Vater trieb sie wie eine Kuhherde von einem Ort zum nächsten, auf der Suche nach der richtigen Arbeit, dem richtigen Arbeitgeber, dem angemessenen Zahltag. Er verdiene zu wenig für seine Leistung, erklärte er immer und immer wieder. Es sei eine Schande! Eine gottverdammte Ungerechtigkeit! Das war natürlich noch, bevor er Gott gefunden hatte. Danach änderte er zwar sein Vokabular, der Inhalt blieb jedoch stets derselbe.

Als Leah sechs Jahre alt war, waren sie – Vater, Mutter, Leah und ihre drei jüngeren Geschwister Maria, David und Diana – von einem Ort, an dessen Namen sie sich nicht einmal mehr erinnern konnte, nach Rochester im Bundesstaat New York gezogen. Leah war sich insgeheim sicher gewesen, dass auch diese neue Stadt wieder nur für eine kurze Zeit lang ihr Zuhause sein würde. Doch Rochester war anders. Die Orte, in denen die Familie bisher gelebt hatte, waren winzig gewesen, Ansammlungen von Häusern im Nirgendwo. Diese Stadt hingegen war riesig, wie ein graues, rauchspeiendes Lebewesen. Die Arbeiten am Eriekanal, dem „Großen Graben“, der den Eriesee mit dem Hudson River und damit die Großen Seen mit dem Atlantik verband, waren im vollen Gange und würden im nächsten Jahr fertiggestellt sein. Diese sechshundert Kilometer lange Wasserschleuse würde die USA – und ganz besonders Rochester – für immer verändern. Der Handel würde florieren und Massen an Menschen würden diese vereinfachte Möglichkeit nutzen, um in den Westen und den damit verbundenen Überfluss zu gelangen. Die Aussicht auf schnelles Geld hatte dazu geführt, dass sich verschiedenste Sorten von Einwohnern in dieser zukünftig florierenden Stadt angesiedelt hatten. Wohlhabende und Mittellose, Glücksritter und Unternehmer, die sich etwas aufbauen und die unbegrenzten Möglichkeiten nutzen wollten, die den Wunsch hatten, sich hochzuarbeiten und das zu erreichen, wofür diese noch recht junge Nation stand. Aber mit ihnen kamen natürlich auch Betrüger, Scharlatane, Schwindler, die im Sinn hatten, sich an anderen zu bereichern, die die Gunst der Stunde nutzen wollten, in dieser Euphorie unerkannt zu bleiben und auf unrechte Art und Weise ein Stück vom Kuchen abzubekommen. John Fox gehörte zu keiner dieser Gruppen. Er war zu faul und zu unbegabt, um als Unternehmer etwas Neues aufzubauen. Gleichzeitig war er aber auch nicht schlau, nicht gerissen und nicht mutig genug, um jemanden gezielt übers Ohr zu hauen. John Fox war ein Taugenichts, der die Reichen beneidete und auf das Schindluder und die schwindligen Offerte anderer hereinfiel. Genau dies war auch der Fall, als die Familie in Rochester ankam. Dem Vater wurde ein Angebot gemacht, schnell und unkompliziert zu Geld zu kommen. Er müsse nur …

Das reichte schon. Bald darauf hatte er alles verloren, was sich die Familie in den Jahren zuvor angespart hatte, was wiederum dazu führte, dass sie in dieser Stadt festsaßen. Leahs Vater arrangierte sich mit seinem Schicksal, gab sich dem Versagen hin, verbrachte viel Zeit unten bei den Docks, soff, prügelte sich und versuchte durch Wetten und Kartenspiele wieder zu Geld zu kommen. Es gelang ihm nicht.

Doch es schien, als habe es das Schicksal mit der Familie trotz allem gut gemeint. Die Mutter, Margaret, fand eine kleine Wohnung, die von einem Paar namens Amy und Isaac Post vermietet wurde. Es schien, als habe ihnen Gott persönlich diese zwei Schutzengel zugewiesen, die in Leahs Augen das völlige Gegenteil ihrer Eltern darstellten. Amy Post war dünn, hochgewachsen, schlaksig und voller Energie. Ihre Mutter hingegen wirkte nur zu oft völlig teilnahmslos, war fett und schien keine Ecken und Kanten zu besitzen. Amys Mann Isaac war belesen, begabt, erfolgreich und kultiviert. All das, was ihr Vater nicht war.

Was Leah jedoch von Anfang an irritierte, war, dass Amy und Isaac, anders als alle Paare, die sie bisher kennengelernt hatte, eine äußerst harmonische und gleichberechtigte Ehe führten. Sie sprachen liebevoll miteinander, zeigten sowohl im Privaten als auch in der Öffentlichkeit Respekt und handelten stets als Team. So war es auch eine gemeinsame Entscheidung, nicht die Augen vor dem Schicksal ihrer Untermieter zu verschließen, sondern Leahs Mutter und ihre Kinder zu unterstützen und schützend ihre Arme um sie zu legen.

Der Vater kam und ging, zuweilen blieb er Tage, Wochen, Monate, dann wieder verschwand er, ohne Vorwarnung, ebenfalls für Tage oder Wochen. Manchmal arbeitete er oder war auf der Suche nach Arbeit, manchmal kam er, weiß Gott wie, zu Geld und verwöhnte die Familie, brachte Süßigkeiten für die Kinder, einen Strauß Blumen für die Mutter oder gar ein Stück Fleisch. Wenn dies der Fall war, strahlte er vor Stolz. Er, der Versorger, der Ernährer. Doch weitaus regelmäßiger kam es vor, dass er betrunken nach Hause torkelte, die Mutter schlug, ihr das Haushaltsgeld stahl, mitnahm, was nicht niet- und nagelfest war – Kleider, Schuhe, Möbel, Geschirr –, um es dann unten bei den Docks zu verscherbeln. Jeder andere Vermieter hätte die Familie längst rausgeschmissen, doch Amy und Isaac sahen sowohl über das Verhalten des – in ihren Worten alkoholkranken – Vaters als auch über verspätete oder oft nicht erhaltene Mietzahlungen hinweg, trösteten und halfen der Mutter, verarzteten sie, wenn ihr Ehemann sie wieder einmal nach einer durchgezechten Nacht verprügelt hatte, und versorgten sogar John selbst, wenn dieser durch den übermäßigen Alkoholkonsum, durch Handgemenge und im Freien verbrachte, kalte und nasse Nächte unten beim großen Graben, dem *Big Ditch*, wieder einmal dem Tode nah war.

Lange wurde Leah aus Amy und Isaac nicht schlau. Sie schienen ihr wie Wesen aus einer anderen Welt. Immer wieder fragte sie sich, was die zwei mit ihrer Barmherzigkeit und Freundlichkeit bezweckten. Es fühlte sich wie ein Trick an, wie eine Masche, deren Absicht sie nicht erkennen konnte. Leah hatte bis zu diesem Zeitpunkt stets das Gefühl gehabt, in einer Realität zu leben, in der Frauen geschlagen wurden und in der die Männer stolz wie Gockel durch die eigens für sie erschaffene Welt spazierten und taten und ließen, was sie wollten, ohne auf jemanden Rücksicht zu nehmen. Ganz im Gegensatz dazu standen Amy und Isaac mit ihrer völlig eigenen Realität voller Respekt, Wertschätzung und Liebe. Amy war stark, eigenständig, lachte oft und viel und liebte es, mit jedem zu diskutierten. Fasziniert beobachtete Leah einmal, wie Amy auf offener Straße eine hitzige Diskussion mit einem ihrer Bekannten führte, ihn offen für seine Meinung kritisierte und ihm immer wieder aufs Neue widersprach. Leah konnte es nicht fassen, dass der Mann Amys freches Verhalten akzeptierte, ihr weiterhin zuhörte und gar anerkennend nickte. Noch viel unglaublicher erschien es ihr jedoch, als dieser Mann letztendlich klein beigab und gestand, dass er sich im Unrecht befunden hatte. Leah war nicht bewusst gewesen, dass derartig starke Frauen und – damit verbunden – dermaßen „schwache" Männer existierten, und lange Zeit hatte sie das Gefühl, dass auch Isaac einer von ihnen war.

Fasziniert, angezogen und gleichzeitig befremdet beobachtete Leah, wie das Paar gemeinsam Entscheidungen traf, wie liebenswürdig Isaac seine Frau behandelte, wie er ihr zuhörte, wie er sich um die Kinder sorgte und sogar Zeit fand, mit ihnen zu spielen. In dieser Beziehung wirkte es, als wären beide, Isaac und Amy, Mann und Frau, vollkommen gleichgestellt. Wie war so etwas möglich? Warum nutzte Isaac seine Überlegenheit nicht aus, sondern ordnete sich oft Amy unter?

Noch Jahre später erinnerte sich Leah regelmäßig mit Scham an dieses Gefühl, das immer wieder in ihr hochgekommen war, wenn sie Amy und Isaac beobachtet hatte:

Sie hatte sich insgeheim für Amys respektloses Verhalten geschämt und hatte eine seltsame Ablehnung, ein abschätziges Misstrauen gegenüber Isaac verspürt. Erst viel später war ihr bewusst geworden, dass sowohl die Gesellschaft als auch die Erziehung ihrer Eltern sie darauf gedrillt hatten, Abweichungen der Norm als etwas Verwerfliches zu erachten. Man hatte ihr eingeprägt, dass Männer sich hart und streng zu verhalten hatten und Frauen sich deren Willen unterordnen mussten. So war es immer schon gewesen. Doch je mehr Zeit sie mit ihr und Isaac verbrachte, desto klarer erkannte sie, dass es in dem vorgegebenen System Ausnahmen gab, mehr noch, dass man das System nicht automatisch so akzeptieren musste, wie es war. Es schien, als könne Amy Leahs Gedanken lesen und irgendwann – Leah war vielleicht neun Jahre alt – brachte sie dieses Thema zur Sprache:

„Vor Gott ist jeder Mensch gleich", erklärte sie ihr. „Mann und Frau, Schwarz und Weiß. Alle sind Gottes Geschöpfe und jeder hat Rechte und Pflichten. Jeder!"

„Aber Männer sind stärker als Frauen", erwiderte Leah, gewohnt, Amys Worte hinterfragen zu dürfen.

„Wahre Stärke ist nicht hier", sagte sie und zeigte auf ihre dünnen Oberarme. „Auf das, was hier und hier drin ist", sie deutete auf ihre Stirn und auf ihre Brust, „kommt es an. Noch dominieren uns die Männer, doch Gedanken und Ideen haben weit mehr Macht als all ihre Muskeln zusammen. Sie sind stärker und gefährlicher. Genau darum haben die Männer ja Angst vor uns. Darum versuchen sie uns kleinzuhalten."

„Isaac hat Angst vor dir?", fragte Leah ungläubig.

„Er nicht. Er muss keine Angst haben, da er so denkt wie ich. Weißt du, es hat immer schon Frauen gegeben, die die Welt nicht einfach so hingenommen haben. Isaacs Mutter war eine von ihnen. Sie hat ihm Werte mitgegeben, die anderen verwehrt wurden. Sie hat ihm bereits als Kind die Augen geöffnet und einen Menschen mit einem offenen Geist aus ihm gemacht. Das ist auch der Grund, wieso ich mich in ihn verliebt habe. Er weiß, dass Frauen dieselben Rechte verdienen wie Männer. Aus diesem Grund kämpft er mit mir an meiner Seite."

„Kämpfen", wiederholte Leah leise.

„Ja, kämpfen!" Amy griff nach Leahs Schultern und blickte ihr mit zusammengekniffenen Augen ins Gesicht. „Wir müssen darum kämpfen, da diejenigen, die Macht haben, sie nie freiwillig hergeben werden. Doch vergiss nie, Leah: Kein Mann ist stärker als eine Frau. Wenn du das einmal verstanden hast, dann gehört die Welt dir."

Amys Worte, ihre wiederkehrenden Ausführungen und Beispiele kamen bei Leah an. Sie öffneten ihr die Augen. Amy hatte vollkommen recht. Frauen waren nicht schwächer als Männer. Im Gegenteil. Wie oft wurden Frauen von ihren Männern mitsamt den Kindern im Stich gelassen, mussten sich ohne fremde Hilfe um den Haushalt, Essensbeschaffung, um das Kindeswohl und um das gesamte Schicksal der Familie kümmern. Sie verdienten Rechte, denn sie hatten weit mehr Pflichten als Männer. So hatte die Welt auszusehen. Für so eine Welt würde es sich lohnen, zu kämpfen!

Amy und Isaac, die selbst drei Jahre zuvor innerhalb von zwei Monaten ihre fünfjährige Tochter und ihren dreijährigen Sohn durch Fieber verloren hatten, verbrachten viel Zeit mit Leah und ihren Geschwistern, nahmen sich ihrer wie selbstverständlich an, beschulten sie und versuchten, den Kindern Grundwerte näherzubringen, die sie für wichtig erachteten. Von allen vieren zeigte jedoch nur Leah Interesse daran. Maria, Diana und David waren in sich gekehrte, stille und abweisende Kinder, die entweder leise miteinander spielten, unauffällig in einer Ecke saßen, sich selbst beschäftigten oder am Rockzipfel der Mutter hingen. Dazu kam, dass sie sich trotz aller Enttäuschungen, trotz der Unberechenbarkeit, trotz der so offensichtlichen Makel des Vaters jedes Mal über dessen Rückkehr freuten, auch wenn er kein Wort zu ihnen sprach.

Leah erging es anders. Sie hatte diese bedingungslose Liebe nie nachvollziehen können und war oft von dem Gefühl geplagt, dass sie von ihren Geschwistern die Einzige war, die den Vater als das erkannte, was er in Wirklichkeit war: Ein Strudel, der jeden um sich nach unten zog und von dem man sich besser fernhielt. Natürlich hätte sie sich oft gewünscht, dass es anders gewesen wäre, dass sie ihre Wut auf den Vater und ihre Enttäuschung gegenüber der Mutter nicht verspürt hätte, dass sie, wie die anderen auch, die Augen vor der Realität hätte verschließen können. Ihr Leben wäre um vieles einfacher gewesen, doch das war schlichtweg unmöglich. So floh Leah immer wieder zu den Posts, die sie mit offenen Armen empfingen. Dort wurde sie ernst genommen. Amy und Isaac beschützten sie vor den Launen des Vaters, behandelten sie wie eine Erwachsene und regten sie zum selbstständigen Denken an. Das Paar brachte ihr Lesen, Schreiben sowie Mathematik und

Kunst bei, und als Amy erkannte, dass Leah ein angeborenes Talent für das Klavierspielen besaß, nahm sie sich vor, dieses gezielt zu fördern. Schon bald war es jedoch so, dass Leah weitaus besser spielte als Amy, die selbst jahrelang Unterricht genommen hatte. Irgendwann fragte Amy, ob sie nicht Lust hätte, ihren Bekannten an einem der Diskussionsabende etwas vorzuspielen. Leah zierte sich erst, willigte jedoch schließlich ein. Der Abend sollte ein voller Erfolg werden. Leahs Künste wurden von den Gästen begeistert angenommen, viele steckten ihr sogar ein wenig Trinkgeld zu und baten sie, von nun an öfter für sie zu spielen. Bald wurde es Sitte, dass Leah regelmäßig an den Gesprächsabenden teilnahm, den Anwesenden etwas am Klavier vortrug und dann den Diskussionen über verschiedenste aktuelle Bücher, Texte, Pamphlete und Streitschriften lauschte.

Leah saugte alles, was an diesen Abenden besprochen wurde, regelrecht auf. Und mit jedem Mal bewunderte sie Amy und Isaac mehr. Für ihre Intelligenz, ihre manchmal stoische und zu anderen Zeiten wieder kämpferische Art, die Welt zu sehen und sie verändern zu wollen. Kämpfen, wenn eine Chance bestand, den Kampf zu gewinnen. Durchhalten und abwarten, wenn eine Situation unveränderlich war. Beide hatten schon schwierige Zeiten erlebt. Besonders der Tod ihrer zwei Kinder hätte sie beinahe gebrochen, doch letztendlich hatten sie ihr Schicksal akzeptiert und es geschafft, wieder Sinn in ihrem Dasein zu finden. Dazu gehörte unter anderem auch die Anteilnahme an Leahs Leben.

Es war genau diese Anteilnahme, die Leah spürte, als sie mit vierzehn zum allerersten Mal in ihrem Leben vollkommen eigenständig eine Entscheidung traf, die sowohl den Eltern als auch der Gesellschaft missfiel. Damals lernte sie den charmanten und knapp fünfundzwanzig Jahre älteren Bowman Fish kennen. Er, so dachte sie sich vom ersten Moment an, war eine Möglichkeit auf Veränderung, auf Verbesserung, eine Möglichkeit, ihr Leben neu zu beginnen.

Sie hatte Bowman während eines sonntagnachmittäglichen Tees im Hause Post kennengelernt. Er war ein wunderschöner Mann, glatt rasiert mit dunklen Koteletten, einem freundlichen, offenen Lächeln und beinahe kindlichen Gesichtszügen. Er zeigte deutliches Interesse an Leah, war fasziniert von ihr, saß beim Tee neben ihr, lehnte sich immer wieder zu ihr rüber, legte verstohlen, nur für eine Sekunde, seine Hand auf ihren Arm und flüsterte ihr harmlose und gleichzeitig reizvolle Komplimente ins Ohr. Sie verliebte sich Hals über Kopf in ihn. Vom ersten Moment an sah sie in Bowman einen Helden, der sie beschützen, sie retten würde und ihr ein besseres Leben bieten konnte.

Später erinnerte sie sich oft mit Grauen an diesen kindlichen Wunsch. Als wäre ein Mann dazu imstande, Wunder zu bewirken und eine Frau vor der harten Realität zu schützen. Lächerlich. Doch damals ließ sie sich trotz vieler Warnungen – gut gemeinten von den Posts, verängstigen von der Mutter und drohenden vom Vater – nicht von ihrer Entscheidung abbringen. Bereits am darauffolgenden Sonntag trafen sich Leah und ihr Verehrer erneut, dieses Mal in Begleitung seiner jüngeren Schwester, die als

Vorwand für das Treffen diente. Schon nach einer halben Stunde schickte Bowman sie fort. Sie protestierte kurz, doch als er insistierte und darauf aufmerksam machte, dass er Dinge über seine Schwester wisse, von denen die Eltern mit Sicherheit nichts erfahren sollten, zog sie sich wortlos zurück. Leah war neugierig, was das denn für Dinge waren, die unbedingt ein Geheimnis bleiben mussten.

„Es war ein Bluff", antwortete Bowman und grinste schelmisch. Leah verstand nicht. „Jeder hat Leichen im Keller, die es zu verstecken gilt."

Sie dachte über seine Worte nach.

„Ich habe keine Leichen in meinem Keller", sagte sie und fühlte dabei einen gewissen Stolz.

„Warte nur ab", antwortete Bowman mit einem wissenden Lächeln und tätschelte ihr den Arm. „Auch du wirst früher oder später noch mindestens eine Leiche in deinem Keller vergraben." Ihm war nicht klar, wie recht er damit haben sollte. Nur in einem irrte er sich: Es würde nicht ihr eigener Keller sein.

Es folgten drei weitere heimliche Treffen, bis Leah eines Morgens die elterliche Wohnung verließ und mit ihren spärlichen Habseligkeiten zu Bowman zog. Die Mutter konnte es nicht verstehen und wollte es ihrer Tochter verbieten. Doch Leah, bestärkt durch die Aussagen der Posts, das zu tun, was man für richtig hielt, ließ sich nicht von ihrer Entscheidung abbringen. Natürlich zerrissen sich die Nachbarn den Mund: ein vierzehnjähriges Mädchen, das mit einem achtunddreißigjährigen Mann in eheähnlichen Zuständen – jedoch nicht offiziell verehelicht, und genau das machte den Unterschied – zusammenlebte. Der gesellschaftliche Druck und die Anfeindungen wurden immer größer und irgendwann teilte Leah ihren Kummer mit Bowman und fragte ihn direkt, ob er denn nicht den Wunsch habe, sie zu heiraten. Doch, den habe er, erwiderte er und ging augenblicklich vor ihr auf die Knie.

Leah war fünfzehn, als die beiden sich still und heimlich das Eheversprechen gaben. Sie kam nicht umhin, sich einzugestehen, dass sie es sich anders ausgemalt hatte. In einer Kirche, Bowman in einem edlen Anzug, sie in einem weißen Hochzeitskleid. Doch so war es leider nicht. Die „Vermählung“, wenn man sie denn überhaupt so nennen konnte, geschah in Bowmans Wohnzimmer. Es war Abend, er hatte die Vorhänge zugezogen und Kerzen angezündet. Leah wartete im Gang und wurde von ihm in den Raum gerufen, wo er ihr einen kleinen Blumenstrauß überreichte.

„Hier und jetzt wirst du zu meiner Frau“, sagte er feierlich. Er schien Leahs Bedenken bezüglich der Rechtmäßigkeit dieser Verehelichung zu bemerken und fügte hinzu: „Gott und wir zwei wissen, dass wir von nun an verheiratet sind. Das ist doch die höchste Instanz, die es gibt. Oder willst du da widersprechen?“

Leah schüttelte den Kopf. Er *musste* recht haben, da es sich trotz aller Umstände auf seltsame Weise doch wie eine Hochzeit anfühlte: Bowman und sie nebeneinander auf dem Boden kniend und sich gegenseitig gelobend, sich zu lieben und zu ehren, bis dass der Tod sie scheiden würde.

Drei Monate später wurde sie schwanger. Sie war sechzehn, als sie Bowmans Kind bekam. Leah gab ihr den Namen Lizzy, ein zierliches, gemächliches Baby mit einem großen Kopf und einem schiefen Lächeln. Sie schloss ihre Tochter vom ersten Moment an ins Herz, merkte jedoch bald, dass Bowman sich nicht recht über Lizzy freute. Bereits als sie schwanger gewesen war und die Gesellschaft kopfschüttelnd auf das Paar herabgeblickt hatte, sah man ihm schon von Weitem an, dass er sich für sein Handeln schämte. Sprach doch mal jemand Glückwünsche aus, zuckte er peinlich berührt zusammen, errötete und wechselte sofort das Thema.

Lizzy war noch kein Jahr alt, als es Bowman zu viel wurde, er hastig seine Koffer packte und Leah mitteilte, dass er gezwungen war, sich für einige Tage auf eine „Geschäftsreise" in den Westen zu begeben. Als er nach drei Wochen nicht zurückgekehrt war, wurde ihr schmerzlich bewusst, dass sein Fernbleiben vermutlich von Dauer sein würde. Schlagartig erkannte Leah die nicht existente Wertigkeit ihrer heimlichen Hochzeit. Ohne Bowman an ihrer Seite war sie eine unverheiratete, alleinstehende Mutter eines Bastards.

Eine Zeit lang versuchte sie, sich diese grundlegende Veränderung nicht einzugestehen, doch als ihr Vermieter nach zwei Monaten die Miete einforderte und sie diese nicht begleichen konnte, wusste Leah, dass sie etwas unternehmen musste. Kurz spielte sie mit dem Gedanken, sich an ihre Mutter zu wenden und sie um Hilfe zu bitten, doch die Vorstellung, wieder im selben Haus wie der Vater zu wohnen, hielt sie letztendlich von dieser Entscheidung ab. So suchte sie Amy und Isaac auf, erzählte den beiden alles, bat sie um Rat und war aufs Neue von deren bedingungsloser Unterstützung und Anteilnahme überrascht.

Die Posts verurteilten sie nicht, keine Sekunde. Wenn, dann schimpften sie gemeinsam mit Leah über Bowman, der ein Taugenichts war und sie nicht verdient hatte, und überlegten sich, wie Leah ihr Leben wieder in die richtige Bahn lenken könnte. Als wäre ihre Zukunft ein Projekt, planten sie ihre und Lizzys nächsten Monate und Jahre. Sie beschlossen, dass die beiden eine Zeit lang, zumindest bis Leah auf eigenen Beinen stand, bei ihnen wohnen würden. Sie solle von nun an bei jeder Gelegenheit den Namen Fish angeben und somit vorgeben, offiziell verheiratet zu sein. Diese Lüge, oft genug wiederholt, würde irgendwann zur Wahrheit werden. Dann, einige Monate später, würde sie, wenn sie nach Bowman gefragt wurde, die Auskunft geben, er sei während einer Geschäftsreise ums Leben gekommen. Mit der Zeit würde so aus dem unverheirateten Mädchen mit dem Bastard eine verwitwete Frau mit einem Kind werden und die Gesellschaft würde mit Beileidsbekundungen und Mitgefühl anstatt mit Missgunst, Schadenfreude und Ablehnung reagieren.

„Man muss das System verstehen und es für sich nutzen", sagte Isaac. „Wenn dir das gelingt, dann wirst es du und nicht die anderen es sein, die dein Leben kontrollieren."

Leah beobachtete, wie Amy zustimmend nickte und prägte sich Isaacs Worte ein. Weiters entschieden die Posts, dass Leah unbedingt ihr musikalisches Talent forcieren und weiterentwickeln müsse, um in der nahen Zukunft finanziell davon zu profitieren.

„Es gibt beinahe keine größere Sünde, als die eigenen, von Gott erhaltenen Begabungen verkümmern zu lassen", erklärte Amy.

„Denkst du wirklich, dass ich aus dem Klavierspielen etwas machen kann?“, erwiderte Leah. „Wer sollte mir denn schon zuhören wollen?“

Amy biss sich auf die Lippen, runzelte die Stirn und blickte Leah verärgert an. Dann riss sie sich sichtlich zusammen und legte ihr die Hand auf die Schulter.

„Man kann nur verstehen, was man mit eigenen Augen sieht“, sagte sie, doch Leah wusste nicht genau, was Amy damit meinte. „Du hast Talente, viele Talente, das Klavierspielen ist nur eines davon und natürlich kannst und wirst du es gewinnbringend nutzen. Wärst du als Mann geboren, müsste ich dir das nicht erklären. Es wäre für dich selbstverständlich. Lizzy wird dein Leben nicht zerstören, sie wird es bereichern. Dass Bowman weg ist, wird dich nicht brechen, es wird dich stärker machen und befreien. Ich kenne Frauen, die es ebenfalls schwer hatten, die lange von Männern klein gehalten wurden und die dann trotz allem begannen, ihre individuellen Entscheidungen zu treffen. Ich werde sie dir vorstellen und du wirst von ihnen lernen. Ich verspreche dir, Leah, du wirst dein Leben nicht nur meistern, sondern es auch genießen.“

Man kann nur verstehen, was man mit eigenen Augen sieht, hatte Amy gesagt, und bald verstand Leah, was sie damit gemeint hatte: Man brauchte Vorbilder. Amy stellte ihr starke, unabhängige Frauen vor, die einen kleinen Betrieb führten, denen eine Apotheke oder eine Schneiderei gehörte, die Angestellte – sogar männliche Angestellte – hatten, deren Partner sie unterstützten oder die sich bewusst dafür entschieden hatten, unverheiratet zu bleiben. Leah war bis zu diesem Zeitpunkt nicht klar gewesen, dass es gar nicht mal so wenige dieser eigenverantwortlichen Frauen gab. Nie hörte man etwas von ihnen, die Gesellschaft tat so, als würden sie nicht existieren. Doch sie waren da.

„Und es werden immer mehr“, erklärte ihr Amy stolz.

Leah war fasziniert von diesen unabhängigen weiblichen Vorbildern und fasste den Beschluss, irgendwann selbst eine von ihnen zu werden. Sie begann, bei verschiedenen Bekannten der Posts im Haushalt mitzuhelfen, während Amy sich tagsüber um Lizzy kümmerte. Es verging kein halbes Jahr, bis eine der Damen sie darum bat, ihr das Klavierspielen beizubringen. Sie habe von Amy gehört, dass sie das Instrument virtuos beherrsche. Leah erschrak im ersten Moment, sagte aber ihren Bedenken zum Trotz spontan zu. Schnell erkannte sie, dass sie neben dem Musizieren selbst auch ein angeborenes Talent für das Unterrichten hatte. Sie hatte Geduld, war durch nichts aus der Ruhe zu bringen, lobte, verbesserte ohne zu kritisieren und hatte ein Gefühl dafür, was ihre Schülerin benötigte, um Fortschritte zu machen. Leah erkannte jedoch schnell, dass eine Kundin allein nicht genug war. Zu Hause nahm sie ein schweres Blatt Papier, zerschnitt es in acht gleich große Rechtecke und schrieb mit Tinte auf jedes Stück ihren Namen – Leah Fish – und darunter das Wort „Klavierlehrerin“. In die rechten Ecken notierte sie fein säuberlich ihre Adresse und verzierte dann die Ränder der Kärtchen. Es dauerte mehrere Stunden, bis Leah zufrieden war, doch letztendlich war sie stolz auf das Endergebnis. Beim nächsten Treffen mit ihrer dreißig Jahre älteren Schülerin nahm sie all ihren Mut zusammen, überreichte ihr am Ende des Unterrichts die Kärtchen und bat sie, ihre Dienste doch an ihre Bekannten weiterzuempfehlen.

„Natürlich!", rief die Dame begeistert.

Bereits beim darauffolgenden Treffen verkündete sie, dass drei ihrer Freundinnen Interesse hätten und sie sich freuen würden, wenn Leah ihnen Klavierunterricht gebe. Noch am selben Abend produzierte sie mehr Namenskärtchen, gab sie Amy und Isaac und bat die beiden, sie beim nächsten Vortragsabend aufzulegen und darauf hinzuweisen. Leahs Dienste wurden nur zu gerne angenommen und es dauerte nicht lange, bis sie gezwungen war, sich ihre Termine zu notieren und zu planen. Bald hatte sie genug Kundinnen, um mit dem Verdienst über die Runden zu kommen. Leah war erfüllt von Stolz. Sie brauchte keinen Mann, um ihr Leben zu meistern.

Es war noch kein Jahr vergangen, nachdem Bowman sie und Lizzy verlassen hatte, als ihre Mutter eines Tages vor der Tür der Posts stand und Leah, Amy und Isaac zwei Neuigkeiten verkündete:

„Der Vater!", stieß sie hervor, hielt inne und rief: „Nein! Ich muss anders beginnen! Gott! Gott hat den Vater besucht. Nein! Gefunden hat er ihn. Wie er irgendwo gelegen ist. In der Kälte und Nässe unten beim Graben, der arme Mann." Isaac schloss für einen Moment die Augen, fuhr sich mit der Zunge über die Lippen und schüttelte leicht den Kopf. Die Mutter spürte offensichtlich seinen Unmut und wandte sich an Leah: „Gott hat deinen Vater auserwählt. Verstehst du, was ich sage? Er hat ihm gesagt, dass er sein Leben falsch gelebt hat. Völlig falsch. Dein Vater hat es verstanden. Das

Trinken und das Spielen, das ist jetzt alles vorbei. Leah! Hör zu! Gott hat deinem Vater verziehen und er hat auch dir verziehen. Du darfst mit uns mitkommen!"

Leah, inzwischen eine achtzehnjährige Frau, Mutter eines zweijährigen Kindes, gewohnt, auf sich selbst gestellt zu sein, konnte sich ein verächtliches Schnaufen nicht verkneifen.

„Wohin sollte ich denn mit euch mitkommen?", fragte sie.

„Kanada!", rief die Mutter. „Dein Vater will weg. Weg aus diesem Sündenpfuhl! Weg von all den Versuchungen! Er will ein neues Leben für uns!"

„Kanada", wiederholte Amy.

„Ja! Hier kann er nicht bleiben. Er kann nicht länger von den Sündern umgeben sein. Er sagt, hier seien die Verführungen zu groß, die Gesänge aus den Bars zu betörend. Er will, nein, er *muss* weg. Dorthin, wo ihn der Teufel sicher nicht finden kann."

„Du glaubst, dass es so einen Ort gibt?", fragte Leah.

Der Spott in ihrer Stimme wurde von der Mutter nicht wahrgenommen.

„Ja!", rief sie. „Der Ort heißt Consecon. John hat bereits eine Farm und ein Stück Land gekauft. Dort wird unser neues Leben beginnen."

„Was versteht John denn von der Landwirtschaft?", fragte Isaac, der selbst auf einer Farm aufgewachsen war.

„John ist sich sicher, dass Gott seine schützende Hand über uns halten wird." Sie schluckte. „Und ich bin es auch. Ab jetzt wird sich unser Leben ändern." Sie blickte Leah an. „Und du kannst mit uns mitkommen. Ich habe deinen

Vater gefragt, nein, bekniet habe ich ihn und letztendlich hat er dir für deine Sünden vergeben."

„Margaret", ermahnte Amy sie streng.

„Versteh doch, Leah", sagte ihre Mutter und ignorierte Amys Einwand, „Bowman Fish, dieser elendige Halunke, dieser Nichtsnutz, der sich nur mit dir vergnügen wollte, wird nie wieder zurückkommen. Das musst du verstehen. Hör doch auf zu warten!"

„Ich warte nicht", sagte Leah. „Ich …"

„Komm mit uns nach Kanada", unterbrach sie ihre Mutter. „Dorthin, wo dich niemand kennt, wo niemand über dich richtet. Dort kannst du dir ein neues Leben aufbauen. Niemand wird wissen, dass dich Bowman sitzen hat lassen und Lizzy ein Bastard ist. Wir werden sagen, dass du eine Witwe bist, und alle werden dir glauben. Hier in Rochester will dich niemand. In Kanada wirst du bestimmt noch einen Mann finden, dieses Mal einen besseren, der sich um dich und die kleine Lizzy kümmern wird. Das willst du doch auch."

Einen Moment lang dachte Leah tatsächlich über das Angebot nach, rief sich die Schwere, die sie oft umgab, die anklagenden Blicke der Nachbarn, die herablassenden Worte, die geflüstert wurden und trotzdem immer ihren Weg in Leahs Ohren fanden, die Einsamkeit, die Hoffnungslosigkeit, die sie so oft vereinnahmte, in Erinnerung. Sie atmete tief ein, drückte ihren Rücken durch und stellte sich aufrecht vor ihre Mutter.

„Nein", sagte sie.

Es beinhaltete so vieles, dieses „Nein". Sie würde *nicht* zurückgehen, sie würde sich *nicht* verstecken, würde *nicht* lügen, würde sich *nicht* für das feige Verhalten ihres Mannes, des Vaters ihres Kindes schämen. Nein. *Er* trug die Schuld. *Er* müsste sich schämen und verstecken. Nein. Sie hatte beschlossen, dass sie ihr Leben selbstständig bestreiten würde.

„In Kanada kannst du jemand anderes sein", sagte ihre Mutter kleinlaut, überrumpelt von der überzeugten Antwort ihrer Tochter.

„Ich will nie wieder jemand anderes sein", antwortete Leah, drehte ihrer Mutter den Rücken zu und verließ das Zimmer.

Vier Wochen später ließen ihre Eltern und ihre drei Geschwister die USA hinter sich und machten sich auf ins ferne Kanada.

Maggie

[Vater und Mutter streiten. Er brüllt, seine Stimme laut und wütend. Er sagt, Gott hat mich verlassen. Gott hat uns alle verlassen. Immer und immer wieder. Mutter weint. Zuerst. Sie sagt, es ist nicht Gottes Schuld. Es ist deine. Vater widerspricht nicht. Schon lange widerspricht er nicht mehr. Es ist immer gleich. Er wird wütend, er brüllt, Mutter weint, irgendwann brüllt sie zurück, er fällt in sich zusammen. Wie ein Kartenhaus. Mutter schweigt. Dann wird ihre Stimme scharf. Das macht mir mehr Angst als das Weinen. Sie stürmt nach oben. Vom Schlafzimmer aus beschimpft sie den Vater.

Normalerweise endet der Streit hier. Dieses Mal ist es anders:

Sie werden mich lynchen, ruft er. An dem nächsten Baum werden sie mich hängen! Und euch gleich mit!

Es ist deine Schuld, schreit Mutter von oben. Alles ist deine Schuld.

Ich nehme Kate an der Hand, gehe mit ihr nach draußen. Wir verstecken uns beim großen Baum. Sie blickt mich fragend an. Wenn ich Angst habe, hat auch sie Angst. Habe ich keine, geht es ihr gleich. Wir streicheln das lange, weiche Gras. Kate gefällt das. Mich beruhigt es. Es ist unser Spiel.

Es ist das Haar eines Riesen, sage ich.

Kate sagt: Es ist das Haar eines toten Riesen.

Wir geben ihm diesen Namen. Der Tote Riese. Wir streicheln sein Haar, stellen ihm Fragen, meist über unsere Zukunft. Und der Tote Riese antwortet. Leise knackt er vor sich hin. Er kennt alle Antworten. Kate sagt, sie hört ihn sprechen. Ganz leise. Manchmal verrät sie mir, was er ihr ins Ohr flüstert. Dieses Mal sagt sie, dass wir weggehen werden.

Der Tote Riese ist sich sicher, sagt sie. Wir gehen weit weg.

Ich frage: Das hat er dir verraten?

Kate antwortet: Wir werden weggehen und nicht wieder zurückkommen.

Leise und zustimmend knackt der Tote Riese. Drei Mal für ja.

Es stimmt. In der Nacht ist es so weit. Mutter weckt uns auf, rüttelt an meinen Schultern. Zieht euch an, sagt sie.

Es ist dunkel. Der Vater wartet vor der Tür. Er sagt nichts.

Der Tote Riese hatte recht. Wir gehen weg und wie Kate spüre auch ich jetzt, dass wir nie wieder zurückkommen werden.]

Die Rückkehr / Margarets Beichte

Rochester, Oktober 1840

Es war im Herbst des Jahres 1840, Leah war inzwischen eine autonome sechsundzwanzigjährige Frau, die mit der zehnjährigen Lizzy in einer kleinen Mietwohnung nicht weit entfernt von Amy und Isaac lebte, als eines Abends die Eltern, abgerissen, verzweifelt und mit nichts in der Tasche, aus Kanada zurückkehrten und Leah zum ersten Mal Maggie und Kate kennenlernte.

Leah war, wie so oft, mit Lizzy zu Besuch bei den Posts, als ohne Ankündigung die Familie Fox vor der Tür stand, erschöpft von der beschwerlichen Reise aus dem Norden, müde, hungrig und geknickt. Hoch verschuldet hatten sie bei Nacht und Nebel ihre spärlichen Habseligkeiten gepackt und waren in Richtung Süden verschwunden – geflohen, wie Leah später erfuhr – zuerst zu Fuß, dann per

Kutsche zu einem Hafen am nördlichen Ufer des Ontariosees und danach mit einer der heruntergekommenen Fähren nach Rochester. Da sie nicht wussten wohin, waren sie direkt zu den Posts gekommen. Die Familienkonstellation hatte sich verändert. Leahs Schwestern Maria und Diana waren in Kanada geblieben. Beide hatten geheiratet, ebenfalls Brüder. Laut der Mutter gute und verlässliche Männer, Kanadier zwar, aber sonst in Ordnung.

An deren Stelle brachten die Eltern neben David, der zu einem stillen jungen Mann herangewachsen war, zwei neue Schwestern aus Kanada mit, die in Consecon zur Welt gekommen waren. Maggie war sieben, Kate vier Jahre alt. Die beiden waren zum ersten Mal in ihrem Leben außerhalb ihres Geburtsortes, der gerade mal einige Hundert Menschen gezählt hatte, und befanden sich nun in Rochester, einer aufblühenden und nach der feierlichen Eröffnung des Eriekanals florierenden Metropole. Rochester war laut und hektisch und machte den beiden Mädchen dermaßen Angst, dass man das Gefühl hatte, ein zähnefletschendes Raubtier würde direkt vor ihnen stehen.

Als die Familie bei den Posts ankam und die Mutter Leah sah, rannte diese ihr entgegen und fiel ihr weinend um den Hals. Sieben Jahre lang hatte Leah ihre Eltern nicht mehr gesehen und immer wieder hatte sie sich ausgemalt, wie sie reagieren würde, wenn sie ihnen je wieder gegenüberstehen, was sie alles sagen, welche Vorwürfe sie ihnen entgegenschleudern würde. Doch all diese Gedanken waren plötzlich nichts mehr wert und sie drückte sich an ihre Mutter, schluchzte zuerst, weinte schließlich bitterlich und freute sich nur, von ihr endlich wieder in den Arm genommen zu werden. Erst nach einigen Minuten erlangte sie ihre Fassung zurück, löste sich aus der Umarmung, wischte sich etwas peinlich berührt die Tränen aus dem Gesicht und wandte sich ihrem Bruder David zu, der ihr wortlos die schwielige Hand entgegenstreckte. Die zehnjährige Lizzy stand etwas abseits und beobachtete eingeschüchtert die befremdliche Szene.

„Mutter", sagte Leah und deutete auf ihre Tochter. Diese brach erneut in Tränen aus, zog das Mädchen an sich und küsste ihren Kopf.

„Vater", sagte Leah und wandte sich dem abgemagerten und leicht verkrümmt dastehenden Mann zu. „Das ist deine Enkelin. Lizzy."

Er musterte zuerst Leah, dann ihre Tochter, nickte schweigend und senkte seinen Blick. Leah schüttelte enttäuscht – über ihn, aber auch über ihre eigene naive Erwartungshaltung – den Kopf.

„Und das sind deine Schwestern Maggie und Kate", sagte Margaret, als sie sich wieder etwas gefasst hatte, und deutete auf die zwei Kinder, die sich hinter ihrem Rock versteckten. Leah ging auf die Knie und blickte den zweien lächelnd ins Gesicht. Einen Augenblick lang trafen sich ihre blauen Augen mit den dunklen, beinahe schwarzen der Kinder. Leah zuckte zurück, derart durchdringend war dieser Blick, der ihr das Gefühl gab, innerhalb des Bruchteils einer Sekunde durchschaut geworden zu sein. Der Moment war so schnell vorbei, als wäre er nie geschehen. Die Kinder drehten sich weg und drängten sich noch enger an die Beine der Mutter.

„Es liegt nicht an dir", sagte diese. „Sie sind …", einen Moment lang suchte sie nach dem richtigen Ausdruck, fand ihn nicht und ließ ihre Worte im Raum stehen. „Doch ihr werdet noch genug Zeit haben, euch kennenzulernen“, fügte sie schließlich hinzu. Sie hielt einen Moment inne und blickte Amy und Isaac einige Sekunden ernst an. „Wir werden eine Weile lang hier bei euch bleiben müssen.“

Die Posts baten die Familie in die Wohnung, boten ihnen zu essen und zu trinken an – der Vater lehnte ab – und hörten der Mutter geduldig zu. Sie hatte viel zu erzählen, an manchen Stellen der Geschichte sprudelte es förmlich aus ihr heraus. Später sollten die Posts diesen Abend als „Margarets Beichte“ bezeichnen.

Die zwei Mädchen und David aßen schnell und gierig, schlangen die Suppe und das Brot hinunter, als hätten sie seit Tagen nichts mehr gegessen. Margaret konzentrierte sich auf das Erzählen. Sie sprach, als wären weder ihr Mann noch ihre Kinder im selben Raum.

„Wir können nicht mehr zurück nach Kanada“, sagte sie nüchtern. „Es ist eine Tatsache, die sich nicht ändern lässt. Die Zeit im Norden war ein Desaster.“ Sie blickte zu ihrem Ehemann. „So hast du es immer genannt.“ Sie schüttelte den Kopf und knetete ihre Fingerknöchel. „Wir haben es doch versucht, bei Gott, John hat alles getan, was er konnte, doch es kam anders, ganz anders.“

Die Mutter erzählte, dass sie in Kanada Schulden gemacht hatten, um die kleine Farm inklusive der wenigen Arbeitsgeräte und einem alten Ochsen zu kaufen, der jeden Tag aufs Neue entschied, ob er den Pflug nun ziehen oder sich starrköpfig dagegen sträuben würde. Dazu kam, dass John – Margaret warf ihrem Mann einen verzeihenden Blick zu –

wie es schien, kein Händchen für das Bestellen des Bodens hatte und ihm auch das nötige Wissen und der erforderliche Eifer fehlten. Später hätten ihnen die Nachbarn erklärt, er habe den Pflug nicht tief genug geführt, immer wieder die richtige Zeit verpasst, das Saatgut auszubringen, und viel zu ungenau gearbeitet. Als Leah hörte, wie ihre Mutter über den Vater sprach, konnte sie es kaum fassen. Früher wäre er ihr an den Hals gesprungen. Doch jetzt saß er nur auf dem Stuhl, machte, obwohl er immer noch nicht gegessen hatte, leichte Kaubewegungen und starrte schweigend zu Boden.

„Es waren die vielen Steine", sagte die Mutter, „die vielen großen Steine, die dem Saatgut zu wenig Platz gelassen haben, sodass es sich nicht ausbreiten konnte. Das hat John unterschätzt und jeden einzelnen mühsam aus dem Boden zu sammeln, das wäre viel zu viel Arbeit gewesen. Die Samen sind nicht gesprossen, da John die Felder entweder zu viel bewässerte oder sie, da er wieder mal einen Tag lang ausruhen musste, austrocknen ließ. Wer kann schon ahnen, dass man beim Bestellen eines Ackers tatsächlich so genau arbeiten muss?"

Leah sah, wie Isaac, der Erfahrung mit der Landwirtschaft besaß, sich zurückhielt. Er atmete ein, wollte etwas sagen, ließ es jedoch bleiben, griff nach seinem Tee und nahm einen Schluck. Margaret beschrieb, wie das Geld immer knapper geworden sei und sie daraufhin neue Schulden aufnehmen mussten. Ihr Sohn David habe stets geholfen, auf ihn sei Verlass gewesen, er sei inzwischen Schmied, ein guter, hart arbeitender Junge. Schlau, doch ginge er damit nicht hausieren. Maria und Diana hingegen hätten nichts als Unfug im Kopf gehabt und seien, als sie älter wurden, auch keine große Hilfe im Haushalt gewesen. Es war ein Glück, als die beiden dann Brüder aus dem Nachbarort kennenlernten und sie später heirateten.

„Und die zwei“, sagte Margaret und deutete auf Maggie und Kate, die nach wie vor gierig das Essen in ihre kleinen Münder stopften, „die sind etwas seltsam.“

„Margaret!“, ermahnte sie Amy.

Die Mutter zuckte mit den Schultern.

„Ich weiß auch nicht“, sagte sie. „Geplant waren beide nicht, aber jetzt sind sie da und irgendwie habe ich das Gefühl, dass etwas mit ihnen nicht stimmt.“

Leah beobachtete die zwei Mädchen, die in einer anderen Welt zu sein schienen.

„Hat sie eine Schule besucht?“, fragte Isaac und deutete auf Maggie.

Die Mutter schüttelte den Kopf.

„Es wäre nicht das Richtige gewesen. Maggie hier würde einem Fremden nicht gehorchen. Und Kate ebenfalls nicht. Sie sind beide so stur, so anders als die anderen. Ich weiß nicht, aber …“

„John, hast du ihr denn Lesen und Schreiben beigebracht?“, unterbrach sie Isaac und richtete seine Frage an den schweigenden Vater.

„Dafür war keine Zeit“, murmelte er. „Viel zu viel Arbeit.“

„Da werden wir etwas unternehmen müssen“, sagte Amy und Isaac nickte.

„Auch ihr werdet euch die Zähne an den beiden ausbeißen“, antwortete Margaret leise.

„Das werden wir sehen“, sagte Amy trotzig, die somit diese Herausforderung annahm.

Was den Mädchen fehlte, war Aufmerksamkeit – etwas, das sie sowohl von den Posts als auch von ihrer älteren Schwester Leah bekommen würden. Amy und Isaac hatten sich, ohne miteinander sprechen zu müssen, ein Ziel gesetzt: Die zwei Kinder, gleich wie sie es mit Leah getan hatten, unter ihre Fittiche zu nehmen, sie zu beschulen, sie zu fördern und dafür zu sorgen, dass sie eine Möglichkeit bekamen, ihre gottgegebenen Fähigkeiten zu nutzen. Letztendlich sollte es aber Leah sein, die das wahre Talent, das in den zwei Schwestern schlummerte, erkannte. Und sie würde es auch sein, die ihnen dabei half, ihr volles Potenzial zu entfalten und damit weltberühmt zu werden.

Alltag in Rochester

Die Familie Fox blieb in Rochester und wie selbstverständlich nistete sie sich bei den Posts ein. Zu Beginn warnte Leah Amy und Isaac eindringlich, sagte, dass der Vater, geläutert oder nicht, in dieser Stadt mit Sicherheit in sein altes Muster verfallen würde, dass er sie bestehlen und wieder zu trinken anfangen würde. Doch die Posts, beide fromme Quäker, glaubten stets an das Beste im Menschen, daran, dass sich jemand ändern konnte und dass jeder mindestens eine zweite Chance verdiente.

„Dein Vater", sagte Amy, „ist nicht mehr der, den du kanntest. Dieser Mann ist irgendwo in Kanada gestorben. Beobachte ihn. Sieh, was noch von ihm übrig ist. Er selbst hat sich und auch uns geschworen, dass er sich von den Docks fernhalten wird, dass er eine Arbeit suchen, Miete zahlen und nur so lange bei uns wohnen wird, wie es unbedingt notwendig ist."

Am Ende wurden sieben Jahre daraus.

Der Vater hatte sich tatsächlich geändert. Aus dem Säufer und Tagedieb war ein Mann ohne Leidenschaft geworden. Ein Mann, der lange nach Arbeit suchte und schlussendlich auch welche fand, der morgens schweigend aus dem Haus ging und abends wieder zurückkam, der jede Nacht mindestens eine Stunde auf dem harten Holzboden kniete und still betete, der beinahe kein Wort sprach, Flüche über sein trauriges Dasein, seine Arbeit und die Stadt mit ihren sündigen und verdorbenen Bewohnern ausgenommen, und sein Leben scheinbar Tag für Tag hinter sich brachte.

Leahs Bruder David, ähnlich schweigsam wie der Vater, doch mit einem weit sanfteren und ausgeglicheneren Charakter, verließ, gleich wie der Vater, morgens das Haus und kam spätabends wieder zurück. Er sprach nicht viel, doch was er sagte, war klug und überlegt. Er hatte die Fähigkeit, Probleme zu sehen und die Lösung zu erkennen, machte jedoch nichts aus dieser Veranlagung. Es kam vor, dass er Arbeiter bei einer Baustelle beobachtete und dabei wortlos den Kopf schüttelte. Wenn man ihn fragte, was ihm missfiel, deutete er auf die Szene und erklärte, wie die Arbeitsschritte richtiggestellt und verbessert werden könnten, welche Prozesse falsch liefen, wo die Maschinen stehen müssten, damit die Baustelle effektiver wäre und somit schneller fertiggestellt werden könnte. Ermunterte man David dann, seine Ideen dem Zuständigen mitzuteilen, sie zu verschriftlichen und dem Bauunternehmen zu unterbreiten, schüttelte er nur den Kopf. Dies sei die Aufgabe anderer, sagte er und wandte sich wieder von der Baustelle ab. Leah ärgerte diese Einstellung ungemein. Ganz besonders machte sie wütend, dass David, einem jungen, intelligenten und mit vielen Begabungen gesegneten Mann, ganz im Gegensatz zu ihr sämtliche Türen offenstanden und er nicht gewillt war, etwas daraus zu machen. Auch Amy und Isaac, die dieses Talent erkannten und fördern wollten, bissen sich an David die Zähne aus. Alle drei akzeptierten irgendwann, dass ihm sein täglicher Trott gefiel und er diesen vielleicht sein Leben lang nie ändern würde.

Eines Tages jedoch, die Familie Fox war inzwischen seit über zwei Jahren wieder zurück in Rochester, verkündete David, er habe eine Frau kennengelernt, die er heiraten und mit der er nach Hydesville, einem kleinen Ort etwa fünfzig Meilen entfernt, ziehen würde. Ihre Eltern kämen von dort, sie, ihr Name sei übrigens Elizabeth, wolle ebenfalls wieder dorthin zurück und außerdem sei das Leben in dieser hektischen und lauten Stadt nichts für ihn. Der Vater verstand Davids Entscheidung sofort, sagte, dass er ihn darum beneide, dass Rochester die Hölle sei und sein einziger Sohn mit Sicherheit die richtige Wahl traf. David antwortete, dass die Familie doch mitkommen solle. Als die Mutter diesen Vorschlag hörte, sprach sie sich sofort dagegen aus. Sie seien doch gerade erst angekommen und es gehe ihnen hier so gut. Essen, Arbeit, Stetigkeit. All das, was sie in den Jahren zuvor nicht gehabt hätten. Der Vater ignorierte die Worte seiner Frau. Er habe zu wenig Geld auf der Seite, um Rochester endlich den Rücken zu kehren, sagte er. Bald. Hoffentlich.

Maggie und Kate waren am Boden zerstört, als sie erfuhren, dass ihr großer Bruder wegziehen würde. Sie hatten in ihrem kurzen Leben beinahe keine Konstanten erlebt. Leah hatte von David erfahren, dass in Consecon weder die Mutter noch der Vater Zeit und Energie gehabt hatten, sich um die beiden zu kümmern. Ständig habe eine Unsicherheit bezüglich der Arbeit des Vaters, der Schulden, der Ehe der Eltern und der Möglichkeit, dass sie Kanada irgendwann Hals über Kopf verlassen mussten, geherrscht. Durch ihre eigenbrötlerische Art hatten die zwei keine Freundschaften geschlossen und ihre zwei älteren Schwestern Diana und Maria waren, nachdem sie ihre zukünftigen Männer kennenlernten, aus deren Leben verschwunden, ohne sich großartig von ihnen zu verabschieden. Nur David, der sich immer wieder mal Zeit für seine Schwestern genommen hatte und ihnen von seiner Arbeit als Schmied, vom heißen Ofen, vom rot glühenden Stahl, vom Hämmern auf das Metall und den herumfliegenden Funken erzählte, hatte sich in all den Jahren nie verändert. Er war ein Ruhepol gewesen, auf den sich Maggie und Kate bisher verlassen hatten.

Als Leah sah, wie sehr die Mädchen litten, nahm sie sich vor, von nun an eine sichere Konstante in deren unsicherem Leben zu werden. Sie nahm sich ihrer Schwestern an und versicherte ihnen, dass sie sich auf sie verlassen könnten. So kam es, dass Maggie und Kate nach und nach Vertrauen zu Leah fassten und sie irgendwann als ihre stärkste Bezugsperson auswählten. Die Mutter, die eigentlich diese Rolle übernehmen hätte sollen, war dazu nicht imstande. Als wolle sie die beschwerlichen Jahre in Kanada ausgleichen, schlief sie unglaublich viel, aß viel und wurde schnell wieder zu der dicken und anspruchslosen Frau, die sie gewesen war, bevor sie Rochester verlassen hatte.

Amy und Isaac brachten Maggie und Kate das Lesen, Schreiben und Rechnen näher und Leah hatte sich vorgenommen, ihnen die Vorzüge des Lebens in Rochester aufzuzeigen. Wann immer es ging, nahm sie die zwei Mädchen, die nach wie vor jeden wachen Moment gemeinsam verbringen wollten, überall mit hin und sah zu, wie sie immer mehr und mehr den Trubel und die Hektik der Stadt genossen. Abends schwärmten sie von den Wundern, die sie im Laufe des Tages gesehen hatten: Pferdekarren, Postkutschen, die mit spektakulärem Tempo holpernd über die Straßen rasten, Arbeiter, die dabei waren, ein riesiges, vierstöckiges Gebäude zu errichten, Verkäufer, die am Fischmarkt brüllend und sich gegenseitig übertönend ihre Ware anpriesen. Sie waren nach wie vor verschlossener und stiller als andere Kinder, doch das war nicht zu vergleichen mit dem Zustand, in dem sie gewesen waren, als sie in Rochester angekommen waren.

Leah genoss es insgeheim, von den beiden gebraucht zu werden, da die gerade dreizehnjährige Lizzy, aus welchem Grund auch immer, mehr und mehr Abstand von ihr nahm. Sie mochte es, von den beiden beobachtet, manchmal geradewegs studiert zu werden, als wäre sie ein Forschungsobjekt, das es zu verstehen und zu imitieren galt. Sie schienen die Bewegungen ihrer älteren Schwester, die Art, wie sie sprach, wie sie sich mit den Menschen unterhielt, wie sie lachte, nachzuahmen. Sie sahen, wie Leah ihr Leben meisterte, wie sie sich um ihre Tochter kümmerte, kochte, sich mit Freundinnen auf Tee und Kuchen traf, wie sie Hausbesuche machte, um dort Klavierunterricht zu geben, und wie sie von ihren zahlenden Kundschaften trotz der deutlich erkennbaren Klassenunterschiede wegen ihrer offenen, freundlichen und doch professionellen Art und aufgrund ihrer musikalischen Fähigkeiten wertgeschätzt und geachtet wurde. Leah nahm ihre Schwestern mit zu den Treffen im Hause der Posts mit Unterstützern der Sklavenabschaffung und der Frauenrechte. Früher hatte Lizzy sie begleitet, doch seit einiger Zeit weigerte sie sich jedes Mal, diesen Zusammenkünften beizuwohnen. Diese Themen seien nichts für sie, erklärte ihre Tochter trotzig, wissend, wie sehr diese Aussage ihre Mutter verletzte.

Maggie und Kate beobachteten, wie Leah abends mit Lizzy am Küchentisch saß und mit ihr bei Kerzenschein Lesen und Schreiben übte, wie sie ihr Texte diktierte, wie sie sich leise mit ihrer heranwachsenden Tochter über Literatur, Kunst, Musik und Politik unterhielt, wie wenig diese Themen Lizzy interessierten und wie frustriert Leah oft über den Widerstand ihrer eigenen Tochter war.

Doch Maggie und Kate sahen auch, wie verzweifelt Leah war, als die sechzehnjährige Lizzy eines Tages verkündete, sie habe einen Mann kennengelernt, Walter Benter, der sie liebe und mit dem sie den Rest ihres Lebens verbringen wolle. Leah nahm diese Ankündigung anfangs nicht ernst, doch als Lizzy diesen Verehrer, einen zweiundzwanzigjährigen, grobschlächtigen, kräftig gebauten Metzger mit einem breiten Gesicht und einem noch breiteren Rücken mit nach Hause brachte, wurde ihr bewusst, wie wenig Einfluss sie auf die Entscheidungen ihrer Tochter hatte. Walter sagte, dass er vorhabe, Lizzy zu heiraten und dass er ihr ein gutes, sicheres Leben bieten würde.

„Das bezweifle ich nicht", antwortete Leah, „doch Lizzy ist dafür, zu jung."

„Du selbst hast dich schon zwei Jahre früher einem Mann versprochen!", rief Lizzy trotzig. „Und als du in meinem Alter warst, war ich schon längst auf der Welt."

„Ich muss das mit meiner Tochter besprechen", sagte Leah zu Walter Benter, ohne auf Lizzys Worte einzugehen.

Dieser zuckte unbeeindruckt mit den Schultern, trank sein Glas in einem Zug leer und erklärte Leah, sie solle sich am besten damit abfinden. Er sei ein Mann, der bekam, was er sich in den Kopf gesetzt hatte. Leah versuchte die Gratwanderung ihrer Tochter klarzumachen, wie schwer es für sie gewesen war, dermaßen jung zu heiraten und ein Kind zu bekommen, ohne ihr das Gefühl zu geben, sie habe es jemals bereut. Sie beschwor Lizzy, doch nichts zu überstürzen, ihre Jugend zu genießen, zuerst sich selbst zu finden, die eigenen Talente zu erkennen und diese zu fördern, bevor sie schwanger würde und ihr Leben den Wünschen des Kindes und des Ehemanns unterordnen musste.

„Du verstehst nicht, wie ich mich fühle", schrie ihr Lizzy entgegen. „Ich will dein Leben nicht. Ich will nicht alleine sein. Ich will jemanden, der sich um mich kümmert!"

Leah traf sich immer wieder mit Amy Post und holte sich bei ihr Rat.

„Sie wird den gleichen Fehler begehen wie ich", sagte sie. „Sie wird sich ihm unterwerfen und sie wird unglücklich damit werden."

Amy lächelte verständnisvoll. „Ich kann deine Sorgen verstehen, Leah", antwortete sie, „ich empfinde genauso. Doch auch ich habe bereits mit Lizzy gesprochen und ich musste wieder einmal einsehen, dass deine Tochter anders ist als du."

„Anders", wiederholte Leah.

„Lizzy hat uns nie verstanden. Weder uns noch für was wir kämpfen. Sie will Sicherheit, da sie ihr Leben lang das Gefühl hatte, diese nicht zu haben."

„Aber …", wollte Leah protestieren.

„Du hast alles getan, was du konntest. Du warst eine gute Mutter und du wirst immer eine gute Mutter bleiben. Doch Lizzy wird sich nicht von ihrer Entscheidung abbringen lassen. Wenn du dagegen kämpfst, wirst du sie verlieren."

So kämpfte Leah *nicht* weiter. Und sie verlor ihre Tochter trotzdem. Zwei Monate nach diesem Gespräch heirateten Lizzy und Walter in kleinem Rahmen und sie zog daraufhin zu ihm in die enge Wohnung neben der Metzgerei. Leah musste mitansehen, wie Walter über seine Frau herrschte, wie er sie rumkommandierte und wie Lizzy es sich gefallen ließ. Einige Male versuchte sie zu intervenieren, was schließlich dazu führte, dass Walter Lizzy den Kontakt zu Leah untersagte. Ein Befehl, dem Lizzy gehorchte. Ein halbes Jahr darauf zogen die beiden nach Kalifornien, wo Walter sein

Glück versuchen wollte. Von einem Tag auf den anderen verschwand ihre Tochter völlig aus Leahs Leben. Ihr gesamtes erwachsenes Dasein über war jemand von ihr abhängig gewesen und diese Aufgabe hatte sie mit einem Mal verloren. Natürlich hatte es Momente gegeben, in denen sie sich wünschte, andere Entscheidungen getroffen zu haben, doch insgeheim hatte sie es stets genossen, sich um jemanden zu sorgen und gebraucht zu werden, und Leah konnte sich kein Leben vorstellen, in dem das nicht der Fall war.

Um diesen Raum zu füllen, fokussierte sie sich wie selbstverständlich auf zwei andere junge Frauen. Unbewusst fasste Leah zu dieser Zeit den Entschluss, ihre gesamte Aufmerksamkeit und Liebe ihren Schwestern zu widmen, insgeheim hoffend, aus ihnen selbstständig denkende und handelnde Persönlichkeiten zu machen, die nicht den gleichen Fehler wie sie und Lizzy begehen würden. Von dem Moment an, an dem ihre eigene Tochter Rochester verlassen hatte, verbrachte Leah noch mehr Zeit mit Maggie und Kate. Nicht selten schliefen die zwei auch bei ihr zu Hause, meist eng zusammengekauert in Lizzys ehemaligem Bett, wo Leah ihnen nachts vor dem Schlafengehen bei Kerzenschein Geistergeschichten erzählte. Maggie und Kate liebten diese Erzählungen und wollten, trotz der Fülle an Folkloregeschichten, die es gab, immer wieder die gleiche Geschichte hören: jene von ihrer Urgroßmutter und deren besonderen Fähigkeiten.

„Erzähl uns von Nana!“, riefen sie und rückten enger zusammen.

Leah lächelte, da sie diese Geschichte selbst ebenfalls mochte.

„Nana“, sagte sie dann immer leise, „verfügte über das Zweite Gesicht.“

„Das Zweite Gesicht“, wiederholten die zwei Kinder jedes Mal unisono. Ein Ritual, das nicht verändert werden durfte.

„War es ein Segen oder ein Fluch? Das kann niemand so genau sagen.“

„Ein Segen“, antworteten die Schwestern stets flüsternd.

„Nana hatte Visionen von der Zukunft“, sagte Leah und gab wieder, was ihre Mutter ihr oft erzählt hatte, als sie selbst noch ein Kind war. „Sie schlafwandelte, so nannten es zumindest die Unwissenden, stand nachts auf, verließ das Haus, als wäre sie wach und war es doch nicht. Pa folgte ihr oft, weil er sich Sorgen machte.“

„Warum weckte er sie nicht auf?“, fragten die Kinder, die verstörende Antwort kennend.

„Nana ließ sich nicht aufwecken. Egal, wie sehr man sich auch bemühte. Pa hatte sie geschüttelt, sie beim Arm genommen, daran gezogen, doch wie von einer unerklärlichen Macht gesteuert, entwickelte Nana Kräfte, gegen die niemand etwas ausrichten konnte. Manchmal blieb sie stehen, so starr, als wären ihre Füße mit dem Boden verwachsen, ein anderes Mal stieß sie Pa von sich, mit so viel Wucht, dass dieser auf dem Boden landete. Nein, Nana ließ sich nicht aufwecken. Baute Pa sich in der Haustür vor ihr auf, drängte sie sich an ihm vorbei, verließ das Haus und ging in Richtung des Friedhofs. Dort angekommen, wohnte sie dann Phantombeerdigungen bei. Sie stand an einem noch freien Grab, betete leise, weinte, warf Erde in das Loch, manchmal kniete sie sich auf den feuchten Rasen und schlug die Arme über ihrem Kopf zusammen."

„Und dann?", fragten die Kinder.

„Dann ging sie wieder nach Hause."

„Und dann, und dann?"

„Und dann, am nächsten Tag, war ihr zwar nicht bewusst, dass sie geschlafwandelt hatte, dennoch konnte sie sich stets an die Trauerfeier erinnern, als wäre sie wirklich geschehen. Sie wusste, wer beerdigt worden war, welche Gäste anwesend gewesen waren, welche Pferde der Nachbarn die Kutsche mit dem Sarg gezogen und wer die Prozession angeführt hatte." Leah lehnte sich bei dieser Stelle vor, legte ihre Hand auf den Mund und flüsterte in Richtung ihrer zwei Schwestern: „Und immer, jedes einzelne Mal, bewahrheiteten sich ihre Visionen. Nie dauerte es lange, bis die Person, an deren Grabe die Großmutter in ihrem Traum gestanden hatte, tatsächlich verstarb. Und jedes einzelne Mal spielte sich genau das ab, was Nana bis ins kleinste Detail geschildert hatte."

„War sie die Einzige in unserer Familie, die das Zweite Gesicht hatte?", fragte Kate, obwohl sie die Antwort natürlich kannte.

„Nein! Ihre Urgroßmutter und deren Urgroßmutter hatten diesen Fluch, nein, diese Gabe ebenfalls." Die Mädchen kicherten an dieser Stelle, da sie genau wussten, was als Nächstes kam. „Und vielleicht", fügte Leah stets leise hinzu, „vielleicht hat sie das Zweite Gesicht auch an uns vererbt. Jetzt sind wir die Urenkelinnen, so wie sie es auch einst waren. Vielleicht wissen wir es nur noch nicht und irgendwann stehen wir nachts an einem offenen Grab und wissen ganz genau, wer als Nächster darin liegen wird."

„Vielleicht", sagten die zwei Kinder dann immer gleichzeitig, als wären sie eins, blickten sich gegenseitig an und kicherten. „Vielleicht."

Nicht selten war es letztendlich Leah, der es bei dieser seltsamen Reaktion kalt den Rücken runterlief.

Trotz der drei Jahre Altersunterschied waren Maggie und Kate unzertrennlich. Mehr noch, oft schienen die zwei wie eine Person zu handeln, beendeten gegenseitig ihre Sätze und verhielten sich oft wie eineiige Zwillinge, die die Gedanken der anderen lesen konnten. Immer wieder, als würden die beiden ein Kunststück vorführen, sprachen sie vollkommen gleichzeitig, zum Teil mehrere Sätze. Es war ein Trick, so weit war sich Leah sicher. Doch konnte sie sich nicht erklären, wie sie es bewerkstelligten, da die beiden häufig auch auf diese Weise auf spontane Fragen reagierten. Wildfremde applaudierten zum Teil sogar, wenn sie die Schwestern so sprechen hörten.

Maggie und Kate wuchsen heran und aus den zurückgezogenen, stillen Mädchen wurden langsam aufgeweckte und selbstständig denkende Personen. Sie waren neugierig, stellten viele Fragen und interessierten sich für Musik, zeigten jedoch keine besondere Begabung darin, ein Instrument zu erlernen. Generell hatten sie keine Lust, sich einer Sache gezielt zu widmen und viel Übung darauf zu verwenden. Amy und Isaac waren oft etwas frustriert, da beide Mädchen, ganz im Gegensatz zu Leah, kein Interesse an Literatur oder am Lernen selbst hatten, was zu einem großen Teil die Mutter verschuldet hatte. Als Amy und Isaac mit Margaret über die fehlenden Fortschritte sprachen, winkte diese ab und betonte, dass diese Dinge, Schulbildung meinte sie, im echten Leben doch nicht wichtig seien. Natürlich sei es ein netter Zeitvertreib, das Lesen, das Schreiben und das Rechnen, aber wozu würde eine Frau diese Fähigkeiten denn letztendlich benötigen? Sie selbst habe ebenfalls nicht richtig gelernt zu schreiben und es in ihrem Leben auch nie gebraucht. Das übernehme doch sowieso immer der Mann.

Alle drei waren der Meinung, dass ganz besonders eine Frau nur dann ein selbstständiges Leben führen konnte, wenn sie bestimmte Grundkenntnisse besaß und eine Ahnung davon hatte, wie die Welt tickte. So versuchten Amy und Leah als Vorbilder voranzugehen, wollten den Kindern zeigen, dass Frauen frei und selbstständig sein konnten, jedoch ständig darum kämpfen mussten. Immer wieder wiesen sie die Mädchen auf zwar offensichtliche, doch nur von den wenigsten erkannte Ungerechtigkeiten hin: Eine Frau durfte nicht wählen geschweige denn in der Politik mitwirken; dass eine Frau, ohne zumindest einen Mann hinter sich zu haben, ein Geschäft leitete oder gar als Besitzerin gelistet wurde, war völlig undenkbar; bei einer Scheidung, die natürlich nur der Mann einreichen konnte, erhielt die Frau nichts vom zuvor gemeinsamen Besitz. So ging die Liste weiter und weiter.

„Und du?", war irgendwann die logische Frage der Kinder an Leah. „Du warst doch verheiratet."

„Das stimmt", antwortete Leah.

„Du hast doch auch eine Wohnung und eine Arbeit. Aber du hast gesagt …“

Leah unterbrach den Einwurf ihrer Schwestern und erklärte, dass sie sich alles selbst habe erarbeiten müssen, mehr noch, dass sie sich nehmen musste, was man ihr nicht geben wollte. Die Wohnung, den Beruf, die Kleidung für sie und Lizzy, alles. Außerdem sei sie nicht geschieden, sondern verwitwet. Ihr Mann war tot, was die Angelegenheit einfacher mache. Das sei etwas anderes.

„Vater hat gesagt …“, wollte Kate einwerfen.

„Er ist tot“, unterbrach sie Leah.

„Wie ist er gestorben?“, fragte Maggie.

„Das spielt keine Rolle“, sagte Leah.

„Hast du ihn getötet?“, bohrte Maggie nach.

„Nein!“, rief Leah.

„Ich weiß, wie er gestorben ist“, sagte Kate.

„Das kannst du gar nicht wissen“, antwortete Leah scharf und wechselte das Thema.

Mit der Zeit wurden sowohl Amy als auch Leah etwas nachlässiger, was das Heranführen der Schwestern an diese komplizierten Themen betraf. Die zwei Mädchen schienen noch nicht alt genug zu sein, um die Ungerechtigkeiten, die um sie herum geschahen, zu begreifen. Zudem waren sie, da das Leben in Rochester um so vieles aufregender war als ihr bisheriges isoliertes Dasein in Consecon, zu abgelenkt, als dass sie sich für derartig nüchterne Angelegenheiten interessiert hätten. So beschlossen die zwei Frauen, den zweien zuerst einmal eine sichere, entspannte und beschützte Kindheit zu bieten, in der sie sich entfalten und ihre Talente entdecken konnten und mit der politischen Bildung und dem wichtigen Thema der Frauenrechte auf den richtigen Moment zu warten. Sie warteten zu lange.

Es war im Oktober 1847, sowohl die gesamte Familie Fox als auch Amy und Isaac saßen im Wohnzimmer der Posts und tranken Tee, als John Fox ohne Vorwarnung aufstand und ankündigte, dass er nun genug Geld gespart habe, damit sie endlich zu David nach Hydesville ziehen konnten.

„Ich habe ihm vor einigen Wochen geschrieben und David hat sich bereits um ein Haus gekümmert, in dem wir, bis David und ich ein eigenes gebaut haben, wohnen können. Punkt."

Diese Ankündigung aus dem Nichts war für alle ein großer Schock. Maggie und Kate protestierten und jammerten, Margaret, gewohnt die Launen ihres Mannes zu akzeptieren, senkte den Kopf, Leah und die Posts begannen sachlich zu argumentieren, dass die Familie und besonders die Kinder in der Stadt ein weitaus besseres und wertvolleres Leben hätten, dass hier etwas aus ihnen werden könnte. Doch John hatte seine Entscheidung schon längst getroffen. Anfangs ignorierte er das Betteln und Flehen seiner zwei kleinen Töchter und die Argumente von Leah und den Posts. Still saß er da und starrte ins Leere, bis es ihm schließlich zu viel wurde.

„Es macht doch keinen Unterschied", sagte er leise brummelnd. „Die Mädchen finden schon ihren Platz und werden diesen dann auch gefälligst einnehmen. Egal ob in Rochester oder Hydesville."

„Aber …", begann Leah und wurde sofort von ihrem Vater unterbrochen.

„Kein aber!", rief er und seine Stimme wurde von Sekunde zu Sekunde lauter und schärfer. „Besonders von dir verbitte ich mir jedes weitere Wort! Du mit deinem Bastard, der es nicht bei dir ausgehalten hat. Da kannst du ja stolz auf dich sein." Er spuckte auf den Boden, was Isaac wiederum so wütend machte, dass er aufsprang.

„John!", entfuhr es ihm scharf und erntete daraufhin einen kalten, durchdringenden Blick.

Der Vater drehte sich zu Maggie und Kate, die ihre Mutter beknieten, doch endlich auch etwas zu sagen. „So weit kommt es noch", brüllte er. „Dass wir unser Leben nach den Wünschen unserer Töchter gestalten!" Er stand auf und warf den Frauen einen abschätzigen Blick zu. „Ihr seid gefälligst still! Keine Sekunde länger höre ich mir euer Gejammer an! Die Entscheidung ist getroffen!" Dann wandte er sich wieder Leah zu: „Und du", sagte er und sog durch die Nase Luft ein. „Du kannst froh sein, dass ich dir überhaupt den Kontakt zu uns erlaubt habe, du Flittchen! Jeder andere hätte dich …"

„Es reicht!", rief Amy und schlug mit der Handfläche so fest auf den niedrigen Wohnzimmertisch, dass die Teetassen überschwappten. Der Vater schaute ein letztes Mal in die Runde und setzte sich wieder auf seinen Stuhl. Leah wusste, dass jedes weitere Wort sinnlos war, nahm ihre Schwestern an der Hand und wollte das Haus verlassen. Doch Maggie und Kate wehrten sich. Leah erkannte, dass sich die Trauer und der Kummer der Mädchen inzwischen in blanke Wut verwandelt hatten. Sie wischten sich trotzig die Tränen aus den Augen, Maggie stampfte mit dem Fuß auf den Dielenboden, Kate tat es ihr gleich. Die zwei, eingeschränkt durch ihren kindlichen Wortschatz, was sie nur noch wütender werden ließ, riefen, dass diese Entscheidung nicht fair sei, dass sie bei Leah bleiben wollten und dass die Eltern gefälligst ohne sie gehen sollten. Es sei ihnen egal.

„Ihr wollt uns doch eh nicht“, brüllte Kate, dem Vorbild ihrer Schwester folgend.

„Und wir wollen euch nicht!“, unterstützte sie Maggie, woraufhin der Vater ungewohnt schnell vom Stuhl aufsprang, Maggie beim Kragen packte und ihr eine schallende Ohrfeige verpasste. Einen Moment lang sprach niemand ein Wort, der Vater blickte Maggie wütend ins Gesicht und wollte sich gerade Kate widmen, als plötzlich ein lautes Knacken die Stille zerriss. Alle im Zimmer zuckten aufgrund des seltsamen Geräusches zusammen und sahen sich irritiert um. Nur Kate schien vollkommen unbeeindruckt und starrte den Vater mit verengten Augen und fest zusammengepressten Lippen an.

„Wir bleiben hier“, sagte sie leise, ihre Worte nicht mehr als ein Flüstern. „Der Tote Riese will es so.“

Und noch einmal, wie um ihre Aussage zu unterstreichen, ertönte ein lautes, schallendes Knacken. Der Vater war verunsichert, doch nur einen Moment lang, danach fasste er sich wieder, ließ von Maggie ab, stieß sie von sich und setzte sich auf den Stuhl.

„Das werden wir sehen“, sagte er leise.

Bereits im darauffolgenden Monat kamen eines Vormittags drei junge Kerle, die John bei den Docks aufgegabelt hatte, luden die nach wie vor spärlichen Habseligkeiten in eine Postkutsche und John, Margaret sowie die zwei Mädchen ließen Rochester hinter sich. Der Vater war der Einzige, der an diesem Tag keine Träne vergoss.

Kate

[Uns ist kalt. Seit wir hier sind, ist uns kalt. In der Nacht wache ich oft auf und meine Nase, meine Zehen und meine Finger schmerzen vor Kälte. Immer wenn ich aufwache, ist Maggie ebenfalls wach. Ich frage sie: Ist dir auch kalt? Sie antwortet meist nicht. Es ist egal. Ich weiß, warum sie wach ist. Sie greift nach meinen Händen, nimmt sie in ihre, atmet vorsichtig darauf. Langsam werden sie wärmer. Irgendwann schlafe ich wieder ein.

Am Morgen ist es kalt, während des Tages auch und am Abend ist es am schlimmsten. Wir bitten Vater, mehr Holz in den Kamin zu werfen, fragen, ob wir es tun dürfen, ob wir ihm die Arbeit abnehmen können. Er verbietet es. Maggie sagt, er ist zu geizig. An manchen Tagen kommt David vorbei und bringt Holz. Einmal hat er einen ganzen Karren dabei. Er bringt Holz und wir tragen es in das Haus. An diesem Tag ist es warm. Dann geht er wieder und die Wärme mit ihm.

Die Kälte und Maggies Traurigkeit. Das ist das Schlimmste. Sie vermisst Leah. Ich vermisse sie auch. Maggie hasst diesen Ort. Ich hasse ihn auch. Die anderen Kinder wollen uns nicht. Mich stört es nicht. Ich bin zusammen mit Maggie. Das reicht.

Oft tut ihr der Kopf weh. Wenn es ganz still ist. Sie bedeckt ihre Augen mit den Händen. Sie weint fast jeden Tag. Ich versuche sie zum Lachen zu bringen. Manchmal gelingt es mir. Meistens nicht.

Vater spricht nicht mit uns. Er geht arbeiten, mit David, kurz bevor es dunkel wird, kommt er wieder. Er sitzt am Tisch und schweigt. Jeden Abend liest er in der Bibel. Wenn er still ist, müssen wir es auch sein. Ich weiß, dass Maggies Kopf in dieser Zeit am meisten wehtut.

Es gibt nichts zu tun. So erfinden wir Spiele. Am Tag gehen wir zum kleinen See und werfen Steine auf das gefrorene Wasser. Oder wir gehen zum großen Baum. Maggie sagt, er ist ähnlich wie der Baum in Kanada. Ich kann mich nicht mehr an ihn erinnern. Maggie fragt: Erinnerst du dich an den Toten Riesen? An ihn muss ich mich nicht erinnern. Der Tote Riese ist immer da. Er ist ein Teil von mir. Es ist, als würde sie mich fragen: Erinnerst du dich an dich selbst?

Wir gehen zum großen Baum und setzen uns auf den gefrorenen Boden. Das Haar des Toten Riesen ist weiß und kalt. Wenn man die Hand lange genug drauflegt, schmilzt das Eis und sein Haar wird wieder grün. Das ist gut. Ich lasse den Toten Riesen sprechen. Maggie gefällt es. Ich zeige ihr, wie es geht. Zuvor muss sie mir hoch und heilig versprechen, das Geheimnis niemandem zu verraten. Es gehört nur uns. Es ist ein Schatz, der mir alles bedeutet und den ich mit ihr teile.

Sie übt und irgendwann kann sie es auch. Wir stellen dem Toten Riesen Fragen in unserer eigenen Sprache. Er antwortet. Immer.

Der Winter ist lang. Viel zu lang. Das Wetter ist schlecht und wir sind die meiste Zeit im Haus. Maggie und ich spielen manchmal Streiche. Im Schuppen draußen haben wir einen Schraubenzieher gefunden und wenn die Eltern nicht da sind, spielen wir damit. Wir lockern Schrauben. Nur ein bisschen. Das ist genug. An der Tür, an den Küchenschränken, am Fußboden. Plötzlich klemmt die Tür, die Bodenbretter knarren, wenn man darübergeht, und die Schranktüren öffnen sich von selbst. Die Eltern wundern sich, kennen sich nicht aus, versuchen der Sache auf den Grund zu gehen. Es gelingt ihnen nicht. Am nächsten Tag ziehen wir die Schrauben wieder an und lockern neue. Wir sagen den Eltern, dass es in diesem Haus spukt. Der Vater schüttelt den Kopf und die Mutter spricht zu den Geistern, bittet darum, dass sie uns nichts tun. Wir finden es lustig.

Irgendwann ist unsere Nachbarin Mary bei uns. Sie erzählt Mutter, dass vor ein paar Jahren in unserem Haus ein Mann ermordet wurde. Ein Hausierer, vielleicht, sagt sie. Es sind Gerüchte. Mutter klatscht in die Hände. Ich weiß nicht, ob sie Angst hat oder sich freut.

Der Tote Riese verrät mir, dass Marys Geschichte stimmt.

Von nun an wissen wir, wer den Fußboden zum Knarren bringt und wer die Schranktüren öffnet.

Am Abend binden wir eine Schnur um einen Apfel, lassen ihn die Treppe hinunterrollen und ziehen ihn wieder hinauf. Das Geräusch ist laut und unheimlich. Mutter eilt nach oben und Maggie und ich sagen, dass wir das Klopfen auch gehört haben. Es ist ein Spaß und es hilft gegen die Langeweile.

Dann schlägt Maggie vor, dass wir den Toten Riesen zu uns nach Hause einladen. Ich finde das eine gute Idee und freue mich, dass es Maggie besser geht.]

Der Tote Riese erwacht

31. März 1848

So gerne wäre Leah dabei gewesen, als der Tote Riese erwachte. Trotz der vielen genauen Beschreibungen, die in den Tagen, Wochen und Monaten danach in Zeitungen und Flugblättern veröffentlicht wurden, trotz der Interviews, die mit den Eltern und den Nachbarn geführt worden waren und die man überall nachlesen konnte, trotz des berühmten vierzigseitigen Pamphlets mit dem holprigen Titel *Ein Report über die mysteriösen Geräusche, vernommen im Hause von John D. Fox in Hydesville, Arcadia, Wayne County*, das der junge, aufstrebende Journalist E. E. Lewis verfasst hatte, hätte Leah gerne mit eigenen Augen gesehen, wie sich das Jenseits zum ersten Mal seinen Weg ins irdische Dasein gesucht hatte. So gerne hätte sie von sich behaupten können, mit eigenen Augen gesehen zu haben, wie ihre zwei Schwestern, Maggie und Kate Fox, zum ersten Mal in ihrem Leben zu einem

Sprachrohr für das Jenseits geworden waren, spirituelle Medien, Instrumente, die längst verstorbenen Seelen eine Stimme gaben. So gerne hätte sie miterlebt, wie die Mädchen am Abend des 31. März 1848, ein halbes Jahr nachdem sie Rochester verlassen hatten, ihre Eltern ins Schlafzimmer riefen, wie diese müde und griesgrämig – die vorherigen Nächte waren gespenstisch und unerklärlich laut gewesen – die Treppen nach oben stiegen, das schwach beleuchtete Zimmer betraten und in die verängstigten und gleichzeitig gebannten Gesichter der zwei Kinder blickten, die auf der Bettkante saßen, eine Decke über ihren kleinen Leibern.

Der Vater wünschte zu erfahren, warum die Mädchen die Eltern zu sich gerufen hätten, und als Antwort stand Maggie auf, platzierte sich in der Mitte des Zimmers, atmete tief ein und nannte lediglich die Zahl Fünf. Aus dem Nichts zerriss ein lautes Knacken – sie hatten dieses Geräusch das letzte Mal vor einigen Monaten in Rochester gehört – die Stille und Margaret und John zuckten zusammen. Dann abermals ein lautes, unerklärliches Knacken und danach drei weitere Male.

„Was ist das?“, rief die Mutter aufgeregt und suchte nach der Quelle der Geräusche.

„Er spricht so“, antwortete Maggie leise.

„Er kann Fragen beantworten“, fügte Kate hinzu, den Blick auf den Boden gewandt.

„Er?“, rief Margaret entsetzt.

„Mr Flatfoot“, antwortete Kate.

„Was zum …“, begann John abermals. Seine Worte wurden aber von einem weiteren lauten Knacken unterbrochen.

„Ist das ein Geist?“, rief die Mutter in den dunklen Raum.

Drei durchdringende Schläge waren die Antwort.

„Das heißt ‚Ja‘“, sagte Maggie leise. Die Schwestern rückten noch enger zusammen.

„Seid ihr das?“, fragte der Vater mit harter Stimme.

„Nein!“, antworteten sie unisono.

John sank auf die Knie und blickte unter das Bett. Er untersuchte Fenster, Wände und Bodenbretter, fand jedoch keine Erklärung für die Geräusche. In der Zwischenzeit schlug Maggie vor, dem Geist Fragen zu stellen. Margaret nickte heftig und stellte verschiedene Fragen in den Raum: „Wie viele Kinder haben wir?“

Sechsmaliges Knacken.

„Wie alt ist Kate?“

Zehn Knackgeräusche.

„Wie alt ist Maggie?“

Dreizehn.

Dann fragte Margaret, eingeschüchtert und gleichzeitig erregt: „Bist du ein Geist?“ Dreimaliges Knacken. „Ein Geist, der den Weg ins Jenseits nicht findet?“ Erneut dreimaliges Klopfen. „Warum bist du hier?“ Stille.

Irgendwann erhob sich der Vater stöhnend, blickte mürrisch seine Frau an und zuckte etwas ratlos mit den Schultern.

„Es ist ein Wunder“, sagte Margaret leise zu ihrem Mann. Dieser schüttelte den Kopf.

„Kein Wunder. Es muss eine …“

Ein scharfes Knacken unterbrach seine Worte.

„Mary und Ned müssen es sehen“, sagte Margaret und wollte aus dem Zimmer eilen. Im letzten Moment drehte sie sich noch einmal um und teilte ihr Vorhaben dem unsichtbaren Geist mit.

„Ich will unsere Nachbarn holen." Stille. „Wirst du dich auch zu erkennen geben, wenn sie ebenfalls in diesem Zimmer sind?"

Zuerst Stille. Dann dreimaliges Knacken.

„Ein Wunder!", rief Margaret ein weiteres Mal und schüttelte sich vor Angst und Erregung. Sie verließ das Schlafzimmer, eilte nach unten, warf sich den dicken Mantel über, stieg in die mit Biberfell gefütterten Stiefel, ignorierte die Rufe ihres Mannes, dass sie gefälligst dableiben solle, und lief durch die eisige Kälte zum Nachbarhaus, das sich hundert Meter entfernt befand. Sie klopfte heftig an die Tür ihrer Nachbarn und teilte der zweiundzwanzigjährigen Mary Redwood und ihrem zwanzig Jahre älteren Mann Ned mit, dass sich ganz und gar sonderbare Dinge in ihrem Haus abspielten und dass sie sich unbedingt selbst ein Bild davon machen müssten. Mary Redwood, die sich nicht selten tödlich langweilte und sich nach Zerstreuung sehnte, folgte Margaret auf dem Fuße. Ned blieb, da er sich gerade eine Pfeife gestopft hatte, zurück.

Im Haus der Familie Fox angekommen, eilten sie in den oberen Stock, wo der Vater auf dem Sessel in der Ecke Platz genommen hatte, halbherzig in seiner abgegriffenen Bibel blätterte und die Schwestern nach wie vor mit einer Decke auf dem Bett kauerten. Margaret drehte sofort die Öllampe zurück, stellte sie auf das Nachtkästchen und rief, ohne ihre Nachbarin darauf vorzubereiten: „Nun zähle bis fünf!"

Nichts passierte. Die Mutter blickte fragend ihre Töchter an.

„Warum geschieht nichts?“, fragte sie.

„Du musst ihn mit seinem Namen ansprechen“, sagte Maggie leise.

„Er heißt Mr Flatfoot“, fügte Kate hinzu.

„Mr Flatfoot also“, rief Margaret, ohne diese neue Information zu hinterfragen, „zähle bis fünf!“

Augenblicklich ertönten fünf laute Knackgeräusche. Mary Redwood schrie auf.

„Mr Flatfoot! Zähle bis fünfzehn!“, rief Margaret, Ängstlichkeit und Stolz manifestierten sich in ihrer Stimme.

Fünfzehnmaliges Knacken war zu hören. Mary Redwood wurde bleich. Sie ließ sich auf die Bettkante fallen.

„Ein Wunder“, rief Margaret laut, berauscht von ihrer Macht über die junge Nachbarin, die sie nicht selten herablassend und überheblich behandelt hatte.

„Er sieht uns“, sagte Kate leise. „Er beobachtet uns.“

„Was ist das?“, rief Mary Redwood entsetzt.

„Ein Geist“, antwortete Kate, doch die Erwachsenen beachteten sie nicht.

„Es ist ein Geist“, erklärte Margaret stolz. „Ein Geist, der den Weg ins Jenseits nicht findet. Das hat er mir höchstpersönlich mitgeteilt. Mich wundert es ja nicht, dass sich das Wunder genau in unserem Haus abspielt. Meine Großmutter hatte nämlich das Zweite Gesicht!“ Eine Angelegenheit, die sie sonst gewissenhaft verschwieg. „Und ich habe schon lange das Gefühl, dass die Kinder ebenfalls eine Hellhörigkeit gegenüber dem Übersinnlichen haben.“

„Wirklich?“, fragte Maggie überrascht.

„Schwachsinn!“, rief John Fox, der so tat, als ließen ihn die unerklärlichen Geräusche völlig kalt.

„Mr Flatfoot spricht mit *uns*!“, sagte Kate laut und stand auf. Ihre ältere Schwester zog sie zu sich zurück aufs Bett. Mary Redwood, der es eine Zeit lang die Sprache verschlagen hatte, hatte sich inzwischen wieder gefasst.

„Ein Geist“, sagte sie und ihre Aussage wurde durch dreimaliges Knacken untermauert. Ihr Mann müsse ebenfalls Zeuge des Wunders werden, entfuhr es ihr.

„Und auch die anderen!“, rief Mary.

Margaret nickte zustimmend, so heftig, dass ihr Doppelkinn wackelte. John brüllte, dass es jetzt genug sei. Doch die beiden Frauen waren schon auf dem Weg nach unten, um die Nachbarn über diese Ereignisse zu informieren.

Bald darauf drängten sich insgesamt zehn Personen im engen Schlafzimmer zusammen. Hinzugekommen waren der sichtbar genervte Mann von Mary Redwood und die Nachbarn Mr und Mrs Duesler, ein betagtes Ehepaar, sowie Mr Hyde, der lokale Metzger, und seine Frau. Erneut wurden sämtliche Öllampen zurückgedreht und alle blickten gespannt in Margarets Richtung. Diese, nicht gewohnt im Mittelpunkt zu stehen, stand auf, öffnete den Mund, setzte sich wieder, holte tief Luft und sprach mit zitternder Stimme in die Dunkelheit:

„Mr Flatfoot! Bist du anwesend, so melde dich!“

Ein lautes dreimaliges Klopfen war die Antwort. Die neu dazugekommen Gäste tauschten verdutzte, verängstigte, entsetzte und argwöhnische Blicke. Mrs Hyde schnappte nach Luft. Mary Redwood rief: „Ich habe es ja gesagt!“ Mr Hyde ging sofort auf alle viere und suchte unter dem Bett der Kinder sowie unter dem Ehebett nach dem

Ursprung der mysteriösen Geräusche. Ächzend richtete er sich wieder auf und schüttelte den Kopf. Mr Duesler, der Älteste im Raum, trat souverän in die Mitte des Zimmers und deutete mit dem Finger auf Margaret Fox.

„Weißt du, woher das Klopfen kommt?“, fragte er scharf.

Sie verneinte eingeschüchtert. Er blickte John Fox an. Dieser zuckte abweisend mit den Schultern. Sein Blick streifte die Mädchen, die ebenfalls mit den Achseln zuckten.

„Die Geräusche“, sagte Margaret schließlich, „haben bereits vor einigen Tagen begonnen. Immer wieder haben wir Klopfen und Knacken gehört, auf der Treppe, von der Decke, von den Wänden, manchmal auch im Wohnzimmer, nicht wahr, John?“

John fuhr sich durch den dichten Bart. Er hustete.

„Irgendetwas war da schon“, sagte er heiser.

„Wir konnten die letzten Tage nicht einmal mehr schlafen!“, rief Margaret.

„Ich auch nicht!“, sagte Maggie.

„Ich auch nicht! Viel zu laut!“, fügte ihre jüngere Schwester hinzu.

„Die zwei haben es zuerst gehört“, sagte Margaret und deutete auf die Kinder. „Sie sind …“

Das interessiere ihn nicht, unterbrach sie Mr Duesler. Er wolle wissen, wer diese Geräusche verursache.

„Ein Geist“, sagte Maggie leise.

„Unsinn!“, entgegnete Mr Duesler.

„Sein Name ist Mr Flatfoot“, fügte Kate hinzu.

„Sei still, Kind“, schnitt Mr Duesler ihr das Wort ab.

„Wieso genau Mr Flatfoot?“, fragte Mary Redwood die Mädchen.

„Er heißt so“, sagte Kate leise.

„Er hat es uns gesagt“, fügte Maggie hinzu.

„Wie?“, rief Mary Redwood. „Wie hat er es euch gesagt?“

Kate blickte ihre Schwester verängstigt an und suchte Schutz unter der Decke.

„Antworte, Kind!“, brüllte der alte Mr Duesler.

„Wir wussten es einfach“, antwortete Maggie schließlich. „Er hat es gesagt und wir haben es gehört.“

Alle Anwesenden blickten die zwei Mädchen schweigend an. Mrs Duesler unterbrach die Stille.

„Was hat er noch gesagt?“, fragte sie.

„Ich weiß nicht“, antwortete Kate und zog die Decke bis unters Kinn.

„Dass er hier gestorben ist“, sagte Maggie ernst und blickte in die Gesichter der Erwachsenen. „In diesem Haus.“

„Nein!“, rief Mrs Duesler entgeistert. „Könnt ihr euch mit ihm unterhalten?“

Maggie und Kate blickten sich einen Moment lang an und schüttelten anschließend gleichzeitig den Kopf. „Er hat uns nur seinen Namen verraten“, sagte Maggie leise. „Mehr nicht. Das andere haben wir ihn gefragt und er hat geantwortet.“

„Ihr habt ihn gefragt, ob er in diesem Haus gestorben ist?“, rief Mary Redwood entsetzt.

Die Mädchen nickten und gleichzeitig ertönte wieder ein lautes Klopfen, das sämtliche Anwesenden zusammenzucken ließ. Mrs Hyde schrie auf und flüchtete in die Arme ihres Mannes.

„Mr Flatfoot“, rief Mr Duesler in die Dämmerung, „wurden Sie in diesem Haus ermordet?“

Wieder klopfte es laut drei Mal.

„Haben Sie in diesem Haus gewohnt?“

Stille.

„Waren Sie Gast in diesem Haus?“

Stille.

„Sind Sie in dieses Haus eingebrochen?“

Stille.

Mr Duesler blickte fragend in Richtung der Anwesenden.

„Er war ein Hausierer“, sagte Maggie vorsichtig. Kate nickte.

„Tatsächlich“, entfuhr es Mr Duesler. „Ein Hausierer also!“

Es knackte drei Mal.

„Wie die Geschichte von unserem Vormieter!“, rief Margaret laut. „Wie hieß er noch mal? Mary, du hast uns letztens davon erzählt.“

„Bell!“, antwortete Mary Redwood.

Dreimaliges scharfes Klopfen.

„Francis Bell, so hieß er!“, rief Mrs Hyde. „Er hat vor euch hier gewohnt und angeblich einen Hausierer in diesem Haus ermordet!“

„Genau das hat mir Mary auch gesagt!“, sagte Margaret Fox. „Erinnerst du dich? Gerade erst vor wenigen Tagen. Schrecklich ist das! Wenn wir das nur gewusst hätten, dann wären wir nie in dieses Haus gezogen! Nicht wahr, John?“

John zuckte mit den Schultern.

„Besser als Rochester ist es allemal", murmelte er.

„Sie sind also der ermordete Hausierer?", fragte Mrs Hyde leise und löste sich aus dem schützenden Griff ihres Mannes. Dann wiederholte sie etwas lauter: „Stimmt das?"

Keine Antwort.

„Sie müssen ihn direkt ansprechen", sagte Maggie.

„Und Sie müssen ihn Mr Flatfoot nennen", fügte Kate hinzu.

„Warum zum Teufel Mr Flatfoot? Was soll das bedeuten?", rief Mr Duesler.

„So heißt er", antwortete Kate. „Das haben wir doch schon gesagt. Haben Sie uns nicht zugehört?"

„Seid still!", brüllte John seine Kinder an und strafte sie mit einem wütenden Blick. Maggie und Kate wichen ihm aus und starrten auf den Boden.

„Mr Flatfoot?", fragte Mrs Hyde schließlich vorsichtig. „Sind Sie der Hausierer, den man in diesem Haus ermordet hat?"

Es klopfte. Laut. Mehrere Male. Mrs Hyde schluchzte, Mrs Duesler schlug die Hände zusammen. Mr Hyde ging erneut auf allen vieren und suchte vergeblich den Raum nach der Quelle der Geräusche ab.

„Bell war es!", rief Mr Hyde.

Das Knacken wurde lauter, heftiger. Die Kinder begannen zu jammern, Margaret Fox schlang die Arme um sich, John Fox schnaubte, Mr Duesler tat es Mr Hyde gleich, ging auf allen vieren und durchsuchte jede Ecke des Raums, in der Hoffnung, eine logische Erklärung für dieses Mysterium zu finden. Beide Männer krochen durch das Zimmer, während immer wieder sporadisches Knacken ertönte. Das Problem war, dass sämtliche Anwesenden sich nicht einigen konnten, aus welcher Richtung die unheimlichen Geräusche zu kommen schienen. Mrs Hyde sagte, ein derartiges Wunder dürfe man nicht verheimlichen. Ihr Mann stimmte ihr zu. John antwortete, dass man doch bitte Stillschweigen bewahren solle und dass es nun endlich Zeit sei, sich schlafen zu legen. An Schlaf, rief Mr Hyde und hob den Arm, sei nicht zu denken. Es handle sich hier, so mache es zumindest den Anschein, um ein Wunder. Eindeutig sogar! Und etwas Derartiges dürfe man nicht versuchen zu vertuschen. Das sei nicht rechtens! Er nickte seiner Frau zu und sie verließen das Zimmer. Auch Mary und ihr Mann eilten aus dem Haus der Familie Fox und sorgten dafür, dass sich die Nachricht über die Anwesenheit eines Geistes wie ein Lauffeuer in Hydesville verbreitete. Noch im Laufe derselben Nacht mobilisierten sie über hundert Personen, beinahe die Hälfte der Einwohner des kleinen Ortes, die das Haus der Familie Fox regelrecht stürmten. Man drängte sich im Schlafzimmer und auf der Treppe zusammen, Dutzende warteten draußen in der eisigen Kälte, nur um Zeuge dieser absonderlichen Geschehnisse zu werden. Und der Geist hatte viel zu sagen.

Die ungebetenen Gäste riefen durcheinander, erkundigten sich nach ihren verstorbenen Liebsten, wollten wissen, ob es ihnen gut ging, ob sie Ruhe gefunden hatten, ob es eine Möglichkeit gab, mit ihnen zu kommunizieren. Die Antworten – einmaliges, zweimaliges oder mehrmaliges Knacken – waren aufgrund der vielen Fragen nicht mehr eindeutig und äußerst unbefriedigend. Immer wieder mahnte Margaret die Anwesenden zur Ruhe, damit man die Nachrichten aus der anderen Welt besser verstehen konnte. Schließlich brüllte Mr Duesler, man solle sich gefälligst wie zivilisierte Geschöpfe Gottes verhalten, und schlug vor, bei bestimmten Fragen das Alphabet durchzugehen. Er bat den unsichtbaren Geist, er solle doch beim richtigen Buchstaben ein Signal geben. Ein dreimaliges Knacken zeigte, dass die Stimme aus dem Jenseits einwilligte. Mithilfe dieser Methode fand man heraus, dass der Name des ermordeten Hausierers Charles B. Rosna – oder Rosma, hier gab es immer wieder eine Unklarheit – lautete und dass dieser vor fünf Jahren mit einem Messer in ebendiesem Haus vom Vormieter Mr Bell erstochen und dann im Keller vergraben worden war. Mr Duesler, der inzwischen das Ruder an sich gerissen hatte und offiziell die Fragen an den Geist richtete, beschloss, dass man der Sache wortwörtlich auf den Grund gehen musste, und bat den Familienvater um eine Schaufel. Widerwillig teilte John mit, wo diese zu finden sei. Die Menschenmenge drängte sich in den Keller, einem jüngeren Mann drückte man das Werkzeug in die Hand und orderte ihn an zu graben.

„Das muss doch nicht sein!“, rief John Fox und im selben Moment rammte der Mann bereits die Schaufel in die harte, festgestampfte Erde.

Die neugierige Ansammlung sollte in dieser Nacht nur bedingt Glück haben, da schon nach einigen wenigen Stichen das Grundwasser hervortrat, sich das Loch mit Wasser füllte und ein weiteres Graben unmöglich war. Der junge Mann wühlte in dem kalten, nassen Loch und fischte vor aller Augen einen kleinen Knochen, menschlich, tierisch, diese Frage wurde nicht gestellt und war auch völlig belanglos, heraus. Dies war für die meisten bereits Beweis genug, dass es sich hier mit Sicherheit um einen echten Geist, wenn nicht sogar um ein wahrhaftiges Wunder handelte.

Nun da sein halber Keller umgegraben war und sich mit Wasser gefüllt hatte, wurde es John Fox wahrlich genug. Mit lauter Stimme brüllte er, dass seine Familie nun Schlaf benötige, dass man ihn in Ruhe lassen und gefälligst verschwinden solle. Widerwillig verließen die Menschen das Haus und standen noch lange im Vorgarten zusammen, ungläubig, was sie in dieser Nacht gesehen, gehört und erlebt hatten.

Der Journalist E. E. Lewis, der nur wenige Tage später aus Rochester anreiste, um der Sache auf den Grund zu gehen, interviewte sämtliche Personen, die der Kontaktaufnahme am ersten Abend beigewohnt hatten – die zwei Mädchen Maggie und Kate natürlich ausgenommen, da sie ihm zu jung erschienen, um eine brauchbare Antwort auf diese seltsamen Ereignisse liefern zu können. Er begann mit den Nachbarn: Mr Duesler versuchte so nüchtern wie nur möglich über den Abend zu reflektieren, ohne allzu oft das Wort „Geist" in den Mund zu nehmen – im Transkript tauchte es schließlich siebzehnmal auf. Mr Hyde schwor, den Geist nicht nur gehört, sondern auch durch das Fenster gesehen zu haben. Der Schnee habe seine Sicht eingeschränkt, doch es sei ein Mann gewesen, nein, der Schatten eines Mannes, in einem zerrissenen Mantel.

Mary Redwood wurde ebenfalls befragt und sie schilderte überraschend sachlich sämtliche Ereignisse in chronologischer Reihenfolge. Außergewöhnlich sei es gewesen. Unheimlich. Doch die Nüchternheit in ihrem Gespräch mit

E. E. Lewis war in Wahrheit nur Show. Mary Redwoods Leben ließ das Gesehene und Gehörte nicht mehr los, mehr noch, sie würde von diesem Moment an ihr gesamtes Dasein dem Übernatürlichen widmen. Immer und immer wieder sollte sie von dem legendären Abend erzählen, würde Menschen überzeugen und sie regelrecht missionieren. Und damit war sie nicht alleine. Ihr erging es genauso, wie es in den folgenden Jahren Tausenden und Abertausenden anderen gehen würde. Mary Redwood, wie auch alle anderen Anwesenden, hatte mit eigenen Augen beobachtet, wie man mit einem Toten kommuniziert hatte. Sie war Zeugin eines Wunders geworden! Als sie am darauffolgenden Sonntag dem Pfarrer in der Kirche lauschte, predigte dieser, dass die Ereignisse im Hause Fox nichts als Humbug gewesen seien. Ein Streich, eingefädelt von wem auch immer. Ein Versuch, die leichtgläubigen Bewohner Hydesvilles zum Narren zu halten. Er mahnte, die Menschen sollten nicht länger darüber nachdenken und die ganze Sache schlicht und einfach vergessen. Doch Mary Redwood wusste es besser. Was sie gesehen und gehört hatte, musste man, im Gegensatz zu den Worten der Kirche, nicht *glauben*, man *wusste*, dass hier etwas Übernatürliches geschehen war. Wie für tausend andere nach ihr sollte der Spiritismus – eine Bewegung, die zu diesem Zeitpunkt noch keinen Namen hatte – eine wesentliche Rolle in Mary Redwoods Alltag einnehmen und schließlich sogar den kirchlichen Glauben ersetzen. Mary konnte, nachdem sie dem mysteriösen Klopfen beigewohnt hatte, ihr Leben nicht mehr so weiterführen, wie sie es bisher getan hatte. Das Wissen, dass es eine Möglichkeit gab, mit dem Jenseits zu kommunizieren und dass es vorkam, dass

Verstorbene die Erde nicht verlassen konnten, verfolgte sie und ließ sie nicht mehr los.

In den Tagen und Wochen nach dem Knochenfund am Abend des 31. März 1848 wurde die Aufmerksamkeit gegenüber diesem unerklärlichen Wunder von Tag zu Tag intensiver. Der Andrang von Neugierigen, die das Knacken selbst miterleben wollten, brach nicht ab. Menschen aus den Nachbarorten pilgerten zum Haus der Familie Fox, zertrampelten den Garten, in dem sonst zu dieser Jahreszeit Pfefferminze wuchs, bis er nur noch Schlamm und offene Erde war, betraten ihr Heim, ohne zuvor zu klopfen, riefen wild durcheinander und beknieten die Mädchen Maggie und Kate – inzwischen hatte man erkannt, dass sich der Geist nur in Anwesenheit von zumindest einem der beiden Kinder manifestierte –, dass diese Kontakt mit dem Jenseits aufnahmen.

Schon bald sollte sich die Kunde von den übernatürlichen Ereignissen im Hause Fox überall in der Gegend herumgesprochen haben. Zwei Tage nach dem ersten Kontakt berichtete eine lokale Zeitung über die Vorkommnisse, Menschen ließen alles stehen und liegen und pilgerten von nah und fern in das winzige Örtchen Hydesville. Es schien, als habe man nur auf ein derartiges Wunder gewartet. Es schien, als sei die Zeit reif für die Medien Maggie und Kate Fox.

Leah erfuhr die Neuigkeiten von Amy Post, die sie wiederum von einer Freundin gehört hatte.

„Maggie und Kate!", rief Amy begeistert. „Sie können mit Geistern kommunizieren! Alle sprechen darüber. Wer hätte gedacht, dass die zwei … Ich meine, irgendwie waren sie immer schon besonders, aber …“

„Amy …“, unterbrach sie Leah, doch diese ließ sich nicht stoppen.

„Du musst hinfahren!“, rief Amy. „Die zwei brauchen dich. Ganz besonders jetzt. Ich weiß, dass John und Margaret mit dieser Situation nicht zurechtkommen werden.“ Leah nickte. Damit hatte Amy bestimmt recht. „Und wenn du die Mädchen siehst, frage sie, wie es unseren Kindern geht. Bitte.“

Leah wusste nicht, was sie darauf antworten sollte.

Drei Tage später fuhr Leah mit einer Postkutsche nach Hydesville. Schnell fand sie das Haus der Eltern und traf dort auf eine kleine Menschenansammlung, die im Garten stand und sich unterhielt. Leah fragte, ob die Familie Fox zu Hause sei, und erfuhr von einer jungen Frau, dass sich alle bei David aufhielten, der eineinhalb Meilen entfernt lebte. Sie sagte, dass sie selbst gerade im Begriff gewesen sei, dorthin zu gehen, und bot Leah an, sie zu begleiten. Auf dem Weg stellte sich die junge Frau als Mary Redwood vor und erklärte Leah, dass sich der Vater im Haus seines Sohnes vor den Massen verstecken wollte. Mary lachte aufgrund ihrer eigenen Aussage laut auf. „Sich verstecken! Das ist schon längst nicht mehr möglich!“

Bei Davids Haus angekommen, erwartete Leah eine volksfestartige Stimmung. Grüppchen von Menschen saßen oder standen zusammen, unterhielten sich lautstark, man lümmelte auf Pferdekarren, auf Anhängern, auf einem liegenden Baumstamm, aß gemeinsam aus Töpfen, eine Gruppe Männer spielte sogar Karten. Der Boden rund um das Haus war aufgrund des enormen Andrangs und der Wagenräder zertreten, zerfahren und matschig.

„Leah!", hörte sie die Stimme ihrer Mutter. Sie drehte sich um und sah eine alte Frau vor sich stehen. Ihre zuvor grauen Haare waren schneeweiß geworden, ihre Augenhöhlen waren tief und dunkel, ihr Gesicht zerfurcht von Falten, die sie das letzte Mal, als Leah sie gesehen hatte, nicht gehabt hatte.

„Mama", rief Leah entsetzt.

Sie umarmten sich.

„Was machst du denn hier?", fragte ihre Mutter, einen Moment lang völlig verwirrt. Sofort schüttelte sie jedoch den Kopf, da sie natürlich genau wusste, warum ihre Tochter den beschwerlichen Weg von Rochester auf sich genommen hatte. „Es ist gut, dass du hier bist."

„Wie geht es dir, Mama?", fragte Leah.

„Mir geht es gut. Doch, doch. Das Leben hier ist … Es ist schwierig. Aber jetzt. Es ist alles so aufregend. Mit den Kindern, was mit ihnen passiert. Alle wollen sie sehen. Alle wollen …"

„Wo sind sie?"

„Die beiden sind oben. Sie sprechen mit den Geistern."

„Ist David bei ihnen?", wollte Leah wissen.

„Er und John sind weg. Jeden Tag gehen sie am Morgen aus dem Haus und kommen erst spät nachts wieder. Dein Vater hat gesagt, dass wir erst wieder in unser Haus gehen werden, wenn der Trubel vorbei und der Teufel verschwunden ist." Sie holte ein Taschentuch hervor und schnäuzte sich. „Doch was, wenn das nicht passiert? Maggie und Kate haben eine Gabe. Eine göttliche vielleicht. Das darf man doch nicht verbieten."

„Ich will sie sehen", sagte Leah.

Sie betrat das Haus, wurde von Fremden gescholten, dass sie sich gefälligst anstellen und warten solle, bis sie an der Reihe war, ignorierte die Rufe, ging geradewegs in den oberen Stock und sah, wie die zwei Mädchen auf der Bettkante saßen, die Augen geschlossen, sich an den Händen hielten und wie sich eine Gruppe von Menschen um sie positioniert hatte, um immer wieder verschiedene Fragen zu stellen – „Weiß er, dass ich ihn vermisse?" „Mein Bruder ist in Kanada. Lebt er noch?" „Soll ich das Grundstück kaufen, das mir angeboten wurde? Ist das eine gute Investition?" – und wie regelmäßig ein manchmal einzelnes, manchmal mehrmaliges lautes Knacken als Antwort auf die Fragen ertönte. Bei jedem Knackgeräusch sprachen die Anwesenden durcheinander, diskutierten darüber, bis wieder der Nächste eine Frage stellte. Einige Minuten lang beobachtete Leah die Szene, beobachte die Faszination und Begeisterung in den Gesichtern, den Unglauben, das Entsetzen bei jedem unerklärlichen Knacken und spürte das Knistern und die Eigentümlichkeit dieses Moments geradezu auf ihrer Haut. Nie zuvor hatte sie erwachsene Menschen derart hingerissen und gleichzeitig eingeschüchtert gesehen. Dazu kam, wie sie die zwei Kinder betrachteten, nein, anstarrten. Bewunderung, Ehrfurcht, Respekt, aber auch Angst, Ablehnung und Unverständnis. Leah erkannte sofort, welche Macht die Mädchen über die Anwesenden hatten. Die zwei waren immer schon anders gewesen, hatte Amy gesagt und damit recht gehabt. Anders als alles, was man bisher gesehen hatte.

Sie besaßen eine Fähigkeit, die unerklärlich und fremdartig war, die die Menschen abschreckte und sie gleichzeitig zu ihnen hinzog.

Als sie sah, wie eine ältere Frau näher an die zwei Mädchen herantrat, um sie zu berühren, aus welchem Grund auch immer, unterbrach Leah die Fragerei, indem sie laut rief: „Jetzt ist es genug! Raus! Alle raus!"

Aufgrund ihrer autoritären Art und der Schärfe in ihrer Stimme hinterfragte niemand, von wem dieser Befehl kam, und die Menschen verließen leise raunend das Zimmer. Maggie und Kate öffneten ihre Augen und lächelten über beide Ohren. Leah schloss die Tür von innen, grinste ebenfalls und sagte: „Das sind also die zwei Hexen, über die man schon so viel gehört hat."

Die Mädchen sprangen auf und fielen ihrer großen Schwester in die Arme.

Der Tote Riese erhält seine Stimme

„Warum?", fragte Leah.

Die drei waren gemeinsam spazieren gegangen und saßen nun am Ufer eines kleinen Teichs, etwas außerhalb von Hydesville. Den Menschen, die nach wie vor das Haus der Familie Fox belagerten, hatte Leah gesagt, dass die Mädchen Ruhe benötigten. Der Kontakt mit dem Jenseits sei kräftezehrend. Die Kinder hatten ernst genickt. Gesprochen hatten sie, wie Leah es ihnen angeraten hatte, kein Wort.

„Warum?“, wiederholte Leah.

„Warum, was?“, erwiderte Maggie.

„Langeweile?“, fragte Leah, ohne auf Maggies Frage einzugehen.

„Mr Flatfoot ist echt!“, rief Kate und schaute dabei ihre drei Jahre ältere Schwester an. „Nicht wahr?“

„Ich habe nicht gesagt, dass er nicht echt ist“, sagte Leah. „Wie macht ihr es?“

„Was?“, fragte Maggie. Dieses Mal schwang eine Spur Unsicherheit in ihrer Stimme.

„Das Knacken kann ich mir noch erklären.“ Die Mädchen schauten sich an. „Aber das spielt keine Rolle. Mich interessiert, woher ihr die Antworten auf die Fragen kennt.“

„Wir machen das Knacken nicht selbst“, sagte Maggie.

„Wir kennen die Antworten nicht“, fügte Kate hinzu.

„Seid bitte ehrlich zu mir“, antwortete Leah verständnisvoll. „Zu mir könnt ihr es sein.“

Maggie blickte auf den Teich, griff nach einem kleinen Stein und warf ihn ins Wasser. Kate fuhr vorsichtig mit ihren Fingern durch das Gras.

„Hilft er euch dabei?“, fragte Leah.

„Wer?“, fragte Maggie.

„Der Riese“, antwortete Leah.

„Der Tote Riese“, verbesserte sie Kate ernsthaft. Leah lächelte. „Mach dich nicht über ihn lustig. Das mag er nicht.“ Leah hob beschwichtigend die Hände in die Höhe.

Schließlich nickte Kate. „Der Tote Riese kennt die Antworten auf alle Fragen. Er ist weise."

„Ist er Mr Flatfoot?", bohrte Leah nach.

„Nein. Mr Flatfoot ist nur ein Teil des Toten Riesen."

„Aber der Tote Riese gibt euch die Antworten?"

„Ja", sagte Maggie.

„Nein", verbesserte Kate. „Wir wissen die Antworten. Man kann sie in den Gesichtern der Menschen sehen, die die Frage stellen. Der Tote Riese wiederholt dann nur, was wir schon wissen."

Leah dachte über die Worte ihrer Schwester nach.

„Und warum?"

Die Mädchen zuckten gleichzeitig mit den Schultern. Leah atmete tief ein und aus. Schließlich stellte sie die Frage, die sie sich von dem Moment an beschäftigt hatte, als sie von den Fähigkeiten ihrer Schwestern erfahren hatte:

„Bekommt ihr etwas dafür, dass ihr mit den Geistern sprecht?"

Maggie und Kate schauten sie mit großen Augen an.

„Was?"

„Geld", erklärte Leah. „Geben euch die Leute Geld?" Die Kinder schüttelten den Kopf. „Das habe ich mir gedacht", sagte Leah leise, mehr zu sich selbst. Dann richtete sie das Wort wieder an die Mädchen: „Macht es euch denn Spaß?"

„Spaß?", wiederholten beide gleichzeitig.

„Die Fragen beantworten. Wenn ihr euch mit Mr Flatfoot unterhaltet. Mit dem Toten Riesen. Tut ihr es gerne?"

„Die Erwachsenen wollen es", sagte Kate. „Alle wollen es, immer und immer wieder. Wenn der Tote Riese nicht mehr spricht, werden sie wütend."

„Ganz am Anfang wollten wir, dass es wieder aufhört. Viele waren böse auf uns. Weil sie es nicht verstanden haben. Aber jetzt ist es gut", fügte Maggie hinzu. Kate nickte. „Aber sie verstehen es immer noch nicht."

Die beiden Mädchen grinsten zuerst verschmitzt und kicherten schließlich leise. Leahs Blick ruhte auf dem Teich. Sie dachte nach. Darüber, was die zwei gesagt hatten – alle wollen es, immer und immer wieder –, über die Art, wie die Menschen, das nicht zahlende Publikum, ihre Schwestern angesehen hatten, über die vielen Möglichkeiten.

„Wie gefällt es euch hier? In Hydesville, meine ich."

„Nicht gut!", rief Kate, als habe sie auf diese Frage gewartet.

„Es ist viel zu still", antwortete Maggie. „Ich kann nicht schlafen."

„Ich auch nicht", sagte Kate.

„Sie kann es schon", korrigierte sie Maggie. „Aber ich nicht. Es ist viel zu leise. Nie passiert etwas. Wenn man den Atem anhält, ist es so still, dass einem der Kopf wehtut. Hier, genau hier." Sie deutete auf ihre Schläfen und schloss die Augen. „Rochester war so viel besser. Die Geräusche, die Menschen, die Pferde und Kutschen. Das war gut."

„Ich helfe ihr", sagte Kate stolz. „Wenn Maggie schlafen will, schlage ich zwei Stöcke zusammen. Wie Pferdehufe. So lange, bis sie eingeschlafen ist."

„Sobald sie damit aufhört, wache ich auf und das Kopfweh ist wieder da", sagte Maggie.

Leah brauchte nicht mehr zu hören.

„Wollt ihr zu mir nach Rochester kommen?“, fragte sie.

„Ja!“, riefen die zwei, ohne nur eine Sekunde darüber nachdenken zu müssen.

„Das will ich auch. Ich werde mit Mutter und Vater sprechen.“

„Vater will, dass wir weg sind“, sagte Maggie. „Das hat er uns gesagt.“

Leah wunderte das nicht.

„Und die Geister? Werden sie mitkommen?“, fragte sie ihre Schwestern.

„Willst du, dass sie mitkommen?“, entgegnete Maggie.

Leah fuhr ebenfalls mit den Fingern durch das Gras. Die Haare eines Toten Riesen. Es konnte nicht schaden.

„Ja. Das wäre gut. Doch wenn ihr mitkommt, müsst ihr mir helfen. Ihr seid keine kleinen Kinder mehr. Wir werden viel zu tun haben. Arbeit“, erklärte sie den Schwestern. „Wir müssen uns umeinander kümmern. Niemand wird uns helfen. Wenn die Geister nicht mitkommen, dann wird es sehr, sehr schwierig.“

„Sie kommen mit“, sagte Kate.

„Bestimmt“, fügte Maggie hinzu.

„Können wir uns auf sie verlassen?“, fragte Leah.

„Wir können uns auf sie verlassen“, antwortete Maggie mit fester Stimme.

„Und sie werden immer für uns da sein?“, fragte Leah.

Beide Mädchen fuhren inzwischen wie mechanisch mit ihren Fingern durch das lange Gras. Gleichzeitig blickten sie auf den Teich, nickten und sagten unisono: „Immer!“

Leise erklang ein sanftes, zustimmendes Knacken.

Der Vater schien erleichtert, als Leah ihm ihre Pläne unterbreitete. Er war der Aufregung um seine Töchter schon vom ersten Moment an überdrüssig gewesen.

„Ich werde mitgehen“, erklärte Margaret ihrem Mann und stellte ihn vor vollendete Tatsachen. „Ich muss bei den Mädchen bleiben und aufpassen, dass der Teufel nicht Besitz von ihnen ergreift.“

John nickte gleichgültig, als ihm seine Frau die Neuigkeiten mitteilte.

„Geht“, sagte er. „Geht alle. Verschwindet.“ Und zu Leah: „Du musst nicht mehr zurückkommen. Hörst du. Nie wieder.“

Leah nickte, drehte ihrem Vater den Rücken zu und verließ das Haus. Es sollten siebzehn Jahre vergehen, bis sie ihn das nächste Mal sehen würde.

Maggie

[Es ist gut, wieder bei Leah zu sein. Sie versteht uns.

In Hydesville verabschieden wir uns von David und den Nachbarn. Mary Redwood weint. Kate berührt ihre Wange und sagt zu ihr: Alles wird gut. Mary weint noch heftiger und bedankt sich immer und wieder.

Kurz bevor wir losfahren kommen noch andere Menschen hinzu. Einige sind wütend. Sie brüllen uns an, sagen, dass wir verschwinden sollen. Eine Frau bezeichnet uns als Hexen. Als die Kutsche losfährt, werfen uns Männer Steine nach. Der Kutscher flucht laut und knallt mit der Peitsche. Ich bin froh, dass wir Hydesville verlassen.

Während der Fahrt nach Rochester erzählen wir Leah von der ersten Nacht. Sie lacht darüber. Das hat zuvor noch niemand. Es tut gut.

Kate sagt: Der Tote Riese weiß, dass wir nach Rochester gehen und er freut sich, dass er mit uns kommen darf.

Wir wohnen nicht mehr bei Amy und Isaac, sondern bei Leah. Kate und ich schlafen in Lizzys Zimmer.

Leah sagt: Ich möchte lernen, mit den Geistern zu sprechen. Bringt ihr es mir bei?

Ich finde das eine gute Idee. Doch Kate will es nicht.

Als wir alleine sind, erinnert sie mich an mein Versprechen: Nie darfst du jemandem unser Geheimnis verraten! Es gehört uns und nur uns. Es ist ein Schatz, den ich mit dir geteilt habe. Noch einmal verspreche ich es ihr. Wir werden es Leah nie zeigen.

Manchmal spielt der Tote Riese Streiche. Mutter fragt zu viel. Ständig will sie etwas von den Geistern wissen. Sie ist zu neugierig und der Tote Riese mag das nicht. Manchmal, wenn sie sich bewegt, knackt es bei jedem Schritt. Sie geht, es knackt. Sie setzt sich hin, es knackt. Sie steht schnell wieder auf, es knackt. Mutter ruft, dass die Geister sie in Ruhe lassen sollen und rennt durch das Haus. Das Knacken wird dann natürlich auch schneller. Die Geister verfolgen sie. Es ist lustig, weil sie nichts dagegen tun kann.

Leah flüstert uns zu: Der Tote Riese spielt gerne, nicht wahr?

Sie hat recht damit.

Es ist schön, wieder in Rochester zu sein. Es fühlt sich wie ein Zuhause an. Mein Kopfweh ist weg. Meistens.

Gleich am ersten Tag zurück in der Stadt kommen Amy und Isaac vorbei. Ich habe sie vermisst. Besonders Amy. Sie freuen sich, uns zu sehen und sind so neugierig wie Mutter. Sie fragen, ob sie den Geistern Fragen stellen dürfen. Leah sagt, dass das nicht so einfach ist, dass Kate und ich uns zuerst ausruhen und Kraft schöpfen müssen. Amy und Isaac sind enttäuscht, das merke ich. Es macht mich traurig, doch Leah sagt, dass wir lernen müssen, dass das Warten ein wichtiger Teil ist.

Ich frage: Ein wichtiger Teil wovon?

Leah sagt: Ein wichtiger Teil des Spiels.

Ich weiß nicht genau, was sie damit meint.

Am nächsten Abend ist es dann so weit. Amy und Isaac kommen und bringen vier Freunde mit. Leah hat das Wohnzimmer vorbereitet. Den ganzen Tag hat sie geputzt und die Möbel verstellt. Wir sitzen an einem Tisch, Kate und ich halten uns an den Händen. Dann warten wir ein bisschen und irgendwann lassen wir die Geister sprechen. Leah hat gesagt, dass sich Amy und Isaac darüber freuen werden. Und so ist es auch. Amy schlägt die Hände zusammen, Isaacs Mund steht offen. Noch nie habe ich die beiden so gesehen.

Besonders Isaac hat viele Fragen. Der Tote Riese beantwortet alle richtig. Isaac freut sich darüber, zieht seinen Hemdsärmel nach hinten, zeigt uns seinen Arm. Seht her, ruft er. Ich habe eine Gänsehaut.

Irgendwann stellt Amy Fragen über ihre zwei toten Kinder. Sie will wissen, wie es ihnen geht. Ich fühle mich nicht wohl, doch auch hier kennen die Geister die Antwort: Alles ist gut. Es fehlt an nichts.

Sind sie im Himmel?

Ja, sagt der Tote Riese.

Kommen alle Kinder in den Himmel.

Ja.

Amy weint. Leah sagt später, es waren gute Tränen. Tränen des Glücks. So nennt sie es. Sie sagt, dass wir uns daran gewöhnen sollen. Viele Menschen weinen, wenn sie etwas nicht verstehen.

Seit diesem Abend ist alles anders. Amy ist anders und Isaac auch. Sie schauen uns anders an, wissen oft nicht, was sie sagen sollen. Manchmal bemerke ich, wie sie Kate und mich beobachten. Bei kleinen Dingen. Wenn wir essen oder wenn wir spielen. Leah sagt, auch das gehört dazu. Kate macht es nichts aus. Sie findet, dass es schön ist. Leah sagt, dass unsere Fähigkeit ein Geschenk ist. Sie sagt: Man soll das machen, was man am besten kann. Kate und ich wissen genau, was wir am besten können.]

Der Tote Riese kommt nach Rochester

Leah war es nicht mehr gewohnt, dass jemand mit ihr in der recht kleinen Wohnung lebte. Doch sie genoss es, ihre Schwestern wieder in ihrer Nähe zu haben. Während der Fahrt nach Rochester hatte sie die Mutter mit Fragen gelöchert, die sie jedoch stets selbst beantwortet hatte:

„Wo sollen wir denn wohnen? Bei dir zu Hause? Das wird aber eng. Doch es geht bestimmt. Verdienst du genug für uns alle? Vater wird uns nichts geben, das weißt du, oder? Du wirst mehr arbeiten müssen. Oder noch besser, du suchst dir endlich einen Mann. So wie du aussiehst, wirst du bestimmt einen finden. Was machen wir mit den Mädchen? Glaubst du, die Geister kommen mit nach Rochester? Sie kommen bestimmt mit, nicht wahr?"

Leah hatte die Fragen ihrer Mutter gehört, sie aber lediglich in ihren Gedanken beantwortet: Natürlich würden sie bei ihr wohnen. Die Mutter hatte kein Geld auf der Seite und so wie Leah sie kannte, würde sie auch nicht versuchen, eine Arbeit zu finden. Natürlich würde es eng werden, doch Leah wollte Maggie und Kate auf keinen Fall alleine mit der Mutter lassen. Sie hatte das Potenzial der beiden erkannt und sie würde nicht zulassen, dass die Mutter es verschwendete. Und nein, sie wollte keinen Mann an ihrer Seite, denn mit der scheinbaren Sicherheit, die ein Ehemann bot, kamen immer auch gewaltige Einschränkungen. Sie hatte sich, nachdem sie von Bowman bitterlich enttäuscht worden war, geschworen, sich nicht mehr von jemand anderem abhängig zu machen. Leah hatte ganz andere Pläne, eigene Pläne und Maggie und Kate würden ihr helfen, diese umzusetzen. Sie würde eine Frau sein, die sich selbst etwas aufbaute. In ihrem Kopf plante sie bereits die nächsten Wochen und Monate. Die Aufregung, die Aufmerksamkeit, die Maggie und Kate zurzeit bekamen, galt es zu nutzen. Diese Tür würde nicht allzu lange offen sein. Wichtig war, dass sich die Fähigkeiten der Mädchen herumsprachen. Auf dem Land, wo sich alle nach etwas Zerstreuung sehnten, war dies nicht besonders schwer gewesen. Doch Rochester war anders. Die Stadt besaß weitaus mehr, womit die Schwestern konkurrieren mussten. Auch was Magisches und Übersinnliches betraf.

Es gab Anhänger des österreichischen Heilers Franz Anton Mesmer, die behaupteten, dass das gesamte Universum inklusive des menschlichen Körpers aus elektromagnetischer Flüssigkeit bestünde, und sie dazu fähig wären, ebendiese Flüssigkeit zu manipulieren. Diese sogenannten Mesmeristen – es waren ausnahmslos Männer – boten Sitzungen an, in denen sie versprachen, die unterbrochenen elektromagnetischen Ströme wieder zum reibungslosen Fließen zu bringen. Es war eine Prozedur, über die nur wenig gesprochen wurde. Sie fand meist hinter verschlossenen Türen in verdunkelten Räumen statt. Magnetische Steine wurden den Patienten aufgelegt, man versetzte sie in eine Art Trance, Alkohol, oft Absinth, wurde serviert und nicht selten wurde zudem Opium verabreicht. Die Bewohner Rochesters waren vernarrt in diese Behandlungen, da sie aufregend, unheimlich und geheimnisvoll zugleich waren.

Ein weiterer Trend waren seit einigen Jahren die sogenannten Hypnotiseure, die den Menschen versprachen, sie seelisch zu beeinflussen und dadurch in andere Sphären zu bringen.

Das Interessante daran war, dass niemand von dieser Neugier für Übersinnliches gefeit zu sein schien. So waren zum Beispiel auch Amy und Isaac, beide Vertreter von Logik, Rationalität und Fortschritt, große Anhänger dieser Strömung. Schon etliche Male hatten sie einen dieser Hypnotiseure zu sich nach Hause eingeladen, der dann in Anwesenheit von Freunden und Bekannten eine kostspielige Vorstellung gegeben hatte. Auch Leah hatte schon an manchen dieser mystischen Abenden teilgenommen, hatte gesehen, wie Freiwillige sich vor aller Augen zum Narren machten, plötzlich unfähig waren, sich zu bewegen, auf einfachste Fragen zu antworten oder ihren eigenen Namen zu nennen. Die Darbietungen im Hause der Posts waren stets recht gesittet, doch Leah wusste, dass dies nicht immer der Fall war. Da auch sämtliche Hypnotiseure und die meisten Gäste Männer waren, bekamen die Vorführungen nicht selten erotische Züge, ganz besonders, wenn die Gäste die Zügel an sich rissen und der „Freiwilligen" befahlen, wie eine Hündin auf allen vieren zu kriechen, mit herausgestreckter Zunge zu hecheln, ihre Haare zu öffnen und ihre Lippen zu schürzen. Leah wusste, dass die Menschen den Wunsch hatten, unterhalten zu werden und etwas zu erleben, das sie sich nicht erklären konnten. Maggie und Kate würden genau diese Sehnsüchte bedienen. Nur mit dem Unterschied, dass dieses Mal keine Männer die Zügel in der Hand halten würden, sondern dass die Fox-Schwestern diejenigen waren, die über den Verlauf der Vorführung bestimmten.

Amys und Isaacs Bekanntenkreis kamen ihr da gerade recht. Amy selbst hatte ihr gesagt, dass alle die Mädchen unbedingt kennenlernen wollten, um das Wunder hautnah miterleben zu können. Diese wohlhabende Schicht auf ihre Seite zu bringen, würde das Wichtigste sein. Die Freunde der Posts waren erfolgreich, hatten Geld und waren gewillt, es auszugeben. Und sie hatten Einfluss. Ihre Meinung wurde gehört. Wenn sie die Echtheit der Geister bezeugten, war eine wichtige Hürde genommen.

Leah hatte recht. Dazu kam, dass es weit unproblematischer war, als sie es sich vorgestellt hatte. Die Schwestern mussten nicht viel mehr tun, als die Türe zu öffnen und die Menschen in ihre Wohnung zu lassen. Amy und Isaac erzählten ganz von alleine sämtlichen Bekannten von Maggie und Kate, stolz, die beiden zu kennen. Schon drei Tage nach ihrer Rückkehr bildete sich eine Menschentraube vor Leahs Tür, man bat darum, mit den Geistern sprechen zu dürfen und ohne dass sie darum gebeten hätten, drückte man ihr stets ein paar Münzen in die Hand. Wenn die Mutter dies mitbekam, sagte sie, dass das nicht nötig sei und dass man doch für ein derartiges Wunder kein Geld verlangen könne.

Sie hatte leicht reden. Leah war diejenige, die aufgrund der Mädchen keine Zeit zum Unterrichten fand. Doch Margaret, die sofort wieder in ihr altes Rochester-Schema gefallen war, viel aß, sich wenig bewegte und nichts unternahm, kam nicht einmal auf die Idee, sich eine Arbeit zu suchen. Leah verschwendete keine Zeit damit, die Mutter zu motivieren, da es in diesem Augenblick wichtiger war, sich auf die Kinder und ihre Fähigkeiten zu konzentrieren. Sie hatte ein wenig Geld auf die Seite gebracht, Ersparnisse, die nun dafür herhalten mussten, ihren Plan in die Tat umzusetzen. So ließ sie die Menschen in ihr Heim, stand meist in der Ecke des abgedunkelten Raums und beobachtete Maggie und Kate, die die Besucher empfingen, als hätten sie in ihrem kurzen Leben nie etwas anderes getan. Souverän nahmen sie die Fragen der Gäste entgegen, schlossen ihre Augen, hielten sich an den Händen, gaben die Anliegen an die spirituelle Welt weiter und wurden dafür mit dem für alle unerklärlichen Knacken oder mit Stille belohnt. Viele Fragen drehten sich um verstorbene Familienmitglieder, wie es ihnen im Jenseits erging, ob sie Schmerzen hatten oder ob nach dem Tod Leid existierte. Andere wollten von den Geistern wissen, wie sie am schnellsten zu Geld kamen, auf welche Zahlen sie in der Lotterie setzen sollten, wieder andere hatten den Wunsch, über Aktienspekulationen beraten zu werden und wieder andere wollten die Geheimnisse der Nachbarn oder des eigenen Lebensgefährten erfahren. Auf all diese Fragen wurden klare Antworten gegeben: Nein, es gab kein Leid im Jenseits; es war die richtige oder falsche Zeit, Aktien zu erwerben; die Zahlen der Lotterie waren folgende: … – aber Vorsicht! Viele der Geister waren Schelme, die sich einen Spaß mit den Lebenden erlauben wollten.

Es kam beinahe bei jeder Sitzung vor, dass entweder die Besucher oder der Tote Riese nach dem Alphabet verlangten und Leah erkannte schnell den Missmut der Gäste, wenn die Antworten zu lange dauerten, nicht präzise genug waren oder eine Information drei, vier Mal wiederholt werden musste. Trotz der Faszination, welchem magischen Treiben die Menschen beiwohnten, erkannte Leah, dass dies zumindest einen Teil der Begeisterung dämpfte und die Klienten manchmal sogar geradezu frustrierte. Schließlich fand Leah eine Lösung für das Problem. Bei einem Schreiner ließ sie sich ein mit Schnitzereien verziertes Brett anfertigen und malte dann mit Ölfarbe fein säuberlich die Buchstaben des Alphabets darauf. Links unten schrieb sie das Wort „Hallo“ und rechts unten das Wort „Ende“. Mit einem herzförmigen, flachen Keil, der nahe dem spitzen Ende ein Loch hatte und den sie mit Ornamenten und einem Mondsymbol verziert hatte, konnte man, wenn ein Ja oder Nein nicht ausreichte, genauere Antworten erhalten, ohne jedes Mal extra das Alphabet durchgehen zu müssen. Zusätzlich erkannte Leah, dass das langsame Führen des Keils über die Buchstaben einen sinistren Effekt hatte und eine Spannung aufbaute, die die Gäste genossen. Es bedurfte ein wenig Übung, doch bald funktionierte die Kommunikation mit dem Jenseits schnell und unkompliziert

Viele Jahre später ärgerte sich Leah regelmäßig darüber, dieses Brett, dem irgendwann der Name Ouija-Brett gegeben wurde, nicht patentiert zu haben. Es war das Jahrhundert der Erfindungen und letztendlich hätte sie mit diesem einfachen Stück Holz alleine reich werden können. Doch wer konnte damals schon wissen, dass wie durch ein Wunder innerhalb kürzester Zeit derartig viele andere die Fähigkeit entdecken sollten, Nachrichten aus dem Jenseits zu empfangen und dass beinahe alle Nachahmerinnen ebenfalls das von Leah entwickelte Ouija-Brett verwenden würden.

Was Maggie und Kate jedoch von sämtlichen späteren Imitatoren und besonders vielen Imitator*innen* unterschied, war, dass tatsächlich beinahe alle gestellten Fragen korrekt beantwortet wurden. Es passierte nur äußerst selten, dass die Geister eine Antwort nicht kannten und der Gast die Sitzung enttäuscht verlassen musste.

Margaret, die bei vielen Sitzungen anwesend war, wurden ihre Töchter mit der Zeit unheimlich.

„Manchmal fürchte ich mich vor ihnen", beichtete sie Leah und Amy, als sie eines Sonntagnachmittags gemeinsam im Wohnzimmer der Posts saßen und Tee tranken.

„Ich frage mich ständig, ob die beiden denn selbst keine Angst vor den Geistern haben?", fügte Amy sorgenvoll hinzu.

„Das ist es ja!", rief Margaret. „Sie scheinen es zu genießen. Sie lachen darüber. Gerade gestern vor dem Schlafengehen hat Maggie ein Lied für uns gesungen und Kate hat die Geister dazu ermutigt, im Takt mitzuklopfen. Es war schrecklich!"

„Das war es nicht", widersprach Leah, die an diesem Abend ebenfalls dabei gewesen war. „Es ist doch gut, dass die beiden die Anwesenheit der Geister akzeptieren und gelernt haben, damit umzugehen. Wir sollten das auch."

„Fürchtest du dich denn nicht?", fragte Amy.

Leah schüttelte den Kopf.

„Leah ist genau wie Maggie und Kate", rief Margaret. „Du wirst sehen, bald spricht auch sie mit den Geistern!"

Leah war im Zwiespalt mit sich selbst. Gerne hätte sie die Mutter beruhigt, hätte ihr gesagt, dass sie sich keine Sorgen machen müsse. Weder um die Mädchen noch wegen der Geister. Doch die Ängste ihrer Mutter waren ein wesentlicher Bestandteil, der Maggies und Kates Glaubwürdigkeit noch verstärkte.

Eine wiederkehrende Frage der Mutter an die Geister am Ende jeden Tages war: „Werden morgen wieder so viele Menschen zu uns kommen?"

Um diese Frage zu beantworten, benötigte man jedoch nicht die Hilfe der Geister. Ja – die Menschen würden wiederkommen, in Scharen, und alle wollten das Gleiche: Minuten, wenn möglich Stunden mit den Fox-Schwestern. Mit ihnen an einem Tisch sitzen, um dann das Unmögliche mitzuerleben. Wie ein Lauffeuer verbreitete sich die Kunde und besonders Margarets authentische Faszination und Furcht sowie ihr Hang, das Erlebte auszuschmücken, machten die Menschen noch neugieriger.

Um die Mutter zu beruhigen, stellten die Mädchen regelmäßig vor dem Zubettgehen die Frage, ob sie oder ihre Mutter sich vor den Geistern fürchten müssten, und jedes Mal antwortete der Tote Riese, dass er niemandem etwas zuleide tun würde. Leah wusste, dass es nicht der Tote Riese war, vor dem Vorsicht geboten war. Die eigentliche Gefahr bargen die Mitbürger, die Schaulustigen, deren Faszination binnen kürzester Zeit in Angst oder gar Hass umschlagen konnte. Die jungen USA waren voll von gottesfürchtigen Zweiflern und Neidern, die in dem, was Maggie und Kate taten, etwas Unchristliches, Heidnisches und Ketzerisches sahen. Leah hatte schon öfters von Mesmeristen gehört, die von einem Mob verjagt, verprügelt oder geteert und gefedert worden waren. Die Menschen waren wankelmütig und Leah wusste, dass es hieß, vorsichtig zu sein.

Die Gäste kamen jeden Tag. Bereits am frühen Morgen klopften Wildfremde an Leahs Tür und baten um eine Audienz. Maggie und Kate schienen den Trubel zu genießen. Sollten sie müde oder gelangweilt werden, hatten sie die Geister auf ihrer Seite, die sie beschützten und ein simples „Fertig“ knackten. War dies der Fall, nützten kein Bitten und Flehen der anwesenden Gäste.

„Sie sind weg“, sagte Maggie.

„Der Tote Riese schläft“, fügte Kate hinzu.

Doch es kam nicht selten vor, dass die Besucher – beinahe immer waren es Männer – dies nicht akzeptieren wollten.

„Eine Frage noch“, hieß es dann. „Ich habe meine Frage noch gar nicht gestellt.“

Und nicht nur einmal klopften die Geister dann eine letzte Nachricht: „Raus hier, verdammt!“

Als dies zum ersten Mal passierte, war Leah geschockt. Die Männer, einerseits eingeschüchtert, andererseits entsetzt, wie mit ihnen „gesprochen“ wurde, entschuldigten sich bei den Toten und verließen reumütig und mit verletztem Stolz den Raum. Leah blickte in die reglosen Gesichter von Maggie und Kate und bewunderte wieder einmal die Klarheit, mit der der Tote Riese seine Meinung kundtat. Sie konnte nicht fassen, wie schnell sich Maggie und Kate daran gewöhnt hatten, stets im Mittelpunkt zu stehen. So kindlich und oft auch kindisch, wie sie im Privaten waren, so erwachsen und souverän verhielten sie sich, wenn Gäste anwesend waren. Selbstverständlich hatten sie dies mit Leah geübt, waren abends mit ihr vor einem Spiegel gesessen, hatten Ratschläge von ihr erhalten, die sie dann sofort in die Tat umsetzten. Regelmäßig lud man Leah und ihre Schwestern zum Abendessen ein. Meist gab es davor eine kurze Vorstellung, einige Fragen wurden beantwortet und danach wurde gemeinsam gegessen. Leah hatte den Mädchen beigebracht, wie man das Besteck korrekt benutzte, wie eine Dame zu sitzen hatte, wie man das Glas ergriff und es an die Lippen führte. Die zwei Kinder hatten gelernt, die Erwachsenen zu imitieren, ihre Bewegungen, ihre Gesten, ihre Art zu sprechen. So kam es nicht selten vor, dass eine Dienerin den zweien Wein einschenkte und Maggie und Kate das Glas wie selbstverständlich an die Lippen führten. Ein Benehmen, das die beiden noch reifer erscheinen ließ.

Doch trotz all ihres Erfolgs hatte Leah schon bald das Gefühl stillzustehen. Wochen vergingen, die Trinkgelder mehrten sich, doch es war nicht genug, um auf lange Sicht über die Runden zu kommen. Leah hatte ihre Arbeit als Klavierlehrerin stark vernachlässigt, ihre Ersparnisse gingen langsam, aber sicher zur Neige, die Wohnung, in der sie nach wie vor zu viert wohnten, war viel zu eng, und ihr wurde klar, dass sie früher oder später Geld für die Auftritte verlangen mussten. Daran führte kein Weg vorbei. Leah befürchtete jedoch, dass dadurch weniger Leute zu „Besuch" kommen würden. Zusätzlich sah sie ein noch viel größeres Problem darin, dass die Menschen in Rochester irgendwann das Interesse an Maggies und Kates Fähigkeiten verlieren würden. Was, wenn sämtliche Fragen gestellt und beantwortet waren?

Maggie und Kate brauchten mehr Aufmerksamkeit. Hie und da klopften zwar Journalisten an Leahs Tür, besuchten eine Sitzung und berichteten dann in den kommenden Tagen darüber, doch stets waren es kleine Zeitungen, zum Teil Schundblätter, die nur eine verschwindend kleine Leserschaft hatten. Dazu kamen auch noch die Kritiker und Gegner, deren Stimmen nicht verstummen wollten und die sich immer wieder vor Leahs Haustüre trafen, um dort die wartenden Gäste lauthals zu beschimpfen. Das war kein Zustand, der ewig andauern könnte. Sie brauchten treue Anhänger, die ein Schutzschild um sie und ihre Schwestern bilden würden.

Eines Nachts Anfang Juli, die Sonne hatte das enge Schlafzimmer aufgeheizt, lag Leah wieder einmal wach, starrte an die Decke und überlegte, wie sie die Gabe ihrer Schwestern gewinnbringender einsetzen konnte. Sie hatte an diesem Tag dreiundfünfzig Personen in ihrem Haus gehabt. Es waren sechs Gruppen zu je sieben bis neun Gästen gewesen, insgesamt sechs Stunden, in denen Kate und Maggie im dunklen Zimmer gesessen und durchgehend Kontakt mit dem Toten Riesen gehabt hatten. Am Ende des Tages hatte Leah so viel eingenommen, wie sie für drei Stunden Klavierunterricht erhalten hätte. Sie mussten größer werden, berühmter, daran führte kein Weg vorbei. Und dafür brauchten sie Werbung. Das Wichtigste war, dass die Medien begannen, über die Fox-Schwestern zu berichten. Das würde den Unterschied machen. Als sie noch in Hydesville gewesen waren, hatten drei lokale Zeitungen über das Wunder im Hause Fox berichtet und binnen kürzester Zeit hatte es sich in der Gegend herumgesprochen. Doch hier in Rochester war es schwierig. Zu groß war die Konkurrenz, zu viel passierte, über das es sich zu berichten lohnte. Leah begann in ihrem Kopf eine Idee zu spinnen. Was, wenn andere Zeitungen anfingen, regelmäßig über ihr Schaffen zu schreiben? Vielleicht würde Rochester aufspringen. Wenn diese aufblühende Stadt über sie berichtete, konnte es gut sein, dass auch New York das Thema aufgreifen würde, was wiederum ihren Durchbruch bedeuten könnte. Der *New York Herald* oder die *Tribune* hatten eine Leserschaft von Zigtausenden.

In dieser Nacht beschloss Leah, dass sie selbst die Zügel in die Hand nehmen würde und dass dies der erste Schritt sein sollte. Vom Kleinen zum Großen. Von den Dörfern zu den Gemeinden und zu den Städten. Es fiel Leah wie Schuppen von den Augen: Sie mussten Rochester verlassen, um in Rochester erfolgreich zu sein. Und sie würde Eintritt verlangen, da konnte die Mutter sich querstellen, so sehr sie mochte. Was nichts kostete, war nichts wert. Leah war klar, dass dafür die Auftritte selbst besser werden mussten. Professioneller. Es brauchte mehr als „nur" das Knacken der Geister. Es war wichtig, dass die Menschen nach der Sitzung das Gefühl hatten, etwas mit allen Sinnen erlebt zu haben, etwas, das sie veränderte, das sie verstehen wollten und das sie letztendlich nie verstehen konnten.

Und dann sah Leah ein Glühwürmchen, das sich in ihr Zimmer verirrt hatte und wie ein einzelner grüner Stern an ihrer Decke leuchtete. Sie beobachtete, wie der Stern sich langsam bewegte, wie er sich von der Decke löste und wieder aus dem geöffneten Fenster flog. Genau, dachte sie sich und begann zu lächeln. Sterne und Bewegung. Sie nahm sich vor, am nächsten Tag zwei Besorgungen zu machen – in einer Apotheke und bei einem Tischler – zwei Ergänzungen, die die Schwestern wieder einen Schritt weiterbringen sollten.

Die erste Tournee

Juli–September 1848

„Ich will nicht weg von hier. Können wir nicht noch ein paar Tage bleiben?"

Leah lächelte, schüttelte den Kopf und legte Maggie verständnisvoll die Hand auf die Schulter. Trotz ihres Widerstands freute sich Leah zu sehen, wie sehr die letzten zwei Tage in Seneca Falls ihre Schwester aufgewühlt hatten. Sie konnte es verstehen, denn ihr ging es gleich. Doch die Reise musste weitergehen. Sie hatte es bereits zu Beginn gewusst und nach dem Gespräch mit Elizabeth Cady Stanton war ihr Ziel klarer als je zuvor.

Ihre Reise hatte vor knapp zwei Wochen begonnen. Maggie, Kate und Leah waren mit einer Kutsche entlang des Eriekanals gefahren und hatten immer wieder in kleinen Städten und größeren Ortschaften haltgemacht. Ursprünglich wollte die Mutter ebenfalls mitfahren, doch sie litt schon seit geraumer Zeit unter schweren Gelenkschmerzen – Leah war sich sicher, dass die fehlende Bewegung und das viele Essen der Grund waren –, die eine längere Reise in einer engen Kutsche unmöglich machten. Sie war anfangs dagegen gewesen, als ihre älteste Tochter von dem Vorhaben erzählte, mit Maggie und Kate verschiedenste Städte zu bereisen, um dort ihre Fähigkeiten zu demonstrieren, doch letztendlich hatte sie nach mehrmaliger Befragung der Geister das Argument akzeptiert, dass es eine Sünde wäre, die Gabe der Mädchen der Öffentlichkeit vorzuenthalten. Leah hatte im Voraus die Unterkünfte organisiert und meist wusste man in den Orten bereits, dass die Fox-Schwestern sie besuchen würden. Beinahe jeder Tag lief fast ident ab. Sie kamen am Nachmittag an, brachten ihre Koffer in ihr Quartier, vertraten sich die Beine, ließen sich von den Menschen bestaunen und zogen sich anschließend in ihr Zimmer zurück. Am Abend fanden entweder in der Unterkunft selbst oder im Haus einer Familie der Stadt zwei Vorstellungen statt. Anders als zuvor arbeiteten sie jetzt jedoch mit den leuchtenden Sternen und dem kleinen, leichten Tisch, den Leah hatte anfertigen lassen. Er bestand aus mehreren Teilen, die sich zusammenstecken ließen und die es ermöglichten, ihn während der Reise zu transportieren, und besaß zusätzlich eine versteckte Vorkehrung, mit der man ihn vom Boden abheben und durch den Raum schweben lassen konnte. Dass alle Anwesenden ihre Handflächen auf der Tischplatte liegen hatten, verstärkte den Effekt. Es war ein Trick, natürlich, doch die Menschen kamen nicht dahinter und das war das Wichtigste. Inzwischen hatten Maggies und Kates Vorführabende einen klaren Ablauf und stets begannen sie mit dem schwebenden Tisch. Er hob sich nur wenige Zentimeter, so, dass die Gäste es zwar spürten, jedoch nicht wussten, was gerade vor sich ging. Dann Stille. Und dann der Tote Riese, der sich meldete.

Die Reaktionen waren erst einmal immer die gleichen. Offene Münder, Angst, Entsetzen und Begeisterung. Es wurde durcheinandergerufen, manche standen so schnell und abrupt auf, dass ihr Stuhl umfiel, Fragen wurden wild durcheinandergerufen, Leah moderierte, beruhigte, verunsicherte.

Was jedoch auch hin und wieder vorkam, was in Rochester nie passiert war und was Leah Sorgen bereitete, war, dass manche Zuschauer, zuerst neugierig und ungeduldig, von einem Moment auf den anderen damit begannen, die Mädchen lauthals zu beschimpfen oder wütend auf sie wurden.

„Teufelswerk!“, schrien die einen. „Hexen!“, die anderen. Meist erstickte Leah diese Protestrufe im Keim, brach entweder die Vorstellung sofort ab oder befahl den Störenfrieden mit autoritärer Stimme, dass sie den Raum verlassen sollten, dass es Kinder seien, die sie anklagten, und dass derartige Angriffe äußerst unpassend waren. Es gab jedoch Zuschauer, bei denen Leahs Ermahnungen nichts halfen. Schon am zweiten Abend geschah es, dass ein Mann in der Stadt Victor, nicht einmal zwanzig Meilen von Rochester entfernt, kurz davor war, gewalttätig zu werden. Acht Personen, drei Männer und fünf Frauen sowie die drei Fox-Schwestern waren bei dieser Sitzung anwesend. Die Vorführung fand im Erdgeschoss des Wirtshauses statt, in dem sie sich eingemietet hatten. Die Darbietung war anfangs problemlos verlaufen, doch zwei der Männer befahlen den Mädchen immer wieder aufzustehen, um zu beweisen, dass nicht sie es waren, die die Knackgeräusche erzeugten. Leah hatte versucht, die beiden zurechtzuweisen, was die Männer jedoch nur noch aggressiver hatte werden lassen. Irgendwann verlangte der

Tote Riese nach dem Buchstabenbrett und buchstabierte die Worte: Raus! Alle raus!

Das war der Punkt, an dem einer der Männer aufsprang, seinen Stuhl ergriff und ihn in die Ecke schleuderte. Er baute sich vor den Mädchen auf und brüllte, dass er sich nicht von zwei Kindern für dumm verkaufen ließ. Leah wollte eingreifen, wurde jedoch von einem jüngeren Mann gewaltsam am Arm festgehalten. Die anderen Gäste beobachteten das Geschehen wortlos. Maggie hatte sich zitternd in einer Ecke verkrochen. Nur Kate saß nach wie vor mit geschlossenen Augen auf ihrem Platz, die Hände flach auf die Tischplatte gelegt, und murmelte leise vor sich hin.

„Was soll das?", brüllte der Mann irritiert. „Was sagt ..."

In diesem Moment sprang Kate auf, öffnete ihre Augen, verdrehte sie nach hinten, dass man nur noch das Weiße sah, spannte Arme und Nacken so fest an, dass die Sehnen hervortraten, und rief mit lauter Stimme:

„Eine Misere! In all deinem Weh! Die erprobte Seele kann dir etwas schulden! Sein Triumph in der Stunde des Todes! Glaube, halte deinen siegreichen Glauben! Beschreibe dein Schiff, wie es tost auf der Welle! Soll die nächste Woge dein nasses Grab werden?"

Zeitgleich knackte es laut von überall her.

„Halt dein Maul!", rief der Mann, doch Kate hörte nicht auf. Im Gegenteil. Minutenlang zitierte sie immer schneller werdend ein Leah unbekanntes Gedicht, ihr Körper angespannt, die Augen weiß und unheimlich. Alle Anwesenden brüllten durcheinander: „Sie ist in Trance! Die Geister sind in ihr! Der Tod spricht durch sie!"

Irgendwann wurde es auch dem Unruhestifter zu viel. Er drehte sich um und verließ den Raum. Der zweite, jüngere Mann ließ von Leah ab und folgte ihm. Die anderen Anwesenden beruhigten sich, setzten sich wieder und beobachteten fasziniert das unheimliche Schauspiel. Kate zitierte vielleicht dreißig Verse des Gedichts und durchgehend wurde es von lautem Knacken untermalt. Dann stoppte sie abrupt. Stille. Bis plötzlich Maggie und Kate völlig gleichzeitig folgende Worte sprachen: „Sogar jetzt zerreißt es beinahe meine Augen. Bei Christus zu sein, ist weitaus besser."

Als wäre Kate eine Marionette, bei der man die Schnüre durchgeschnitten hatte, sackte sie in sich zusammen und ließ sich auf ihren Stuhl fallen. Leah holte wortlos den kleinen runden Tisch, stellte ihn vor die Schwestern, platzierte das Buchstabenbrett darauf und legte ihre Hand auf den Holzkeil. Langsam fuhr er mit dem Loch über die Buchstaben. Das erste Knacken bei E, das zweite bei N, dann bei D und schließlich wieder bei E. Die Gäste entschuldigten sich leise im Namen der zwei Männer, drückten Leah beim Hinausgehen weitaus mehr Geld in die Hand, als sie es sonst getan hätten, und verließen schweigend das Haus.

So hatte diese Reise begonnen. Zum Glück verlief nicht jeder Abend dermaßen ausufernd. Meistens wurden die Mädchen herzlich empfangen, die Vorstellungen erfolgten wie geplant, die Gäste waren fasziniert und bewiesen ihre Dankbarkeit, indem sie Leah ohne Murren den zuvor ausgemachten Betrag bezahlten.

Ein absoluter Höhepunkt dieser Tournee, der aber nichts mit den Fähigkeiten der Fox-Schwestern zu tun hatte, war, als sie am elften Tag in der kleinen Stadt Seneca Falls ankamen. Leah hatte den Mädchen bereits angekündigt, dass dort etwas ganz Besonderes passieren sollte. Etwas, das es in den USA nie zuvor gegeben hatte: die allererste Zusammenkunft amerikanischer Frauen, die sich trafen, um offiziell die Frauenrechte zu definieren. Leah lächelte jedes Mal, wenn sie davon erzählte. Zwei Tage lang würde man über die Rechte und Pflichten von Frauen diskutieren, Pläne schmieden, Entscheidungen treffen, die das Leben der weiblichen Bevölkerung in der Zukunft mit Sicherheit verändern würden. Auch Amy Post – diejenige, die Leah dieses Thema vor vielen Jahren nähergebracht und die schon damals ihren Kampfgeist geweckt hatte – würde ebenfalls dort sein.

Am Tag, bevor sie in Seneca Falls ankamen, saßen die Schwestern in einem Gasthaus zusammen und aßen zu Abend. Sie wurden, wie so oft, sowohl vom Wirt selbst als auch von den anderen Gästen zum Teil verwundert, zum Teil abschätzig gemustert. Eine junge Frau und zwei Mädchen, die alleine und ohne männliche Begleitung unterwegs waren, das sah man selten. Es gab viele Männer, die dies nicht guthießen und sich nicht zurückhielten, ihren Standpunkt mitzuteilen. Maggie spürte die abwertenden Blicke wie Nadeln auf ihrer Haut. Kate hingegen schien nichts davon zu bemerken. Sie summte leise vor sich hin und befand sich die meiste Zeit in ihrer ganz eigenen Welt.

„Ich will nicht, dass sie uns so anschauen“, flüsterte Maggie an dem Abend Leah zu.

„Wer?“, fragte Leah, wohl wissend, was die Antwort darauf war.

„Der Wirt, die anderen. Alle.“

„Alle?“, fragte Leah nach.

„Alle Männer.“

Leah atmete stoßartig durch die Nase. „Mach dir darüber keine Gedanken“, antwortete sie mit fester Stimme. „Sie bestimmen vielleicht über das Hier und Jetzt, aber die Zukunft, die gehört uns und uns alleine!“

Maggie wusste nicht recht, was Leah damit meinte, doch nach der sogenannten Seneca Falls Convention – einer Versammlung, die verschiedenste Zeitungen als „das schockierendste und unnatürlichste Ereignis, das jemals in der Geschichte der Frau aufgezeichnet wurde“ bezeichneten – waren ihr die Worte ihrer Schwester um einiges klarer.

Leah

[Elizabeth Cady Stanton erinnert mich an Amy, doch alles an ihr ist noch beeindruckender. Sie ist eine Gallionsfigur, sie hat das alles organisiert. Sie spricht und ihre Stimme ist wie eine Naturgewalt, ein Sturm, ein Tornado, der durch das Land zieht und der nichts so hinterlässt, wie es einst gewesen war. So will ich sein. So stark und unnachgiebig. So lästig und eigensinnig. Sie steht am Rednerpult, ihre Hände ergreifen die Ränder so fest, dass ihre Knöchel weiß hervortreten. Manchmal erhebt sie ihre Faust, manchmal klopft sie auf das Podium. Trotz ihrer kleinen Statur wirkt sie kraftvoll und selbstsicher. Ihre Kinder sitzen am Rand der Bühne. Sie sind still und wohlerzogen. Lizzy war anders. Ich habe so vieles falsch gemacht. Jetzt habe ich sie verloren. Ihr Mann hat mir gesagt, dass er nicht will, dass ich sie besuche. Nicht nur einmal hat er mir gedroht. Doch ich lasse mich von ihm nicht einschüchtern. Ich will stark sein und bin es meistens auch. Ich will so sein wie Elizabeth Cady Stanton.

Ihr Mann ist ebenfalls im Raum. Irgendwo in den hintersten Reihen. Er hört ihr zu, wie alle anderen auch. Er unterstützt sie. Täte er es nicht, wäre er wohl nicht hier. Ein Mann, der akzeptieren kann, dass seine Frau stärker ist als er selbst.

Elizabeth Cady Stanton spricht von der Pflicht der Frauen, endlich Verantwortung für unser Leben zu übernehmen. Dass diese Verantwortung auch darin besteht, das Unrecht, die Herabwürdigung, die Degradierung zu erkennen, die uns jeden Tag aufs Neue begegnet. Ich suche Maggies und Kates Blick, will sehen, ob sie es verstehen. Maggie lächelt und nickt. Es sind auch deine Worte, bedeutet dieser Blick und ich bin stolz. Kate lächelt nicht. Das tut sie beinahe nie. Mutter sagt: So ist sie eben. So war sie immer. Maggie sagt: In ihr lebt der Tote Riese. Beide Aussagen beunruhigen mich manchmal.

Neben mir fächert sich eine Frau hektisch mit einem Pamphlet Luft zu. Es ist unglaublich heiß in diesem Saal.

Die Fenster und Türen sind geschlossen, müssen geschlossen sein. Fremde Blicke und fremde Ohren sind eine potenzielle Gefahr. Ich glaube, dass die Frau neben mir bald in Ohnmacht fallen wird. Es sind diese verfluchten Kleider, die bis zum Hals geschlossen sind. So viele Frauen tragen sie. Die Gesellschaft will es so. Die Männer wollen es so. Eine Frau hat gefälligst züchtig zu sein. Sich der Temperatur angemessen zu kleiden, ist eine Sünde. Eine von vielen. Die zugeschnürten Kleider stauen die Hitze und werden erst zur Qual und dann zur Bedrohung. Es passiert immer wieder. Im Sommer. In der Stadt. Eine Frau, die bewusstlos zusammenbricht. Dann die Männer, die das Ganze wie Geier beobachten, nur darauf warten, um dann sofort zu Hilfe zu eilen und dem Opfer mit gezieltem Griff wie selbstverständlich die obersten Knöpfe öffnen und gierig auf die freigelegte Haut starren.

Es ist an der Zeit, dass man *ihnen* Vorschriften macht. Es ist Zeit, dass sich etwas ändert.

Elizabeth Cady Stanton erhebt ihre Stimme, liest meine Gedanken, ruft, dass jeden Tag Männer und Frauen mit zweierlei Maß gemessen werden, dass eine Frau ohne einen Mann an ihrer Seite oft gar nicht wahrgenommen wird, dass ihre Meinung nicht akzeptiert, ihre Stimme nicht gehört wird. Die Geschichte der Menschheit, sagt sie, ist eine Folge von wiederholten Ungerechtigkeiten und Übergriffen vonseiten des Mannes gegenüber der Frau mit der klaren Absicht, eine absolute Tyrannei über sie zu errichten.

Ich springe abrupt auf, applaudiere, rufe laut Beifall, habe es nicht geplant und tue es trotzdem. Vielen Frauen geht es gleich. In der Galerie sitzen die Männer, sie wissen nicht recht, wie sie reagieren sollen. Maggie steht neben mir und klatscht laut. Ich mustere sie. Wie groß sie geworden ist. Auch sie ist schon fast eine Frau. Kate sitzt neben ihr. Sie applaudiert nicht. Dann zitiert Elizabeth Cady Stanton die Unabhängigkeitserklärung, doch sie verändert sie ein wenig, korrigiert sie, verbessert sie: Wir halten diese Wahrheiten für augenscheinlich wahr, ruft sie, dass alle Männer und alle Frauen, sie betont es erneut, auch alle Frauen, gleich geschaffen sind! Dass sie mit bestimmten unveräußerlichen Rechten ausgestattet worden sind, dass zu diesen Leben, Freiheit und das Streben nach Glück gehören!

Ich habe das Recht, nach Glück zu streben. Ich habe das Recht. Und ich werde es nicht dem Zufall überlassen.

Man jubelt. Maggie klatscht immer noch und jetzt tut es Kate ebenfalls, gleich wie die anderen beinahe zweihundert Frauen im Saal. Ich drehe mich zu den beiden, sie schauen mich mit großen Augen an. Ich muss lachen, nehme die beiden in den Arm, blicke in ihre Gesichter und sage: Wir haben das Recht, nach Glück zu streben, und wir werden es nicht dem Zufall überlassen.

Die Zukunft gehört uns, sagen Maggie und Kate gleichzeitig. Es ist wie Hexerei. Es sind meine Worte aus ihren Mündern.

Ich nicke heftig. Die Zukunft gehört uns!]

Die Seneca Falls Convention

„Das sind also die Fox-Schwestern, von denen man schon so viel gehört hat. Man sieht den Damen nicht an, dass angeblich Geister in ihnen schlummern."

Maggie war wie gebannt, blendete die Menschen-, nein, die Frauenmassen und die vielen Gespräche um sich herum völlig aus und starrte den unglaublich attraktiven dunkelhäutigen Mann an, den Amy ihnen als Frederick Douglass vorgestellt hatte. Er war Schriftsteller, ein enger Freund von Isaac und seine Geschichte an Abenteuerlichkeit nicht zu übertreffen. Maggie hörte kaum, was Amy sprach. Sie war von der ersten Sekunde an fasziniert von dem gepflegten Äußeren – trotz der morgendlichen Hitze trug er eine Weste, eine breite Krawatte, die aus einem rechteckigen Stoffschal bestand, und einen dunkelbraunen Gehrock aus festem Leinen – der beeindruckenden Statur, dem kantigen, dunklen Gesichts mit dem rabenschwarzen Ziegenbart und dem durchdringenden Blick des unbekannten Mannes.

„So funktioniert das nicht", sagte Kate trotzig. „Die Geister schlummern nicht in uns."

Leah, die neben Amy stand, lachte aufgrund Kates Ehrlichkeit laut auf. Maggies Gesicht wurde heiß und sie stieß ihrer kleinen Schwester mit dem Ellbogen in die Seite.

„Entschuldigen Sie meine Schwester“, sagte sie und ärgerte sich darüber, wie ihre Stimme zitterte.

Leah fiel dieses Zittern auf.

„Warum so nervös, Maggie?“, fragte sie. Maggies Gesicht wurde feuerrot. „Üblicherweise zeigt sie auch in Anwesenheit solch stolzer Männer wie Ihnen keine Scheu.“

Leah lächelte Frederick Douglass etwas herausfordernd zu.

„Ich bin mir sicher, dass die beiden irgendwann einmal genauso selbstsicher und anmutig wie ihre älteren Schwester werden“, antwortete Douglass.

Maggie spürte eine Welle an Eifersucht, die sie zuvor noch nicht gekannt hatte. Wie konnte Leah sie nur derart bloßstellen!

„Kate und ich sind ganz anders als Leah!“, entfuhr es ihr.

Frederick Douglass horchte auf.

„Inwiefern?“, fragte er interessiert.

„Leah kann nicht, was wir können. Sie würde es gerne, aber sie ist nicht so wie wir.“

„Wie ist sie nicht?“, bohrte Douglass nach.

„Besonders. Wir sind besonders und sie ist es nicht.“

„Maggie“, ermahnte sie Amy.

„Es ist schon in Ordnung“, winkte Leah beschwichtigend ab, warf jedoch Maggie einen strafenden Blick zu. Maggie ignorierte ihn gewissenhaft.

„Kate und ich wissen, wie man mit den Toten spricht. Das macht uns besonders.“

„Ihr sprecht mit den Geistern, doch sie schlummern nicht in euch.“ Er blickte Kate an. „Stimmt das?“

„Ja, ganz genau", antwortete Maggie und stellte sich einen Schritt nach vorn.

„Und wie funktioniert es dann?", fragte Frederick Douglass herausfordernd „Wo sind die Geister, wenn sie nicht *in* euch wohnen?"

„Die Geister befinden sich im Jenseits, Frederick", antwortete Amy. „Maggie und Kate haben die Fähigkeit, die Tore eben dorthin zu öffnen. Es ist ein Wunder. Wir hatten sogar schon die Möglichkeit, mit unseren verstorbenen Kindern zu sprechen. Dank Maggie und Kate wissen wir, dass es ihnen im Jenseits wohlergeht."

Frederick Douglass schaute den Schwestern mit seinem stechenden Blick eine geraume Zeit lang prüfend in die Augen, Maggie senkte irgendwann den Kopf, Kate jedoch erwiderte den Blick mit gleichgültigem Gesichtsausdruck. Irgendwann erhob sich Douglass, schenkte ihnen ein Lächeln und wandte sich Amy zu.

„Ich empfinde nach wie vor tiefste Trauer, dass du und Isaac eure Kinder verloren habt. Doch es erfüllt mein Herz mit Freude, zu wissen, dass es ihnen im Jenseits gut geht", sagte er zu Amy. Er wandte sich Maggie und Kate zu: „Gerne würde ich selbst irgendwann die Fähigkeiten der berühmten Fox-Schwestern bestaunen. Vielleicht gewährt ihr mir, wenn ich das nächste Mal in Rochester bin, eine Audienz?"

„Ja!", rief Maggie und spürte, wie ihr Gesicht noch heißer wurde. Dieses Mal kümmerte sie sich jedoch nicht darum. „Bitte kommen Sie zu uns und wir nehmen Ihnen gerne auch eine Au…, eine …"

Sie hatte den von Douglass gewählten Ausdruck vergessen.

„Ich freue mich bereits jetzt darauf“, erlöste sie Douglass. „Doch nun will ich die Damen nicht länger belästigen.“

Er nickte Amy, Leah und Kate höflich zu und verbeugte sich mit einem breiten Schmunzeln vor Maggie. Dann drehte er sich um und tauchte in der Masse aus Frauen unter.

Maggie blickte ihm hinterher und löcherte danach Amy mit Fragen, deren Antworten zu Maggies Missfallen stets oberflächlich und ungenau ausfielen. Leah kannte den Grund für Amys Befangenheit: Isaac und Frederick Douglass kannten sich schon lange. Sie hatten sich befreundet, als Douglass als geflohener Sklave in New York angekommen war und Isaac ihm half, eine Bleibe und eine Arbeit zu finden. Bald darauf hatten sich die beiden der Underground Railroad angeschlossen – einer Untergrundorganisation, die sich dem Ziel verschrieben hatte, geflohenen Sklaven zu helfen, in den Norden der USA oder nach Kanada zu kommen. Was sie taten, war höchst illegal und beide würden, sollte man sie jemals erwischen, bestenfalls im Gefängnis landen und schlimmstenfalls hingerichtet werden.

„Woher kennt Isaac ihn?“, fragte Maggie und Amy antwortete, dass Isaac und er sich gemeinsam für die Sklavenabschaffung stark machten. „Wie genau?“ Ein Schulterzucken als Antwort. „War er Sklave?“ Ja. War er. Er hat ein Buch über sein Leben geschrieben. „Wie heißt es?“ *Eine Erzählung aus dem Leben Frederick Douglass, ein Amerikanischer Sklave.* „Und jetzt ist er frei?“ Ja. „Man hat ihn freigelassen?“ Nein. Er ist geflohen. „Er sieht aber nicht wie ein typischer Schwarzer aus. Seine Haut ist heller. Warum?"

Die korrekte Antwort wäre gewesen, dass Douglass' Mutter von ihrem damaligen Herrn vergewaltigt worden war – eine Tatsache, die Maggie später in Erfahrung brachte. An diesem Tag jedoch beantwortete Amy ihre Frage nicht.

„Er ist, wie er ist", sagte sie und deutete auf die Tür des Veranstaltungssaals. „Ich glaube, sie haben es gleich geschafft."

„Er ist, wie er ist", wiederholte Maggie und fügte leise hinzu. „Er ist perfekt." Sie blickte zu Kate. „Nicht wahr?"

„Er hat Geheimnisse", flüsterte Kate ernst. „Viele Geheimnisse."

„Und er sieht fantastisch aus", sagte Maggie und versuchte noch einmal, Frederick Douglass in der Menschenmenge auszumachen. Es gelang ihr nicht.

„Es ist so weit! Sie haben die Tür geöffnet", rief Leah, nahm ihre Schwestern bei der Hand und kämpfte sich mit ihnen in Richtung Eingang.

Nicht jeder in Seneca Falls war ein Freund des Gedankens, dass genau hier Amerikas erste Frauenrechtsveranstaltung stattfand und so hatte ein Unbekannter, oder auch eine Unbekannte, in der Nacht die Tür des Veranstaltungssaals verschlossen. Man hatte daraufhin ein Fenster aufgestoßen, den zehnjährigen Neffen der Veranstalterin, Elizabeth Cady Stanton, durch das Fenster ins Innere gehoben und dieser hatte es nach anfänglichen Schwierigkeiten geschafft, die verschlossene Türe von innen zu öffnen. Trotz der Hitze drängten die Frauen motiviert ins

Innere des Saals. Maggie beschwerte sich. So gerne hätte sie noch länger mit Frederick Douglass gesprochen, doch jetzt würde sich bestimmt eine geraume Zeit lang keine Möglichkeit mehr ergeben. Doch sie würde sich so schnell nicht ablenken lassen und sie sehnte innerlich den Tag herbei, an dem sie Frederick Douglass ein weiteres Mal begegnen würde.

Die nächsten zwei Tage waren für Maggie ein Wechselbad der Gefühle. Sie erfuhr Stolz und Zusammengehörigkeit, sah, wie Leah aufblühte und wie sehr sie sich in diesen Tagen verstanden fühlte. Doch gleichzeitig wurde sie auch durch einige Vertreterinnen der Sache abgeschreckt, fand sie und auch manche ihrer Ansichten zu extrem und regelrecht befremdlich.

Man verbrachte die meiste Zeit in der Wesleyan Methodist Chapel, wo mehrere Frauen Reden zu den verschiedensten Frauenrechtsthemen hielten. Maggie konnte nicht fassen, dass die anwesenden Männer in den hintersten Reihen sitzen mussten und still zuhörten, ohne sich einzumischen, wie sie schweigend akzeptierten, dass die Frauen auf der Bühne über die Männer schimpften, über ihre Macht und die Ungerechtigkeit der Welt, in der sie lebten. Maggie kannte all diese Punkte bereits von Leahs Vorträgen. Frauen waren nicht schwächer als Männer, Frauen mussten für ihre Rechte kämpfen und so weiter. Ihr zuliebe hatten Kate und Maggie ihre Worte auswendig gelernt und bestimmte Sätze mit einem Zeichen – einem unauffälligen Griff zum Ohr, einem Zusammenkneifen der Lippen, dem Zusammenführen von Daumen und Mittelfinger – versehen. Auf diese Art konnten sie dann gleichzeitig eine der Zitate wiedergeben, die Leah so wichtig waren. Etwas, worüber sie sich jedes Mal sehr freute.

In diesen zwei Tagen hörten Maggie und Kate Leahs Worte über die Rechte und Pflichten in allen möglichen Ausführungen. Das Zentrum dieser Diskussion bildete die *Declaration of Sentiments*, eine Abwandlung der Unabhängigkeitserklärung, der *Declaration of Independence.* Dieses Schriftstück war bereits im Vorfeld von einigen Frauen zusammengestellt worden und bestand aus sechzehn Punkten, die vorgelesen, analysiert, zerstückelt, erneut vorgelesen, wieder besprochen, dann wieder zerstückelt wurden, um schließlich durch ein Abstimmungsverfahren gemeinsam beschlossen und in die Endfassung der *Declaration of Sentiments* aufgenommen zu werden.

Spannend war für Maggie vor allem Punkt 11 der *Declaration of Sentiments*, in dem es hieß, dass die Männer ein Monopol auf alle Berufe hatten, mit denen man sich ein Einkommen sichern konnte. Als sie das hörte, schaute sie sofort in das Gesicht ihrer älteren Schwester, die im selben Moment auch ihren Blick suchte. Während die Anwesenden über den genauen Wortlaut dieses Punktes diskutierten, lehnte sich Maggie zu Leah.

„Was bedeutet ‚ein Monopol haben'?"

„Dass die Männer alle Berufe, mit denen man Geld verdienen kann, für sich beanspruchen."

„Aber das stimmt nicht", sagte Maggie leise.

„Was meinst du?", erwiderte Leah herausfordernd.

„Was wir tun, meine ich. Wir haben einen Beruf." Leah wartete. „Wir bekommen Geld dafür. Die Menschen wollen den Toten Riesen sprechen hören, sie wollen ihm Fragen stellen und wir helfen dabei."

„Ihr helft den Menschen und erhaltet dafür einen Lohn. Das ist fair, nicht wahr? Und genau darum geht es hier. Genau darum." Sie legte einen Moment lang ihre Hand auf Maggies. „Ich bin stolz auf euch."

„Das wissen wir", sagte Kate von der anderen Seite.

Leah hatte nicht bemerkt, dass sie dem Gespräch gefolgt war.

„Das freut mich", sagte sie.

„Na gut!", rief Lucretia Mott, die Zweite, die gemeinsam mit Elizabeth Cady Stanton die Versammlung einberufen hatte. „Es soll also heißen: ‚Er hat ein Monopol auf fast alle einkömmlichen Berufe, und mit denen, die sie ausüben kann, erwirbt sie nur einen dürftigen Lohn.'"

„Darf!", rief Leah. „Die sie ausüben *darf*."

„Und mit denen, die sie ausüben darf, erwirbt sie nur einen dürftigen Lohn", wiederholte Elizabeth Cady Stanton. Als keine Gegenstimme kam, nickte Lucretia Mott, die Version wurde in das Protokoll aufgenommen und man ging zum nächsten Punkt über.

„Das wird sich ändern", hörte Maggie Leah leise sagen und sah, wie auch Kate leicht nickte.

Maggie wusste oft nicht recht, wie sie sich in diesen zwei Tagen fühlen sollte. Viele Frauen, die auf der Bühne standen, wirkten unglaublich ernst, wütend, anklagend. Andere wiederum sprachen nüchtern, beinahe müde, wandten sich gezielt an die anwesenden Männer und befahlen ihnen, ebenfalls das Ihre zu tun, um die Situation zu ändern. Wieder andere sprachen mit derartiger Hingabe und Passion, dass ihr Feuer schließlich auch auf Maggie übersprang. Es gab einen Moment, in dem Elizabeth Cady Stanton immer lauter wurde, ihre Bewegungen immer größer und heftiger, bis Leah schließlich aufsprang und anfing zu jubeln. Eine Frau nach der anderen schloss sich ihr an und Maggie tat es ihnen gleich, nicht um Leah zu gefallen, sondern dieses Mal wirklich aus voller Überzeugung. Sie hatten recht. Es musste sich etwas ändern. Maggie blickte zu ihren Schwestern – Kate ganz woanders und Leah genau in ihrem Element – und beobachtete die Gesichter der Anwesenden im Raum. Da stand er. Frederick Douglass. Die Fäuste erhoben, dann wieder applaudierend, ein Lachen auf seinem Gesicht. Maggie tat sich schwer, sich von ihm loszureißen, bis Leah sie und Kate plötzlich umarmte.

„Wir haben das Recht, nach Glück zu streben, und wir werden es nicht dem Zufall überlassen!“, rief sie ihnen zu.

Maggie und Kate blickten einander an und Kate fuhr unauffällig mit Daumen und Zeigefinger an ihr linkes Ohr.

„Die Zukunft gehört uns“, sagten die Schwestern vollkommen gleichzeitig und Maggie erfüllte es mit Freude, zu sehen, wie sehr Leah dieses Kunststück gefiel.

Fasziniert beobachtete Maggie auch, wie spannungsgeladen und emotional am Nachmittag des zweiten Tages über das Frauenwahlrecht diskutiert wurde. Viele Frauen waren der Meinung, dass der vollkommen unrealistische Wunsch nach dem Wahlrecht eventuell die rationaleren Punkte der Agenda schwächen und Unterstützer der Sache abschrecken würde. Nach einigem Hin und Her erhob sich Frederick Douglass, der in der vorletzten Reihe saß, und rief mit tiefer und klarer Stimme: „Das Recht zu wählen, das Recht mitzubestimmen ist nichts anderes als ein Teil der Menschenrechte, ein Teil des demokratischen Grundgedankens. Es ist für mich als schwarzer Mann nicht möglich, das Wahlrecht zu beanspruchen, wenn die amerikanischen Frauen es nicht ebenso tun. Für mich besteht keinerlei Zweifel, dass die Welt ein besserer Ort wäre, wenn Frauen in die politische Sphäre einbezogen würden."

Douglass' Äußerung löste eine weitere Diskussion aus, die so lange anhielt, bis Elizabeth Cady Stanton darauf bestand, darüber abzustimmen. Das Ergebnis war unmissverständlich. Der Satz *Es ist die Pflicht der Frauen dieses Landes, sich selbst ihr heiliges Recht auf Wahlbeteiligung zu sichern* wurde in die *Declaration* mitaufgenommen und sollte zu einem grundlegenden Anliegen der Frauenrechtsbewegung, der Suffragetten, wie sie später genannt werden sollten, werden.

Am Ende des zweiten Tages wurde die finale Version der *Declaration of Sentiments* ein letztes Mal vorgelesen und von einem Großteil der anwesenden Frauen unterschrieben. Amy, die zwar die ganze Zeit in der ersten Reihe gesessen, doch die meiste Zeit nur zugehört hatte, wurde in das Komitee aufgenommen, das für die letzte Bearbeitung und für die Veröffentlichung der *Declaration* zuständig war. Maggie freute sich ungemein, da dies bedeutete, dass ihre Freundin eventuell öfter Kontakt mit den Unterstützern der Sache, unter anderem natürlich mit Frederick Douglass, haben würde. Vielleicht würde sie ihn ja tatsächlich bald wiedersehen.

Ein Vermächtnis

Es war elf Uhr nachts, als Leah nach dem zweiten Tag der Seneca Falls Convention die Wesleyan Methodist Chapel betrat. Im ganzen Veranstaltungssaal brennte nur eine einzelne Öllampe. Obwohl der große Raum nun menschenleer war, lag nach wie vor der Geruch der hunderten schwitzenden, aufgebrachten und kämpfenden Frauen in der Luft. Leah atmete tief ein, sog den süßen und gleichzeitig beißenden Duft in ihre Lungen. Noch nie hatte sie sich derartig energiegeladen, beflügelt und motiviert gefühlt. Sie hatte einen Einblick bekommen, was möglich war, wenn Frauen an einem Strang zogen, wenn sie gemeinsam Pläne schmiedeten.

„Hier ist sie also!“, rief die inzwischen vertraute Stimme aus der Dunkelheit. „Die älteste der berühmten Fox-Schwestern!“

Elizabeth Cady Stanton trat auf Leah zu, blieb vor ihr stehen und musterte sie von oben bis unten. Leah konnte die Entschlossenheit, die von dieser zierlichen Frau ausging, regelrecht auf ihrer eigenen Haut spüren. Sie wusste nicht, wie sie sich verhalten sollte und vollführte schließlich, ohne darüber nachzudenken, einen kleinen Knicks, der ihr noch im selben Moment unglaublich peinlich war.

Elizabeth Cady Stanton lachte schallend, umarmte Leah und deutete auf eine leere Sitzbank. Nebeneinander nahmen sie Platz. Ein weiteres Mal wurde Leah von der Frauenrechtsikone gemustert, bis diese die Stille durchbrach: „Erzähl“, sagte sie lächelnd. Leah blickte sie fragend an. „Über dich. Über euch. Ich will alles wissen.“

Und so fing Leah an. Sie begann bei ihrer eigenen Kindheit, schilderte ihre Eltern, ihre Geschwister sprach von Bowman und ihrer Tochter Lizzy. Erzählte, wie Amy und Isaac sie bei sich aufgenommen hatten, nachdem die restliche Familie nach Kanada ausgewandert war, wie die beiden ihr halfen, wie sie Vorbilder für sie wurden. Und dann berichtete sie von Maggie und Kate, von den ersten Jahren in Rochester, dass sie die beiden bald mehr als ihre eigenen Kinder als ihre Schwestern betrachtete. Als wäre sie dabei gewesen, beschrieb sie die schicksalhafte Nacht in Hydesville und die Faszination der Menschen, die seit dieser Begegnung mit dem Jenseits nicht nachgelassen hatte. Sie ließ nichts aus, schilderte, wie die Mädchen den Toten Riesen zum Leben erweckt hatten, wie sie die Kinder zu sich nach Rochester mitgenommen hatte, erzählte von den ersten Sitzungen, von den Hilfsmitteln, den Schwierigkeiten und Erfolgen und von ihrem Versuch, die beiden berühmt zu machen, um sich und ihre Schwestern finanziell abzusichern.

Elizabeth Cady Stanton hörte ihr schweigend zu, schaute ihr durchgehend in die Augen und legte Leah an einigen Stellen ihre Hand auf den Arm. Als Leah zum Ende gekommen war, fuhr sie sich mit beiden Händen über das Genick und massierte anschließend leicht ihre Schläfen.

„Ich verstehe", sagte Elizabeth Cady Stanton und schwieg eine Zeit lang. Leah konnte in ihrem Gesicht ablesen, dass sie nachdachte. Schließlich massierte sie sich leicht die Schläfen und lächelte. „Es waren anstrengende Tage, nicht wahr." Leah nickte. „Wichtige Tage waren es. Man könnte direkt das Gefühl bekommen, dass sich nun bald etwas ändern wird. Doch wir wissen alle, dass dies nicht der Fall ist."

„Vielleicht schon", platzte es aus Leah heraus. „Wenn alle Frauen, die hier waren …"

„Es ist schon gut so", unterbrach Elizabeth Cady Stanton sie ruhig. „Unsere Aufgabe ist es, die Ungerechtigkeiten zu erkennen und zu versuchen, eine bessere Welt zu hinterlassen. Unsere Taten heute sind unser Erbe für die nächste Generation. Unsere Hinterlassenschaft. Es ist wie einen Baum zu pflanzen, an dessen Ästen erst deine Kinder schaukeln können." Das Lächeln war von Elizabeth Cady Stantons Lippen gewichen. „Ich weiß, was meine Hinterlassenschaft ist, Leah. Ich arbeite jeden Tag daran." Sie griff nach Leahs Händen. „Weißt du, was deine sein wird?" Leah schluckte. Sie wusste nicht, was sie darauf antworten sollte. „Was ihr tut", sagte Elizabeth Cady Stanton ernst, „du und deine Schwestern, das hat es zuvor nicht gegeben. Die Menschen hängen an euren Lippen, sie bezahlen dafür, Zeit mit euch zu verbringen, sie bezahlen dafür, zu hören, was aus den Mündern deiner Schwestern kommt. Genau das gibt euch Macht." Leah nickte vorsichtig. „Wenn ihr erfolgreich seid, wird es Frauen geben, die euch imitieren, die ebenfalls durch die Tür treten wollen, die ihr geöffnet habt. Das ist der logische Lauf der Welt. Niemand kann etwas für sich alleine beanspruchen."

„Aber …"

„Doch jede Kopie ist gleichzeitig auch ein Kompliment", unterbrach sie Elizabeth Cady Stanton ein weiteres Mal. Sie ließ ihre Worte einen Moment lang im Raum schweben. „Die Frage, die du dir stellen musst, ist nur, ob du letztendlich darauf stolz sein kannst. Es kommt auf dich und deine Schwestern an, wie ihr den Boden bereitet."

Noch bevor Leah etwas darauf erwidern konnte, stand Elizabeth Cady Stanton auf. Die Ernsthaftigkeit war von ihrem Gesicht gewichen und sie lächelte wieder.

„Es war schön, dich getroffen zu haben, Leah", sagte sie, legte ihr einen Moment lang die Hand auf die Schulter und ging Richtung Ausgang. Sie hatte bereits die Tür geöffnet, als sie sich ein letztes Mal umdrehte. „Teilst du eigentlich die Fähigkeiten deiner Schwestern?", fragte sie.

„Nein", antwortete Leah.

„Vielleicht ändert sich das ja einmal. Du bist eine interessante Frau. Es wäre doch spannend zu wissen, welche Worte des Toten Riesen aus deinem Mund kommen würden."

Es war zu dunkel, als dass Leah Elizabeth Cady Stantons Gesichtsausdruck hätte erkennen können. Ohne ein weiteres Wort zu sagen, drehte sie sich um, verließ die Wesleyan Methodist Chapel und ließ Leah im leeren Veranstaltungssaal zurück.

Hydesville

Die Seneca Falls Convention dauerte zwei Tage und am dritten war alles wieder vorbei. Die meisten Frauen reisten sehr früh wieder ab, Seneca Falls verwandelte sich wieder in eine kleine, langweilige Stadt wie jede andere und von der beeindruckenden Stimmung der vorherigen Tage schien nichts übrig geblieben zu sein. Maggie hätte sich danach gesehnt, ein letztes Mal Frederick Douglass' Gesicht zu sehen, doch auch er war bereits vor dem Morgengrauen abgereist. Als Leah Maggie mitteilte, dass die übernächste Station Hydesville sein würde, wehrte sie sich zuerst dagegen.

„Du hast gesagt, dass wir nie wieder dorthin zurückgehen!", brüllte sie ihre ältere Schwester an.

„Wir müssen", antwortete Leah ruhig. „Die Menschen sehnen sich nach der Rückkehr der Fox-Schwestern."

Es war Leahs ruhige Art, die Maggie verstehen ließ, dass sie die Entscheidung für alle drei Schwestern getroffen hatte und dass jeder Widerspruch sinnlos war. So beschloss sie, Leah mit Schweigen zu bestrafen. Ohne ein weiteres Wort zu sagen, stieg sie in die bereits wartende Postkutsche und starrte auf ihre Hände. Kate schwieg ebenfalls, doch bei ihr war man das schon gewöhnt. Leah setzte sich neben

Maggie und die Kutsche fuhr los. Nach vielleicht einer halben Stunde durchbrach Leah das Schweigen:

„Ich habe zwei Wochen vor unserer Abreise etwas Geld in die Hand genommen.“ Maggie schwieg weiterhin. Kate schien in ihrer eigenen Welt zu sein. „Ich habe die lokalen Zeitungen – Newark, Lyons, Port Gibson, Palmyra – per Telegraf kontaktiert. Was glaubst du, habe ich ihnen geschrieben?“ Maggie zuckte mit den Schultern. „Ich habe angekündigt, dass die Fox-Schwestern, die berühmten Geisterbeschwörerinnen, noch einmal nach Hydesville zurückkehren werden. Dem Ort, an dem der Tote Riese erwacht ist.“

„Na und?“, fragte Maggie kühl.

„Sie alle wollen über euch berichten“, sagte Leah stolz. „Sie warten bereits.“

„Wirklich?“, fragte Maggie, der es nicht gelang, ihren Stolz zu verbergen.

„Ja, wirklich. Und zusätzlich habe ich es sogar geschafft, dass ein Reporter des *Daily Democrats* kommen wird. Das ist die einflussreichste Zeitung in Rochester. Sogar Amy und Isaac lesen sie jeden Tag.“

„Wie hast du das geschafft?“, fragte Maggie neugierig.

Leah zuckte leicht mit den Schultern.

„Ich musste nur Donald Lewis überzeugen. Er ist der Verleger.“

„Wie?“

Leah biss sich auf die Lippen.

„Du und Kate könnt in die Köpfe der Menschen sehen. Manchmal kann ich das auch. Bei Lewis wusste ich ganz genau, wie ich ihn überzeugen kann.“ Maggie schaute

Leah lange schweigend an. Irgendwann zwang sich Leah zu einem Lächeln und sagte: „Alles nur ein Spiel, Maggie."

Maggie wusste, dass Leah recht hatte. Alles war nur ein Spiel. Leah kannte die Regeln und nutzte sie. Und wenn ihre Schwester das tat, dann sollten sie und Kate es vermutlich auch tun.

Doch es kam völlig anders, als Leah es sich ausgemalt hatte. Die Familie erreichte Hydesville, die Kutsche stoppte auf dem Dorfplatz und es dauerte keine Viertelstunde, bis sich beinahe fünfzig Neugierige, darunter auch einige Zeitungsleute, um sie scharten. Die Menschen umringten Maggie und Kate, wollten sie berühren, manche streiften sie nicht nur, sondern zwickten ihnen regelrecht in die Haut, stellten Fragen, riefen durcheinander und wollten wissen, ob die Anwesenheit der Geister hier in diesem Ort noch deutlicher zu spüren sei – Kate schloss die Augen und antwortete mit einem gehauchten: „Ja, ich spüre sie" – ob und wo und wann sich die Toten melden würden. Leah erklärte, dass die Schwestern im zurzeit leer stehenden Haus der Familie Fox, dort wo die Geister zum allerersten Mal Kontakt aufgenommen hatten, kurz nach Sonnenuntergang eine Sitzung, nein, eine Séance halten würden.

„Eine Séance?", wiederholte einer der Journalisten und bat darum, dass Leah dieses Wort buchstabierte. Leah nickte, sprach das Wort erneut mit französischem Akzent aus und buchstabierte es langsam.

„Das ist Französisch und bedeutet ‚Sitzung'. Ein Wunder braucht seinen eigenen Begriff", erklärte sie ihren Schwestern später und beschloss, von diesem Tag an nur noch das Wort „Séance“ zu benutzen, wenn sie über die Kontaktaufnahme mit dem Toten Riesen sprachen.

„Was wird während dieser ‚Séance‘ passieren?“, fragte einer der Neugierigen.

„Das kann nicht mit Bestimmtheit gesagt werden“, erklärte Leah, ohne darauf einzugehen. „Meine Schwestern sind lediglich Medien, die die Fähigkeit besitzen, Kontakt mit den Toten, mit dem Jenseits aufzunehmen. Es ist ihre Anwesenheit, die …“

„Hexen sind es!“, rief ein Mann aus der Menge. „Verschwindet dorthin, von wo ihr hergekommen seid!“

„Lügnerinnen! Scharlatane! Allesamt! Hydesville braucht dieses Pack nicht!“, rief eine Frau, die Maggie erkannte.

„Das ist die Frau des Metzgers“, flüsterte sie Leah zu. „Sie war am ersten Abend auch dabei und hat uns später gesagt, dass wir nicht mehr mit dem Toten Riesen sprechen sollen. Sie hat Angst vor ihm.“

Und es schien, als wäre sie damit nicht alleine. Beinahe ein Drittel der Anwesenden hieß die Schwestern nicht willkommen und wollte nicht, dass die Toten ein weiteres Mal in ihrem Ort Einzug hielten. Ganz besonders laut war ein gut gekleideter Mann in dunkler Leinenhose, schwarzem Jackett, weißem Hemd und grauer Weste, mit dunklen, graumelierten Haaren und einem dichten Backenbart, der nicht die Schwestern direkt ansprach, sondern versuchte, die Menschen um sich herum zu überzeugen, dass es sich hier um einen Schwindel handelte.

„Diese liederlichen Personen“, rief er, „Kinder zwar, doch bereits jetzt von Grund auf verdorben, versuchen, auf dem Rücken der großartigen modernen Erkenntnisse wie dem Mesmerismus Berühmtheit zu erlangen. Doch als mündige Bürger dürfen wir ihnen dies nicht erlauben!"

Viele schrien Rufe der Zustimmung, einige applaudierten. Doch genügend andere widersprachen, pfiffen oder unterbrachen ihn durch Buhrufe. Die Anhänger der Schwestern brüllten den Kritikern entgegen, dass sie gefälligst still sein sollten und dass dieser Besuch eine Ehre sei. Unter den Unterstützerinnen der Schwestern war auch Mary Redwood, die Nachbarin, die neben den Eltern als erste Zeugin das Wunder miterlebt und seither den Tag herbeigesehnt hatte, an dem die Kinder nach Hydesville zurückkehren würden. Sie war es auch, die schließlich die Schwestern an der Hand nahm und sie aufforderte, die Versammlung zu verlassen, bevor die Situation noch unangenehmer und hitziger wurde und womöglich sogar ausarten könnte. Leah willigte ein, nahm die Mädchen an der Hand und eilte mit ihnen davon. Maggie warf ein letztes Mal einen Blick auf die Menschenmenge und sah, wie der dunkelhaarige Mann mit dem dichten Backenbart sie hasserfüllt anstarrte und mit dem Finger auf sie deutete.

Mary Redwood brachte die Schwestern mit ihrer Kutsche zu dem Haus, in dem die Familie noch vor wenigen Monaten gelebt hatte. Sie stiegen aus und standen einige Minuten lang schweigend davor, bis sich schließlich Kate an Maggie wandte:

„Es sieht jetzt anders aus, meinst du nicht?" Maggie zuckte mit den Schultern.

„Die Treppe in den oberen Stock fehlt", antwortete Mary Redwood. „Sie hatte Termiten und man hat sie rausgenommen. Ansonsten ist aber alles gleich."

Maggie und Kate ignorierten sie.

„Es ist, als wäre kein Leben mehr darin. Nur noch der Tod", sagte Kate leise.

„Was meinst du damit?", fragte Leah besorgt.

Kate blickte sie fragend an.

„Ich weiß es nicht", antwortete sie und wandte sich an Maggie: „Schmerzt dein Kopf?" Maggie nickte. „Soll ich Geräusche machen?" Sie schüttelte den Kopf. „Ist dir auch kalt?"

„Ja", antwortete Maggie und rieb sich die Hände.

„Euch ist kalt?", fragte Mary Redwood verwundert. Es war Sommer und die Sonne stand beinahe im Zenit.

Maggie und Kate beachteten sie nicht.

„Wir werden hier nicht bleiben", sagte Kate beruhigend.

„Sicher?", fragte Maggie, einerseits verwundert über Kates Bestimmtheit und andererseits auch wieder nicht. Kate nickte, blickte suchend auf den Boden, fand zwei Äste, hob sie auf und schlug sie mehrmals gegeneinander. Es erinnerte an Pferdehufe.

„Besser?", fragte sie ihre Schwester.

„Besser", antwortete Maggie.

Leah verbrachte den ganzen Tag damit, die Séance vorzubereiten, während Maggie und Kate sich zum nahe gelegenen Teich zurückzogen. Auch sie bereiteten sich auf den Abend vor, größtenteils jedoch still, zuweilen flüsternd, Geheimnisse austauschend, über Gesehenes und Erlebtes sprechend. Beide übten, mit dem Toten Riesen zu sprechen, manchmal gleichzeitig, ein anderes Mal wieder jede für sich. Sie sprachen über den Mann mit dem Backenbart und Kate verriet Maggie, was in seinem Kopf vorging, wovor er sich fürchtete und was der Grund für seinen Unmut war.

„Er ist gewohnt, alles zu wissen", sagte Kate leise. „Er ist lange zur Schule gegangen und hat immer alles verstanden. Ich glaube, er ist Lehrer."

„Woher weißt du das?", fragte Maggie.

„Die Art, wie er spricht. Wie er steht. Er macht das oft. Anderen etwas erklären. Wir machen ihm Angst. Er will verstehen, will es unbedingt und kann es aber nicht. An manchen Tagen denkt er, er kennt die Antwort, kann sie aber nicht beweisen und das macht ihn wütend. Er ist sehr wütend, das sieht man und er will nicht, dass es uns gibt."

Sie warf einen kleinen Stein ins Wasser. Die Schwestern beobachteten die Kreise, die sich über die spiegelnde Oberfläche ausbreiteten.

„Leah will, dass sich die Nachricht über uns und den Toten Riesen genauso ausbreitet", sagte Maggie und deutete auf die sanften ringförmigen Wellen. „Genauso. Das hat sie gesagt."

„Willst du das auch?", fragte Kate ihre Schwester. Maggie nickte zögerlich. „Ich glaube, ich will es auch", sagte Kate. „Mir gefällt es."

„Ich mag die Aufregung", sagte Maggie.

„Und wie sie uns mit großen Augen anschauen."

Kate lachte leise.

„Hast du nie Angst?", fragte Maggie.

Kate wurde wieder ernst.

„Am Anfang hatte ich Angst. Hier in Hydesville vor allem. Dann nicht mehr. Wir können es zu gut."

„Das stimmt", sagte Maggie. „Aber du kannst es besser."

Kate griff wieder nach einem Stein und warf ihn so weit sie konnte ins Wasser.

„Wenn der Tote Riese spricht, gibt es kein ich oder du", sagte sie. „Dann gibt es nur ein wir." Sie ergriff Maggies Hand. „Solange wir zusammen sind, kann uns nichts passieren."

Maggie beobachtete, wie sich die Wellen über die Wasseroberfläche ausbreiteten.

Kate

[Die Menschen stehen vor dem Haus. Sie brüllen. Ich schließe meine Augen, versuche, woanders zu sein, doch es gelingt mir nicht. Ich höre sie. Jeden Einzelnen. Jede Einzelne. Höre ihren Hass. Auf uns. Ihre Furcht. Vor uns. Vor dem Toten Riesen. Sie verstehen nicht und das macht ihnen Angst. Sie sehen uns und sie denken an die Hölle, an den Teufel, an die Toten, die in den Gräbern liegen, unter der Erde, denken an Hände, die aus diesen Gräbern nach ihnen greifen und sie nach unten ziehen. Sie stehen draußen, ich sehe sie durch das Fenster, sie sind so nah, dass ich ihre Gesichter erkennen kann. Sie haben Öllampen und Fackeln, schwenken sie, der Teer und das Harz tropfen auf den Boden und brennen dort weiter. Draußen das Gebrüll, wie riesige Wellen schlagen die Stimmen gegen die Hauswand, erschüttern dieses tote Haus, lassen es beben. Die Angst hier drinnen ist greifbar, wie eine eiserne Decke legt sie sich auf alles und jeden, nimmt mir die Luft zum Atmen.

Ich höre die flüsternde Stimme des Toten Riesen: Es wird euch nichts passieren, sagt er leise. Ich weiß nicht, ob ich ihm vertrauen kann.

Dann ein Stein, der gegen die Hauswand fliegt, noch einer, ein dritter trifft das Fenster, zerbricht es, landet neben mir. Scherben, Glas, Mary schreit, die anderen Frauen und die Männer ebenfalls. Leah schreit nicht. Sie steht in der Mitte des Raums wie eine Statue, blickt auf die Tür. Maggie kriecht zu mir. Sie greift nach meiner Hand. Ich spüre ihre auf meiner.

Hat er recht, frage ich Maggie.

Wer, fragt sie zitternd.

Er sagt, dass uns nichts passiert. Stimmt das?

Maggie antwortet nicht und wendet sich von mir ab. Ich folge ihrem Blick. Leah steht in der Mitte des Raums. Sie hat eine Pistole, richtet sie auf die Tür. Ihr Arm zittert. Sie schaut uns an. In ihrem Gesicht: Entsetzen. Sie will uns beschützen, doch ich bin mir nicht sicher, ob sie es kann. Die Menschen draußen brüllen noch lauter. Klopfen an der Tür. Leah schreit, befiehlt. Die Männer sollen einen Schrank vor die Tür schieben, sie versuchen es, er fällt krachend um, noch mehr Lärm. Ich spüre den Wein, den ich getrunken habe, fühle das Brennen in meinem Magen, in meinem Hals, schmecke den sauren Geschmack in meinem Mund. Ich muss mich übergeben.

Dann ein Schuss, das Gebrüll wird zuerst noch lauter, dann Stille.

Draußen: Eine Stimme. Ein Mann. Laut. Durchdringend. Drohend. Niemand widerspricht. Gemurmel zwar, die Wut schwingt nach wie vor in der Luft, doch sie hat keine Macht mehr. Der Schuss hat ihr die Macht genommen. Ich höre, wie die Menschen gehen, langsam, unwillig, doch sie verschwinden in die Dunkelheit.

Der Tote Riese hatte recht.

Dann wird alles schwarz.]

Gefahren

August 1848

Solange wir zusammen sind, kann uns nichts passieren. Das hatte Kate am Ufer des Teichs gesagt und Maggie hatte es geglaubt. So, wie sie ihrer Schwester beinahe alles glaubte. Sie waren wieder zurück zum Haus gegangen, Leah war inzwischen mit den Vorbereitungen fertig. Bei Tageslicht fiel einem nichts auf, alles wirkte genauso wie immer. Erst nach Sonnenuntergang, wenn sich die Gäste bereits im Zimmer befanden, wenn die Öllampen zurückgedreht wurden und sich die Augen langsam an die Dunkelheit gewöhnt hatten, erkannte man das grüne Leuchten der Sterne auf der Decke und den Wänden. Je länger man sie betrachtete, desto mehr lösten sich diese Himmelskörper von den Wänden und es schien, als würden sie durch den Raum schweben. Nein, anders: es war, als würde man selbst durch den Kosmos gleiten, rundherum nichts als Dunkelheit und vereinzelte Sterne. Maggie liebte diesen Effekt. Als ihnen Leah das zum ersten Mal gezeigt hatte, es war kurz vor der Tournee gewesen, hatte sie sich aber noch dagegen ausgesprochen.

„Es ist wie Lügen“, hatte sie gesagt.

Leah hatte den Kopf geschüttelt.

„Lügen wir, wenn wir das Licht dimmen?“, hatte sie erwidert. Maggie hatte den Kopf geschüttelt. „Lügen wir, wenn wir zu Beginn Wein servieren? Wenn wir die Vorhänge schließen und den Gästen sagen, dass ihr absolute Stille benötigt?“ Wieder hatte Maggie verneint. „Und genauso wenig lügen wir, wenn wir die Sterne an die Decke malen. Es ist ein Hilfsmittel, eine Unterstützung für den Toten Riesen. Er will gehört werden, nicht wahr? Die Menschen wollen ihm Fragen stellen und Antworten erhalten. Die zurückgedrehten Lampen, die Dunkelheit und eben auch die Sterne helfen dem Toten Riesen, sie machen ihn noch stärker. Sie sind wie du und Kate. Auch ihr helft dem Toten Riesen, oder? Durch euch bekommt er eine Stimme, durch euch wird er gehört und durch euch bekommen die Menschen, was sie wollen, was sie brauchen. Verstehst du das, Maggie? Es ist ein Spiel und wir bestimmen die Regeln.“

Maggie verstand es. Sie wusste jedoch nicht, ob Kate es ebenfalls verstehen würde. Für sie war es inzwischen mehr als nur ein Spiel. Der Tote Riese hatte sich in ihr eingenistet. Mehr noch, Kate hatte Maggie verraten, dass er ihr manchmal befahl, was sie zu tun hatte. Sie müsse aber keine Angst haben. Er sei auf ihrer Seite. Das wiederum würde Leah nicht verstehen. Sie alle, Leah, Mutter, Amy und Isaac, schätzten Kate völlig falsch ein. Maggie hörte immer wieder, wie sie Kate leise, hinter vorgehaltener Hand, als geheimnisvoll, verschlossen und unheimlich bezeichneten. Doch so war sie nicht. Sie war still, doch nur, weil sie die Menschen beobachtete und das ihre volle Aufmerksamkeit benötigte. Sie war still, weil sie ansonsten nicht hörte, was der Tote Riese zu ihr sprach. Immer schon hatte sie Schwierigkeiten damit gehabt, die Welt zu verstehen: „Ich begreife die Leute nicht", hatte sie Maggie vor vielen Jahren gestanden. „Es ist so schwierig. Ich weiß nicht, warum jemand lacht oder warum jemand weint oder wütend ist."

Mit „jemand" hatte sie Vater und Mutter gemeint. Das war noch in Kanada gewesen, als der Vater wie aus dem Nichts wütend wurde, als er nach Hause kam und ohne Vorwarnung schrie, auf die Tischplatte schlug oder die Kinder am Kragen packte und durch das Zimmer zerrte, als die Mutter als Antwort entweder weinte oder ihn anschrie, als sie sich regelmäßig im Schlafzimmer einsperrte oder die Kinder an der Hand riss, sie hinter sich herschleifte und ihnen sagte, sie würden den Vater verlassen und nie wieder zurückkehren.

„Ich habe immer Angst", hatte Kate damals gesagt. „Weil ich nicht weiß, wie sie dieses Mal sein werden."

„Das ist doch ganz einfach“, hatte Maggie geantwortet – auch Jahre später erinnerte sie sich noch an dieses Gespräch. „Wenn er wütend wird, kann man das voraussehen.“

„Ich sehe es nicht“, hatte Kate gesagt und zu weinen begonnen.

Maggie hatte damals schon erkannt, wie sehr Kate litt, und sie hatte ihr einen Rat gegeben, der ihr Leben veränderte und sie letztendlich dorthin brachte, wo sie heute waren: „Du musst beobachten, hörst du? Ganz genau beobachten. Aber nicht nur das Gesicht und die Augen. Du musst auf alles achten. Auf alles. Wie sie die Schultern bewegen, wie sie stehen. Gerade, gebückt. Die Hände. Ob sie offen sind oder ob sie eine Faust machen. Auf die Muskeln, auf den Mund, der sich nach vor oder zurück schiebt. Es ist wie ein Spiel. Wenn man alles erkennt, weiß man am Schluss auch alles.“

Kate hatte Maggies Rat ernst genommen. Sie hatte angefangen, die Menschen zu beobachten. Zuerst die Eltern, dann die anderen Erwachsenen. Für sie war es aber immer schon mehr als nur ein Spiel. Es war ihr Weg zum Überleben und die jahrelange Übung machte sich nun wortwörtlich bezahlt. Die Menschen zahlten dafür, dass Kate und Maggie sie beobachteten. Sie wollten sich selbst verstehen und die Schwestern halfen ihnen dabei.

Kate konnte es besser als Maggie, doch irgendwann hatte sie sich dadurch von allen anderen entfernt. Ihr Blick war stets skeptisch, ihre dunklen Augen musterten alles und jeden, was wiederum ihr Gegenüber verunsicherte. Maggie jedoch konnte hinter diese Fassade sehen, sie erkannte die wahre Kate. Und doch war sie völlig überrascht, als sie ihr von Leahs Vorschlag, von nun an das Zaubermittel Phosphor zu verwenden, erzählte und Kate vor Freude lachte.

„Das ist perfekt!“, hatte sie gerufen. „Das wird dem Toten Riesen gefallen!“

Als Maggie sah, wie sehr sich ihre kleine Schwester über diesen Gedanken freute, dachte sie auch nicht länger darüber nach, dass die Sterne eine Lüge sein könnten. Nein. Sie waren ein Geschenk an den Toten Riesen.

Ab diesem Zeitpunkt gehörten sie zu den Vorstellungen dazu. Genau wie später der fliegende Tisch, die Schnüre und Hebel. Keine Lüge, nein! Geschenke.

So war es auch an diesem Tag. Leah hatte die Sterne aufgemalt, den Tisch und die Stühle in der Mitte des Raums platziert, hatte die Vorhänge zugezogen und die Öllampen positioniert.

„Seid ihr bereit?“, hatte sie ihre Schwestern wie jedes Mal gefragt.

Und wie immer antworteten Maggie und Kate unisono: „Der Tote Riese ist bereit, die Fragen entgegenzunehmen.“

Die Gäste – eine von Leah ausgewählte Gruppe von fünf Frauen und sieben Männern, darunter der Apotheker von Hydesville, der Arzt, der Besitzer der nahegelegenen Bar und auch zwei Journalisten, einer davon ein Vertreter des *Daily Democrats* – kamen kurz nach Sonnenuntergang. Leah hatte zwei Mägde organisiert, die die Gäste empfingen und ins Wohnzimmer führten.

Der Abend verlief zuerst wie immer. Es wurde Wein serviert, man unterhielt sich eine Zeit lang ungezwungen. Auch

Maggie und Kate nahmen wie selbstverständlich vom Wein, stießen zum Amüsement der Anwesenden mit jedem an, tranken zuerst ein Glas, dann das nächste und präsentierten sich von ihrer besten Seite. Maggie gefielen diese Momente, in denen sie nicht als Kind, sondern als Frau gesehen wurde. Sie genoss die interessierten und manchmal beinahe lüsternen Blicke der Männer und die zum Teil bewundernden, aber manchmal auch eifersüchtigen Blicke der Damen. Und am meisten genoss sie es, dass sie, sobald sie an dem kleinen, runden Tisch Platz genommen hatte, über alle Anwesenden erhaben war. Und so war es auch dieses Mal: Als die Séance begann, mussten alle die Handflächen auf den Tisch legen und warten. Maggie konnte wie jedes Mal sowohl die Aufregung als auch die Skepsis der Gäste spüren. Bestimmt bezweifelten einige der Anwesenden, dass es sich hier tatsächlich um ein Wunder handelte, vielleicht hatte sich sogar der eine oder andere darauf vorbereitet, die Fox-Schwestern zu entlarven. Bei diesem Gedanken lächelte Maggie innerlich. Es würde ihnen nicht gelingen.

Die Hände lagen auf der Tischplatte. Stille. Stille. Stille. Schließlich verspürten alle ein leichtes Rütteln des Tisches, ein Aufschrei einer der Damen war zu hören, dann ein dumpfes Knacken, der Tisch erhob sich völlig unerwartet und schwebte einige Zentimeter über dem Boden, die Frauen kreischten, die Männer husteten, räusperten sich und blickten ungläubig unter den Tisch, sie versuchten der Sache auf den Grund zu gehen. Dann sprach Kate mit geschlossenen Augen:

„Charles B. Rosna! Ermordet in diesem Haus! Bist du anwesend und bereit, Fragen entgegenzunehmen?“

Ein lautes dreimaliges Klopfen war die bejahende Antwort. Dann kamen die Fragen der Gäste. Unspezifisch, durcheinander zuerst. Dann mit der Zeit immer präziser, penibler. Jede korrekte Antwort mit offenen Mündern und ungläubigem Kopfschütteln belohnt. Die Journalisten, anfangs kritisch und frostig, tauten langsam auf, stellten selbst eine Frage nach der anderen und machten sich immer wieder Notizen. Irgendwann wurden den Anwesenden die grünen Sterne bewusst, die sie in der Dunkelheit umgaben. „Seht doch!", rief eine der Damen und deutete an die Decke.

Und dann, anders als sonst, ertönten Stimmen von draußen. Zuerst ein unverständliches Gemurmel, dann wurde es nach und nach lauter. Maggie, die mit ihrer Hand gerade den herzförmigen Keil über das Holzbrett schob, hielt inne und lauschte. Menschen riefen von draußen, die Stimmen näherten sich. Irgendwann verstand Maggie einzelne Wortfetzen: Teufelswerk! Hexen! Satanisten!

Leah beruhigte die Gäste, stand auf und schob den Vorhang zur Seite. Sie öffnete den Blick auf einen wütenden Mob, vielleicht fünfzig Personen, Männer und Frauen, die auf sie zukamen. Einige hielten brennende Fackeln in den Händen, andere Öllampen. An der Spitze der Prozession ging der Mann mit dem buschigen Backenbart, den sie vor einigen Stunden gesehen hatten, als sie in Hydesville angekommen waren. Im Gegensatz zu den anderen brüllte er nicht, sondern drehte sich immer wieder nach der Gruppe um, sprach gestikulierend mit den Menschen und deutete immer wieder mit dem Zeigefinger auf das Haus.

„Sie werden uns lynchen!", kreischte eine Frau.

„Wir haben nichts getan!“, rief der Apotheker. „Sie wollen nur die da!“ Er zeigte auf Maggie und Kate.

„Halten Sie den Mund!“, schrie Leah und baute sich vor ihren Schwestern auf.

Das Gebrüll vor dem Haus wurde immer lauter.

„Sie werden das Haus anzünden!“, rief der Barbesitzer, als er durch das Fenster die brennenden Fackeln sah. Er sprang auf, griff nach seinem Jackett und stürmte ins Freie. Er lief der Meute entgegen, wollte sich rechtfertigen, doch kam nicht dazu, da ein Mann ihm ohne Vorwarnung einen Faustschlag ins Gesicht versetzte, der ihn zu Boden gehen ließ. Als wäre er nicht existent, ließen die Menschen den Ohnmächtigen liegen. Nur einen Moment lang war der Fokus auf dem Deserteur gewesen, doch sofort richtete sich der Hass wieder in Richtung des Hauses.

Leah fragte ihre Gäste scharf, ob noch jemand gehen wolle, und verriegelte, als sie stummes Kopfschütteln als Antwort erhielt, die Tür. Dann ging sie zu ihrer Tasche, holte etwas heraus und stellte sich in die Mitte des Zimmers. Die Anwesenden ächzten und flehten, eine Frau begann zu weinen. Alle blickten wie verschreckte Tiere um sich und suchten nach einem Ausweg, den es nicht gab. Ein Journalist stand auf, eilte wortlos in den Keller und verriegelte die Tür hinter sich. Kate setzte sich auf den Boden und begann zu zittern und zu schluchzen. Sie hatte an diesem Abend viel zu viel Wein getrunken, das hatte Maggie beobachtet. Jetzt hatte sie Schwierigkeiten, aufrecht zu sitzen. Das Brüllen vor dem Haus wurde noch lauter. Irgendwann wurden die ersten Steine geworfen. Die Männer und Frauen im Haus kauerten sich auf den Boden. Ein faustgroßer Stein durchschlug klirrend die Fensterscheibe. Die Gäste schrien, Kate lag inzwischen auf dem Boden und weinte. Maggie robbte zu ihrer Schwester, griff nach ihrer Hand. Sie sah, dass Leah mit einer Pistole in der Hand auf die Türe zielte, bereit, den Mob abzuwehren.

Die Angreifer kamen immer näher, die Stimmen und das Brüllen wurden lauter und lauter, ein Mann stand nun direkt vor dem zerbrochenen Fenster und spuckte ins Innere des Hauses. Im Wohnzimmer kauerten die Gäste in einer Ecke, laut jammernd. Von draußen hämmerten die Angreifer gegen die Tür, schrien, dass man sie öffnen solle, fingen an, dagegenzutreten, als plötzlich ein Schuss ertönte, der die Luft zerschnitt und alle zum Schweigen brachte. Im ersten Moment dachte Maggie, Leah habe geschossen, doch sie stand nach wie vor mit eiserner Miene in der Mitte des Zimmers und hielt die Pistole in der Hand.

Maggie hörte durch die zersprungene Fensterscheibe eine ihr bekannte Stimme, tief, ruhig, aber durchdringend. Sie nahm wahr, wie die Menschen versuchten, sich zu rechtfertigen, wie alle Aussagen durch die Worte: Schämt euch! Eine Schande ist das! vernichtet wurden und wie sich die Masse nach und nach auflöste. Nach wenigen Minuten klopfte es an der Tür und Maggie hörte die Stimme ihres Bruders David:

„Mach auf, Leah. Dieser Unsinn ist jetzt vorbei."

Nach diesem Vorfall war nichts mehr so wie zuvor. David hatte Maggie, Kate und Leah mit zu sich nach Hause genommen, wo seine Frau die drei etwas kühl in Empfang nahm und Brot, hart gekochte Eier und einen Krug Milch servierte. Kate, der immer noch übel war, wollte sofort ins Bett gehen.

Davids Frau Elizabeth wechselte einen Blick mit ihrem Mann, David nickte und Elizabeth führte sie daraufhin in den oberen Stock. Leah, Maggie und David nahmen am Küchentisch Platz. Gesprochen wurde nur wenig. Es musste nicht ausgesprochen werden, Maggie sah an Davids Gesicht, wie wenig ihr Bruder von den Séancen hielt. Leah erkundigte sich nach dem Vater, wollte wissen, wo er war und ob er ebenfalls noch kommen würde. David schüttelte den Kopf.

„Er ist nicht hier“, sprach er mit monotoner Stimme.

„Das ist gut“, antwortete Leah und legte ihre Hand auf Maggies Schulter.

Alle drei schwiegen. Schließlich brach David das Schweigen.

„Es ist unverantwortlich von dir, die Mädchen dermaßen in Gefahr zu bringen“, tadelte er Leah.

„Sie hat doch gar nichts gemacht!“, verteidigte sie Maggie und schaute in Richtung ihrer Schwester.

Diese biss sich auf die Lippen, senkte den Blick und nickte kaum merklich. Sie drehte sich zu Maggie und blickte ihr in die Augen: „Es tut mir leid.“

„Du kannst doch nichts dafür“, wiederholte Maggie und meinte es auch so. Sie wusste nicht, wieso David ihre große Schwester anklagte. Sie erinnerte sich an das Bild – die Männer in einer Ecke, jammernd, flehend und Leah in der Mitte des Zimmers, in ihrer Hand eine Pistole. Leah hatte sie beschützt.

„Ihr solltet aufhören“, riet ihr David.

Leah schürzte die Lippen und schüttelte langsam den Kopf.

„Das werden wir nicht“, antwortete sie leise.

David musterte sie einen Moment lang, trank einen Schluck Milch und räusperte sich.

„Dann müsst ihr etwas ändern", sagte er nickend.

Leah erinnerte sich daran, dass David stets die Fähigkeit gehabt hatte, Fehler zu erkennen und eine Lösung aus dem Ärmel zu schütteln, als wäre sie offensichtlich.

„Was meinst du damit? Was machen wir falsch?"

„Ihr braucht die Menschen auf eurer Seite. Damit meine ich nicht nur ein paar Einzelne. Ihr benötigt die Massen. Wenn du hundert Personen hast und nur zehn zu dir halten, bist du machtlos. Ihr müsst es schaffen, dass von hundert mindestens neunzig auf eurer Seite stehen, euch glauben und euch verteidigen. Du hast gesehen, was passiert, wenn das nicht der Fall ist. Und nächstes Mal werde ich nicht in der Nähe sein."

„Die Menschen mögen uns!", rief Maggie verteidigend. „Alle wollen mit dem Toten Riesen sprechen!"

„Sei still", unterbrach Leah ihre Schwester und wandte sich David zu.

Maggie spürte die Wut in sich aufkochen.

„Wenn euch alle so mögen", sagte David zu Maggie, „wieso war dann vor zwei Tagen ein Mann bei uns, der sich nach euch erkundigt hat."

„Ein Mann?", wiederholte Leah.

„Sein Name ist Stanley Grimes. Doktor Stanley Grimes, um genau zu sein. Ich habe ihn unter den Leuten gesehen, die das Haus belagert haben. Ich denke, er hat die Leute gegen euch mobilisiert."

Leah erinnerte sich an den Namen. Sie hatte bereits einige Briefe von einem Dr. Stanley Grimes erhalten, der ihr angedroht hatte, sie und ihre Schwestern zu zerstören. Das waren seine Worte gewesen. Er bezichtigte sie und ihre Schwestern, die Wissenschaft und den Mesmerismus zu verunglimpfen, und drohte ihnen, dass sie es bereuen würden, wenn sie weiterhin die stupide Bevölkerung mit ihren Zaubertricks an der Nase herumführten. Seine Drohbriefe waren jedoch nur wenige von vielen gewesen und so hatte Leah sie nicht weiter ernst genommen. Eine Leichtsinnigkeit, die ihr im schlimmsten Fall das Leben hätte kosten können.

„Das war ganz sicher der Mann mit den grauen Haaren", sagte Maggie. „Der Doktor. Ich habe ihn gesehen. Er hat …"

„Sei jetzt still", unterbrach Leah sie scharf und zuckte zusammen, als ein lautes Knacken die Luft förmlich zerriss.

„Nicht hier!", rief David und schlug mit der Faust auf den Tisch. „Ich will diesen Humbug in diesem Haus nicht haben, habt ihr gehört?"

„Ich kann nichts … Das war der …", stotterte Maggie, völlig überrumpelt von der Vehemenz in der Stimme ihres sonst so stillen Bruders.

„Elizabeth machen diese Dinge Angst. *Ihr* macht ihr Angst und das will ich nicht, verstehst du?" Maggie nickte und senkte den Kopf. „Gut", sagte David und blickte Leah ernst ins Gesicht.

„Wir müssen die Unsicherheit loswerden", wiederholte sie die Worte ihres Bruders.

Er nickte.

„Ihr braucht einflussreiche Fürsprecher", sagte David und blickte dabei auf seine Hände. „Doch diese werdet ihr nicht bekommen, da sie Angst davor haben, sich zu blamieren, weil sich niemand sicher ist, ob eure Fähigkeiten echt sind."

„Sie sind echt!", rief Maggie.

„Das spielt keine Rolle", sagte David. „Solange niemand mit Einfluss für euch bürgt, könnt ihr euch nie sicher fühlen."

„Und wie schaffen wir das?", fragte Leah.

„Ihr müsst den Zweiflern und Kritikern die Möglichkeit geben, euch zu entlarven. Und das Wichtigste: Sie müssen vor aller Augen daran scheitern. Außerordentliche Behauptungen bedürfen eines außerordentlichen Beweises." Er ließ seine Worte eine Zeit lang in der Luft schweben. „Was ihr tut, ist wahrhaft unglaublich. Doch das bedeutet in den allermeisten Fällen, dass es ein Schwindel ist."

„Doch was, wenn es *kein* Schwindel ist?", fragte Leah, blickte Maggie verzeihend an und legte ihr die Hand auf die Schulter.

„Dann müsst ihr es einer großen Menge gleichzeitig beweisen. Solange ihr immer nur Einzelnen euer Kunststück vorführt, wird es immer Kritiker geben, die darin eine Lüge vermuten. Erst wenn ihr vor den Augen der Öffentlichkeit einer Prüfung eurer Fähigkeiten standhaltet, werden die einflussreichen Unterstützer den Mut haben, sich für euch auszusprechen."

„Wir müssen beweisen, dass der Tote Riese echt ist", wiederholte Leah.

Maggie nickte.

„Könnt ihr das?"

„Ja“, sagte Kate, die seit ungewisser Zeit auf der Treppe gestanden und das Gespräch mitverfolgt hatte. „Das können wir.“ Langsam kam sie die Treppe herunter. Ihr Gesicht war bleich und ihre Augen müde. Sie stellte sich neben Maggie und griff nach ihrer Hand. „Die Menschen müssen an den Toten Riesen glauben. Er will es so.“

„Sie müssen an ihn glauben und sie werden an ihn glauben“, sagten Maggie und Kate wie aus einem Mund.

David blickte seinen Schwestern entgeistert ins Gesicht. Leah lächelte.

„Gut“, sagte sie. „Sehr gut.“

Außerordentliche Behauptungen / Außerordentliche Beweise

November 1849

Mehr als ein Jahr nach dem Gespräch mit David in Hydesville öffneten sich im fünfzig Meilen entfernten Rochester um exakt sieben Uhr abends die Türen der vor wenigen Monaten fertiggestellten, imposanten Corinthian Hall. Das riesige, würfelförmige Gebäude, auf dessen Dach sich ein zwanzig Meter langer Mast samt Flagge mit dem Wort „Corinthia“ befand, war binnen kürzester Zeit zum neuen Wahrzeichen der Stadt geworden. Es war nicht einfach gewesen, die Räumlichkeiten für die Vorstellung zu gewinnen, doch

Eliab Capron, ein vierundvierzigjähriger, einflussreicher und wohlhabender New Yorker Junggeselle und Freund von Amy und Isaac, hatte die gesamten Kosten auf sich genommen.

Leah hatte ihn zehn Monate zuvor über Amy und Isaac kennengelernt und erkannt, dass er äußerst hilfreich sein könnte. Schnell hatte Leah bemerkt, dass Eliab, der von seinem Vater ein Vermögen geerbt hatte und nicht recht wusste, was er mit dem Geld anfangen sollte, nicht nur an den Künsten ihrer Schwestern, sondern besonders auch an ihr interessiert war.

Bereits zwei Wochen nach ihrem ersten Treffen erhielt Leah ein Telegramm, in dem Eliab sie nach New York einlud. Sofort sagte sie zu, erweiterte jedoch ungefragt die Einladung und nahm auch ihre zwei Schwestern mit. Eliab ließ sich seine Verwunderung nicht anmerken und arrangierte für alle drei ein Zimmer im Barnum's Hotel nahe dem Times Square. Leah war wohl bewusst, dass er ihr imponieren wollte, und sie musste sich eingestehen, dass es ihm auch gelang. Wie selbstverständlich stellte er sie seinen wohlhabenden Freunden und Bekannten vor, organisierte Séancen in seiner riesigen Wohnung, ging mit Leah in den besten Restaurants der Stadt essen und kam für alle anfallenden Kosten auf. Leah genoss diese Aufmerksamkeit, verlor jedoch ihr Ziel nicht aus den Augen. Erstaunt beobachtete sie, wie souverän sich ihre zwei Schwestern in dieser neuen Situation bewegten. Es war für sie offensichtlich, dass Kate durch die Größe, die Aufregung und den Lärm der riesigen Stadt eingeschüchtert war. Gingen sie gemeinsam durch die hektischen Straßen, zog sie den Kopf ein, drängte sich an Leah und blickte auf den Boden. Nachts hatte sie oft Schwierigkeiten einzuschlafen und kam meist irgendwann zu Leah ins Bett. Gab sie jedoch gemeinsam mit Maggie eine Vorführung, konnte Leah kaum fassen, wie es Kate jedes Mal gelang, diese Unsicherheit wie einen Mantel abzulegen. Als wäre sie eine andere Person, trug sie ihren Kopf höher, schob ihre Schultern nach hinten und ihre gesamte Körperhaltung veränderte sich. Bei den Abendessen trank sie mehr Wein als sonst, sprach nur wenig, doch was sie sagte, war klug, wohlüberlegt und beeindruckte stets die anwesenden Gäste.

Im Gegensatz zu Kate schien Maggie New York zu lieben. Ganz anders als ihre jüngere Schwester plapperte sie vor sich hin und erzählte den Gästen, was sie alles gesehen und erlebt hatten. Leah fürchtete, dass durch ihre offene und herzliche Art das Mystische an ihr verloren gehen könnte und ermahnte Maggie immer wieder zu mehr Diskretion und Zurückhaltung, was diese wiederum oft in den falschen Hals bekam und letztendlich zu Streit führte. Doch Leahs Furcht war unbegründet, da jeder, der die Schwestern kennenlernte, sie wie lebende Wunder behandelte. Die Séancen waren zum Teil etwas chaotisch, manchmal dauerte es eine geraume Zeit, bis sich der Tote Riese blicken ließ, doch stets schafften es die Geister, die Menschen zu verzaubern, ihre Gedanken zu lesen, Fragen durch Klopfzeichen korrekt zu beantworten oder ihnen auch das Fürchten zu lehren, besonders wenn die Anwesenden mehr über das Jenseits und über die Existenz des Himmels und auch der Hölle wissen wollten.

Eliab Capron gab vor, dass er nicht genug von den Geistern bekommen konnte, doch Leah wusste sehr wohl, dass er ihr auf eine etwas umständliche Art den Hof machte. Nach zwei Wochen beschloss Leah, dass es Zeit war, wieder nach Rochester zurückzukehren. Daraufhin organisierte Eliab Capron für die Schwestern eine private Kutsche, folgte ihnen und nahm sich für unbestimmte Zeit in der Stadt ein Zimmer. Irgendwann verriet er den Posts, dass er sich für Leah interessierte und diese wiederum gaben diese Information an Leahs Mutter weiter. Eines Abends sprachen die drei Leah darauf an. Ganz besonders Margaret, die inzwischen nur noch selten das Haus verließ und mit der Zeit immer noch fetter und träger geworden war, sorgte sich nach wie vor um ihre älteste Tochter. Ihr machte die Tatsache, dass sie Anfang dreißig und noch immer ohne Mann war, sehr zu schaffen. Die Posts hatten Margaret eine Hilfskraft organisiert – Calvin Brown, ein junger, höflicher und zurückhaltender Mann, der ihr bei allen nur erdenklichen alltäglichen Aufgaben zur Hand ging und den die Posts aus eigener Tasche bezahlten – und auch ihn hatte Margaret versucht, mit Leah zu verkuppeln. Leah mochte Calvin, sah in ihm jedoch nur jemanden, der auch ihr nützlich sein könnte und der sie öfter bei den Vorbereitungen von Aufführungen unterstützte. Auch er, wie viele andere Männer, war offensichtlich von Leah fasziniert und zeigte eindeutiges Interesse an ihr. Leah hatte dies zur Kenntnis genommen und war nicht näher darauf eingegangen.

Als dann eines Abends ihre Mutter, Amy und Isaac Leah verrieten, dass Eliab Capron, laut Leahs Mutter ein Fang, den sie kein zweites Mal an der Angel haben würde, fasziniert von ihr war, mehr noch, er sein Leben mit ihr teilen wolle, war Leahs Antwort klar und schnörkellos:

„Männer wie Capron sind der festen Überzeugung, dass ihnen die Welt gehört. Er sieht gut aus und ist höflich, doch Eliab hat noch keinen Tag in seinem Leben hart gearbeitet und sollte ich mich tatsächlich entscheiden, seine Frau zu werden, würde er dasselbe von mir erwarten. Anstatt eines Ringes könnte er mir auch gleich eine Fessel umlegen."

„Ich denke, er ist in dich verliebt", antwortete Amy, etwas entsetzt von Leahs Härte.

„Wenn dem so ist, dann soll er mir gefälligst helfen, meinen Plan umzusetzen."

Eliab selbst teilte Leah ihre Einstellung jedoch nicht mit. Es war ein Spiel und sie bestimmte die Regeln. Gerne nahm sie weiterhin seine Einladungen an und zeigte sich erfreut, wenn er alle paar Tage um eine private Séance bat.

All das änderte sich schließlich, als etwas geschah, das Eliab völlig aus dem Konzept brachte. Eines Abends Ende September verkündeten die Geister vollkommen unerwartet, dass es an der Zeit sei, das Tor zu schließen und sie für immer der Welt der Sterblichen den Rücken zukehren würden. Der Keil des Alphabetbretts fuhr zum Buchstaben L, dann auf E, dann auf B und buchstabierte letztendlich die Worte „Lebt wohl".

Danach herrschte Stille. Maggie und Kate blickten bestürzt in die Runde.

„Da ist nichts mehr", sagte Maggie und begann bitterlich zu weinen.

Auch Kate konnte sichtlich nicht fassen, was geschehen war. Sie schloss immer wieder die Augen, konzentrierte sich, sprach leise, murmelte vor sich hin und schüttelte nur immer wieder den Kopf.

„Der Tote Riese ist verschwunden“, sagte sie tonlos und auch über ihre Wange rollte eine Träne.

Noch am folgenden Tag bat Leah Eliab, ihr dabei zu helfen, die Nachricht, dass die Fox-Schwestern von den Geistern verlassen worden waren, zu verbreiten.

„Wenn die Menschen das erfahren, werdet ihr alles verlieren“, warnte er sie.

„Wenn die Geister eine Entscheidung getroffen haben, liegt es nicht an uns, diese zu hinterfragen“, antwortete Leah ernst. „Unser eigenes Schicksal spielt keine Rolle.“

Doch es kam völlig anders als Eliab es prognostiziert hatte. Weit mehr Anhänger als sonst pilgerten zu Leahs Haus, erkundigten sich, fragten täglich, ob Maggie und Kate tatsächlich alles versucht hätten, ob etwas vorgefallen sei, das die Geister erzürnt habe. Mütter, die ein Kind verloren hatten, fragten verzweifelt, ob es denn nicht eine Möglichkeit gäbe, ein letztes Mal, nur ein allerletztes Mal Kontakt aufzunehmen, Isaac und Amy, die sich wie in Schockstarre befanden, kamen jeden Tag vorbei, um gemeinsam mit Leah für Maggie und Kate und für die Rückkehr des Toten Riesen zu beten, Margaret Fox, die sich auf eine seltsame Weise auch als Mutter der Geister fühlte, stürzte in eine schwere Melancholie, weinte oft und verließ das Haus nicht mehr. Eliab Capron, der Leah gerne in dieser schwierigen Zeit beistand, betonte immer wieder, dass es eine Schande sei, dass nur so wenige dieses Wunder miterleben durften.

„Denk nur an all jene, denen er hätte helfen können“, sagte Leah traurig. „So viele hätten den Rat der Geister so nötig gehabt.“

Eliab war durch Leahs Worte am Boden zerstört und versprach öffentlich, dass er, sollten die Geister eines Tages zurückkehren, alles unternehmen würde, um die Fähigkeiten der Schwestern zu unterstützen und dieses Mysterium auch den Massen zugänglich zu machen.

Und dann, völlig unerwartet nach zwei Wochen Totenstille, meldete sich der Tote Riese in voller Stärke zurück. Die Schwestern und auch Eliab waren bei den Posts zum Abendessen eingeladen, als ohne Vorwarnung der Tisch heftig zu ruckeln begann. Zwei Wassergläser fielen um, rollten über die Kante und zersprangen auf dem Boden. Maggie schlug ihre Hände flach auf den Tisch und alle mussten mitansehen, wie sich ihre Augen nach hinten drehten, so weit, dass die Iris nicht mehr zu sehen war. Kate sprang auf, so schnell, dass der Stuhl auf den Boden schlug, und die Anwesenden sahen entsetzt, wie ihr Körper zuerst stocksteif wurde und er dann – als hätte man einer Marionette die Fäden abgeschnitten – in sich zusammensackte und sie zusammengekauert auf dem Boden lag und zitterte. Amy war drauf und dran, ihr zu helfen, als lautes Knacken aus allen Ecken des Zimmers ertönte. Wie Trommelfeuer hörte es sich einige Sekunden lang an, bis schließlich wieder Stille eintrat. Langsam kamen Kate und Maggie wieder zu sich, blinzelten und blickten einander an.

„Der Tote Riese ist zurück", sagte Maggie.

Leah holte wortlos das Brett und fuhr von Buchstabe zu Buchstabe.

„Ihr alle müsst sprechen", lautete das kryptische Kommando. „Die Menschen müssen hören."

„Welche Menschen?“, fragte Amy Post, freudig, dass die Geister zurückgekehrt waren, doch auch entsetzt, wie stark deren Kraft über die Kinder war.

„Alle Menschen“, sagte Leah und blickte lächelnd in Eliabs Gesicht. „Nicht wahr?“

Eliab nickte und Leah fiel ihm um den Hals. Bereits vier Tage später verkündete er freudig, dass er es dank seiner Beziehungen geschafft habe, die Corinthian Hall für die Schwestern zu buchen und dass sie in wenigen Wochen die Möglichkeit bekommen würden, ihre Künste öffentlich zu demonstrieren.

Und so kam es, dass sich am 14. November die vierhundert Gäste vorbei an Demonstranten, die diese Vorstellung lauthals als blasphemisch, unsittlich und unwürdig für eine gebildete Stadt wie Rochester bezeichneten, durch die zu eng geratene Tür des Gebäudes zwängten, sich durch den schmalen, langgezogenen Korridor drängten, um dann die Stufen zum Hauptraum zu erklimmen und den Saal mit den zwei namensgebenden korinthischen Säulen zu betreten. Viele der Gäste vergaßen Sitte und Anstand und rannten die letzten Meter, um einen möglichst guten Platz nahe der etwas erhöhten Bühne zu bekommen. Auf der Bühne selbst standen in der Mitte zwei Stühle, die für Maggie und Kate reserviert waren. Am Rand waren einige weitere Sitze aufgestellt. Einer davon, der jedoch frei blieb, wäre für Margaret Fox gedacht gewesen. Sie war trotz der Rückkehr der Geister weiterhin der Schwermut verfallen und wollte auch an diesem Tag das Haus nicht verlassen. Letztendlich nahmen einige andere auf diesen Stühlen

Platz. Es waren ausschließlich feurige Unterstützer der Fox-Schwestern, unter anderem auch Isaac und Amy Post sowie weitere respektierte Persönlichkeiten in Rochesters geistiger Elite. Sie sollten der Veranstaltung moralisches Gewicht verleihen und als Erinnerung dienen, dass die Zuschauer sich zu benehmen hatten.

Im Publikum befanden sich nämlich nicht nur neugierige Gäste, die die Möglichkeit nutzen wollten, die Fox-Schwestern hautnah erleben zu dürfen. Diese Aufführung hatte auch Skeptiker und Gegner der Geisterkommunikation angelockt, die ausschließlich aus dem Grund gekommen waren, um die Fox-Schwestern und deren Hexerei bloßzustellen und den Schwindel ein für alle Mal zu enthüllen. Eliab Capron hatte dafür gesorgt, dass auch Vertreter verschiedenster Zeitungen, des *Buffalo Courier Express*, des *Auburn Daily Advertiser* und sogar des angesehenen *New York Herald* anwesend waren und mit Sicherheit bereits am nächsten Tag über diesen Abend berichten würden. Ihnen waren eigene Plätze in der ersten Reihe zugewiesen worden und Leah sah durch den Spalt des großen Vorhangs, dass sie Block und Stift bereits gezückt hatten.

Um 19:45 Uhr trat Eliab Capron in die Mitte der Bühne, bat um Stille und musste geraume Zeit warten, bis diese tatsächlich eintrat. Er begann den Abend mit einem Vortrag über „die vollständige Geschichte des Aufstiegs und Fortschritts dieser seltsamen Manifestationen“, wie er es nannte, brach diesen jedoch nach etwas mehr als zehn Minuten aufgrund auftretender Unruhe der Gäste ab und bat die Fox-Schwestern auf die Bühne. Noch während sich der

Vorhang nach links und rechts öffnete, begannen ein lautes Knacken und Klopfen, das trotz des Gemurmels der Anwesenden im gesamten Festsaal zu hören war und das sowohl von der Bühne als auch vom Fußboden unter den Sitzen der Zuschauer zu kommen schien. Das Raunen wurde noch heftiger, als Maggie und Kate auf den vordersten Stühlen Platz nahmen und das Klopfen noch lauter wurde.

Leah wollte gerade aufstehen und um Ruhe bitten, als einer der Anwesenden aufsprang und schrie: „Die zwei machen die Geräusche mit ihren Bäuchen. Ich bin mir sicher! Ich kenne jemanden, der das auch kann!"

„Sie haben Helfer! Hinter und unter der Bühne und sie …"

„Diese zwei Luder …"

„Lasst sie verdammt noch mal in Ruhe!", rief wieder ein anderer und erhob drohend seine Faust. „Es ist ein Wunder! Nichts anderes!"

Dann erkannte Leah ein bekanntes Gesicht in der Menge. Es war der Mann mit dem dichten Backenbart, der vor einem Jahr in Hydesville an vorderster Stelle des Mobs gestanden hatte und der jetzt mit überkreuzten Armen in einer der ersten Reihen saß. Leah hatte sich über ihn schlau gemacht. Dr. Stanley Grimes aus Buffalo. Allgemeinmediziner, geachteter und einflussreicher Bürger seiner Stadt, eine Zeit lang in der Politik tätig – er wäre vor einigen Jahren beinahe Bürgermeister geworden – und überzeugter Anhänger des Mesmerismus. Er hatte vor einigen Jahren begonnen, in Pennsylvania und in anderen Städten im Westen des Bundesstaats New York Vorträge über Mesmerismus und die damit verbundene elektromagnetische Flüssigkeit, aus der der Mensch und das gesamte

Universum bestünde, zu halten und galt als Experte dieses Feldes. Maggies und Kates Fähigkeiten boten jedoch eine Alternative zum Mesmerismus und langsam aber sicher hatten Grimes und seine Expertise an Bedeutsamkeit verloren. Das war auch der Grund, wieso er jede Möglichkeit nutzte, die Schwestern zu denunzieren. Leah hatte bereits erwartet, dass sich Stanley Grimes im Publikum befinden würde, musste jedoch schlucken, als sie sein Gesicht nach so langer Zeit wiedersah.

Doch trotz des schlechten und beängstigenden Gefühls, das dieser Mann in ihr auslöste, konnte sich Leah nicht lange auf ihn und seine Anwesenheit konzentrieren, da das Gebrüll des Publikums immer weiter anschwoll. Leah hatte sich eine gewisse Unruhe erwartet, doch dieses Chaos verunsicherte sie nun wirklich. Doch dann riss sie sich zusammen, konzentrierte sich auf ihre Schwestern und fasste augenblicklich wieder Mut. Die beiden saßen nach wie vor auf den Stühlen, blickten gefasst, beinahe gelangweilt in die Menge und schienen sich vom allgemeinen Wirbel, dem Gebrüll und den Beschimpfungen kein bisschen aus der Ruhe bringen zu lassen.

Schließlich zeigten die Mädchen, als würde sie jemand steuern, vollkommen gleichzeitig auf eine Person im Publikum. Es war eine Frau, vielleicht Anfang dreißig. Als die Menge sah, dass die Mädchen auf jemanden deuteten, wurden sie langsam stiller und blickten zwischen der jungen Frau und den Mädchen hin und her. Als einen Moment lang tatsächlich völlige Stille eingetreten war, sprachen Maggie und Kate vollkommen gleichzeitig:

„Eine Tochter."

Es knackte.

Die Frau schlug die Hände zusammen.

„Eins, zwei, drei, vier", zählten die Schwestern zugleich, jede Zahl von je einem Knacken unterstützt.

„Sie war vier Jahre alt", sagten sie, immer noch wie eine Person.

Die Menschen im Publikum reckten ihre Hälse, einige standen auf, um die Reaktion der Frau erkennen zu können. Diese schüttelte ungläubig den Kopf, der Mund geöffnet.

„Kein Unfall", sagte Maggie.

Dreimaliges Knacken.

„Kein Feuer", sagte Kate.

Erneut dreimaliges Knacken.

„Krankheit", sagten beide gleichzeitig.

Drei einzelne, laute Knackgeräusche bestätigten die Aussage der Schwestern.

Tränen liefen über die Wangen der Frau.

„Es geht ihr gut", sagten Maggie und Kate zeitgleich. „Es ist wie ein schöner Traum."

Es knackte laut.

Die Frau vergrub ihr Gesicht in den Händen und begann zu weinen. Zum ersten und einzigen Mal an diesem Abend herrschte vollkommene Stille in der Corinthian Hall. Leah platzierte sich neben ihren Schwestern.

„Es dürfen jetzt Fragen gestellt werden", sagte sie laut und deutlich. „Geordnet, eine nach der anderen. Das Tor ist nun geöffnet."

Doch dies gelang nicht und Leah hatte das auch so geplant. Es wäre utopisch gewesen, ohne einer strikten

Moderation Fragen aus dem Publikum entgegenzunehmen und sie mithilfe von Klopfzeichen zu beantworten. Die verblüffte Stille von gerade eben verflog binnen Sekunden und sofort brüllten Zuschauer aus dem Publikum gleichzeitig die verschiedensten Fragen, andere schrien, dass es sich hier um einen Taschenspielertrick gehandelt habe, dass alles geplant und abgesprochen gewesen und dass diese Frau eine Komplizin der Schwestern sei.

Und so geschah wie von selbst, was bei derartigen, vor einer größeren Menge vorgeführten „Wundern" beinahe immer seinen Lauf nahm und was Leah bereits vorausgesehen hatte: Man erkor ein unabhängiges Komitee, bestehend aus fünf Männern im Publikum, das dieser Sache ein für alle Mal auf den Grund gehen sollten und dessen Urteil die Menge akzeptieren würde. Leah fürchtete, dass Stanley Grimes ebenfalls Teil dieses Gremiums werden könnte, und als es darum ging, die Männer auszuwählen, war er auch einer der Ersten, die sich meldeten. Ihre Furcht war jedoch unbegründet, da Grimes als Bürger Buffalos als Auswärtiger galt und sein Wort, zumindest in diesen Kreisen, kein Gewicht hatte. Auch erzürnte Erklärungsversuche, dass er Experte in diesem Gebiet sei, stießen auf taube Ohren.

Ohne auf eine Einladung zu warten, betraten die fünf Männer die Bühne, gingen direkt zu Maggie und Kate und inspizierten den Bereich um die Schwestern. Einer der Delegierten ging sogar so weit, dass er vor Maggie auf die Knie ging, ihren Rocksaum etwas anhob und einen Blick auf ihre Knöchel warf, was wiederum mit unterstützenden Pfiffen und geringschätzigem Gemurmel untermalt wurde. Als wären die Geister erzürnt, klopfte und knackte es aus allen Richtungen.

„Der Ursprung ist in der Nähe der Schwestern!“, rief einer der Männer, doch die Menschen in den hintersten Reihen des Saals brüllten, dass sie sich sicher waren, dass das Klopfen direkt unter ihnen entstünde.

„Unmöglich!“, entfuhr es einem der Männer auf der Bühne. Er fasste sich jedoch sofort wieder, griff in seine Jacketttasche, zog seine Geldbörse heraus, warf einen Blick hinein und hielt sie den Schwestern vors Gesicht.

„Wie viele Münzen befinden sich darin?“, fragte er so laut, dass auch die Zuschauer in den hintersten Reihen es hören konnten.

Einen Moment lang war Stille, dann klopfte es laut und deutlich zwölf Mal. Leah nahm dem verdutzten Mann die Geldbörse aus der Hand, öffnete sie und holte, für alle gut erkennbar, zwölf Münzen hervor. Danach übergab sie die Geldbörse den Männern, damit sie inspizieren konnten, dass keine weiteren Münzen darin waren.

„Unmöglich!“, platzte es ein weiteres Mal aus dem Mann heraus.

Über eine Stunde lang stellten die Männer daraufhin verschiedenste Fragen – die Anzahl der Geschwister von einem der Komiteemitglieder, ob ein anderer Kinder habe oder nicht, ob die Eltern wieder eines anderen noch am Leben waren –, die alle richtig beantwortet wurden. Maggie und Kate mussten aufstehen, das Knacken hörte nicht auf. Man bat sie, nur auf einem Bein zu stehen, das Knacken hielt an. Es ging so weit, dass zwei der Männer vor den stehenden Schwestern auf dem Boden knieten und mit den Händen die Knöchel der Mädchen umklammerten. Das Knacken war nach wie vor zu hören und einer der beiden Männer verkündete, dass er gerade deutlich gespürt habe, wie sich eine unsichtbare, kalte Hand auf seine Schulter gelegt habe.

Doch nicht alle Männer des Komitees waren von der Echtheit der Geister überzeugt. Besonders zwei von ihnen ließen sich trotz aller wahrheitsgemäßen Antworten und trotz der Unfähigkeit aller Delegierten, den Ursprung des Knackens zu finden, nicht davon überzeugen, dass es sich hier tatsächlich um ein Wunder handelte. Nach einer Stunde beriet sich die Kommission, holte Isaac Post zum Gespräch hinzu und kam schließlich zu dem Urteil, dass sie weitere Untersuchungen anstellen müssten, um tatsächlich ein fundiertes Urteil abgeben zu können. Das Publikum war inzwischen offensichtlich zweigeteilt. Es wurde laut und zum Teil aggressiv diskutiert und durcheinandergerufen.

„Morgen!", rief einer der fünf Männer letztendlich, „morgen werden wir im Hause der respektierten Familie Isaac Post unsere Untersuchungen fortsetzen und am Abend das Ergebnis in ebendiesem Saal präsentieren!"

Leah blickte etwas beunruhigt zu Eliab Capron, griff sachte nach seinem Oberarm und fragte ihn, ob es denn möglich sei, diesen Saal ein weiteres Mal anzumieten. Capron, sichtlich ergriffen durch Leahs Berührung, antwortete, dass er sämtliche Hebel in Bewegung setzen würde. Leah schenkte ihm ein dankbares Lächeln, fuhr mit ihrer Hand seinen Arm entlang und senkte ihren Blick.

Maggie

[Es ist immer noch ein Spiel. Leah erinnert uns regelmäßig, sie sagt: Es ist ein Spiel. Sie hat es gestern gesagt, als wir im Saal auf der Bühne saßen und auch heute wieder, bevor die Männer kamen. Es ist ein Spiel und nur wir kennen die Regeln. Gestern Abend hat es sich manchmal danach angefühlt; als es still wurde und Kate und ich gleichzeitig gesprochen haben, als sie uns untersucht haben und einer der Männer gesagt hat, dass er die Hand des Toten Riesen auf seiner Schulter spürt. Ich weiß immer, wenn Kate lacht. Das spüre ich und sie spürt es auch, wenn ich es tue. Die anderen sehen es nicht, wir können es, ohne den Mund zu öffnen oder die Zähne zu zeigen. Es ist in uns drinnen. Ich höre Kates Lachen in meinem Kopf und sie sagt mir, dass auch sie meines hört.

Oder als die Menschen von ganz hinten gerufen haben: Ich spüre die Nähe der Geister! Sie sind unter uns!

Auch das hat uns zum Lachen gebracht. Es war lustig, wie recht sie doch hatten. Was sie gehört haben war Alma. Gestern war auch sie der Tote Riese. Es war meine Idee und ich bin stolz darauf. Alma soll uns helfen, habe ich vor ein paar Wochen zu Leah gesagt. Kate stand neben mir und nickte. Leah wollte es zuerst nicht. Sie meinte, dass

Alma es herumerzählen würde. Ich habe Leah gesagt, dass sie es sicher nicht tut. Alma hat keine Freunde. Sie kann es niemandem erzählen.

Wenn wir bei Amy und Isaac sind, übe ich oft mit ihr, Englisch zu sprechen. Anfangs wollte ich es nicht, doch Amy hat gesagt, dass sich Alma darüber freuen würde. Sie kommt aus Schweden und kann unsere Sprache fast nicht. Ihre Eltern wollten, dass sie nach Amerika geht. Ob sie auch wollten, dass sie Dienstmädchen wird, weiß ich nicht. Ich bringe ihr neue Worte bei und lerne ein bisschen mit ihr. Das macht ihr Spaß. Sie ist dankbar und deswegen vertraue ich ihr. Gestern Abend war sie eine große Hilfe. So hat es Leah genannt. Sie sagte: Alma war eine große Hilfe. Alma hat ihre Arbeit gut gemacht.

Dann, am Abend nach der Vorstellung, fühlte es sich nicht mehr an wie ein Spiel. Männer warteten vor dem Gebäude auf uns und schrien uns an. Sie bezeichneten uns als Huren und Gotteslästerinnen. Ein Mann spuckte Leah an, ein anderer griff nach meiner Hand. Ich hatte Angst und Kate ging es gleich.

Und heute ist es wieder so. Vor Amy und Isaacs Haus warten sie wieder. Ich sehe den wütenden Mann aus Hydesville mit dem dichten Backenbart und ein Priester ist auch dabei. Alle verfluchen uns, als wir aus der Kutsche steigen. Leah hat gesagt, wir sollen sie ignorieren, doch es ist nicht einfach.

Schnell gehen wir an ihnen vorbei ins Haus. Niemand greift nach uns. Dieses Mal bleibt es bei den Worten.

Ich habe gehofft, Alma würde bei Amy und Isaac auf uns warten, aber sie ist nicht hier. Es wäre schön gewesen, ein bisschen mit ihr zu sprechen. Wir hätten gemeinsam lachen können und uns gegenseitig sagen können: Es ist nur ein Spiel. Doch sie ist nicht da und als die Männer kommen, gibt es nichts mehr zu lachen.

Sie haben große Glasscheiben, Bretter, Seile und Augenbinden mitgebracht.

Sie sind wütend. Ich weiß nicht warum. Wir haben ihnen nichts getan.

Gestern waren sie höflich. Heute sind sie es nicht mehr. Sie befehlen uns, was wir zu tun haben, und machen mir Angst. Kate geht es wie mir. Sie tut mir leid, doch wie so oft habe ich das Gefühl, dass sie viel stärker ist als ich.

Bevor sie uns Augenbinden umlegen, blicke ich zu Leah.

Ich lese ihre Lippen, so wie wir es geübt haben. Inzwischen kann ich ihre Stimme in meinem Kopf hören: Alles nur ein Spiel, sagt sie in meinem Kopf.

Dann wird es dunkel.

Alles nur ein Spiel, denke ich mir und übergebe an den Toten Riesen. Er weiß, was zu tun ist.]

Das Spiel, das keines mehr ist

Hätte Leah geahnt, was ihre zwei Schwestern am nächsten Tag im Hause der Posts erwartete, hätte sie vielleicht nicht sofort eingewilligt. Das zumindest redete sie sich in den

Tagen und Wochen danach ein. Letztendlich musste sie sich jedoch eingestehen, dass für sie der Erfolg wichtiger war als die Demütigungen und Erniedrigungen, die ihre Schwestern an diesem Tag erleiden mussten.

Um vierzehn Uhr betraten die fünf Männer vom vorherigen Tag in Begleitung von drei Dienern das Wohnzimmer der Posts. Die Diener trugen einen schwarzen Lederkoffer, Holzbretter, dicke und dünne Hanfseile, eine vielleicht einen Quadratmeter große Glasscheibe und weitere Hilfsmittel, die den Männern helfen sollten, die „Wahrheit" ans Licht zu bringen. Die Männer selbst, am vorherigen Tag zwar ernst und fokussiert, jedoch höflich und kultiviert, schienen ihre Tugenden über Nacht abgelegt zu haben. Sie betraten das Wohnzimmer der Posts, warfen einen abschätzigen Blick auf Leah und befahlen, dass der Esstisch hergeholt und zwei Stühle darauf platziert werden sollten. Isaac Post fragte, was der Unsinn sollte, doch Leah bat ihn, die Wünsche der Herren zu respektieren.

Der Tisch wurde von den Dienern gebracht, zwei Stühle daraufgestellt und Maggie und Kate wurde befohlen, dass sie gefälligst auf den Stühlen Platz nehmen sollten. Fragend blickten die Kinder zu Leah. Diese nickte lächelnd, spielte die Situation geflissentlich herunter und sprach für die anderen unhörbar die Worte: „Alles nur ein Spiel."

Sie hatte in den letzten Monaten jeden Tag mit ihren Schwestern geübt und wusste, dass beide inzwischen beinahe jedes Wort verstanden, das sie mit den Lippen formte. Die beiden hatten Spaß daran gehabt und schnell gelernt. Nicht selten hatte sie Maggie und Kate beobachtet, wie sie ganze Gespräche führten, ohne auch nur ein Wort über die Lippen zu bringen. Inzwischen mussten die zwei sich nicht einmal mehr groß darauf konzentrieren. Es schien keinen Unterschied mehr zu machen, ob man die Worte aussprach oder man sie lediglich von den Lippen las. So kletterten die beiden auf den Tisch und setzten sich auf den ihnen zugewiesenen Stuhl.

„Und?“, fragte einer der Männer barsch. „Sind diese sogenannten Geister anwesend?“

Kate blickte den Männern ernst entgegen.

„Sie sind immer anwesend“, sagte sie leise. „Doch sie suchen sich aus, mit wem sie kommunizieren.“

„Und genau ihr zwei seid das also“, sagte ein anderer gehässig. „Warum sollte …“

Ein scharfes, Mark und Bein durchdringendes Knacken unterbrach seine Worte. Der Sprecher zuckte zusammen, die anderen vier versuchten sich nichts anmerken zu lassen. Was dann geschah, wurde trotz des Misstrauens, der Vorbehalte und Zweifel von allen Anwesenden als vollkommen unerklärlich angesehen. Als wären die Geister erzürnt, knackte und klopfte es scheinbar von überall her. Zwei Gemälde, die an der Wand hingen, fielen zeitgleich krachend auf den Boden. Irritiert starrten alle auf die Bilder, als sich eine Glasschüssel ebenfalls verselbstständigte und klirrend auf dem Parkett zerbrach. Äpfel und Birnen rollten quer durchs ganze Zimmer. Durchgehend ertönte lautes Knacken.

Amy schrie auf, die Hände der Mädchen zitterten, einer der Männer brüllte, dass dieser Unfug gefälligst stoppen sollte und war sichtlich verunsichert, als nur einen Moment später ein weiteres Gemälde auf dem Boden landete. Dann herrschte plötzlich Stille. Alle Anwesenden schienen den Atem anzuhalten.

„Leah, bitte hol das Brett hervor", sagte Kate flüsternd. „Es können jetzt Fragen gestellt werden."

Leah hätte erwartet, dass die Untersuchung ähnlich verlaufen würde wie am Abend zuvor, dass man ihren Schwestern Fragen stellen würde, die sie richtig beantworten würden, dass man sich auf die Suche nach der Quelle des Knackens machte und es den Männern nicht gelingen würde. Doch es kam völlig anders. Ohne um Erlaubnis zu fragen, verband man den Mädchen mit einem schwarzen Tuch die Augen. Dann fesselten ihnen die Männer die Hände und befahlen den Geistern, weiterhin mit ihnen zu kommunizieren. Die Geister gehorchten.

„Öffnet den Mund!", sagte einer der Männer.

Die Kinder taten, wie ihnen geheißen, nur um einen Moment später die ungewaschenen Finger des Mannes in ihrer Mundhöhle zu spüren. Er spreizte die Kiefer gewaltsam auf, klopfte mit dem Zeigefinger gegen die Schneidezähne, zog an den Backen und ergriff sogar mithilfe eines Taschentuchs Maggies Zunge und zog sie derart weit heraus, dass sie vor Schmerzen schrie.

„Sprecht doch, ihr Geister!", rief der Mann.

Die Geister gehorchten. Das Klopfen klang härter, wütender als zuvor.

Als diese unwürdige Untersuchung endlich vorbei war und man keinerlei Hilfsmittel entdeckt hatte, öffnete einer der Männer den mitgebrachten Koffer und nahm ein Stethoskop heraus.

„Wagen Sie es nicht, die Mädchen damit zu berühren!“, rief Leah, inzwischen ernsthaft um die Sittlichkeit ihrer Schwestern besorgt.

„Die Ältere ist bereits sechzehn“, sagte der Mann und deutete mit dem Stethoskop in der Hand auf Maggie. „Als würden die Frauen dieser Familie in diesem Alter die Hand eines Mannes auf ihrem Körper noch nicht kennen!“

„Was fällt Ihnen ein!“, erzürnte sich Leah, nur um von Maggie beschwichtigt zu werden.

„Es ist schon in Ordnung“, sagte sie mit müder Stimme. „Sie müssen tun, was sie tun müssen.“

Sowohl Leah als auch die anwesenden Männer waren überrascht ob dieser Aussage. Der Mann mit dem Stethoskop fühlte sich jedoch bestärkt und drückte zuerst Maggie und dann auch Kate das Gerät an den Bauch, befahl, dass die Geister sich melden sollten, und stellte letztendlich fest, dass das Knacken nicht durch Bauchreden produziert wurde.

„Sie machen die Geräusche mit den Füßen“, sagte ein anderer Mann, gerade als man das Stethoskop wieder im Koffer verstaut hatte. Die anderen stimmten heftig zu.

„Das muss es sein!“

Unziemlicherweise hoben daraufhin zwei der Männer die Röcke der Mädchen und umfassten ihre Beine derart fest, dass noch Tage später blaue Flecken auf der Haut der Mädchen zu erkennen waren.

„Meldet euch!“, brüllte einer der Männer in den Raum.

Die Geister gehorchten.

Die Männer kamen zu keinem Ergebnis. Schließlich befahl einer von ihnen seinem Diener, sofort nach Hause zu eilen, um seine Frau und deren zwei Schwestern herzubeordern. Sie sollten die Körper der Mädchen genauer untersuchen. Als Leah den Mädchen die Augenbinde abnehmen wollte, wurde sie unfreundlich darauf hingewiesen, das zu unterlassen. Irgendwann zogen sich die Männer des Komitees zurück, warteten auf die Ankunft der Frauen und beratschlagten sich, welche Methode sie noch nicht angewandt hatten, um der Wahrheit auf die Spur zu kommen. Maggie und Kate saßen derweil nach wie vor auf dem Tisch und rührten sich nicht. Nach längerem Warten trafen schließlich drei Frauen ein, wurden von den Männern eingewiesen, dass sie die nackten Körper der beiden zu untersuchen hatten und verschwanden mit den Mädchen in einem separaten Zimmer. Die Männer warteten vor der Tür und Leah konnte an den Blicken sehen, was sich gerade in deren Köpfen abspielte. Immer wieder hörte man vom anderen Zimmer lautes Klopfen und Knacken, bis schließlich die drei Frauen wieder heraustraten, die Männer mit bleichen Gesichtern anblickten und sagten, dass es offensichtlich stimmte, was die Mädchen behaupteten und sie mit Sicherheit Medien seien, in deren Anwesenheit die Geister mit den Lebenden kommunizierten. Die Männer rügten die Frauen für deren emotionale Art und sagten zu Leah und den Posts, dass sie sich nun zurückziehen und die erworbenen Erkenntnisse ein weiteres Mal evaluieren würden, um sie dann am Abend in der Corinthian Hall zu verkünden.

Als die Männer die Wohnung verlassen hatten, eilte Leah zu Maggie und Kate und fragte, was man denn genau mit ihnen gemacht hatte. Beide zuckten nur mit den Schultern. Maggie sagte tonlos, sie wolle nicht darüber sprechen und bat Amy, dass sie etwas Zeit mit Alma verbringen könne.

„Alma ist nicht hier“, antwortete Amy, doch da hörte sie, dass die schwedische Magd unbemerkt von ihren Besorgungen zurückgekommen und in der Küche zugange war.

„Sag ihr Danke von mir“, sagte Leah zu Maggie, ohne die Worte auszusprechen.

Maggie nickte und ging zu Alma in die Küche.

Leahs Wunsch, dass die Zeitungen über den ersten Abend in der Corinthian Hall berichteten, war in Erfüllung gegangen. Sowohl lokale Blätter wie auch Rochesters *Daily Democrat* und sogar die *New York Tribune* hatten über die Séance und die Untersuchungen im Hause der Posts geschrieben und ihrer Leserschaft versprochen, sie über die Erkenntnisse des ehrenhaften und vertrauenswürdigen Komitees zu informieren. Leah und die Mädchen verbrachten den restlichen Tag bei den Posts und sahen durch die Fenster, dass sich vor dem Haus über den Nachmittag hinweg eine Menschenansammlung, ähnlich der in Hydesville, aufbaute. Sogar durch die geschlossenen Fenster konnte man die aufgeregten Stimmen hören. Als Kate die wütende Meute sah, begann sie zu zittern und zu weinen und konnte sich letztendlich nur durch zwei Gläser Wein ein wenig beruhigen.

„Ihr solltet nicht gehen“, warnte Amy.

Leah blickte aus dem Fenster, biss sich auf die Unterlippe und begann ihre Fingerknöchel zu kneten.

„Ihr habt recht", sagte sie. Die Posts atmeten hörbar auf. „Doch manchmal gibt es Wichtigeres als recht zu haben."

„Leah …", sagte Amy bittend.

„Die Geister wollen gehört werden, das haben sie gesagt. Wir alle haben es gehört. Sie haben eine Entscheidung getroffen und sie werden keine zweite Möglichkeit bekommen. Das wissen wir alle. Maggie und Kate werden auf der Bühne sitzen und sie werden den Menschen das geben, was sie erwarten. Ein Wunder." Sie stand auf und drehte sich zu den Mädchen. „Habt ihr das gehört?"

Amy erschrak ob der Härte und Bestimmtheit in Leahs Stimme. Die Mädchen nickten.

„Und die Geister werden euch begleiten?"

Maggie und Kate nickten ein weiteres Mal. Leise hörte man ein zustimmendes Knacken.

„Ruhe!", rief der älteste der fünf Männer des Komitees. „Ruhe!"

Die Zuhörerschaft war um ein Drittel größer als am vorherigen Tag und auch dementsprechend lauter und unruhiger. Viele der Menschen, die am gestrigen Abend vor der Corinthian Hall gestanden und demonstriert hatten, befanden sich nun aufgrund ihrer beißenden Neugierde im Publikum, um das Urteil des Gremiums zu erfahren. Sogar fünf Polizisten standen im hinteren Teil des Saals. Sie hatten eine halbe Stunde vor Öffnung der Türen gewaltsam mithilfe von Schlagstöcken eine Prügelei zwischen Unterstützern und Gegnern der Fox-Schwestern auseinandergebracht. Man konnte auf ihren ernsten Gesichtern ablesen, dass sie fürchteten, es könnte zu weiteren Ausschreitungen kommen.

Maggie und Kate saßen auf zwei Stühlen in der Mitte der Bühne und blickten zu Boden. Leah, Amy, Isaac und drei weitere angesehene Unterstützer der Schwestern saßen wie am vorherigen Tag am Rand.

„Ich bitte nun ein letztes Mal um Ruhe!“, rief der älteste Mann des Gremiums so laut, dass sich seine Stimme für einen Moment überschlug. Einige Menschen im Publikum lachten, doch schließlich wurde das Gemurmel langsam gedämpfter, bis zuletzt Stille eintrat. Der Mann räusperte sich, griff in die Innentasche seines Jacketts und zog ein Schriftstück hervor. „Am gestrigen Tag“, las der Mann laut und deutlich vor, „kamen viele von uns zusammen, in der Absicht, den Wahrheitsgehalt bezüglich der Gerüchte um die Schwestern Fox zu überprüfen.“ Unterstützendes Getuschel aus dem Publikum. „Nachdem die Schwestern Margaret und Catherine Fox auf ihre kindliche und naive Art versuchten, den Bürgern von Rochester zu beweisen, dass sie die Fähigkeit besäßen, mit Verstorbenen aus dem Jenseits zu kommunizieren, und dies von den meisten Anwesenden als Humbug betrachtet wurde, beschloss man, ein unabhängiges Gremium zu bilden, das den Wahrheitsgehalt dieser scheinbar absurden Aussagen überprüfen sollte. Es wurden daraufhin fünf Männer ausgewählt, die ehrenwerten Herren Mr M. Clark, Mr R. Stanton, Mr S. Andrews, Mr S. Gleaseman und Mr H. Langworthy. Das ausgewählte Komitee versuchte am Abend des 14. November des Jahres 1849 die Echtheit des sogenannten Wunders von Rochester zu überprüfen. Die achtbaren Herren erkannten jedoch, dass aufgrund des Ortes, der allgemeinen Unruhe und weiterer Umstände eine genauere Untersuchung vonnöten war. Daraufhin traf sich das Gremium am Nachmittag des 15. November mit den Schwestern Fox im Hause der Familie Isaac Post. Die Schwestern Fox zeigten sich kooperativ und demonstrierten ein weiteres Mal ihre vermeintlichen Fähigkeiten.

Im Laufe des Nachmittags wurden den Mädchen, deren Augen permanent mit einer Augenbinde verbunden waren, verschiedenste Fragen zu den Personen des Gremiums gestellt." Der Mann hielt einen Moment lang inne und fuhr sich mit der Hand durch seinen dichten Bart. Im Publikum war es vollkommen still. Der Mann räusperte sich ein weiteres Mal und las weiter. „Sämtliche Fragen wurden mithilfe von Knackgeräuschen, deren Ursprung nicht zu ergründen war, richtig beantwortet."

Die Stille von gerade eben verschwand im selben Augenblick. Die Menschen im Publikum brüllten durcheinander, man hörte Jubeln und auch Buhrufe, einige sprangen auf und die Polizisten im hinteren Teil des Saals griffen zu den Schlagstöcken.

„Ruhe!", rief der Mann auf der Bühne ein weiteres Mal. „Ruuuhe!"

Es dauerte seine Zeit, doch irgendwann wurden die Anwesenden wieder leiser, setzten sich und blickten in Richtung der Bühne.

„Das Komitee beschloss, den Fokus auf die Suche nach dem Ursprung der rätselhaften Geräusche zu richten. Die Schwestern Margaret und Catherine Fox wurden daraufhin verschiedensten Untersuchungen unterzogen. Auch hier zeigten sich die Schwestern kooperativ. Die Männer des Gremiums prüften im Detail, ob die Geräusche durch

Hilfsmittel erzeugt wurden. Hier kam es zu dem Schluss“, wieder legte er eine dramatische Pause ein, „dass dies nicht der Fall war.“ Dieses Mal ließ er jedoch keinen Raum für Diskussionen und fuhr augenblicklich fort. „Anschließend wurden die Schwestern Fox von den Mitgliedern des Komitees gebeten, sich auf verschiedenste Oberflächen wie Kissen, Metallplatten, Holzbretter aber auch Nichtleiter wie zum Beispiel Glas zu stellen. Kontinuierlich bat man die Geister, ihre Anwesenheit zu bestätigen – was diese durch Knackgeräusche auch taten!“ Wieder setzte ein immer lauter werdendes Murmeln ein. „Schließlich!“, rief der Mann auf der Bühne und zeigte mit dem Finger auf Maggie und Kate, „wurden die Leiber der Schwestern Fox selbst untersucht.“ Hier wurden sofort alle Anwesenden still, da es äußerst unüblich und auch etwas anstößig war, öffentlich über die Körper von Frauen zu sprechen. Amy blickte verunsichert zu Leah, die vollkommen emotionslos ihre Schwestern fokussierte. Diese wiederum starrten nach wie vor, als würde es sie nicht betreffen, auf den Boden. „Die Mitglieder des Gremiums untersuchten zuerst die Knöchel und Unterschenkel der Schwestern Fox. Danach verband man ihnen die Handgelenke und überprüfte die Arme und den Nacken.“ Wieder eine dramatische Pause. „Die Knackgeräusche waren ohne Unterbrechung zu hören und der Ursprung konnte nicht festgestellt werden.“

Wieder begann lauter werdendes Gemurmel.

„Es war jedoch nach wie vor unklar“, rief der Mann auf der Bühne erneut, „ob die Schwestern nicht doch eine Methode entwickelt hatten, die Geräusche mit ihren Körpern zu produzieren und so die Menschen auf anrüchige

Art und Weise zu hintergehen und zu täuschen. Die von ihnen getragene Kleidung machte eine endgültige Entscheidung unmöglich." Das Publikum war empört und gleichzeitig fasziniert vom Gedanken davon, dass hier öffentlich und scheinbar ohne Scham über Nacktheit gesprochen wurde. „Um diese Unklarheit zu beseitigen, wurden Mr H. Langworthys Frau und deren Schwestern herbeigebeten, die daraufhin Margaret und Catherine Fox ein weiteres Mal untersuchten."

Leah konnte nicht fassen, was sie hörte. Er würde es doch nicht wagen, dass er …

„Die drei Frauen untersuchten die nackten Körper der Schwestern Fox", das Publikum schnappte nach Luft, „und stellten letztendlich fest …", wieder machte er eine äußerst dramatische und lange Pause, und las schließlich weiter, „dass die Geräusche weder von Margaret noch von Catherine Fox erzeugt wurden und es daher völlig klar ist", das Publikum hielt den Atem an, „dies ist übrigens auch die Erkenntnis des unabhängigen Gremiums – dass es sich hier wahrhaftig, zweifellos und mit Gewissheit um ein Wunder handelt und Margaret und Catherine Fox die außergewöhnliche und übermenschliche Fähigkeit besitzen, mit diesen spirituellen Wesen zu kommunizieren!"

Einen Moment war es vollkommen still im Saal, dann zerriss ein lautes, viele meinten später zustimmendes Knacken das Schweigen und die Menge war nicht mehr zu bändigen.

Dieses Urteil des unvoreingenommenen Gremiums sollte das weitere Schicksal der Fox-Schwestern ein für alle Mal verändern und einen Stein ins Rollen bringen, der nicht mehr zu stoppen war. Es waren außerordentliche Beweise erbracht worden und die Fähigkeiten der Fox-Schwestern waren keine bloßen Behauptungen mehr. Die Maschine begann sich zu bewegen. Die lokalen wie auch die Zeitungen in New York berichteten über diese zwei Abende, die *Daily Sun* und die *New York Post* schickten in den nächsten Tagen je einen Journalisten vorbei, die die Schwestern interviewten und an einer Séance teilnahmen, um schließlich voller Überzeugung die Erkenntnisse des Komitees zu bestätigen. Wenige Tage darauf sprang auch der *New York Herald* auf diesen Wagen auf und entsandte ebenfalls einen Journalisten, der letztendlich sogar einen Leitartikel über die Fox-Schwestern und das Wunder von Rochester schrieb. Schließlich meldete sich sogar Horace Greeley selbst, der Gründer der *New York Tribune* und einer der einflussreichsten Männer der USA, bat um eine Audienz und reiste mit seiner Frau Mary, die aufgrund des frühen Todes von fünf ihrer sieben Kinder der Schwermut verfallen war, von New York nach Rochester. Die Séance war ein voller Erfolg. In einem verdunkelten Hotelzimmer, das Horace Greeley eigens für dieses Treffen angemietet hatte, schafften Maggie und Kate es, Kontakt zu allen fünf verstorbenen Kindern aufzunehmen und Mary Greeley alle Fragen zu beantworten, die sie seit Jahren quälten. Mary Greeley war zum ersten Mal seit langer Zeit außer sich vor Freude, was wiederum Horace Greeley beinahe mehr erstaunte als die Séance selbst. Ganz besonders begeisterten Mary die Fähigkeiten von Kate, die scheinbar in der Lage war, in ihren Kopf zu schauen und Fragen zu beantworten, die Mary Greeley nur in Gedanken formuliert hatte. Als Kate auf einmal in einen Trancezustand glitt, in dem sie dermaßen genau die Stimme der ältesten verstorbenen Tochter nachahmte, dass Mary und Horace Greeley das Gefühl hatten, ihr Kind säße vor ihnen, war Mary Greeleys Begeisterung kaum zu stoppen.

Es war das erste Mal, dass Kate diesen „Trick", wie Maggie es später nennen würde, zum Besten gab. Weder Leah noch Maggie hatten damit gerechnet und waren selbst voller Erstaunen, als diese fremde Stimme aus dem Mund der jüngsten Fox-Schwester kam. Wieder einmal wurde es für Leah offensichtlich, um wie viel besser Kate ihr Handwerk beherrschte. Neu war jedoch, dass Maggie nach der Vorführung wütend auf ihre jüngere Schwester war und ihr vorwarf, ihr die Show stehlen zu wollen. Maggies Eifersucht erlangte ihren Höhepunkt, als Mary und Horace Greeley wenige Tage später auf Leah zukamen und sie fragten, ob es nicht irgendwie möglich wäre, dass Kate eine Zeit lang in ihrer Villa nördlich von New York City wohnen könnte. Sie beide, doch ganz besonders Mary, seien unglaublich fasziniert von Kates außerordentlichen Fähigkeiten und sie versicherten Leah, dass es ihr an nichts fehlen würde. Leah fragte, ob die Einladung auch für Maggie galt, doch die Greeleys insistieren, dass sie nur an Kate interessiert seien. Leah versprach, mit Kate darüber zu sprechen und den beiden bald Bescheid zu geben. Im gleichen Satz fügte sie hinzu, dass die Geister selbst vor Kurzem kommuniziert hätten, dass es an der Zeit war, die Öffentlichkeit über ihre Existenz zu informieren. Bestimmt habe er, Horace Greeley, als Gründer der anerkannten *Tribune,* auch die Möglichkeit, diesen Wunsch zu erfüllen. Horace Greeley wand sich, da er trotz allem aufgrund des hohen moralischen und intellektuellen Standards, für den die *Tribune* stand, Bedenken hatte, über „Derartiges" zu berichten.

„Die *Tribune* bin nicht nur ich", erklärte er ausweichend. „Es bedarf Unterstützung, um ein derartig großes und widersprüchliches Thema in den Fokus zu rücken."

Leah schlug daraufhin vor, dass sie und die Mädchen gerne bereit wären, eine private Séance im engen Kreis von angesehenen Intellektuellen zu halten, die sich dann selbst ein Urteil über die Schwestern bilden konnten. Würden diese den Schwestern anschließend wohlwollend gegenüberstehen, könne dies mit Sicherheit auch die *Tribune* vertreten und daraufhin auch darüber berichten. Greeley empfand dies als den richtigen Weg, reiste ab – seine Frau blieb noch einige Tage in Rochester und traf sich täglich mit Kate – und ließ jedoch für geraume Zeit nichts mehr von sich hören. Einige Wochen später meldete sich schließlich der prominente Autor und Verleger Rufus Griswold per Telegramm, der Leah und die Schwestern umgehend nach New York einlud, um gemeinsam mit Horace Greeley und dem anerkannten Schriftsteller James Fenimore Cooper das angepriesene Wunder zu bestaunen.

Leah hatte erwartet, dass die Männer weitaus kritischer sein würden, doch sie verfielen, wie alle anderen auch, Leahs Charme und dem Können und den Fähigkeiten von Maggie und Kate. Das wohlwollende Urteil kam bereits am Tag nach dem Treffen mit den drei einflussreichen Männern im Hause Rufus Griswolds. Alle drei ließen es sich nicht nehmen, ihre Faszination gegenüber den Schwestern mit der Öffentlichkeit zu teilen und eine geraume Zeit lang sprachen, beziehungsweise schrieben, sie über nichts anderes als diesen magischen und übernatürlichen Abend.

Endlich hatten sie nun auch die *Tribune* auf ihrer Seite, was wiederum Tür und Tor für ein neues, gebildetes und vor allem vermögendes Publikum öffnete. Wieder sprangen verschiedenste Zeitungen – dieses Mal auch aus anderen Bundesstaaten – auf, schickten Journalisten und überzeugten anschließend durch ihre Artikel die Massen, dass es sich hier nicht wie sonst so oft um Scharlatane handelte, sondern dass die Menschen der noch jungen USA die außergewöhnliche Möglichkeit hatten, ein wahrhaftiges Mysterium, mehr noch, ein Wunder zu bestaunen, das weltweit einzigartig war.

Im April des Jahres 1850 gingen Leah, Maggie und Kate erneut auf Tour. Eliab Capron, der sich in den letzten Wochen vernachlässigt gefühlt hatte, beschloss, Leah zu begleiten. Diese jedoch verwehrte ihm den Wunsch. Sie erklärte ihm, dass sie sich während der Reise um ihre zwei jüngeren Schwestern kümmern musste, und fügte hinzu, wie gerne sie aber danach Zeit mit ihm verbringen wolle.

„Wie schön wäre es, wenn wir in New York leben würden, damit wir viel öfter zusammen sein könnten, nicht wahr?“

„Das wäre wunderbar!“, entfuhr es Eliab.

„Ich weiß, dass auch die Kinder gerne dort wären, doch für längere Zeit in einem Hotel zu wohnen, ist alles andere als ideal. Sie brauchen ein Zuhause.“

„Ich kann euch eine Wohnung besorgen“, antwortete Eliab hastig.

Leah lächelte und legte ihre Hand auf seinen Arm.

„Wie schön, Eliab“, flüsterte sie.

Die Tournee begann und dieses Mal kamen die inzwischen berühmten Fox-Schwestern über die Staatsgrenze New Yorks hinaus und reisten sogar durch verschiedenste Orte Neuenglands. Überall wo sie ankamen, wurden sie von den Bürgermeistern oder deren Ehefrauen empfangen. Feindlichen Gesichtern begegneten sie nur selten. Sie füllten ganze Säle, wurden von der geistigen Elite zu privaten Vorführungen eingeladen, bekamen Kost und Logis von Unterstützern gestellt und wurden für jede einzelne Séance angemessen bezahlt.

Und es schien wie ein Zeichen, dass eine der letzten Stationen der Tournee erneut – wie damals in Seneca Falls – eine Tagung zum Thema Frauenrecht, nämlich die erste *Nationale Zusammenkunft zu Frauenrechten* in Worcester, Massachusetts, beinhaltete. Leah war begeistert, als sie die Massen an Menschen und das Interesse an dieser Veranstaltung sah. Am Nachmittag des ersten Tages nahmen laut Zeitungsberichten über Tausend Personen an dieser Zusammenkunft teil und viele mussten aufgrund des zu großen Andrangs wieder fortgeschickt werden. Es kamen Delegierte aus elf verschiedenen Bundesstaaten, unter anderem sogar aus Kalifornien – ein Staat, der gerade erst wenige Wochen alt war.

Es traten verschiedenste Gastredner auf, darunter auch Frederick Douglass, der die Schwestern seit ihrem ersten

Treffen in Seneca Falls öfter in Rochester besucht hatte und der, wie Maggie eines Abends Leah verriet, regelmäßigen Briefkontakt mit ihr pflegte. Leah wusste nicht, was sie davon halten sollte, war Frederick Douglass doch ein verheirateter Mann und Maggie gerade einmal eine siebzehnjährige Frau. Hinzu kam, dass sie sich eingestehen musste, dass sie eine Spur von Eifersucht in sich verspürte. Leah hatte das Gefühl, dass sie und Frederick Douglass weit mehr Gemeinsamkeiten und Interessen teilten als ihre Schwester. Sie war sich jedoch sicher, dass Maggies Schwärmerei für einen älteren Mann bestimmt bald abklingen sollte und hoffte, dass sie ihr Ziel nicht aus den Augen verlieren würde.

Anders als damals in Seneca Falls waren die Schwestern bei der *Nationalen Zusammenkunft zu Frauenrechten* nicht bloße Zuhörerinnen, sondern wurden herzlichst empfangen, von Journalisten interviewt und über deren Ansichten bezüglich des Frauenwahlrechts, dem Thema der Sklavenhaltung und Sklavenabschaffung sowie über die Möglichkeiten der Frauen in der heutigen Zeit befragt. Leah, die bisher meist im Abseits gestanden und immer Maggie und Kate ins Zentrum gestellt hatte, hielt sich dieses Mal nicht zurück. Sie nahm all ihren Mut zusammen und begann über die enorme Wichtigkeit dieses Themas zu sprechen, darüber, dass die Frauen es satt hatten, als Menschen zweiter Klasse ihr Leben zu fristen, dass es an der Zeit war, dass sich die Frauen ihre Rechte, wenn es denn sein musste, erkämpften und dass der Gedanke, dass so oft auf dem Grabstein einer Frau geschrieben stand, sie sei das „Relikt“ ihres Ehemannes gewesen – eine Formulierung, die am

Tag darauf von der Initiatorin dieser Versammlung, Lucy Stone, eins zu eins übernommen wurde – sie schier zur Weißglut trieb.

Ja, natürlich war sie dafür, dass Frauen wählen und arbeiten sollten, genau dieser Gedanke war ja bereits in der Unabhängigkeitserklärung definiert. Ohne auch nur einen Moment nachdenken zu müssen, zitierte sie den ersten Satz davon: *Wir halten diese Wahrheiten für ausgemacht, dass alle Menschen gleich erschaffen worden, dass sie von ihrem Schöpfer mit gewissen unveräußerlichen Rechten begabt worden, worunter sind Leben, Freiheit und das Bestreben nach Glückseligkeit.* „Alle Menschen wurden gleich erschaffen!“, wiederholte Leah ein weiteres Mal laut und fügte hinzu, dass diese Formulierung es auf den Punkt brachte und die Frage bezüglich der Sklaverei, die letztendlich ja gar keine Frage sei, unmissverständlich beantwortete. Natürlich dürfe kein Mensch über einen anderen herrschen, das wisse jeder Mann und jede Frau, wenn man nur für einen Moment ehrlich mit sich sei, und genau dieses Eingeständnis machte das Prinzip der Sklavenhaltung zweifellos zu etwas höchst Verwerflichem und Unmoralischem.

Leah sprach laut, klar, mit Entschiedenheit und Nachdruck in ihrer Stimme. Je länger sie redete, desto mehr zog sie ihre Zuhörer und Zuhörerinnen in ihren Bann. Maggie und Kate standen neben ihrer Schwester, beobachteten sie fasziniert, nickten unterstützend und hie und da hörte man ein befürwortendes Knacken. Während Leah ihre Meinung den Journalisten kundtat, bildete sich um sie eine Menschentraube. Aus den Antworten auf bestimmte Fragen wurde bald ein Monolog, eine Rede, derer letztendlich über hundert Personen lauschten und für die sie zum Schluss großen und begeisterten Applaus erntete. Ausnahmsweise sprach in den nächsten zwei Tagen beinahe niemand über Maggie und Kate oder das Wunder von Rochester. Vielmehr drängten sich die Menschen um Leah, die als Paradebeispiel einer Frau angesehen wurde, die trotz widrigster Umstände etwas aus sich gemacht hatte, die ohne die Hilfe eines Mannes ihr Leben meisterte und die sich durch ihren Unternehmergeist zu einer angesehenen und wohlhabenden Person hochgearbeitet hatte. Leah hatte ihr Schicksal selbst in die Hand genommen und war dadurch zum Sinnbild einer starken und selbstständigen Frau geworden.

Zwei Tage lang – so lange wie die erste *Nationale Zusammenkunft zu Frauenrechten* dauerte, wurde Leah bewundert und gefeiert. Sowohl Männer als auch Frauen rissen sich darum, sich mit ihr auszutauschen, ihre Meinung zu verschiedensten Themen zu erfahren und sich Rat von ihr zu holen. Leah gefiel diese Aufmerksamkeit. So lange hatte man sie gemieden, hatte sie als Flittchen oder sogar oft als Aussätzige bezeichnet oder sie und ihr gesamtes Wesen gar nicht beachtet. Doch nun hatte sie eine Stimme. Sie wurde gehört, so wie ihre zwei Schwestern gehört wurden. Leah fühlte sich ekstatisch und wünschte sich nichts mehr, als dass dieses Gefühl für immer anhalten würde.

Es schien, als würde ihr Wunsch in Erfüllung gehen. Den Zeitungen, Magazinen und Journalen gefiel, was Leah von sich gab, wie sie sich präsentierte, und erwähnte sie nicht nur in den Berichten über die *Nationale Zusammenkunft zu Frauenrechten*, sondern beachteten sie von nun an auch weitaus mehr, wenn über die Fox-Schwestern und das Wunder von Rochester berichtet wurde. Und als Leah dann eines Tages bemerkte, dass tatsächlich auch sie die Fähigkeit hatte, die Stimmen der Geister wahrzunehmen, wurde sie mit einem Mal mit ihren Schwestern auf eine Stufe gestellt.

„Was wird deine Hinterlassenschaft sein?", hatte sie Elizabeth Cady Stanton gefragt. Man soll sich an mich erinnern, war Leahs Antwort darauf. Nun sah es tatsächlich so aus, als würde Leah ihr Ziel erreichen.

Natürlich gab es nach wie vor Kritiker und Unüberzeugbare, die alles daransetzten, zu beweisen, dass es sich um einen Schwindel handelte. Dazu zählten auch drei Ärzte aus Buffalo – darunter auch ein alter Bekannter, Dr. Stanley Grimes –, die bei jeder Gelegenheit gegen sie wetterten und behaupteten, dass die Schwestern die Bevölkerung arglistig täuschten und die rätselhaften Knackgeräusche mithilfe ihrer Körper erzeugten. Leah reagierte öffentlich gegen diese Anschuldigungen, verteidigte ihre Fähigkeiten und betonte, dass ein unabhängiges Gremium die Echtheit ihrer Künste bestätigt hatte. Als die drei Ärzte die Schwestern jedoch in einem öffentlichen Brief nach Buffalo einluden, und ihnen die „Möglichkeit" gaben, die Echtheit ihrer Mächte ein weiteres Mal unter Beweis zu stellen, war Leah gezwungen, sich den Männern direkt zu stellen. Dic „Einladung" zu ignorieren wäre einem Schuldeingeständnis gleichgekommen.

Es gab jedoch ein Problem: Kate würde nicht an dieser neuerlichen Überprüfung teilnehmen können. Leah hatte es nach langer Überzeugungsarbeit endlich geschafft, dass sie eingewilligt hatte, zumindest eine Zeit lang bei Horace und Mary Greeley in New York zu wohnen. Man hatte ihr versprochen, sie herzlich zu empfangen, zu beschulen und wie eine Berühmtheit zu behandeln. Alles, was Kate im Gegenzug zu tun hatte, war hie und da Kontakt mit den verstorbenen Kindern der Greeleys aufzunehmen. Wochenlang hatte sich Kate dagegen gewehrt, doch Leah hatte nicht aufgegeben. Sie wusste, dass diese Zeit im Hause der Greeleys Kates – und damit gleichzeitig auch ihre – Stellung in der Gesellschaft enorm verbessern würde.

Leah hätte erwartet, dass Maggie ihre Schwester vermissen würde, doch das war ganz und gar nicht der Fall. Im Gegenteil. Schon lange war sie im Schatten ihrer begabteren kleinen Schwester gestanden und nun schien sie es zu genießen, endlich selbst im Rampenlicht zu stehen. So fuhr Leah nur mit Maggie nach Buffalo, um dort verschiedenste Untersuchungen, ähnlich denen im Hause der Posts, jedoch hoffentlich weit weniger erniedrigend, über sich ergehen zu lassen. Die Tests fanden in der Praxis von Dr. Stanley Grimes statt, wo Maggie und Leah von den drei Ärzten freundlich in Empfang genommen wurden. Die Männer baten Maggie darum, mit dem Toten Riesen Kontakt aufzunehmen, und stellten einige recht simple Fragen, die allesamt richtig beantwortet wurden. Die Untersuchung bestand lediglich darin, dass die Ärzte hin und wieder ihr Stethoskop auf verschiedene Körperstellen legten, sich immer wieder zurückzogen und sich leise besprachen, um dann wieder mit den Tests fortzufahren. Bereits nach weniger als einer Stunde bedankten sich die drei Ärzte bei den Schwestern für ihre Geduld und sagten, dass sie genug gesehen hätten.

Leah konnte nicht fassen, wie einfach und unspektakulär dieser Besuch gewesen war, und war sogar etwas gespannt auf die Ergebnisse. Diese fielen jedoch völlig anders aus, als es während der Untersuchung den Anschein gemacht hätte. Die drei selbsternannten Experten verfassten gemeinsam einen Artikel, der bereits zwei Tage später im *Buffalo Courier Express* veröffentlicht wurde. Darin hieß es, dass die drei Ärzte die mittlere und mit Sicherheit unbegabteste der Fox-Schwestern getroffen hatten und nach sorgfältiger Untersuchung und Beobachtung der festen Überzeugung waren, dass Maggie die Knackgeräusche durch kaum wahrnehmbare Körperbewegungen erzeugte. Es sei ganz besonders Maggies matter und teilweise gar stupider Gesichtsausdruck gewesen, der klar verriet, dass sie durch „bewusste Anstrengung und durch das Anspannen von Muskeln die Gelenke zum Knacken brachte".

Als Leah dieses Urteil las, bereute sie im selben Augenblick, dass sie sich blind auf Maggies Fähigkeiten verlassen hatte.

„Niemals hätte man Kate etwas Derartiges unterstellt!", schrie sie Maggie wütend entgegen. „Ich hätte dich zu Hause lassen und sie an deiner Stelle mitnehmen sollen! Jetzt liegt es wieder einmal an mir, deine Fehler auszubessern."

„Ich habe keine Fehler gemacht!", rief Maggie wütend. „Sie lügen! Ich kann nichts dafür, dass …"

Leah hatte sich längst von ihr abgewandt und arbeitete in ihren Gedanken bereits an einem Gegenangriff. Schon am folgenden Tag kontaktierte sie per Telegramm Horace Greeley und bat ihn, einen offenen Brief von ihr in der *Tribune* zu veröffentlichen. Dieser, äußerst dankbar, dass Kate seine Frau dermaßen glücklich machte, willigte ohne Widerspruch ein. In ihrem Brief, der am kommenden Tag erschien, hieß es: „Die drei Ärzte aus Buffalo, die vorgeben, Margaret Fox ‚untersucht' zu haben, waren wie so oft nur darauf aus, durch vermeintliche Erkenntnisse Berühmtheit zu erlangen." Außerdem fuhr sie fort, dass sie während des gesamten schändlichen, unwürdigen und vollkommen grenzwertigen Prozesses, der zudem unter Ausschluss der Öffentlichkeit stattgefunden hatte, in Wahrheit keinerlei Antworten auf das Wunder von Rochester gefunden hatten. „Immer wieder versuchten die Männer unter verschiedensten Vorwänden, den Körper meiner jüngeren Schwester zu berühren, und wurden nur von den ‚Stimmen' aus dem Jenseits davon abgehalten. Mit eignen Augen habe ich gesehen, wie sich die drei Männer wie Schuljungen den Kopf kratzten und vor lauter Erstaunen nicht einmal mehr in der Lage waren, sich klar und deutlich zu auszudrücken", schloss Leah.

Leahs Intervention hatte Erfolg. Der makellose Ruf der *Tribune* schaffte es, dass die Aussagen der drei Ärzte nicht ernst genommen wurden und bald in Vergessenheit gerieten. Leah erfuhr zudem, dass mehrere Anhänger der Fox-Schwestern – Männer und Frauen – gegen die Ärzte mobil machten und vor ihren Häusern demonstrierten. Die Wut auf die Ärzte ging sogar so weit, dass zwei Männer die Fenster von Dr. Stanley Grimes Haus mit Ziegelsteinen zerschlugen. Diese Nachricht erfüllte Leah mit Genugtuung. Doch gleichzeitig wusste sie, dass ihre eigene Kritik an Maggies Fähigkeiten einen Keil zwischen sie und ihre Schwester getrieben hatte. Zum allerersten Mal hatte sie Maggies Fähigkeiten kritisiert und nun hatte sie klar und deutlich ausgesprochen, dass sie Kate mehr zutraute als Maggie. Dieser Disput sollte einen Riss in die Beziehung der Schwestern verursachen, der zeit ihres Lebens nicht mehr vollständig zu kitten war.

Die Tatsache, dass Dr. Grimes und seine Kollegen nicht erfolgreich gewesen waren, hieß jedoch nicht, dass die Stimmen der Gegner verstummten. Schon wenige Wochen nach der Niederlage der Ärzte geschah es ein weiteres Mal, dass sich ein Kritiker lautstark zu Wort meldete, dem es anscheinend gelungen war, mit seinen Zehen ganz ähnliche Knackgeräusche zu erzeugen, wie die, die stets in Anwesenheit der Schwestern zu hören waren. Der Ankläger war ein gewisser Reverend Potts, ein etwas betagterer Mann mit einem verbitterten Gesicht, der öffentlich ankündigte, seine Fähigkeiten einem breiten Publikum vorzuführen, um damit ein für alle Mal zu beweisen, dass es sich bei den Fox-Schwestern um Schwindlerinnen handelte.

So kam es, dass der Priester eines Nachmittags in einem gut gefüllten Vorlesungssaal in Rochester vor versammelter Zuhörerschaft die Schuhe abstreifte, seine nackten Füße präsentierte, das Gesicht verzog, sichtbar seine Muskeln anspannte, so fest, dass sie sogar an seinem dicken Hals hervortraten und er zu schwitzen begann, bis tatsächlich plötzlich ein dumpfes, leises Knacken zu hören war, das dem Geräusch ähnelte, mit dem sich der Tote Riese in Anwesenheit der Schwestern verständigte. Der Priester schnaufte, knöpfte sich den obersten Knopf seines Hemds auf, tupfte sich mit einem Taschentuch den Schweiß von der Stirn und rief, dass dies der Beweis sei, auf den alle gewartet hatten. Einige klatschten zurückhaltend, andere überzeugte diese etwas peinliche Darbietung keineswegs. Der Priester wollte gerade fortfahren, als sich ein junger Mann erhob und den Geistlichen direkt ansprach:

„Ihre Bemühungen zeigen vielleicht, und ich betone hier das Wort ‚vielleicht', wie die mysteriösen Geräusche theoretisch entstehen könnten."

„Nicht theoretisch", rief Reverend Potts empört. „Ich …"

„Doch selbst wenn dies der Fall wäre – und mit meinen Zweifeln bin ich in diesem Raum bestimmt nicht alleine – habe ich recht?" Er hielt einen Moment lang inne und blickte mit einem wissenden Lächeln durch die Reihen. „Haben Sie denn auch eine Antwort darauf, wie es möglich sein kann, dass in Anwesenheit der Fox-Schwestern dieses weitaus spektakulärere Klopfen laut Beschreibung vieler Zeugen seinen Ursprung nicht in den Füßen, sondern in den Wänden, in den Möbelstücken oder in der Decke hat? Können Sie uns denn erläutern, was es mit dem schwebenden Tisch und den sich bewegenden Bildern auf sich hat?" Der junge Mann ließ seine Worte einen Moment lang im Raum stehen und als der Reverend nicht sofort antwortete, fuhr er mit lauter Stimme fort: „Und wie bitte ist es möglich, dass die Schwestern die Antworten auf alle Fragen, die ihnen gestellt werden, auf *alle* Fragen, kennen? Wie ist es möglich, dass sie mit den Toten kommunizieren und dass …"

„Darum, darum geht es doch nicht!", entfuhr es dem Priester. „Es sind Tricks! Taschenspielertricks. Nicht mehr. Das Klopfen!", er deutete auf seine nach wie vor entblößten Zehen. „Ich habe es bewiesen …"

Einen Moment lang herrschte peinliche Stille. Schließlich meldete sich der junge Mann ein letztes Mal zu Wort:

„Reverend, Sie sind ein Mann Gottes. Verraten Sie uns: Glauben Sie denn an Wunder? Göttliche Wunder?“

Der Geistliche hustete, suchte nach Worten, fand sie nicht und sagte leise: „Natürlich glaube ich an Wunder. Im Falle der Schwestern Fox handelt es sich jedoch mit Sicherheit …“

„Vielen Dank für Ihre ehrliche Antwort“, unterbrach ihn der junge Mann.

Mehr musste er auch nicht sagen. Calvins Arbeit war getan. Er stand auf und verließ den Vorlesungssaal. Leah wartete draußen auf ihn. Er trat auf sie zu und erzählte ihr, dass er alles getan hatte, worum sie ihn gebeten hatte. Er blickte sich um und beugte sich, als er erkannt hatte, dass niemand in der Nähe war, nach vor, um Leah zu küssen. Diese wich ihm aus, lächelte sanft, legte Calvin die Hand auf die Wange und schüttelte den Kopf.

„Es wird nicht passieren, Calvin. Heute nicht und auch nicht irgendwann.“ Er schaute sie flehend an. Sein Blick erinnerte Leah an den eines Welpen, doch sie ließ sich davon nicht beirren. „Wir werden nach New York gehen. Maggie, Kate und ich. Doch du wirst uns nicht begleiten.“ Leah sah, dass er widersprechen wollte, doch sie unterbrach ihn, bevor er seine Worte überhaupt formen konnte. „Du hast genug getan und dafür sind wir dir dankbar“, sagte sie und trat einen Schritt zurück. „Aber jetzt beginnt eine neue Zeit, in der du keinen Platz haben wirst.“

„Ich kann euch helfen“, sagte er leise.

Leah hörte die Resignation in seiner Stimme. Calvin hatte endlich begriffen, dass er in Leahs Leben keine Zukunft haben würde.

„Leb wohl“, sagte Leah, drehte sich um und hatte das Gefühl, einen schweren Ballast abgeworfen zu haben. Natürlich wünschte sie sich oft einen Mann an ihrer Seite, jemanden, der sie unterstützte, der ihr Halt und Sicherheit gab, doch letztendlich war sie sich auch klar, dass jede Ehe, so verständnisvoll der Ehemann auch war, Einschränkungen bedeutete. Und das war Leah nicht bereit zu akzeptieren. Sie wollte ihr eigenes Glück finden, ihre eigenen Entscheidungen treffen, selbst bestimmten, wie es mit ihr und ihren Schwestern weitergehen würde. Leah sah Großes für die Fox-Schwestern am Horizont und kein Mann würde ihr im Weg stehen.

Briefe

Brief von Kate an Maggie

15. Dezember 1851

Liebe Maggie,

wieder einmal schreibe ich dir aus Schloss Trübsal. Ich danke dir erneut für diesen Namen. Er war ein Geschenk und könnte nicht passender sein. Schloss Trübsal mit seiner Herrin Mary Greeley, die wie ein Gespenst durch die Gänge streift. Wäre diese Zeit nicht so schrecklich, ich könnte beinahe darüber lachen.

Mary – ich darf sie inzwischen bei ihrem Vornamen nennen – ist wohl die schrecklichste Frau, der ich je begegnet bin. Sie ist stets wütend oder voller Trauer. Oder manchmal auch beides. Da sie nur mich und ihre Bediensteten hat (die sie gewissenhaft ignoriert) und da Horace immer in New York ist, um, wie er sagt, über die bedeutungsvollen Dinge dieser

Welt zu berichten, bin es immer ich, die ihre Wut, ihren Kummer oder ihren Hass auf die gesamte Welt zu spüren bekommt. Immer wieder holt sie mich zu sich, immer und immer wieder will sie mit ihren toten Kindern sprechen. Sie fragt stets das gleiche und der Tote Riese antwortet ihr. Meist ist er freundlich, doch selbst ihm wird es manchmal zu viel. Dann ist er aufgebracht und zeigt seine Wut durch mich. Oft kommt es vor, dass ich mit Schaum vor dem Mund auf dem Boden aufwache und nicht mehr weiß, wo ich bin. Mary interessiert das nicht. Mein Wohlergehen kümmert sie kein bisschen. Sie will mehr. Immer will sie mehr. Sie gibt mir Wein, da sie weiß, dass der Tote Riese dadurch besänftigt wird. Es ist ein Trauerspiel.
Oh Maggie, wie sehr ich sie hasse.
Ich vermisse dich, Schwester. Es ist, als fehle ein Teil von mir. Als wäre ich nicht ganz. Ergeht es dir denn gleich?
Ich vermisse sogar Mutter, denke an ihre hastige Umarmungen und ihre ruhigen Worte. Ich bin mir sicher, dass ich bereits seit mehr als zwei Monaten keinen Menschen mehr berührt habe. Es ist ein seltsames Gefühl, als wäre ich körperlos. So sehe ich mich manchmal. Körperlos und leer. Ein Objekt, das durch den Toten Riesen gefüllt wird. Verstehst du, was ich meine?
Ich habe gehört, dass du mit Mutter in Philadelphia weilst, um dort Auftritte zu geben. Ich bin mir sicher, du genießt es, nicht von Leahs Argusaugen beobachtet zu werden. (Ich habe diesen Begriff in der Schule gelernt. Sie alle wollen mich zu einer gebildeten und aufrichtigen Dame machen und manchmal glaube ich gar, dass es ihnen vielleicht gelingt.)
Leah hat immer gesagt, es ist alles nur ein Spiel. Ich finde, es ist

keines mehr. Bitte schreib mir aus Philadelphia. Sag mir, was du jeden Tag machst, mit wem du dich triffst. Beschreibe deinen Tag. Ich will alles wissen, damit ich mir vorstellen kann, ich wäre dort wo du bist und nicht hier, eingesperrt in diesem Gefängnis. Nur der Tote Riese leistet mir Gesellschaft. Seine Stimme ist kein Flüstern mehr und er hilft mir, die Tage zu überstehen. Ohne ihn würde ich wohl verrückt werden.

Ich bin so einsam, dass ich von Zeit zu Zeit sogar Leah vermisse. Obwohl ich immer noch so wütend bin, dass sie mich wie eine Sklavin an die Greeleys verkauft hat. Ich weiß ganz genau, wie sehr sie dieser Vergleich stören würde. Ich bin eine Sklavin im Schloss Trübsal.

Ich genieße es inzwischen, in die Schule zu gehen. Ich habe dir geschrieben, dass es mir nicht gefällt, doch mittlerweile empfinde ich es als Erlösung, als Chance, mein Gefängnis zumindest für eine kurze Zeit zu verlassen und unter Menschen zu sein.

Mary und Horace haben mir nach wie vor verboten, meine wahre Identität preis zu geben und so bin ich immer noch Lana Boyle aus Boston, die hier in New York auf Besuch ist und aus der man eine Dame machen will. Ganz besonders Mary hat Angst davor, dass jemand herausfinden könnte, wer ich wirklich bin, und so lässt sie mich jeden Tag von einem Dienstmädchen in die Schule bringen und wieder abholen. Nie darf ich nach dem Unterricht mit den anderen spielen, nie darf ich mich auch nur mit ihnen unterhalten.

Und doch ist alles besser, als bei Mary zu sein und ihre Launen aushalten zu müssen.

Ich hoffe so sehr, dass Leah mich bald wieder aus diesem Gefängnis befreit. Manchmal habe ich das Gefühl, verrückt zu werden. Leah hat gesagt, dass ich vermutlich über Weih-

nachten bei den Greeleys bleiben muss. Mary will es so. Ich glaube, sie will Weihnachten gemeinsam mit ihren toten Kindern feiern.

Bitte schreib mir recht bald, damit ich zumindest das Gefühl habe, dir *nah zu sein. Vielleicht darfst du mich ja besuchen kommen. Es wäre so schön, dich hier zu haben und noch schöner wäre es, mit dir in Rochester zu sein. Ich trauere unserer gemeinsamen Zeit nach und sehne mich danach, wieder an deiner Seite zu sein.*

Ich vermisse dich.

In Liebe,
Deine Kate

Brief von Maggie an Elisha Kent Kane

18. Januar 1852

Sehr geehrter Mr Kane, liebster Elisha,

verraten Sie mir doch endlich, wie ich Sie ansprechen soll! Sie machen es mir nicht gerade einfach, so wie ich es Ihnen anscheinend auch nicht einfach mache. Doch ich bin mir sicher, dass Sie ein Mann sind, der genau diese Tatsache schätzt. Sie wollen stets neue, unentdeckte Lande erforschen und auch ich sehe mich als solches. Unentdeckt, mysteriös. Vielleicht sind diese Eigenschaften an mir ja die Gründe, wieso Sie Interesse an meiner Person zeigen. Ob dies stimmt oder nicht, spielt jedoch keine Rolle. Die Tatsache, dass sich unsere beiden Lebenswege gekreuzt haben, ist mir zurzeit das Wichtigste und das Einzige, das zählt.
Ich bedanke mich für Ihr großzügiges Geschenk. Ich werde es in Ehren halten, das kann ich Ihnen versprechen. Natürlich bin ich es inzwischen gewohnt, Aufmerksamkeiten zu erhalten, doch schätze ich Ihre am meisten. Trotz allem wäre es mir lieber, wenn ich zumindest meinen Freundinnen verraten dürfte, dass es nicht von einem unbekannten Verehrer, sondern von Ihnen kommt. Ein derartiges Zeichen der Gunst, erhalten von einem internationalen und gefeierten Helden, wie Sie es sind. Sie alle würden vor Neid erblassen.
Doch fürchten Sie sich nicht. Ich werde unser Geheimnis bewahren. Auch wenn ich mir nicht sicher bin, ob Sie in Wahrheit

nur ein süßer, gerissener Heuchler sind, für den ein Mädchen, wie ich es bin, nur ein Zeitvertreib ist. Ich bin es letztendlich, die Vorsicht walten lassen muss, denn wäre dies alles nur ein Spiel, es wäre nicht Ihr Ruf, sondern meiner, der verloren ginge.
Lieber Elisha, ich nehme all meinen Mut zusammen und nenne Sie so. Ich wünschte, wir dürften das, was wir haben, der Welt verkünden. Wie sehr habe ich Ihre Besuche, die gemeinsamen Fahrten in Ihrer Kutsche, die Spaziergänge im Fairmount Park, unsere Gespräche und sogar die Séancen in Ihrer Anwesenheit genossen. Ich weiß, was Sie über letzteres denken. Gerade wie ich diese Zeilen schreibe, höre ich Ihre Stimme in meinem Kopf. „Maggie, du liebenswertes Wesen! Du Circe! Wie kannst du nur …“
Ich habe meine Schwester Leah gefragt, was der Begriff „Circe“ bedeuten könnte – fürchten Sie sich nicht, ich habe Ihren Namen nicht erwähnt – und sie sagte mir, dass mein unbekannter Verehrer wohl auf Homers Odyssee anspiele. Eine Zauberin, die den Helden durch eine List umgarnt hatte und ihn nicht mehr losließ. Sie sagte mir, dass der Spitzname vermutlich liebevoll gemeint sein doch sie sah darin auch eine versteckte Bösartigkeit und Häme. Doch ich bin mir sicher, dass sie sich irrt. Leah hat nie gelernt zu lieben und sie sieht in allem und jedem eine Bedrohung. Wenn sie jedoch wüsste, wer mich als Circe bezeichnet, würde auch sie mit Sicherheit vor Neid erblassen. Ich konnte mir beim Gedanken daran ein Lächeln nicht verkneifen, obgleich mich Ihre Zurechtweisungen und Ihre Ablehnung meiner Arbeit bisweilen auch verletzt haben.
Und doch bin ich froh, dass Sie Ihre Vorbehalte damals in Philadelphia vergessen haben und Sie ihre Neugier an diesem Tag in das Webb's Union Hotel geführt hat. Die einen würden

es Schicksal nennen, ich könnte, wenn ich wollte, dem Jenseits und dem Einfluss der dort weilenden Geister die Schuld geben. Doch will ich es nicht.
Was ich will, ist Sie wiederzusehen. Wollen Sie das auch? Ihre Briefe verwirren mich zum Teil. Ob Ihnen das bewusst ist, wenn Sie die Zeilen zu Papier bringen?
Ich werde nächste Woche nach Washington reisen und zwei Wochen im Taliot Hotel verweilen. Es gibt so viele Menschen, die meine Dienste in Anspruch nehmen wollen und ich will ihnen den Gefallen tun. Sie sehen wieder einmal den Beweis, dass nicht jeder Ihre Ansicht meiner Gabe gegenüber teilt.
Vielleicht finden sie ebenfalls einen Grund, um zur selben Zeit in Washington zu sein. Ich weiß, dass Sie zurzeit viele Vorträge halten und Unterstützer für Ihre nächste Expedition in den hohen Norden suchen. Ich bin mir sicher, dass Washington enorm viele einflussreiche Männer mit vollen Geldbörsen hat, die nur darauf warten, einen Vorwand zu bekommen, dieses Geld auszugeben beziehungsweise, wie in Ihrem Falle, zu investieren.
Ich würde mich sehr darüber freuen, Sie in der Hauptstadt zu sehen. Wenn dies für Sie nicht möglich ist, bin ich leider gezwungen, mir mit anderen Menschen die Zeit zu vertreiben. Im Vergleich zu Ihnen werden sie mir sicher langweilig und uninteressant erscheinen, doch wissen Sie wie ich, dass ich nicht wie meine Schwestern bin, die sich selbst genug sind und nach Sonnenuntergang das Haus nicht mehr verlassen.
Ich hoffe auf ein baldiges Treffen und bin mir insgeheim sicher, dass Sie es auch tun.

Ihre ergebene Margaret Fox

Brief von Elisha Kent Kane an Maggie

03. Februar 1852

Liebe Maggie,

wie schön es ist, deine Zeilen zu erhalten. Wie sehr ich mich danach sehne, dich wiederzusehen. Wie sehr mich dein entzückender Anblick erfreut. Oh Circe, wie sehr er mich betört.
Ich wünschte, wir würden uns jeden Tag sehen und ich wünschte, ich wäre dir nie begegnet. Du, meine Circe, wirst entweder mein Weg ins Glück oder mein Untergang sein.
Halte mein Geschenk in Ehren, doch verrate niemandem, auch nicht deinen besten Freundinnen, von wem du es bekommen hast. Die Zeit ist noch nicht reif dafür, doch ich verspreche dir, der Tag wird kommen, an dem die Welt von unserer Liebe erfährt.
Du schreibst, dass ich es bin, der es dir nicht einfach macht, doch wie schwer ist es erst für mich. Die Vorstellung, dass du alleine in der Hauptstadt weilst, um dort deine Kunden in Empfang zu nehmen. Es ist ein schrecklicher Gedanke und bricht mir schier das Herz. Denke ich an daran, lieber Schatz, dass du deine Zeit, deine Jugend und dein reines Gewissen für ein paar dürftige Dollars verschwendest, wird mir richtig schwer ums Herz.
Ich bin mir sicher, dass deine ältere Schwester Leah die Hauptschuld an deinem sündigen Lebensstil trägt und dass man

dieser Person nicht vertrauen kann. So muss ich dir mitteilen, dass sie mich in New York ins Barnum's Hotel rufen lassen hat. Erst nachdem ich das Zimmer betreten habe, in dem sie bereits auf mich gewartet hatte, wurde mir bewusst, dass sich niemand sonst in dem Raum befand. Selbstverständlich habe ich das Zimmer sofort wieder verlassen und deiner Schwester unmissverständlich mitgeteilt, dass ich ihr Verhalten äußerst entwürdigend empfand.
Doch ich will keinen weiteren Gedanken an diese Frau verschwenden.
Ich hoffe sehr, dass mich meine Vorträge ebenfalls nach Washington führen, da sich dort, wie du in deinem Brief erwähnt hast, viele wohlhabende und einflussreiche Männer befinden, die meine Expedition Wirklichkeit werden lassen könnten.
Doch unterlasse es in Zukunft, über den schnöden Mammon zu sprechen. Themen wie diese ziemen sich nicht für das weibliche Geschlecht und die Tatsache, dass du dies nicht weißt, führt mir wieder vor Augen, woher du kommst und was du bist. Wie wichtig wäre es für dich, eine angemessene Erziehung zu genießen. Wie wichtig wäre es für uns. Du weißt, dass ein Mann wie ich niemals eine Geisterbeschwörerin an seiner Seite haben könnte.
Würdest du nur endlich mit dem aufhören, was du tust. Wärst du nicht die Person, die du bist. Wie einfach wäre unser beider Leben.

Ich vertraue auf deine Liebe, auf deine Treue und hoffe, dass mich das Schicksal alsbald zu dir nach Washington führt.

Elisha Kent Kane

Brief von Kate an Maggie

02. April 1852

Liebe Maggie,

warum antwortest du nicht auf meine Briefe? Warum höre ich kein Wort von dir? Hasst du mich so sehr, dass du mich hier alleine lässt?
Fühlst du denn nicht meine Trauer, meine Einsamkeit in dir, so wie ich stets deine Gefühle in mir vernommen habe? Ist das Band zwischen uns gerissen?
Ich will nicht länger hier sein, will nicht länger Tag für Tag Marys Kinder zum Leben erwecken. Ich will mich befreien. Muss mich befreien. Der Tote Riese hilft mir dabei. Er unterstützt mich, so wie du es früher getan hast. Er ist an meiner Seite, so wie du es früher warst. Ich bin froh um ihn, doch habe ich auch Angst, er könnte dich ein für alle Mal ersetzen. Ich versuche mir immer wieder Leahs Worte vor Augen zu führen. Erinnerst du dich daran?
Es ist nur ein Spiel.
Maggie, in Wahrheit ist es ist schon lange kein Spiel mehr.

Bitte schreibe mir. Bitte besuche mich. Bitte rette mich.
Ich warte darauf.

Sehnsüchtig,
deine Kate

Brief von Maggie an Elisha Kent Kane

06. Juni 1852

Liebster Elisha,

viel zu kurz war unser Treffen. Viel zu heimlich. Doch kann ich seitdem an nichts anderes mehr denken. Meine Liebe zu dir vereinnahmt mich. Bin ich still, vernehme ich deine süßen Worte. Wenn ich will, spüre ich deinen Atem in meinem Nacken.
Doch warum kannst du mich nicht ebenfalls so lieben, wie ich bin? Wie schwer fällt mir der Gedanke, alles was ich habe, alles was mich ausmacht, ein für alle Mal aufzugeben.
Manchmal habe ich das Gefühl, du spielst mit mir. Wie einen Fisch hast du mich an deiner Angel, ziehst mich zu dir, lässt wieder locker, nur um mich dann wieder zu dir zu holen. Bis du mich dann wieder wie ein Kind behandelst, das ich schon lange nicht mehr bin.
Elisha, denkst du, es gibt eine Zukunft für uns?
Würdest du mich denn wirklich mehr lieben, wenn ich eine andere wäre? Eine echte Dame, wie du so oft sagst. Würdest du mich dann deiner Familie vorstellen, müssten wir uns nicht länger verstecken, würdest du dein Versprechen tatsächlich halten und mich zu deiner Frau nehmen?
Wie sehr sehne ich mich genau danach. Mein Leben lang an deiner Seite zu sein. Deine Frau zu werden. Mrs Margaret

Kent Kane. Schon hunderte Male habe ich diese Worte auf Papier geschrieben, nur um sie dann ins Feuer zu werfen.
Wie sehr ärgere ich mich über meine ältere Schwester, die dir in New York aufgelauert hat, um dich zu verführen. Von allen wird sie für ihre Intelligenz, ihre feine Art sich auszudrücken und ihren mütterlichen Charakter mir und Kate gegenüber gefeiert. Es scheint, dass nur du die Unzulänglichkeiten in ihrem Wesen siehst, die auch ich erkenne. Sie hat mich zu dem gemacht hat, was ich heute bin. Wäre sie nicht gewesen, ich hätte ohne Weiteres die Person werden können, die du in mir sehen willst.
Doch warum bin ich allen anderen genug und nur dir nicht? Weißt du eigentlich, wie viele Freunde ich besitze, die mich um meine Fähigkeiten beneiden? Weißt du, wie viele Verehrer ich habe? Wie viele Männer es gibt, die sich danach sehnen, dass ich ihre Zuneigung erwidern würde? Die sich nichts sehnlicher wünschen, als die berühmte Margaret Fox ihr Eigen zu nennen?
Sie alle bewundern mich. Nur du verhältst dich anders, schämst dich für mich, willst, dass ich eine andere bin. Doch nur für dich könnte ich mir tatsächlich vorstellen, eine andere zu werden.
Bitte beende dein Spiel. Gib mir die Sicherheit, die ich benötige und lass deinen Worten Taten folgen.

Ich warte auf dich. Immer und sehnsüchtig.
Deine Margaret

Brief von Elisha Kent Kane an Maggie

28. Juni 1852

Herzallerliebste Maggie,

ich habe deine Briefe erhalten und danke dir dafür. Wie kannst du jedoch nur denken, dass ich lediglich mit dir spiele? Es ist schon lange kein Spiel mehr, das ist dir doch hoffentlich bewusst. Ich weiß, für dich bin ich nur ein, wie du es nennst, „süßer, gerissener Heuchler"; eine Art kultivierter Gauner, nie wirklich aufrichtig und lediglich darauf aus, sich mit einem hübschen Mädchen zu amüsieren. Doch schätzt du mich vollkommen falsch ein, so, wie ich hoffentlich auch dich falsch einschätze.

Wie ist es nur möglich, dass ich derartige Gefühle für jemanden wie dich empfinde? Maggie, du hast so viele positive Eigenschaften, die dich zu etwas Besserem machen würden, als das, was du bist. Du bist raffiniert und liebenswert und wärst, hättest du eine andere Erziehung genossen, wahrhaft unschuldig geblieben.

Und doch verdienst du meine Aufmerksamkeit eigentlich nicht. Niemals könntest du dich zu meinen Gedanken und meiner intellektuellen Größe erheben, wie auch ich mich niemals zu deinen herablassen könnte.

Denke ich an dich, lieber Schatz, daran, dass du deine Zeit, deine Jugend und dein Gewissen für ein paar dürftige Dollars

verschwendest, wird mir richtig schwer ums Herz. Das, was du tust, ist unter deiner Würde und niemals könnte ich mir verzeihen, wenn ich nicht alles unternehmen würde, dich von dieser Last zu befreien.
Ich bitte dich, süße Maggie, halte dich fern von deinen Verehrern und von Männern, die nichts Gutes im Schilde führen. Ich will nicht, dass du auch nur eine Sekunde in deren Gesellschaft verbringst. Du gehörst zu mir. Das ist gewiss. Ich bin mir sicher, dass unsere Zeit bald kommen wird, sofern du gewillt bist, dein Leben zu ändern und dem Teufel abzuschwören.
Wenn du mich liebst, musst du es tun, Maggie. Doch wenn du mich nicht liebst, werde auch ich bald aufhören, dich zu lieben.

Ich werde, wie bei unserem letzten Treffen besprochen, meinen Freund Cornelius Grinnell zu dir schicken, damit wir unsere Pläne für dich in die Tat umsetzen können. Er wird sich gemeinsam mit seiner Tante in meiner Abwesenheit um alles kümmern.
Und dann, sobald du eine wahrhaftige Dame geworden bist, steht unserer Vermählung nichts mehr im Wege.

Vertraue darauf, mein Kind. Vertraue auf mich.
In Liebe,
Elisha Kent Kane

II

Der Einfluss mächtiger Männer

New York, April 1853

Amy Post legte vorsichtig ihre Hand auf Leahs Oberarm und flüsterte mit zitternder Stimme, als diese nicht reagierte: „Kannst du sie denn hören?"

Sie meinte die Geister und natürlich konnte Leah sie auch dieses Mal nicht hören. Leah öffnete die Augen einen Spalt breit und blickte in die vor Spannung gebannten Gesichter der vier Frauen und sechs Männer, die rund um den Tisch saßen und sie anstarrten. Sie alle wollten Antworten, brauchten sie. Wollten wissen, wie ihre Zukunft aussehen würde, ob sie in Sicherheit waren, ob sie im Gefängnis landen würden. Alle Anwesenden, Amy und Isaac inbegriffen, waren Abolitionisten – Unterstützer der Sklavenabschaffung – und Teil der „Underground Railroad", einem Netzwerk von Gegnern der Sklaverei, das desertierten Sklaven half, in den Norden zu reisen. Alle Anwesenden gingen immer wieder aufs Neue das Risiko ein, geflohene Sklaven eine Zeit lang in ihren Häusern beziehungsweise in ihren Vorratskellern Unterschlupf zu gewähren, um sie dann bei Nacht und Nebel einige Meilen weiter in Richtung Norden, zur nächsten Station der Underground Railroad, zu bringen.

Leah kannte das Geheimnis der Posts schon länger. Schon vor einigen Jahren hatte sich Amy ihr anvertraut, wohl wissend, dass Leah verstand, dass Frauenrechte und Gleichberechtigung aller Menschen Hand in Hand gingen. Während der *Nationalen Zusammenkunft zu Frauenrechten* in Worcester hatte sich Leah klar positioniert und dadurch eine völlig neue Anhängerschaft erhalten. Als Leah dann begann, selbst Séancen zu halten, kamen wie selbstverständlich Freunde und Bekannte von Amy und Isaac, die ebenfalls Mitglieder der Underground Railroad waren, auf Leah zu und vertrauten sich ihr an. Besonders seitdem das *Fugitive Slave Law* – das Gesetz über flüchtige Sklaven – erlassen worden war, das es erlaubte, entflohene Sklaven zu suchen, festzunehmen und zurückzubringen, fürchteten viele Abolitionisten um ihre Sicherheit. Dieses Gesetz machte die Unterbringung von Flüchtlingen zu einer ernsten Straftat, die mit mindestens sechs Monaten Gefängnis geahndet wurde. Seit nun schon zwei Jahren widersetzten sich die Anwesenden im Raum diesem Gesetz, nahmen nach wie vor das enorme Risiko auf sich und gewährten Sklaven Unterschlupf. Sie alle waren Abolitionisten und Unterstützer des Frauenrechts, sie alle glaubten mit jeder Faser ihres Seins an Leah und ihre Fähigkeiten, alle waren ausschließlich wegen ihr nach New York gereist und sie alle wollten nun von Leah wissen, was ihre Zukunft bringen würde, wie sie sich weiterhin verhalten, wie sie handeln sollten und ob sie sich in Sicherheit wägen konnten. Leah wollte ihnen geben, was sie benötigten, schloss die Augen und konzentrierte sich. Vielleicht würde sie es dieses Mal schaffen, den Toten Riesen zum Sprechen zu bringen. Sie spannte sämtliche Muskeln in ihrem Körper an, spürte, wie ihr Puls schneller wurde, hörte einen Moment lang das Rauschen ihres eigenen Blutes in ihren Ohren, bemühte sich, gab alles. Doch nichts passierte. Sie musste auch dieses Mal einsehen, dass sie die Fähigkeit, den Toten Riesen zum Sprechen zu bringen, nicht besaß. Warum sollte es auch ausgerechnet an diesem Tag, vor versammeltem Publikum funktionieren, wenn sie es nicht einmal zu Hause, in einem sicheren Umfeld, schaffte? Wieder einmal beneidete sie einen Moment lang ihre zwei Schwestern um deren Begabungen. Dieses Gefühl hielt jedoch nicht lange an, da sie, wenn sie ehrlich mit sich war, weder mit Maggie noch mit Kate tauschen wollte.

Maggies Verhalten war vollkommen widersprüchlich. Einerseits war ihr der Erfolg zu Kopf gestiegen, sie genoss ihre Zeit im Mittelpunkt, ging alleine auf kleinere Tourneen, bei denen sie zu viel trank und ungezügelt feierte und musste andererseits regelmäßig von Leah motiviert, manchmal gar überredet werden, eine Séance zu halten, da sie sich ohne Vorwarnung dagegen sträubte. Maggie, die sich nichts sehnlicher wünschte, als anerkannt, geschätzt und in angesehene Kreise aufgenommen zu werden und die sich andererseits immer wieder derart danebenbenahm, dass sie sich genau diesen Wunsch verbaute. Als wäre das nicht genug, wurde Maggie zusätzlich beinahe täglich vor Augen geführt, wie viel besser ihre jüngere Schwester ihr Handwerk beherrschte und wie viel gefragter diese war, was wiederum Einfluss auf ihre Stimmung hatte.

Dann war da die mystische Kate, der die Zeit in New York mit den einflussreichen Greeleys ganz und gar nicht gut getan hatte, die mit jedem Tag seltsamer und seltsamer wurde und sich langsam, aber sicher in ihrer eigenen Welt – oder war es die Welt des Toten Riesen – verlor. Seit ihrer Rückkehr aus dem Haus der Greeleys hatte sie sich verändert. Es schien, als hätte sie das Kindliche in sich wie ein Kleidungsstück abgelegt.

Trotz der tagtäglich größer werdenden Konkurrenz an Frauen, die ebenfalls entdeckt hatten, dass auch sie fähig waren, mit den Geistern zu sprechen, war Kate nach wie vor die Galionsfigur des Spiritismus, eine Koryphäe, der niemand das Wasser reichen konnte. Ihre Aufführungen waren an Originalität und Mystik nicht zu überbieten. Dabei war Kate erst sechzehn, doch wirkte sie inzwischen wie eine erwachsene Frau. Unnahbar und ernst. Kate Fox war für alle – auch für Leah und mittlerweile sogar für Maggie – zu einem Mysterium geworden, einer rätselhaften Kreatur, die tatsächlich die Fähigkeit zu besitzen schien, die Gedanken der anderen wie ein offenes Buch zu lesen und die inzwischen eine stetig wachsende Anhängerschaft hatte, die weit über die Landesgrenze hinwegreichte. Es verging kein Tag, an dem nicht Dutzende Menschen vor der Eingangstür warteten, um …

„Was sagen sie denn?“, unterbrach Isaac Leahs Gedanken vorsichtig. In seiner Stimme hörte sie Respekt, aber auch Furcht.

„Wird sich bald etwas verändern?“, fügte Frederick Douglass hinzu, der inzwischen regelmäßig nach New York kam und sich dann beinahe jedes Mal mit Leah traf.

Leah wusste, dass Maggie ihm nach der Seneca Falls Convention Briefe geschickt hatte, viele Briefe, die er anfangs gewissenhaft, später nur noch gelegentlich beantwortet und schließlich ignoriert hatte. Er hatte es Leah erzählt, hatte ihr sogar immer wieder einige Zeilen aus Maggies Briefen vorgelesen – sie waren schwärmerisch und zum Teil beinahe anstößig gewesen – und Leah um Rat gefragt, wie er ihrer Schwester verständlich machen konnte, dass er kein Interesse an ihr hatte.

Als Maggie erfahren hatte, dass Leah und Frederick regelmäßigen Kontakt hatten, dass sie gemeinsam Spaziergänge unternahmen und Gespräche unter vier Augen führten, war sie unglaublich eifersüchtig geworden und hatte Leah vorgeworfen, dass sie ihr alles nehmen wollte, was ihr wichtig war. Leah widersprach, doch als Maggie dann irgendwann das Interesse an Frederick verlor, musste sie sich eingestehen, dass auch sie nicht mehr viel für ihn empfand. Hatte sie vielleicht wirklich unbewusst mit Douglass geliebäugelt, nur um Maggie eifersüchtig zu machen? Sie verwarf diesen Gedanken und versuchte ein letztes Mal, den Toten Riesen zum Sprechen zu bringen. Als es ihr wieder nicht gelang, beschloss sie, wie sonst auch auf andere Hilfsmittel zurückzugreifen.

„Ich spüre ihre Anwesenheit", sagte sie leise, schloss ihre Augen, legte ihren Kopf in den Nacken und pustete lautlos in Richtung der Decke. Sie musste ihre Augen nicht öffnen, um zu wissen, dass alles nach Plan verlief. Das erstaunte Nach-Luft-Schnappen der Gäste verriet, dass sich die versteckte Vorrichtung gelöst hatte und die leuchtenden Phosphorkörnchen nun wie Sterne durch den dunklen Raum schwebten. Leah legte ihre Handflächen vorsichtig auf die Tischplatte, schob sie etwas nach vorne, spürte, wie die Metallschienen, die unter ihren wallenden Ärmeln versteckt waren, in der Vorrichtung des Tisches einrasteten, und ließ durch eine geübte Bewegung das eigens gezimmerte Möbelstück einige Zentimeter hoch schweben. Vielleicht konnte sie den Toten Riesen nicht zum Sprechen bringen, doch diese Tricks beherrschte sie inzwischen mindestens gleich gut wie Kate. Dann tauchte Leah in den tiefen Trancezustand ein, auf den ihre Gäste bereits gewartet hatten, ihr Atem wurde flach, ihr Körper steif wie ein Brett. In diesem Zustand beantwortete sie schließlich sämtliche Fragen der Anwesenden. Die Tatsache, dass ihre Aussagen ähnlich vage waren wie einst die der griechischen Orakel, schien niemandem etwas auszumachen. Wie jedes Mal waren die Anwesenden am Ende der Séance trotz der Abwesenheit des Toten Riesen und seiner Klopfzeichen mehr als zufrieden und interpretierten, so wie Leah es erwartet hatte, ihre eigenen Antworten in die mehrdeutigen Worte.

Nachdem Leah aus ihrer Trance zurückgekehrt war und noch eine Zeit lang gemeinsam mit den Gästen das Geschehen Revue passieren lassen hatte, verließ sie das kleine Zimmer und ging durch die Lobby des Barnum's Hotel, in dem sie und ihre Schwestern vor drei Jahren mehrere Wochen lang gewohnt hatten und dessen kleinsten Sitzungssaal Leah nun regelmäßig für ihre Séancen reservierte. Sie hätte sich gefreut, anschließend gemeinsam mit Amy und Isaac zu frühstücken, doch sie spürte, dass sich die beiden inzwischen in ihrer Anwesenheit nicht mehr so wohl fühlten, wie es früher der Fall gewesen war. Amy und Isaac waren fasziniert von Leahs Künsten, doch sie waren nicht mehr in der Lage, in ihr die junge Frau zu sehen, die sie vor vielen Jahren unter ihre Fittiche genommen hatten. Maggie, Kate und nun eben auch Leah hatten sich in etwas Größeres verwandelt. Sie waren bedeutende Medien, deren Fähigkeiten sie einerseits bewunderten, die ihnen andererseits aber auch immer wieder Respekt und nicht selten auch Angst bereiteten. Leahs Aufstieg zu einer anerkannten Geisterbeschwörerin hatte viele Menschen abgeschreckt. Ganz besonders Männer. Sogar Eliab Capron, der so lange um Leahs Gunst gebuhlt hatte, war seltsam eingeschüchtert und kleinlaut geworden. Irgendwann hatte ihn der Mut verlassen, einer starken und selbstständigen Frau und einer bekennenden Frauenrechtlerin weiterhin den Hof zu machen, und er hatte sich immer mehr zurückgezogen. Leah hatte die Einsamkeit, die ihre Berufung mit sich brachte, inzwischen akzeptiert. Sie war der Preis für ein selbstbestimmtes Leben.

Sie verließ das Hotel und spazierte entlang des Broadways in Richtung ihrer Wohnung in der Twenty-Sixth Street. Noch immer, nach all dieser Zeit und obwohl sie nun schon seit mehr als einem Jahr in New York lebte, hatte sie sich nicht wirklich an diese riesige Stadt gewöhnt. Wie so oft blieb sie einen Moment lang stehen und ergab sich dieser ungestümen und unruhigen Kulisse:

Rumpelnde Kutschen, Chöre aus Stimmen in verschiedensten Akzenten und Sprachen, klingelnde Feuerglocken; mit verschiedenen Slogans bemalte Hauswände und Backsteinmauern, Banner, die an Laternenpfählen und unter Fenstern hingen und Geschäfte, Politiker, oder politische Agenden propagierten; Gerüche von Müll und anderer, nicht definierbarer Gestank, ein Hauch von Meeresbrise durchsetzt vom eleganten Parfümduft edler Damen, die in dicken Pelzmänteln gekleidet und ihre Hände in Nerzmuffs vergraben an der Seite ihrer Männer an Leah vorbeihasteten. Die gesamte Stadt schien, als wäre sie in Eile und als würden sich alle stets für ein besonderes Ereignis bereit machen. Einst hatte Leah Rochester als eine aufblühende Stadt wahrgenommen, eine Metropole, die an Hektik kaum zu überbieten war. Doch im Vergleich zu New York schien Rochester beinahe wie ein Kurort, ein entlegenes Dorf, in dem man das Gefühl hatte, dass jeder jeden kannte.

Sie wandte sich gezielt vom Treiben, das sie umgab, ab und spazierte weiter. Leah nutzte die Zeit, um über ihre gerade gegebene Vorstellung nachzudenken und ihre eigenen Stärken und Schwächen zu analysieren. Wieder einmal gelang es ihr nicht, da sich wie so oft ihre Gedanken sofort ihren Schwestern zukehrten.

Mit jedem Schritt kam sie ihrer Wohnung etwas näher, die sich in einem Brownstone befand und die sie, seit sie nach New York gezogen war, mit Maggie und Kate teilte. Wochenlang schon herrschte dort eine äußerst angespannte Stimmung. Besonders Maggie war mit der Wohnsituation unglücklich, doch Leah befürchtete, dass sie, sobald ihre Schwestern ausgezogen wären, keinerlei Einfluss mehr auf die beiden haben würde. *Noch* brauchte sie Maggie und Kate. Ihr eigener Bekanntheitsgrad ruhte auf jenem ihrer Schwestern, den Gründerinnen des Spiritismus. Nur wenn sie gemeinsam unter einem Dach wohnten, hatte sie das Gefühl, die beiden führen, lenken, vor sich selbst schützen und von zu großen Ausschweifungen fernhalten zu können. Leah hatte ihr Ziel erreicht und kein Interesse daran, es wieder zu verlieren. Sie hatte eine Stimme bekommen, wurde geachtet und ernst genommen. Sie hatte eine Möglichkeit, ihren Fußabdruck zu hinterlassen. Natürlich wusste sie ganz genau, dass sie dies ohne die Hilfe ihrer zwei Schwestern nie geschafft hätte. Doch leider konnten die beiden alles, was sie sich aufgebaut hatte, wieder zu Fall bringen. Eine unberechenbare Variable, die ihr ganz und gar nicht passte. Genau aus diesem Grund wollte und musste sie die beiden im Blick behalten.

Leahs Leben, das noch vor gar nicht langer Zeit so sicher, beständig und scheinbar unangreifbar gewirkt hatte, beinhaltete inzwischen verschiedenste Baustellen – und die größten kamen direkt aus ihrer Familie.

Maggie trank und feierte zu viel, machte sich nicht selten lächerlich und sehnte sich seit einiger Zeit nach einem starken Mann, am besten aus New Yorks Elite, der sich um sie kümmern und sie wie eine Prinzessin behandeln würde. Doch Maggies Art, regelmäßig über die Stränge zu schlagen, stand im direkten Widerspruch zu diesem Wunsch. So war es zum Beispiel alles andere als ideal, dass ihre Séancen inzwischen den Ruf hatten, erotisch angehaucht, manchmal gar anrüchig zu sein. Es war öffentlich bekannt, dass sich Maggie regelmäßig mit unverheirateten Männern ohne Aufpasserin in komplett abgedunkelten Räumen befand, um dort Kontakt mit den Geistern aufzunehmen und Fragen zu beantworten, was bei vielen eine gewissermaßen gerechtfertigte Empörung hervorrief. Zusätzlich nahm sie oft und gerne an ausschweifenden Feiern teil und musste danach nicht selten betrunken in einer Kutsche nach Hause gebracht werden. Leah selbst hätte dieses Verhalten ihrer Schwester am liebsten gezielt ignoriert, doch bedauerlicherweise berichteten verschiedenste Zeitungen regelmäßig über Maggies Exzesse, was wiederum einen Schatten auf alle drei Fox-Schwestern warf. Hätte Maggie ihre eigene Wohnung, würde sie mit Sicherheit schon bald vom rechten Kurs abkommen und damit auch Leahs Ansehen beschädigen. Doch noch gefährlicher als der Tratsch und die Gerüchte, die sich um Maggie rankten, war die Gefahr, dass sie den Geistern irgendwann abschwören könnte. Und genau hier kam Elisha Kent Kane ins Spiel:

Elisha Kent Kane war ein berühmter Arktisforscher, Schriftsteller und Dozent, den Maggie bei einer ihrer Séancen in Philadelphia kennengelernt und in den sie sich offensichtlich verliebt hatte. Auch Kane zeigte ein beunruhigendes Interesse an ihr, hatte sich jedoch schon öfters öffentlich als Gegner der Geisterkommunikation ausgesprochen. Die beiden schrieben sich Briefe – Leah hatte sie heimlich gelesen – und besonders die von Kane beinhalteten oft eine heikle Mischung aus Schwärmerei und sexuellem Verlangen:

Ist es ein Wunder, dass ich mich danach sehne, auf deinen lieben, kleinen, betrügerischen Mund zu schauen – nur um ihn anzusehen und mir vorzustellen, wie dein Haar über meine Wangen fällt.

Leah stießen derartige Worte ab, doch noch mehr ärgerte es sie, dass Kane in seinen Briefen immer wieder plötzlich belehrend oder gar beleidigend wurde, dass er Maggie mit einer Prostituierten verglich, die ihre „Künste“

verkaufte, und dass er stets betonte, dass er nichts, aber auch gar nichts von dem hielt, was sie Tag für Tag in verschlossenen und abgedunkelten Räumen machte. Unverhohlen und beharrlich forderte er Maggie dazu auf, dem Spiritismus abzuschwören, da er der Meinung war, dass dieser „Beruf" unwürdig für sie sei.

Beinahe hätte Leah vor lauter Wut diese Briefe zerrissen, besann sich dann aber eines Besseren. Sie konnte es nicht ausstehen, wenn Männer derart arrogant, herablassend und besserwisserisch handelten und die Meinung vertraten, stets zu wissen, was für eine Frau das Beste war. Dennoch musste sie vorsichtig sein, ihre Wut und Verachtung gegenüber Elisha Kent Kane in Maggies Anwesenheit nicht zu offen zu äußern. Wäre es irgendein Verehrer gewesen, hätte Leah nicht zwei Mal darüber nachgedacht, doch Elisha Kent Kane war ein nationaler Held, der sich vorgenommen hatte, die Welt zu kartografieren und sie ihrer Magie zu berauben. Er war durch seine Suchaktion im Jahre 1850 nach dem in der Arktis verschollenen Schiff *Terror* zu außergewöhnlichem Ruhm gelangt. Und das, obwohl diese Expedition letztendlich ergebnislos gewesen war. Zwar hatte Kane während dieser Reise das letzte Wintercamp des verschollenen Kapitäns Sir John Franklin gefunden, doch wusste nach wie vor niemand, wo sich Franklin selbst und die Mannschaft der vermutlich gesunkenen *Terror* befanden. Nun plante Elisha Kent Kane, ein weiteres Mal in den hohen Norden zu fahren, um dieses Rätsel, das seit Jahren die westliche Welt in Atem hielt, ein für alle Mal zu lüften. Aufgrund des anstehenden Abenteuers war er in aller Munde und die Zeitungen berichteten über jede

Vorlesung, die er hielt, jeden Staatsmann, den er traf und natürlich auch über jedes Detail seines Privatlebens. Die Menschen wollten wissen, wo Kane zu Abend aß, welche Kleidung er trug und natürlich auch, mit welcher Frau sich der gutaussehende Junggeselle traf. Und irgendwann war Leah über Maggies Namen gestolpert. Die beiden waren – natürlich in Anwesenheit von Kanes Tante – Hand in Hand durch den Park spazieren gesehen worden. Binnen kürzester Zeit verbreiteten die Zeitungen Gerüchte über das vermeintliche Paar, die Menschen zerrissen sich die Mäuler und man verurteilte die mutmaßliche Beziehung dieser zwei Menschen, die sich offensichtlich in zwei unterschiedlichen Klassen bewegten. Leah war sich sicher, dass Kane nicht nur in der Arktis nach Aufregung und Gefahr suchte und dass seine Schwärmerei für Maggie in Wahrheit nichts anderes als ein Abenteuer war, dem er sich nun stellen wollte.

Um diesen Mann besser einschätzen zu können und ihm klarzumachen, dass es nicht klug war, mit Maggie dieses Spiel zu treiben, hatte sie Kane vor einiger Zeit in das Barnum's Hotel geladen. Kane wiederum hatte Leah, nachdem er das Hotelzimmer betreten hatte, an den Kopf geworfen, dass es sich für eine unverheiratete Frau nicht zieme, sich alleine mit einem ledigen Mann in einem Raum aufzuhalten. Noch bevor sie die Möglichkeit gehabt hatte, ihm den Grund für das Treffen zu erklären, hatte er ihr bereits den Rücken zugedreht und das Zimmer verlassen. Dieses wichtigtuerische Verhalten hatte Leah letztendlich genau das Bild bestätigt, das sie sich bereits zuvor von Elisha Kent Kane gemacht hatte: Ein belehrender, konservativer Mann, der sich und sein Tun als das Maß aller Dinge empfand und stets der Meinung war, dass einerseits alle seinem hohen moralischen Standard zu entsprechen hatten und andererseits diesen nie erreichen würden.

Leah hatte das Gefühl, dass sein Verhältnis zu Maggie zurzeit nicht mehr als ein Spiel war. Doch was, wenn Kane es tatsächlich schaffen konnte und Maggie davon überzeugte, dem Spiritismus abzuschwören? Damit würde er gleichzeitig auch eines von Leahs Standbeinen entfernen, was wiederum ihre gesamte Existenz bedrohen könnte.

Sie musste diese Bedrohung im Auge behalten und das konnte ihr nur gelingen, solange sie mit Maggie unter einem Dach wohnte.

Und doch war dies nur eines ihrer Probleme. Das zweite war Kate, ihr befremdliches Verhalten, ihre Zurückgezogenheit und ihr immer stärker werdender Alkoholkonsum. Lange hatte sich Leah eingeredet, dass sie nur den Erwachsenen nacheifern wollte, dass es nicht schlimm, nein, geradezu putzig war, wenn ein Mädchen hie und da nach einem Weinglas griff, um mit den Gästen anzustoßen. Doch inzwischen trank Kate auch, wenn sie alleine war. Leah hatte dies bisher noch nie ernsthaft thematisiert, was daran lag, dass sie sich nach wie vor zu einem gewissen Teil selbst die Schuld an Kates Verhalten gab. Ganz besonders, da sich dieses erst nach der Zeit im Hause der Greeleys und speziell nach dem Tod ihrer Mutter manifestiert hatte.

Der Tod der Mutter. Alles war plötzlich und dennoch nicht unerwartet geschehen. Schon einige Tage zuvor hatte sie über Schmerzen in der Brust, Atembeschwerden und

Schwächeanfälle geklagt und im Beisein von Leah und Maggie immer wieder betont, dass sie das Gefühl habe, diese Welt bald zu verlassen. Immer wieder hatte sie ihre Töchter angefleht, die Geister über ihr Schicksal zu befragen und sie darum zu bitten, dass sie sich im Jenseits für sie stark machten. Doch dieses Mal schwieg der Tote Riese. Es gab nichts, was er hätte antworten können. Als sich ihr Zustand verschlechterte, bat sie inständig darum, mit Kate zu sprechen und ihre Fähigkeiten in Anspruch zu nehmen.

„Sie weiß, was zu tun ist. Sie ist gesegnet. Kate kann mir noch etwas Zeit schenken."

Dass sie Kates Talent derart in den Himmel lobte, gab Maggie einen weiteren Stich und verletzte ihren bereits angeknacksten Stolz. Doch der Mutter zuliebe machte sie sich dafür stark, ihre Schwester nach Rochester zu holen.

„Wir müssen Kate Bescheid geben", hatte Maggie gesagt. „Sie muss hier sein. Bei uns. Bei ihr."

Leah hatte nach New York telegrafiert und Horace Greeley die Situation geschildert. Dieser hatte jedoch bereits am darauffolgenden Tag geantwortet, dass Marys Stimmung so düster sei wie schon lange nicht mehr und dass sie in dieser für sie dermaßen schweren Zeit Kates Anwesenheit und die damit verbundene Gegenwart ihrer verstorbenen Kinder dringend benötigte. Er würde, so Horace Greeley, sehr wohl die Ernsthaftigkeit von Leahs Situation verstehen, doch sie müsse begreifen, dass Marys Lebenswille direkt mit Kates Anwesenheit korreliere und sie in dieser Zeit unverzichtbar sei. Am Ende des Telegramms betonte Horace Greeley, dass er ihr sein Leben lang äußerst dankbar für ihr Verständnis sein werde, äußerst, und dass er sich dafür, so könne sie sich sicher sein, sowohl bei Kate als auch bei ihr, Leah, außerordentlich erkenntlich zeigen würde.

Und so war Margaret Fox schließlich in Abwesenheit ihrer jüngsten Tochter verstorben und auf dem Friedhof in Rochester zu Grabe getragen worden. Kurz vor ihrem Tod hatten Leah und Amy Margaret gefragt, wo sie beerdigt werden wolle, ob sie den Wunsch verspüre, wieder nach Hydesville und somit zu ihrem Mann zurückzukehren, doch Margaret hatte hustend abgewinkt. Das Jenseits, so habe sie von ihren Töchtern gelernt, sei nicht an einen Ort gebunden. Sobald man die Welt der Lebenden hinter sich gelassen hatte, gäbe es kein Hier oder Dort, kein Rochester oder Hydesville mehr. Und wenn John selbst eines Tages starb, würde sie ihn ohnehin wieder treffen.

„Nicht wahr?“, fragte sie Maggie, in ihrer Stimme schwangen Angst und hoffnungsvolle Erwartung.

„Ja, Mama“, hatte Maggie geantwortet. „Genauso wird es sein.“

Leah hatte, als Kate vier Monate später wieder aus New York zurückgekehrt war, vorgehabt, ihr zu erzählen, dass die Mutter sanft entschlafen war, obwohl dies ganz und gar nicht der Wahrheit entsprach. Als Kate jedoch im Zimmer stand, in dem die Mutter ihre letzten Tage hustend, leidend und jammernd verbracht hatte, kam Leah erst gar nicht dazu, ihre Schwester anzulügen.

„Ich hätte ihre Schmerzen lindern können“, sagte Kate, ohne ihren Blick vom Bett zu wenden, in dem die Mutter gestorben war.

„Sag nicht so etwas“, hatte Leah geantwortet.

„Der Tote Riese hat Macht", flüsterte sie gerade so laut, dass Leah es hören konnte, „das weiß ich inzwischen. Und er hätte sie mir geliehen."

Leah öffnete den Mund und schloss ihn wieder, ohne ein weiteres Wort zu sagen. Noch nie in ihrem Leben war ihr Kate derart fremd erschienen.

Seit Kates Rückkehr stellte Leah sich regelmäßig die Frage, ob es eine gute Entscheidung gewesen war, die damals gerade mal Dreizehnjährige an Horace und Mary Greeley zu „vermieten". Die Frau hatte harmlos gewirkt. Melancholisch, ja. Gebrochen, auch. Doch Leah war nicht davon ausgegangen, dass sich die Zeit in ihrer Villa derart negativ auf Kate auswirken könnte. Und zusätzlich hatte sich Leah erhofft, dass Kate durch die Zeit im Hause eines der einflussreichsten Männer der USA das Ansehen aller Fox-Schwestern verbessern könnte, dass sich wieder neue Türen öffnen und sich ihre Stellung weiter festigen würde.

So war es auch gewesen. In einem gewissen Maße zumindest. Horace Greeley zeigte seine Dankbarkeit, indem er regelmäßig in der *Tribune* über die außergewöhnlichen Darbietungen und bemerkenswerten Fähigkeiten der Fox-Schwestern berichten ließ. Und durch die Aufmerksamkeit der *Tribune* ließen es sich die anderen Zeitungen natürlich nicht nehmen, ebenfalls über die Schwestern zu schreiben. Bald blieb es jedoch nicht bei Beschreibungen der Séancen. Nach und nach wurden die Fox-Schwestern zu Berühmtheiten, ihr Leben wurde zum Allgemeingut und jeder und jede fühlte sich plötzlich befugt, über sämtliche Schritte eine Meinung zu haben und diese auch zu äußern.

Umso froher war sie um die *Tribune*, die beinahe immer sachlich und wohlwollend über die Fox-Schwestern berichtete und den Fokus auf die Séancen richtete. Und was Leah der *Tribune* beziehungsweise Horace Greeley ebenfalls anrechnen musste, war, dass er es sich zur Aufgabe gemacht hatte, die unzähligen Nachahmerinnen und offensichtlichen Schwindlerinnen aufzudecken, damit diese nicht in denselben Topf geschmissen wurden wie die Gründerinnen dieser neuen Bewegung, die vor einem Jahr den Namen „Spiritismus" erhalten hatte. Dieser Begriff ging ebenfalls auf Horace Greeley zurück. Er hatte ihn jedoch, wie er es bezeichnete, der Öffentlichkeit „geschenkt" und nie für sich beansprucht.

Nachahmerinnen. Es gab inzwischen so viele von ihnen. Elizabeth Cady Stanton hatte es bereits während der Seneca Falls Convention prophezeit: „Wenn ihr erfolgreich seid, wird es viele geben, die ebenfalls durch die Tür treten wollen, die ihr geöffnet habt." Das waren ihre Worte gewesen und sie hatte recht behalten. Die *Tribune* selbst hatte vor Kurzem geschrieben, dass inzwischen mehrere Millionen US-Amerikaner von der Echtheit der Geisterbeschwörungen überzeugt waren. Mehrere Millionen! Leah wurde bei diesem Gedanken schwindlig. Einerseits vor Freude und Stolz, andererseits deswegen, dass dieser Trend unbestreitbar und unmittelbar mit dem Wirken der Fox-Schwestern zusammenhing. Mehrere Millionen Menschen in den USA glaubten an den Spiritismus und wollten natürlich auch eine Möglichkeit bekommen, ihren Glauben auszuleben. Und drei Schwestern alleine waren da natürlich nicht genug.

Leah spazierte nach wie vor den Broadway entlang und kam nicht umhin, die verschiedensten bunt bemalten Schilder zu betrachten, die die magischen Künste von Wahrsagerinnen, Handleserinnen, Geisterbeschwörerinnen und Medien bewarben. Waren noch vor wenigen Jahren der Mesmerismus, die Phrenologie und Hypnose – Bereiche, die allesamt sehr dem ähnelten, was sie und ihre Schwestern praktizierten – ausschließlich den Männern vorbehalten gewesen, so hatten sich die Frauen nun plötzlich eine Disziplin gesichert, die beinahe ausschließlich ihnen gehörte. Leah und ihren Schwestern war es binnen weniger Jahre gelungen, eine völlig neue Tür zu öffnen, die es zuvor nicht gegeben hatte. Urplötzlich war es für Frauen – und damit waren auch alleinstehende Frauen gemeint – möglich, selbstständig und ohne Einschränkungen durch Männer einen Beruf auszuüben und damit Geld zu verdienen. Stets waren Frauen in den wenigen Berufen, die sie überhaupt ausüben durften – Magd, Köchin, Haushälterin, Schneiderin –, in einem Abhängigkeitsverhältnis und beinahe immer von einem Mann dominiert. Niemals war es so, dass eine Frau dasselbe Gehalt bekam, das ein Mann für den gleichen Beruf erhielt. Die Welt schien sich einig, dass Köchinnen weniger wert waren als Köche, Schneiderinnen weniger als Schneider. Mägde und Hausmädchen befanden sich schon seit Jahrhunderten in einer vollkommenen Unfreiheit und waren nicht selten den zum Teil extrem dominanten Hausherren schutzlos ausgeliefert. In allen Berufen wurden Frauen ausgenutzt, ausgebeutet, schlecht behandelt und standen auf der untersten Sprosse der Hierarchie. Bis jetzt! Maggie, Kate und Leah hatten einen neuen Beruf erfunden, der den

Frauen gehörte, den sie für sich beanspruchten, der Frauen aus diesem Abhängigkeitsverhältnis befreit hatte und ihnen eine finanzielle Selbstständigkeit ermöglichte, die zuvor nicht möglich gewesen war. Alle Kunden, auch die Männer, wollten etwas von *ihnen*. Und alle mussten für die Dienste des Mediums bezahlen.

Wie aus heiterem Himmel hatten nun plötzlich auch viele andere Frauen erkannt, dass auch sie diese magische Gabe besaßen. Das war zwar kurios, doch als weitaus verwunderlicher empfand es Leah, dass nur die Allerwenigsten dies als Indiz sahen, dass die Fähigkeiten dieser neuen Spiritistinnen nur eine Lüge sein könnten. Die Menschen wollten glauben und taten dies auch.

Maggie und Kate hatten die Vorarbeit geleistet. Nein, Maggie, Kate und Leah hatten die Vorarbeit geleistet. Ohne sie wären die zwei unter keinen Umständen so weit gekommen. Ohne Leahs Einsatz, ohne ihre Beziehungen hätten sie niemals mit den richtigen Leuten zur richtigen Zeit gesprochen, hätten nie die Möglichkeit erhalten, ihre Gabe mit der Welt zu teilen, Berühmtheit zu erlangen und damit ein kleines Vermögen zu machen. Letztendlich, wenn man es so betrachtete, war sie allein der Grund, warum Maggie und Kate jetzt dort waren, wo sie waren und warum plötzlich so viele Frauen eine vollkommen neue, nie dagewesene Chance hatten. Amy Post und auch vielen anderen Frauenrechtlerinnen waren die neuen Möglichkeiten für Frauen ebenfalls sehr wohl bewusst. Das war auch der Grund für die enorme Unterstützung, die sie von deren Seiten erhielt. Leah wurde zu Vorträgen zum Thema Geschlechtervormundschaft, Frauenwahlrecht und Frauenrechte eingeladen, sowohl als

Gast als auch als Vortragende, sie erhielt offene und auch anonyme Spenden und wurde gebeten, Artikel für Magazine, die sich mit Frauenrechten und der Sklavenabschaffung beschäftigten, zu schreiben. Außerdem verfasste sie Berichte und Essays für neue Zeitschriften, wie *The Banner of Light – Der Banner des Lichts* oder *The Spiritist Magazine*, die sich ausschließlich mit dem Übersinnlichen und Spiritismus befassten. Dazu kam, dass sie von zahlreichen hoch geschätzten Damen und Herren eingeladen wurde, um mit ihnen Séancen zu halten. Inzwischen war bekannt, dass Leahs Fähigkeiten anders als die ihrer Schwestern waren, unspektakulärer, jedoch auch gediegener und somit für bessere Kreise weitaus angemessener.

Gedankenversunken warf sie einen Blick auf die bunt bemalten Schilder der neuen Spiritistinnen. Sie würden es nicht schaffen, den Fox-Schwestern den Rang abzulaufen. Mit neuer Motivation und großen Schritten machte sie sich auf den Weg nach Hause. Es gab viel zu tun.

Hass und Furcht

„Manchmal glaube ich, ich hasse Leah", sagte Maggie zu Kate, die wieder einmal auf dem aus Nussholz geschnitzten und reichlich verzierten Sofa lag und mit halb geschlossenen Augen an die Decke blickte. Wie viele Stunden und

Tage sie wohl schon auf diesem Möbelstück verbracht hatte. Es war das Geschenk einer ihrer Verehrer gewesen. Sie war erst sechzehn, doch das schien die Männer nicht zu kümmern. Trotz ihrer stets äußerst kühlen, reservierten und oft abweisenden Art waren viele Männer fasziniert, geradezu verzaubert von ihr, machten ihr den Hof, ließen ihr teure Geschenke zukommen und wurden immer wieder aufs Neue von ihr verschmäht. Natürlich gab es auch genug Verehrer, die an Maggie interessiert waren, doch sie war auch schon neunzehn und somit erwachsen. Als sie noch in Kates Alter gewesen war, hatte zwar der eine oder andere hie und da mit ihr geliebäugelt, doch richtiges Interesse an ihr hatte damals niemand gezeigt.

Bei Kate war das natürlich anders. Bei ihr war immer alles anders. *Sie* war anders. Es ärgerte Maggie, dass Kate ihr Handwerk inzwischen weit besser beherrschte und dass Kate einen Sonderstatus erhalten hatte. War es früher so gewesen, dass Maggie und Kate immer gemeinsam mit dem Toten Riesen gesprochen hatten, war dies seit Kates Rückkehr nur noch äußerst selten der Fall. Natürlich war es Leahs Idee gewesen. Sie war es gewesen, die sie getrennt hatte, gewaltsam auseinandergerissen. Kate war von nun den Gästen vorbehalten, die eine Show wollten, die die Anwesenheit der Geister am liebsten am eigenen Leibe spüren wollten, die insgeheim den Wunsch hatten, dass ihnen das Fürchten gelehrt wurde. Sie wurde meist von wohlhabendenden Kunden gebucht, die ihre Gattin oder ihren Gemahlen oder Kinder verloren hatten, die fasziniert waren vom Jenseits und von der Welt der Toten und denen Kate die Tür einen Spaltbreit öffnete, um ihnen, nicht selten ganz anders als erwartet, einen kurzen Blick in das Pandämonium zu präsentieren. Kate – so musste sich Maggie eingestehen – beherrschte ihr Handwerk unglaublich gut und hatte sich inzwischen Techniken angeeignet, die sogar Maggie manchmal unheimlich waren. Sie bewegte spielend leicht Gegenstände im Raum und Bilder an den Wänden, ahmte die Stimmen längst Verstorbener nach oder ließ mit einer Mühelosigkeit den Tisch schweben, die Maggie unerklärlich war und um die sie ihre jüngere Schwester beneidete. Dies alleine wäre schon beeindruckend genug gewesen, doch hatte sich Kate zusätzlich angewöhnt, während der Séancen aufzustehen, leise flüsternd mit rauer Stimme, die nicht ihr zu gehören schien, zu sprechen und das Jenseits, das Aussehen der Verstorbenen, Eigenschaften, die nur den engsten Vertrauten bekannt waren, zu beschreiben und gleichzeitig auf einem großen Blatt Papier, das auf eine Staffelei gespannt war, Zeile um Zeile klar formulierte Antworten auf zuvor gestellte Fragen zu schreiben. Gekritzelt zwar, doch in umgekehrter Schrift! Man musste einen Spiegel verwenden, um die Sätze zu entziffern.

Maggie hatte Kate, als sie diese Fertigkeit zum ersten Mal miterlebt hatte, gefragt, wann und wie sie das gelernt hatte. Diese hatte nur mit den Schultern gezuckt und geantwortet, dass man alles „teilen“ könne.

„Teilen?“, hatte Maggie gefragt.

Kate hatte eine Zeit lang nachgedacht und sich dann korrigiert: „Es ist, wie wenn man etwas auseinanderbricht. Einen Holzstock zum Beispiel. Du brichst ihn in der Mitte auseinander und plötzlich hast du zwei, verstehst du?“

Maggie verstand nicht. „Das geht mit den Gedanken auch. Du zerbrichst sie in deinem Kopf und hast dann zwei. Vielleicht kann man sie auch in noch mehr Stücke zerbrechen."

„Zerbrechen? Kannst du sie denn danach wieder zusammenfügen? Deine Gedanken?", hatte Maggie ungläubig gefragt.

„Ich verstehe nicht", hatte Kate geantwortet.

„Hast du dir das selber beigebracht?"

„Die Zeit auf Schloss Trübsal hat mir das beigebracht", hatte Kate geantwortet. „Da ist so einiges zerbrochen. In mir drin, meine ich. Und seitdem bin ich zweigeteilt. Ich glaube zumindest, es sind zwei Teile. Vielleicht sind es auch mehr."

Maggie hatte daraufhin genickt und das Thema gewechselt. Immer wenn Kates Zeit im Hause der Greeleys zur Sprache kam, fühlte sie sich unwohl. Sie wusste, dass sie ihre Schwester in diesen Monaten im Stich gelassen hatte, dass sie ihr hätte schreiben sollen, dass sie sie zumindest ein einziges Mal hätte besuchen sollen. Doch sie hatte es nicht getan. Keinen einzigen Brief hatte sie an Kate geschrieben. Wenn sie ehrlich mit sich selbst war, hatte sie nämlich die Abwesenheit ihrer jüngeren Schwester genossen. Besonders, da Maggie schon eine geraume Zeit davor in Kates Schatten gestanden hatte.

„Die Geister scheinen Catherine Fox, die jüngste der drei Schwestern, zu bevorzugen", hieß es in Zeitungsartikeln. „Kates Fähigkeit, mit dem Jenseits zu kommunizieren, ist einzigartig", schrieben andere. „Kate Fox' Haut ist so wunderbar blass, dass sie beinahe durchsichtig erscheint. Dies kann nur davon herrühren, dass ein Teil ihres Wesens in ständigem Kontakt mit den Geistern ist."

Das war natürlich Unsinn. Sie war blass, weil sie nur wenig aß, zu viel Wein trank und Spaziergänge im Freien mied. Und doch, genau diese Blässe in Kombination mit ihrem fragilen Körper, ihrem kindlichen Gesicht und dem rabenschwarzen Haar verlieh ihr etwas Besonderes und betonte ihre natürliche Schönheit noch mehr. Maggie machte sich nicht selten über das geisterhafte Aussehen ihrer Schwester lustig, besonders wenn sie als Ehrengast auf Feiern eingeladen wurde und dann den ganzen Abend über ihre geheimnisvolle und mysteriöse Schwester ausgefragt und gelöchert wurde.

„Wenn sie jeden Tag nur ein Glas Wein mehr trinkt, dann wird sie bald selbst zu einem Geist", scherzte Maggie oft. „Das wäre doch etwas! Ich sehe sie in letzter Zeit so selten. Wäre sie ein Geist, so könnte ich mich, wann immer ich wollte, mit ihr unterhalten. Und vielleicht könnte ich sie auf diese Art auch mal dazu bewegen, an einer Party teilzunehmen!"

Die Geister knackten mehrmals zustimmend, während sie dies sagte. Sprüche wie dieser und natürlich die rätselhaften Geräusche wurden von den oft angetrunkenen Gästen sehr gut angenommen und Maggie erntete stets Applaus sowie schallendes und zustimmendes Gelächter.

Natürlich vermisste sie auch die gemeinsame Zeit und die Verbundenheit, die sie zu Kate gefühlt hatte. So viele Jahre lang waren sie keinen einzigen Tag getrennt voneinander, waren eine Einheit gewesen. Bis sie von Leah an die Greeleys verkauft wurde. Als sie dann zurückkehrte, hatte sich

Maggie gefreut, doch sie hatte schnell erkennen müssen, dass Kate nicht mehr dieselbe war. Vielleicht hätten sie wieder zueinander gefunden, doch Leahs Entscheidung, von nun an getrennt aufzutreten, hatte sie noch weiter voneinander entfernt. Maggie kam es vor, als habe Leah beschlossen, von nun an jeder Schwester eine bestimmte Rolle zuzuweisen: Aus ihrer kleinen Schwester wurde Kate, die Mystische, die Koryphäe, die Gesegnete. Aus Leah wurde „Leah, die Starke". Die Frauenrechtlerin. „Das Stille Medium", die intellektuelle Spiritistin, die plötzlich, von einem Tag auf den anderen erkannt hatte, dass die Gabe der Geisterkommunikation in der Familie lag und die ebenfalls zum Sprachrohr des Jenseits geworden war. Innerhalb kürzester Zeit hatte sie eine Anhängerschaft um sich geschart, die sie den anderen zwei Schwestern gegenüber bevorzugten. Und das, obwohl ihre Auftritte *nichts* waren im Vergleich zu Kates oder Maggies. Leah brachte es nicht einmal nach stunden-, tage- und wochenlangem Üben fertig, den Toten Riesen sprechen zu lassen. Sie benutzte kein Buchstabenbrett, die Geister knackten nicht, nein, sie sprachen mit Leahs Stimme und beantworteten auch keine spezifischen Fragen. Leahs Geister zeigten ihre Anwesenheit durch blitzende Funken in der Luft und schwebende Tische und beantworteten nur Fragen über die Zukunft, sie mutmaßten, was passieren würde, und gaben vage, mehrdeutige Ratschläge, wie man sein Leben führen oder welche Entscheidung man treffen solle. Leahs Geister waren subtiler, interessierten sich wie Leah selbst für Themen wie Sklavenabschaffung und Frauenrechte und vertraten „erstaunlicherweise" auch Leahs Standpunkte. Und so bestand Leahs Anhängerschaft auch aus genau dieser Klientel.

So stellte sich folglich die Frage, wer oder was Maggie war. Die Antwort: *Eine* der Fox-Schwestern. Sie war weder eine Intellektuelle noch war sie die Meisterin, deren Künste den Anwesenden den Atem raubten. Maggie war diejenige, die zwar eine außergewöhnliche Gabe besaß, die den Toten Riesen zum Sprechen bringen konnte, die deshalb bewundert, doch auch immer wieder mit ihren Schwestern verglichen wurde, mit deren Begabungen sie nie mithalten würde können. Wer oder was blieb also für sie übrig? Noch gab es genug Menschen, die sich für sie interessierten, die sie einluden, sie für ihre Dienste bezahlten, die ihre Gegenwart und ihre magischen Künste schätzten. Doch wie lange würde dies so bleiben? Wie lange würde es dauern, bis Kate, Leah und die zahlreichen anderen Konkurrentinnen ihr den Rang ablaufen würden? Maggie fürchtete sich seit nun schon seit geraumer Zeit vor dieser unsicheren Zukunft. Davor, dass sie eines Tages ein Niemand sein würde, unbedeutend und gewöhnlich. Sie hatte sich an ihr aufregendes Leben gewöhnt, genoss den Wohlstand, die Aufmerksamkeit, die Blicke der Männer und die Zeit in besseren Kreisen. Für nichts in der Welt wollte sie all dies wieder verlieren. Nein! Sie würde um ihre Zukunft kämpfen. Es gab verschiedenste Wege, ihre Zukunft zu sichern. Und Elisha war einer davon. Wenn er doch nur endlich …

„Warum hasst du Leah?“, fragte Kate noch immer auf dem Sofa liegend und an die Decke starrend. Ihre Reaktion hatte derart lange gedauert, dass Maggie beinahe vergessen hatte, dass ihr diese Worte überhaupt über die Lippen gekommen waren. „Weil sie deine Briefe liest?“

„Sie liest meine Briefe?“, fragte Maggie überrascht.

„Sie liest alle unsere Briefe. Zumindest die, die sie findet. Die in deiner Matratze hat sie noch nicht gefunden."

„Und das stört dich nicht?", fragte Maggie entgeistert.

„Ich bin nicht wie du. Ich schreibe nur wenige Briefe."

„Woher weißt du …"

„Sie liest alles", unterbrach sie Kate. „Und sie benutzt Grafit, um die Abdrücke der Briefe zu lesen, die wir geschrieben haben und die sie nicht findet."

Maggie wurde heiß beim Gedanken daran, dass Leah Einsicht in ihre intimsten Gedanken hatte. All die Briefe an Elisha. Und die an Frederick Douglass. Allen Konventionen zum Trotz hatte sie ihm damals bis ins kleinste Detail geschildert, was sie gerne mit ihm anstellen würde. Dann plötzlich hatte er ihr nicht mehr geantwortet und sich stattdessen Leah zugewandt. Mit Sicherheit hatte sie sich gemeinsam mit ihm über Maggies Briefe lustig gemacht. Sie sah die beiden vor sich, die Köpfe zusammengesteckt und gehässig über Maggie lachend.

„Ich halte es hier nicht mehr aus!", rief Maggie. „Ich habe das Gefühl, wir sind Marionetten und Leah denkt, sie kann mit uns machen, was sie will."

„Wo willst du denn hin?", fragte Kate und richtete sich auf. Maggie war irritiert von der Sorge in ihrer Stimme. Meist schien es so, als ließe sie alles kalt, was um sie herum geschah. „Du kannst mich nicht einfach mit ihr alleine lassen."

„Elisha will, dass ich dem Spiritismus den Rücken zukehre. Er sorgt sich um mich."

„Ich weiß."

„Was weißt du?"

„Ich weiß, dass er nichts von den Séancen hält", antwortete Kate. „Er hat mir geschrieben. Doch ich glaube nicht, dass er sich um dich sorgt. Ich denke …"

„Er hat dir geschrieben?", unterbrach sie Maggie ungläubig.

Kate nickte. Als Maggie sie weiterhin zweifelnd anstarrte, stand sie auf, ging in ihr Zimmer und kam nach einiger Zeit mit einem Brief in der Hand wieder zurück. Sie reichte ihn Maggie, die sie wiederum fasziniert studierte. Alles an ihr war weich und flüssig, sie ging nicht, sie schien zu schweben. Es gab nichts Ruckartiges, nichts Jähes, nichts Überhastetes an ihr. Es machte den Anschein, als hätte sie jede Bewegung schon vor langer Zeit gewissenhaft geplant. Maggie wusste, dass Kate bereits einige Gläser Wein getrunken hatte, doch verrieten weder ihre Bewegungen noch ihre Sprache, dass sie betrunken sein könnte. Maggie nahm den Brief an sich und blickte ihre Schwester an.

„Hat sie *diesen* hier auch gelesen?", fragte sie.

Kate schüttelte wortlos den Kopf und setzte sich wieder auf das Sofa.

Nun, Katie, las Maggie laut vor. „Er nennt dich Katie?"

Kate zuckte wieder mit den Schultern. Selbst diese sonst ruckartige Bewegung war bei ihr fließend.

Nun, Katie, ich empfinde es als meine Pflicht, dich davor zu warnen, was eure „Kunst" – ich benenne es so, weil viele andere es tun, ich selbst sehe es jedoch anders – euch beiden eines Tages bringen kann. Nämlich Leid, Missgunst und Trauer. Obwohl du und Maggie noch nie so weit gegangen seid, werden mit Sicherheit Umstände eintreten, unter denen ihr beide die Gefühle anderer Menschen verletzen müsst. Ich weiß, dass du ein zartes Herz hast; aber Wiederholung und Übung verhärtet uns alle mit der Zeit. Du tust bereits jetzt Dinge, von denen du vor Jahren nie geträumt hättest, da bin ich mir sicher. Und es wird eine Zeit kommen, in der du schlimmer sein wirst als Leah; eine verhärtete Frau, die um sich die Opfer einer schändlichen Täuschung versammelt.

Je älter du wirst, desto schwieriger wird es, dich zu von diesem „Ding" zu befreien. Du, und auch Maggie, deren Schicksal mir sehr am Herzen liegt, ihr beide könnt euch auf ein Leben ohne Achtung freuen, ein Leben, das von der Welt nicht gesegnet ist!

Ich selbst habe die Kälte und Verlassenheit der Arktis erlebt und werde mich ihr in Kürze ein weiteres Mal stellen. Ich bin mir sicher, dass sie nichts ist zu der Art von Einsamkeit, die ihr beide erleben werdet, solltet ihr euer Leben nicht ändern.

Wäre eure Mutter noch am Leben, sie würde mir beistimmen. Und insgeheim würde sie sich für euer Verhalten schämen.

Seid du und Maggie bereit, dieses Leben der ständigen Täuschung zu führen?

Ich hoffe nicht.

Ich bitte dich darum, dir diese Worte zu Herzen zu nehmen. Selbst wenn du anderer Meinung sein solltest, so schütze doch deine Schwester vor dir selbst und diesem ehrlosen Leben.

Auf dass auch du einen besseren Pfad betrittst.

Dr. Elisha Kent Kane

„Er hasst, was wir tun", sagte Maggie.

Kate nickte.

„Hast du ihm geantwortet?", fragte Maggie, nachdem sie den Brief zwei Mal gelesen hatte.

Kate schüttelte den Kopf und schaute Maggie zum ersten Mal seit Langem mit klarem Blick an.

„Du wirst mich verlassen", sagte sie, in ihrer Stimme schwangen Besorgnis und Trauer.

„Ich weiß es nicht. Er ist der Meinung, dass Leah ein schlechter Einfluss ist und ich weg von hier muss. Und irgendwie will ich das auch. Bist du es denn nicht auch manchmal leid, die vielen Séancen zu halten? Willst du nicht auch einfach deine Ruhe?"

„Nein", antwortete Kate leise. „Auch was das betrifft, bin ich anders als du. Ich sehne mich nicht mehr nach Ruhe. Der Tote Riese. Maggie, er wohnt in mir. Früher hörte ich ihn sprechen. Das ist nun nicht mehr so." Kate lehnte sich etwas nach vor und flüsterte: „Manchmal, Maggie, manchmal *bin* ich der Tote Riese."

Maggie lief es bei diesen Worten kalt den Rücken hinunter.

„Dann hast du recht. Ich bin wirklich nicht so wie du."

Kate blickte Maggie einige Sekunden lang tief in die Augen und ließ sich dann langsam wieder auf das Sofa sinken.

„Du hast dich bereits entschieden", sagte sie nüchtern.

„Das stimmt nicht!", rief Maggie abwehrend.

„Dann sprich mit Leah darüber."

„Nein! Sie hat keine Macht über mich!", rief Maggie, plötzlich viel wütender als sie es selbst erwartet hätte. „Ich muss es ihr nicht sagen. Sie ist nicht meine Mutter! Mutter ist tot! Ich kann selbst über mein Leben bestimmen."

Kate blickte wieder mit halb geschlossenen Augen an die Decke. Maggie bereute, dass sie die tote Mutter erwähnt hatte. Sie wusste, dass es auch ihre Schuld gewesen war, dass Kate nicht an der Beerdigung teilgenommen hatte. Maggie hätte sich für Kate stark machen können, sie hätte es geschafft, Leah davon zu überzeugen. Doch sie hatte es nicht getan. Und Kate wusste das. Maggie war sich sicher, dass ihre Schwester nach wie vor aus diesem Grund einen Groll gegen sie hegte.

„Es tut mir leid. Ich hätte …"

„Leah braucht uns", unterbrach Kate sie flüsternd. „Dich und mich. Sie wird dich nicht gehen lassen."

„Du fürchtest dich doch nur", antwortete Maggie. „Du fürchtest dich, dass sich etwas verändert. Du wirst für immer ihre Marionette sein. Doch ich nicht. Ich werde mein Schicksal selbst in die Hand nehmen. Du könntest es auch, doch du bist viel zu schwach." Kate zeigte keinerlei Reaktion. „Ich bin nicht so wie du. Ich kann meine Gedanken nicht in zwei Teile brechen. Ich kann nicht so einfach in die Köpfe der Menschen schauen, so wie du es tust. Ich kann ihre Gedanken nicht lesen. So oft mache ich Fehler und die Gäste merken es. Das will ich nicht mehr. Elisha ist meine Rettung. Wenn er mich heiratet …"

„Er wird bald aufbrechen, nicht wahr?", unterbrach sie Kate.

„Er sticht im Mai in See. Elisha wird herausfinden, was Sir John Franklins Expedition widerfahren ist. Er hat es seiner Frau versprochen."

„Er wird lange weg sein."

„Nicht länger als zwei Jahre, da ist er sich sicher. Vielleicht geht es auch schneller. Und wenn er wieder zurückkommt, wird er mich heiraten. Er hat es versprochen."

„Das wird er nicht", unterbrach sie Kate und schloss die Augen.

„Du bist doch nur eifersüchtig, weil dich niemand will. Kate, die Mystische. Ha! Kate, die Abschreckende, sollte es besser heißen. Du siehst ja selbst aus wie ein Geist. So wie du aussiehst, wirst du nie einen Mann finden!"

„Die Hitze wird ihn töten und du wirst nicht an seiner Beerdigung teilnehmen", sagte Kate mit monotoner Stimme.

„Du bist verrückt! Die Hitze! Elisha wird in die Arktis segeln. Und er wird als Held zurückkehren, ich weiß es! Ich spüre es."

„Er wird ins Eis fahren, doch die Hitze wird ihn töten", wiederholte Kate.

Maggie schüttelte den Kopf und las den Brief an Kate ein letztes Mal durch, bevor sie ihn über eine brennende Kerze hielt und dabei zusah, wie die Flammen langsam Elishas Worte auffraßen. Zumindest diesen Brief würde Leah nie zu Gesicht bekommen.

Kate

[Seit Maggie weg ist, kommt es mir vor, als fehle ein Teil von mir. Als wäre ich nur noch die Hälfte. Seitdem Maggie weg ist, wurde ein Platz in mir frei, der langsam vom Toten Riesen eingenommen wird. Es ist ähnlich wie damals in der Villa der Greeleys. Als Leah uns auseinandergerissen hat. Als sie mich wegschickte, damit ich Mary Greeleys Sklavin werden konnte. Jeden Tag wollte sie, dass ich ihr die Tür ins Jenseits öffnete, jeden Tag musste ich zu ihren toten Kindern werden. Immer und immer wieder. Stets wollte Mary Greeley mehr, konnte nicht genug kriegen. Doch es war so anstrengend, so viel von mir selbst verschwand in dieser Zeit. Doch sie akzeptierte es nicht, zwang mich dazu, weiterzumachen, weckte mich zum Teil nachts auf, rüttelte an meinen Schultern und sagte mir, dass sie ihre Kinder vermisse, so sehr wie noch nie zuvor und verlangte, sofort mit ihnen zu sprechen.

Zuvor hatte ich immer Maggie an meiner Seite gehabt, Maggie, die mich beschützte, die mich unterstützte. Auf Schloss Trübsal hatte ich niemanden, außer dem Toten Riesen. Jeden Tag öffnete ich die Tür zum Jenseits und sie hat sich seitdem nicht mehr geschlossen. Jetzt ist der Tote Riese in mir.

Ich weiß nicht, ob ich Mary deswegen danken oder verfluchen soll.

Ich habe seine Stimme schon immer gehört, sein Flüstern. Auf Schloss Trübsal teilte sich seine Stimme. So wie auch ich mich teilte. Aus einer Stimme wurden mehrere.

Fürchte dich nicht, sagte die eine.

Ich bin für dich da, sagte eine andere.

Beide hatten recht.

Maggie ist fort. Sie geht, ohne sich bei Leah zu verabschieden. Ein Tag vergeht, dann ein weiterer. Leah fragt, wieso Maggie nicht nach Hause kommt. Ich antworte, ich wisse es nicht. Eine Lüge. Doch Leah merkt es nicht. Sie merkt nie, wenn ich lüge. Wenn sie jedoch nicht die Wahrheit sagt, sehe ich es in ihrem Gesicht. Es ist wie eine

Zeichnung; das Dreieck zwischen ihren Augen und ihrem Mund. Wenn man dieses Dreieck erkennt, sieht man alles.

Leah fragt: Wo ist Maggie.

Ich lüge: Ich weiß es nicht.

Anfangs denke ich mir, dass ich ohne Maggie nicht existieren kann, dass ich sie brauche wie die Luft zum Atmen. Doch das stimmt nicht. So war es auf Schloss Trübsal nicht und es ist auch jetzt nicht der Fall. Ich lebe weiter, atme, esse, trinke. Doch durch Maggies Abwesenheit entsteht eine Leere, ein Raum, der durch etwas anderes gefüllt wird. So ist es immer. Nichts bleibt je leer. Immer wird es durch etwas anderes gefüllt. Ein Ersatz.

Auf Schloss Trübsal war dieser Ersatz anfangs die Einsamkeit. Die Einsamkeit als ständiger Begleiter. Doch sie ist schwach, sie besitzt keine Macht. Einsamkeit ist jämmerlich. Nur ein Lückenfüller, ein Platzhalter für das, was später kommt.

Wenn ich still bin, den Atem anhalte, höre ich manchmal Maggies Stimme. Ich höre ihr hohes Lachen und der leere Raum füllt sich. Manchmal unterhalte ich mich mit ihr, wie ich mich mit dem Toten Riesen unterhalten kann. Maggie höre ich manchmal, ihn höre ich inzwischen beinahe immer. Bin ich alleine, braucht er nicht zu klopfen. Ich verstehe ihn sehr gut. Seine Stimmen sind dunkel, gedämpft, manchmal undeutlich, als kämen sie aus einem Schacht oder einem tiefen Brunnen. Und doch weiß ich, was er sagt. Er beruhigt mich, wenn ich Ruhe brauche. Er flüstert mir zu, dass sich meine Sorgen in Luft auflösen werden. Er sagt mir, was ich zu tun habe. Es sind keine Befehle, nein. Es sind Ratschläge, die ich befolge.

Gerne erinnere ich mich an die Zeit, als er sich mir zum ersten Mal gezeigt hat, als ich seine Stimme zum ersten Mal gehört habe. Maggie hat mir die Tür geöffnet. Ich erinnere mich an das lange Gras unter dem großen Baum in Consecon. Es ist das Haar eines Riesen, hat Maggie gesagt. Ich höre ihre Stimme in meinem Kopf. Das Haar eines Toten Riesen, sage ich.

Es fühlt sich an, als wäre es eine Ewigkeit her. Als wären es nicht meine Erinnerungen, sondern die einer Person, die ich einst gekannt habe. Eine Person, die es nicht mehr gibt. Zwei Mädchen sitzen unter einem Baum und fahren mit den Fingern durch das lange, weiche Gras. Manchmal trauere ich um diese zwei Mädchen.

Ich schreibe Maggie Briefe. Jede Woche einen Brief. Die Adresse ist nicht ihre. Es ist die von Cornelius Grinnell. Er sei ein Freund von Elisha, sagte Maggie, bevor sie ging. Schreibe deine Briefe an ihn und er wird sie mir übergeben. Das sagte sie. So schreibe ich und bekomme keine Antwort. Auch das ist wie während meiner Zeit im Schloss Trübsal. Meine Briefe sind meine Gedanken. Ich konzentriere sie in einigen wenigen Tropfen blauer Tinte, verteile sie in dünnen Linien auf einem Blatt Papier, sehe sie ausgebreitet vor mir, fremde Schriftzeichen, gewunden wie Schlangen. Jedes Mal bin ich überrascht, dass es so einfach ist, sie aus mir zu verbannen, diese schlangenähnlichen Gedanken, dass sie kein Teil mehr von mir sind. Ich befreie mich von ihnen. Es ist gut. Meine Gedanken sind Sehnsucht. Nach Ruhe und Frieden. Nach Maggie. Meine Gedanken sind Einsamkeit. Ohne meine Gedanken werde ich leichter. Ohne meine Gedanken bin ich weniger allein.

Ich kann sie spüren. Maggie. Spüre ihre Gefangenschaft. Leide mit ihr.

Sie sagte: Ich werde frei sein.

Ich weiß: Sie ist es nicht.

Leah will wissen, wo sie ist. Immer wieder fragt sie: Weißt du, wo sie sich aufhält?

Ich antworte, dass ich es nicht weiß und frage, ob ich ihr denn nicht genug bin. Sage, dass sie Maggie vergessen soll, dass sie sich gegen uns und für etwas anderes entschieden hat, und hoffe, dass es Leah gelingt, sie wieder zurück zu uns zu holen.

Maggie war ein Teil von mir. Maggie ist ein Teil von mir. Jetzt ist sie weg und ihr Raum wird langsam frei. Ich spüre, wie der Tote Riese ihn einnimmt. Er ist ein Bewohner in mir.

Es ist gut so, sagt er und flüstert mir Geheimnisse ins Ohr. Leah beobachtet mich dabei und ich sehe, dass sie sich vor mir fürchtet. Sie versucht es zu verstecken, doch ich kann ihre Gedanken genauso leicht lesen wie alle anderen. Im Dreieck steht die Wahrheit. Früher musste ich mich bemühen, musste aufpassen, mich konzentrieren. Es war ein Kunststück.

Inzwischen gibt es keine Geheimnisse mehr. Die Gesichter verraten mir alles. Die Gedanken springen mir förmlich entgegen. Der Tote Riese übernimmt das Denken für mich.

Wieder ein Brief. Wieder bin ich selbst ein bisschen weniger.

Ich bin froh, dass ich den Toten Riesen habe.

Selbstgewählte Gefangenschaft

Crookville (Pennsylvania), November 1853

Es hieß, dass Elisha Kent Kane mit seinem Schiff, der *Advance*, im Winterquartier im grönländischen Packeis festsaß. Elisha hatte es so geplant und Maggie vor seiner Abfahrt viel über seine Erfahrungen im Eis erzählt.

„Wenn man immer weiter in den Norden will, ist die Zeit im Packeis unvermeidlich", sagte er nüchtern und erinnerte sich an das erste Mal, als er siebeneinhalb Monate lang in den kalten Würgegriff genommen worden war. Es war drei Jahre zuvor während der Grinnell Arktis Expedition im Jahre 1850 gewesen, an der er als Schiffsarzt teilgenommen hatte und die, wie so viele andere zuvor, das Ziel hatte, die verschollenen Schiffe *Terror* und *Erebus* zu finden. Die damalige Expedition fand unter dem Kommando von Kapitän Edwin de Haven statt.

„Ein eigensinniger und bockiger Mann", erinnerte sich Elisha, „der nicht gewillt war, das Schicksal seines Schiffs hinzunehmen. Mit aller Gewalt versuchte der Sturkopf, dem Packeis zu entfliehen. Er ließ kiloweise Salz rund um den Bug streuen, wies die Männer an, die meterdicke Eisschicht mit Pickeln zu bearbeiten, und spannte schließlich in einem Akt der Verzweiflung die gesamte Mannschaft wie Schlittenhunde vor das Schiff, um es aus dem Eis zu ziehen. Es dauerte Tage, bis de Haven endlich aufgab und mit lauter Stimme verkündete: Genug! Alle Mann an Bord. Bergt die Segel. Wir sind jetzt Teil des Eises!“

Elisha betonte die Bedeutung von Disziplin in dieser Zeit. Noch bedeutsamer als im gewöhnlichen Leben. Disziplin einerseits und Unterwerfung andererseits waren in vielen Situationen überlebenswichtig. Ganz besonders, wenn man sich mit dem Gedanken abfinden musste, mehrere Monate, wenn man Pech hatte auch eineinhalb Jahre im Packeis festzusitzen. Die Lebensmittel waren nicht das Problem. Nicht einmal die mörderischen Temperaturen. Nein, es waren die Eintönigkeit und Monotonie, die der Mannschaft zu schaffen machte, die sie zermürbten und die schon so manche Meuterei heraufbeschworen hatten. Mit diesem Wissen habe er seine eigene Mannschaft für die kommende Expedition ausgesucht und genau deswegen lege er in seinem eigenen und auch in Maggies Leben so viel Wert auf Disziplin. Aber genau diese schien ihr inzwischen zu fehlen.

Auch Maggie hatte das Gefühl, in einer Art Packeis festzusitzen, sich in den kalten Fängen einer übermächtigen Kraft zu befinden. Anfang April, zwei Monate vor Elishas Abreise, hatte sie, wie mit ihm abgemacht, New York fluchtartig verlassen, sämtliches Geld, das sie in der Wohnung finden konnte – es war nicht wenig gewesen – an sich genommen und an Elishas Freund, Vertrauten und Sohn des Finanziers der nahen Expedition Cornelius Grinnell übergeben, der in einer Kutsche vor dem Haus auf sie gewartet hatte. Er versprach, es gewissenhaft zu verwalten und damit unter anderem Kost und Logis auf der Farm seiner Tante zu bezahlen, bei der sich Maggie die nächsten Monate aufhalten sollte. Danach hatte er sie zum Grand Central Terminal gebracht, von wo aus sie einen Zug nach Philadelphia genommen hatte. Am Bahnhof der ehemaligen Hauptstadt wartete bereits eine Magd von Cornelius Grinnells Tante auf Maggie. Gemeinsam bestiegen sie eine Kutsche und zweieinhalb Tage später erreichten sie den winzigen Ort Crookville, der sich mitten im ländlichen Pennsylvania befand. Dort sollte sie, völlig abgeschieden und fernab jeglicher Zivilisation, in eine echte Dame „zurückverwandelt" werden. Elisha hatte betont, dass diese „Maßnahme" nötig war. Er war sich sicher, dass die Monate in Crookville Maggie zugutekommen würden und dass er sie auf diese Weise nach seiner Rückkehr aus der Arktis seiner Familie vorstellen könnte. Diese habe natürlich schon vieles über die berühmten Fox-Schwestern gehört und hielten allesamt nichts von ihrem verwerflichen Tun. Elisha könnte ihr ein besseres, ein sichereres Leben in den Kreisen der gehobenen Gesellschaft ermöglichen, da war sie sich sicher. Und dafür war sie auch bereit, etwas von sich selbst herzugeben.

„Ich bin mir sicher, meine Circe, dass du nach meiner Rückkehr und nach dieser Zeit der Ausbildung die Frau sein wirst, dich ich heiraten und den Rest meines Lebens an meiner Seite haben will."

Maggies Wangen glühten aufgrund dieses Versprechens vor Freude und sie fragte, ob sie ihn vor seiner Abreise noch ein letztes Mal sehen würde. Elisha versprach, sie in Crookville zu besuchen, damit sie ihm Adieu wünschen könnte, wenn es sein enger Terminplan irgendwie zuließe.

Die Möglichkeit hatte sich *nicht* ergeben. Sie hatten sich Briefe geschrieben, doch zu einem Treffen war es nicht mehr gekommen. Die *Advance* und mit ihr Elisha Kent Kane hatte am 31. Mai abgelegt, war in Richtung Neufundland, Smith Sound und Baffin Bay gesegelt und nun aller Wahrscheinlichkeit nach im Packeis vor der Küste Grönlands gefangen.

Maggie befand sich nun bereits seit acht Monaten in selbstgewählter Isolation und kämpfte damit, sich selbst nicht vollends zu verlieren. Ihr Nacken war verspannt, ständig hatte sie Kopfschmerzen und stets das Gefühl, als wären ihre Nerven wie ein Bogen gespannt, so straff, dass er jederzeit zu reißen drohte. Wie damals in Hydesville vermisste Maggie die Geräusche, die Hektik und den Lärm der Stadt. Doch dieses Mal war Kate nicht hier, um ihr das Rattern der Kutschen und das Hämmern der Schmiede vorzugaukeln. Hier gab es nur Mrs Susannah Turner, die knapp sechzigjährige Tante von Cornelius Grinnell, deren Mann ein Jahr zuvor verstorben war. Susannah Turner, eine eingefleischte Calvinistin, hatte am ersten Abend freundlich und zuvorkommend gewirkt, etwas kühl und reserviert zwar, doch hatte sie Maggie in einem wohlwollenden Tonfall gefragt, ob sie die lange und beschwerliche Reise gut überstanden habe und froh sei, endlich aus New York herausgekommen zu sein. Maggie hatte geantwortet, dass sie die Ruhe auf dem Land nicht mehr gewohnt sei und die Großstadt bereits jetzt ein wenig vermisse. Susannah Turner hatte sich sichtlich zu einem Lächeln gezwungen und Maggie erklärt, dass sie die Ruhe und Abgeschiedenheit schon bald schätzen lernen würde.

„Du wirst sehen. Bald wirst du ein völlig neuer Mensch sein."

Maggie wusste an diesem Tag noch nicht, wie ernst es Susannah Turner mit diesen Worten war. Doch es dauerte nicht lange, bis Maggie klar wurde, dass sich ihre Hausherrin ganz offensichtlich vorgenommen hatte, sie vollständig umzuformen und jemand oder zumindest etwas anderes aus ihr zu machen. Und sie schien Erfolg damit zu haben.

Bereits am zweiten Tage hatte Susannah Turner Maggie zur Seite genommen und ihr zugeflüstert, dass sie über sie Bescheid wisse.

„Ich halte dir zugute, dass du New York verlassen hast, doch das ist auch schon alles. Dem ehrenwerten Herrn Kane zuliebe werde ich es mir zur Aufgabe machen, dich den Klauen des Größenwahns und des Fanatismus zu entreißen, damit eines Tages eine respektable Persönlichkeit aus dir werden kann. Vielleicht sogar die Mutter einer Schar respektabler Kinder. Das Einzige, was ich erwarte, ist Hingabe und die Bereitschaft, dieses Ziel mit der gleichen Entschlossenheit zu verfolgen wie ich. Hingabe und" – sie lieh sich Elishas Lieblingswort – „Disziplin."

Maggie, die Elishas Heiratsversprechen noch im Ohr hatte, die den Tag nicht erwarten konnte, an dem er von seiner Expedition zurückkommen und sie sich endlich zurücklehnen und ihre Rolle als Frau des berühmten Entdeckers annehmen konnte, hatte anfangs nahezu enthusiastisch zugestimmt und versprochen, alles zu tun, um sich selbst zu verbessern, damit sie eines Tages als Kanes Frau in der Gesellschaft auftreten konnte. Susannah Turner hatte die Nase gerümpft und geantwortet: „Das wollen wir mal sehen."

So hatte Maggies Umerziehung begonnen. Ihre Tage auf der Farm waren wohlstrukturiert: Sie musste vor Sonnenaufgang aufstehen, aß ein spärliches Frühstück, erhielt Französisch- und Klavierstunden, wurde von Mrs Turner selbst in Moral und religiösen Kenntnissen unterrichtet und war für verschiedene Arbeiten im Haushalt, wie etwa das Kochen, das Nähen oder das Wäschewaschen zuständig. Doch trotz dieser verschiedenen und zum Teil körperlich anstrengenden Aufgaben trat bereits nach kurzer Zeit eine Monotonie ein, die Maggie aufgrund ihres bisher abenteuerlichen und abwechslungsreichen Alltags kaum aushielt. Sie suchte das Gespräch mit ihrer Französisch- und ihrer Klavierlehrerin, die jedoch beide keinerlei Interesse daran zeigten. Maggie vermutete, dass Susannah Turner den Frauen befohlen hatte, keine privaten Unterhaltungen mit ihr zu führen.

Nach einem Monat begannen die Kopfschmerzen. Sie sehnte sich Kate mit ihren Holzklötzchen herbei. Maggie massierte sich ständig die Schläfen, trank viel Wasser und versuchte sich zu entspannen. Doch es schien unmöglich. Eine Aufgabe jagte die nächste, ihre Lehrerinnen forderten sie, prüften sie, schalten sie, wenn sie etwas nicht wusste oder sich beim Klavierspielen vergriff. Maggie wusste, dass Susannah Turner jeden Fehltritt erfuhr, und fürchtete, sie könnte Elisha nach seiner Rückkehr von ihrem Versagen berichten. So bemühte sie sich mehr, übte stundenlang, lernte bis tief in die Nacht. Die Kopfschmerzen wurden stärker. Sie war angespannt. Immer. Oft hatte sie das Gefühl, irgendetwas in ihr würde sprichwörtlich reißen.

Nachdem zwei Monate vergangen waren, beschloss Maggie, die Farm für einige Tage zu verlassen, um Kate in New York zu besuchen. Dafür benötigte sie aber Geld. Geld, für das bisher ihr Leben lang Leah zuständig gewesen war und das sie bei ihrer Flucht an Cornelius Grinnell übergeben hatte. Maggie musste sich eingestehen, dass sie keine Vorstellung davon hatte, wie viel alltägliche Dinge kosteten, wie hoch der Preis für eine Fahrt nach New York war oder wie viel sie für ein Zimmer in einem Hotel oder für ein Essen in einem Restaurant bezahlen musste. Sie musste sich eingestehen, dass es ihr zwar nie an etwas gefehlt, mehr noch, dass sie besonders die letzten Jahre in Wohlstand gelebt hatte, aber auch, dass sie bisher von Leah abhängig gewesen war. Sie hatte gelebt, wie es ihr beliebte, hatte gegessen, auf was sie Lust hatte, hatte in den besten Hotels geschlafen und nie einen Gedanken daran verschwendet, wie all diese Rechnungen beglichen wurden beziehungsweise wer sie in ihrem Namen beglich. Ihr wurde schmerzlich bewusst, dass eine vornehme Dame zu werden auch hieß, sich in ein starres und unangenehmes Korsett zu zwängen. Das bedeutete selbstverständlich auch finanzielle Abhängigkeit. Diese Erkenntnis arbeitete in ihr. Leah hatte ihr und Kate jahrelang genau diese Tatsache vor Augen geführt, hatte ihnen immer und immer wieder erklärt, dass es in erster Linie darum ging, sich aus dieser Abhängigkeit zu befreien. Maggie erinnerte sich an die Frauen in Seneca Falls und in Worcester, die genau für das kämpften, was Maggie im Begriff war aufzugeben. Sie sah Frederick Douglass vor sich, wie er beim Gedanken daran, dass Maggie Teil des, wie Leah es immer nannte, „Systems“ werden wollte, enttäuscht den Kopf schüttelte.

Maggie trug vorsichtig die Bitte an Susannah Turner heran, einige Tage nach New York fahren zu dürfen, und fragte, ob diese damit einverstanden sei. Überraschenderweise reagierte Mrs Turner recht positiv, wandte jedoch ein, dass Elisha Kent Kane es sicher nicht gern sähe, dass Maggie ihre Ausbildung unterbrach. Natürlich stehe es ihr frei, die Farm zu verlassen, doch sie selbst würde ihm bei seiner Rückkehr nur ungern mitteilen, dass Maggies Disziplin bereits nach dieser kurzen Zeit zu wünschen übrig ließ.

Dieser Einwand war genug, um ihr Vorhaben eine Zeit lang auf Eis zu legen. Maggie war sich sicher, dass sie die Monotonie zumindest noch ein paar Wochen länger aushalten würde. Doch je mehr Zeit sie auf der Farm verbrachte, desto stärker wurde ihr bewusst, dass die Isolation, die Eintönigkeit und die Vereinsamung nicht ihre größten Probleme waren. Was Maggie weitaus mehr zu schaffen machte, waren die Gedanken, die Susannah Turner gewissenhaft Tag für Tag, morgens und abends mindestens eine Stunde lang in Maggies Kopf pflanzte, Gedanken, die sich wie Parasiten einnisteten und sich in ihr ausbreiteten. Gebetsmühlenartig sprach Mrs Turner von der Schändlichkeit und Niedertracht Maggies bisherigen Lebens. Sie beschrieb in aller Deutlichkeit, was die Menschen – und damit schloss sie sich selbst ein – von Maggie und ihren Schwestern hielten, wie sie von der Öffentlichkeit wahrgenommen wurde, dass die einen bestenfalls über sie lachten, die anderen allein beim Gedanken daran, mit einer der

Schwestern nur für eine Minute im selben Raum verweilen zu müssen, angewidert das Gesicht verzogen, wie widerlich, abstoßend und unziemlich es war, sich mit Lügen, billigen Tricks und Täuschungen ein Vermögen anzuhäufen und vorzugeben, man habe eine Fähigkeit, die die Existenz Gottes verleugnete, mehr noch, die allen religiösen, ethischen und moralischen Richtlinien buchstäblich ins Gesicht spuckte.

Susannah Turner griff Gerüchte auf, die sie in Zeitungsartikeln gelesen oder irgendwo aufgeschnappt hatte, sprach von Orgien, von den sexuellen Diensten der Schwestern, von Opium, das den Gästen in den Wein gemischt wurde, um ihnen einerseits Dinge vorzugaukeln, die es nicht gab, und das andererseits dazu dienen sollte, sie willig und ergeben zu machen. Widerspruch von Maggies Seite wurde nicht geduldet. Ihre Aufgabe war es, zuzuhören, die wildesten Anschuldigungen wortlos über sich ergehen zu lassen, wieder und immer und immer wieder über ihre Schandtaten zu reflektieren und sich selbst einzugestehen, was sie war, um schließlich selbstständig den Wunsch zu entwickeln, der verlogenen, unwürdigen und ehrlosen Tätigkeit der Geisterbeschwörung ein für alle Mal zu entsagen. Maggie war der Stein und Susannah Turner war das Wasser, das durch seine Gewalt und durch seine Kontinuität fähig war, dem so hart anmutenden Objekt eine andere Form zu verleihen.

Maggie stellte sich immer wieder die Frage, ob Elisha wohl von diesen Monologen wusste, ob er Susannah Turner gar aufgetragen hatte, Maggies innerstes Sein derart gnadenlos zu bearbeiten. Doch letztendlich spielte es keine Rolle. Maggie gab ihr Bestes, diese Vorträge über sich ergehen zu lassen und sie als Teil ihrer Ausbildung zu einer Dame zu akzeptieren. Doch es war nicht so einfach.

Anfangs fürchtete sich Maggie vor diesen Sitzungen, empfand entweder ständig das Bedürfnis, sich zu verteidigen, wurde wütend oder schämte sich für die Bilder, die Susannah Turner in ihrem Kopf entstehen ließ. Irgendwann änderte sich das jedoch. Die Belehrungen wurden Teil ihres Denkens, Teil ihrer Erinnerung, Teil ihres Selbst. Maggie wusste zwar, dass sie die Dinge, über die Mrs Turner sprach, nicht getan hatte, wusste, dass sie nicht diese schändliche Person war, über die immer und immer wieder gesprochen wurde, und doch empfand sie es irgendwann als Teil von ihr.

Es war in der dritten Woche, als Susannah Turner plötzlich mehr von ihr erwartete, als die Beschuldigungen über sich ergehen zu lassen.

„Sag, dass du eine Lügnerin bist!“, rief sie ihr wie aus dem Nichts entgegen, während Maggie auf einem ungemütlichen Hocker saß und ihre Gastgeberin mit erhobenem Zeigefinger vor ihr thronte. „Gib zu, wie verdorben du bist. Sprich es aus!“

Maggie schwieg, den Blick vor sich auf den Boden gerichtet. Doch Susannah Turner ließ nicht locker. Immer und immer wieder befahl sie, dass Maggie anerkannte, eine Betrügerin zu sein, dass sie gestand, dass sie und ihre Schwestern niemals dazu in der Lage gewesen waren, mit dem Jenseits zu sprechen, dass alles eine Lüge und ihr einziges Ziel es gewesen war, ihre Kunden zu bestehlen und sich selbst zu bereichern.

„Sag: Ich bin eine Lügnerin!"

Stille.

„Sag es! Gib es zu! Sag: Ich und meine Schwestern sind Lügnerinnen!"

Maggie hatte Susannah Turners Worte nie ausgesprochen. Selbst nach acht Monaten in ihrem Haus hatte sie es nicht getan. Sie wollte es nicht. Sie konnte es nicht. Es war ihr letztes Aufbegehren. Der Versuch, ein letztes Stück von ihr zu behalten. Doch es nützte nichts. Maggie musste die Worte nicht aussprechen. Susannah Turner hatte es geschafft, ihre Gedanken zu infizieren, ihre Vergangenheit zu etwas Schändlichem zu machen, ihre Erinnerung an Geschehenes zu verändern.

Maggie *wusste*, dass das, was sie mit Kate getan hatte, nichts Verwerfliches gewesen war, *wusste*, dass sie den Menschen gegeben hatten, was sie wollten, was sie brauchten, *wusste*, dass sie ihnen oft sogar geholfen hatten. Doch dieses Wissen nützte nichts. Dachte sie nun an den Abend in Hydesville zurück, an dem der Tote Riese zum ersten Mal seine Stimme erhoben hatte, fühlte sie Scham und Reue. Stellte sie sich und Kate auf der Bühne in Rochesters Corinthian Hall vor, Hunderte Menschen im Publikum, erinnerte sie sich an die herabwürdigenden Untersuchungen, konnte sie dies nicht, ohne Ekel vor sich selbst zu verspüren.

Susannah Turner gelang es durch ihre tagtäglichen Wiederholungen, Leah in Maggies Kopf zu einer gerissenen und unmoralischen Tyrannin und Kate zu einer obszönen, lasterhaften und vom Teufel besessenen Frau zu machen, die sich beide dem Okkultismus verschrieben und Satan ihre unsterblichen Seele verkauft hatten. Nachts lag Maggie wach und kämpfte dagegen an. Sie zwang sich dazu, an die schönen Momente zu denken, daran, wie sich Leah um sie gekümmert und sie vor Gefahren beschützt hatte, wie Kate und sie gelernt hatten, zuerst in ihrer eigenen Sprache und später sogar ohne Worte, allein durch ihre geistige Verbundenheit miteinander zu sprechen, wie sie und ihre beiden Schwestern Freude und Spaß gehabt hatten, wie sie zusammengesessen und gelacht hatten. Und jedes Mal erschienen ihr diese Szenen fremd, unscharf und unglaublich weit entfernt. Zwar *wusste* sie, dass es ihre Erinnerungen waren, doch schienen es auf sonderbare Weise gleichzeitig doch nicht ihre eigenen zu sein. Was sicher und selbstverständlich gewesen war, wurde plötzlich zu Mutmaßungen.

Sie musste weg. Weg aus Crookville, weg aus dieser Isolation, weg von Susannah Turner und ihren parasitären Gedanken. Sie musste nach New York, zumindest für ein paar Tage. Sie musste Kate treffen. Musste sie sehen, um ihre dunklen und ablehnenden Gefühle, die in Wirklichkeit nicht die ihren waren, loszuwerden, um aus Kate wieder ihre Schwester zu machen, die sie liebte, die ein Teil von ihr war. Und auch Leah musste sie sehen. Es war nicht ihr Hass, den sie gegen sie in sich spürte. Es war Susannah Turners Hass, der sich langsam aber sicher wie ihr eigener anfühlte.

Ein einziges Treffen würde ausreichen, um die Dinge wieder klarer zu sehen, um sich an ihr Leben und ihre Vergangenheit zu erinnern. Ein kurzes Treffen könnte Susannah Turners Gedanken wieder verbannen und Maggie wieder zu sich selbst werden lassen. Sie war sich sicher. Doch sie verspürte Angst. Ganz besonders fürchtete sie sich natürlich davor, Susannah Turner von ihrem Vorhaben zu erzählen. Sie würde es schaffen, ihren Wunsch im Keim zu ersticken, ihr das Gefühl zu geben, undankbar zu sein und sie zu überzeugen, dass Elisha, der selbst in einer eisigen Hölle gefangen war und Entbehrungen erlitt, die sich Maggie gar nicht vorstellen konnte, ihr dieses Anliegen mit Sicherheit verwehrt hätte.

So überging sie ihre Gastgeberin und schrieb Cornelius Grinnell einen Brief, in dem sie schilderte, dass sie den sehnlichen Wunsch habe, eine Woche lang, nicht länger, nach New York zu reisen, um dort eine Freundin zu treffen, die gesundheitliche Probleme habe und der ihr Besuch mit Sicherheit guttun würde. In ihrem Schreiben bat sie ihn inständig, er solle ihr doch bitte zweihundert Dollar für die Reise zukommen lassen. Noch während sie diese Zeilen schrieb, schämte sie sich.

Es dauerte vier Wochen, bis Cornelius Grinnell endlich Maggies Brief beantwortete. Es sei, schrieb er, nicht der ideale Zeitpunkt für eine Reise nach New York, da bald winterliche Verhältnisse die Straßen zu tödlichen Fallen machen würden. Zusätzlich frage er sich, wozu Maggie einen derart hohen Betrag benötige. Er sei der Meinung, dass die Hälfte für eine solche Reise mehr als ausreiche. Doch habe er kein gutes Gefühl dabei, so viel Geld der Post anzuvertrauen und so würde er es Maggie bei ihrem nächsten Treffen übergeben, das spätestens im Frühjahr des nächsten Jahres, allerspätestens im Sommer stattfände. Er habe seinem Brief jedoch zwanzig Dollar beigelegt, die Maggie zur freien Verfügung stünden. Sie solle sich damit, wenn Mrs Turner sie das nächste Mal mit in die Stadt nahm, etwas Schönes kaufen.

Maggie konnte nicht fassen, dass sie auf der Farm festsaß. Sie fühlte sich gefangen und spürte, wie sich ihre Brust zuschnürte, als trage sie ein zu enges Korsett. Ihr Genick war starr vor Schmerzen und wieder einmal hatte sie das Gefühl, etwas in ihr spannte derart stark, dass es nur eine Frage war, bis es irgendwann riss.

Einige Wochen lang spielte sie mit dem Gedanken, Susannah Turner zu bestehlen und sich auf eigene Faust auf den Weg nach New York zu machen. Doch spätestens als der erste Schnee das Land bedeckte und eine Reise unmöglich machte, gab sie ihr Vorhaben auf. Insgeheim war Maggie sogar froh, dass ihr das Wetter einen Strich durch die Rechnung gemacht hatte. Hätte sie sich tatsächlich dazu verführen lassen, die Farm ohne das Einverständnis von Susannah Turner oder Cornelius Grinnell zu verlassen, wäre Elisha derart enttäuscht von ihr und ihrer fehlenden Disziplin gewesen, dass er sie bei seiner Rückkehr vielleicht nicht zur Frau genommen hätte und alles wäre umsonst gewesen. Sie hörte nach wie vor seine Stimme in ihrem Kopf: „Du, meine Circe, wirst die Frau sein, dich ich heiraten und den Rest meines Lebens an meiner Seite haben will."

Immer wieder las sie die vielen Briefe, die er ihr geschrieben hatte und schöpfte jedes Mal ein wenig Energie. Sie war stark. Inzwischen hatte sie zumindest den Stalljungen auf ihrer Seite, dem sie das wenige, von Cornelius Grinnell erhaltene Geld übergab und der ihr im Gegenzug immer wieder mal eine Flasche Wein vorbeibrachte. Diese versteckte sie dann und trank sie heimlich in ihrem Zimmer. Der Alkohol machte ihre Zeit erträglicher, löste die Spannung in ihr ein wenig und ließ die Tage schneller vergehen. Sie würde es ertragen, auf Elisha warten und ihn heiraten. Er würde sie retten. Maggie schrieb ihren zukünftigen Namen auf ein leeres Blatt Papier:

Margaret Kane.

Dann ein weiteres Mal:

Margaret Kane.

Sie blickte durch das Fenster auf die schneebedeckte Landschaft. Elisha saß im Packeis und sehnte sich nach ihr. Bald würde das Eis ihren zukünftigen Ehemann wieder freigeben. Sie trank den letzten Schluck Wein und versteckte Flasche und Glas unter ihrem Bett. Demnächst war es Frühling und sie würde ihre Schwestern wiedersehen.

Der Held kehrt zurück

Im August 1855, siebenundzwanzig Monate nach seiner Abreise, wurde Elisha Kent Kane von einem Handelsschiff vor der Südküste Grönlands mehr als tausend Meilen von der Stelle entfernt gerettet, an der er und seine Männer die *Advance* endgültig aufgegeben hatten. Elisha und die übrig gebliebene Mannschaft hatten den vergangenen Winter im Gerippe des durch Kollisionen mit Eisbergen geborstenen Schiffs verbracht und sich danach

1300 Meilen zu Fuß über das arktische Eis geschleppt. Ihre Hunde waren entweder gestorben oder verschwunden und so zogen die Männer selbst das Langboot und die Schlitten hinter sich her, in denen sie ihre Vorräte und die Kranken transportierten, bis sie schließlich eisfreie Gewässer erreichten und ihr Boot endlich zu Wasser lassen konnten. Ein Sechstel von Elishas Mannschaft war beim Versuch, Kapitän Franklin und die *Terror* zu finden, gestorben.

Doch nun hieß es, dass der Elisha Kent Kane wohlauf war und sich der berühmte Arktisforscher zwei Monate nach seiner Rettung auf einem Dampfschiff mit Kurs auf New York befand.

Maggie erfuhr die Neuigkeit aus der *Tribune*, die sie nach wochenlangem Bitten und Flehen endlich wieder lesen durfte und die ihr während der Monate in Crookville einen Blick in die Welt gewährte. Susannah Turner, die viel von Elisha hielt und sich über seine baldige Rückkehr zu freuen schien, überreichte Maggie ein Kuvert, in dem sich dreihundertfünfzig Dollar befanden.

„Das ist alles, was übrig geblieben ist", sagte sie.

Maggie fragte sich, ob das der Wahrheit entsprach. Vielleicht aus diesem Grund scheuchte Susannah Turner sie in ihr Zimmer und forderte sie auf, unverzüglich ihre Sachen zu packen. „Geh! Geh und stelle dich deiner Zukunft!"

Sechs Tage später kam Maggie in New York an, wo Cornelius Grinnell bereits ein Hotelzimmer für sie organisiert hatte, in dem sie, bis Elisha ankommen und über ihre weitere Wohnsituation entscheiden würde, wohnen sollte. Die

Zeitungen berichteten, dass er bereits in vier Tagen den Hafen in New York erreichen sollte.

Maggie hatte während ihrer eigenen Reise von Crookville nach New York verschiedenste Berichte über Elishas abenteuerliche Expedition und seine baldige Ankunft gelesen. Sämtliche Zeitungen schienen über nichts anderes zu berichten. Sie erfuhr, dass Elisha zwar nicht sein Ziel, die *Terror* und die *Erebus* zu finden, erreicht, jedoch Regionen kartiert hatte, die noch nie zuvor abgebildet geworden waren, und er zusätzlich eine Fülle an neuen Informationen über die Arktis und ihre Menschen gesammelt hatte. Wie damals bei Kapitän Franklin machten die Medien über Nacht einen nationalen Helden aus ihm. Die *Tribune* schrieb anerkennend: „Nicht nur die Wissenschaft, nein, die gesamte westliche Welt verbeugt sich vor dem mutigen Helden."

Die Vorstellung, was Elisha in den letzten zweieinhalb Jahren mitgemacht hatte, wühlte Maggie dermaßen auf, dass sie an nichts anderes denken konnte und nachts beinahe keinen Schlaf fand. Die Zeitungsnachricht, die Maggie jedoch am meisten beschäftigte, hatte nichts mit Elishas Reise zu tun. Völlig überrascht las sie, dass man aus einer zuverlässigen Quelle erfahren habe, dass der berühmte Arktisforscher Elisha Kent Kane nun in Bälde die ehrenwerte, durch ihre spiritistischen Fähigkeiten bekannte Miss Margaret Fox vor den Altar führen würde.

„Bist du diese zuverlässige Quelle?", fragte sie Kate, die seit Maggies Ankunft in New York beinahe jede freie Minute mit ihr verbracht hatte.

Maggie hatte ursprünglich nicht vorgehabt, ihre Schwester zu sehen. Die Lektionen von Susannah Turner saßen tief und nicht selten ertappte sie sich dabei, dass verschiedenste negative Gefühle – Wut, Scham, Ekel – über sie kamen, wenn sie über ihre Vergangenheit und über ihre Schwestern nachdachte. Trotzdem hatte sie bereits am zweiten Tag in New York Kate kontaktiert und sie zu sich auf ihr Hotelzimmer rufen lassen. Maggie hatte erwartet, dass Kate wütend auf sie war, dass sie sich weigern würde, sie zu treffen. Doch es war völlig anders gewesen. Kate hatte Maggie in die Arme geschlossen, sich auf die Couch gelegt und es war, als wäre keine Zeit vergangen, als wäre alles, wie es einmal gewesen war.

„Hast du mit den Zeitungen gesprochen?", fragte Maggie erneut, nachdem ihre Schwester nicht geantwortet hatte.

Kate schüttelte den Kopf, griff nach der Weinflasche, schenkte sich und Maggie nach und trank ihr Glas in einem Zug leer.

„Es war Leah", sagte sie.

„Leah?", entfuhr es Maggie. Sie hatte, seit sie New York vor zweieinhalb Jahren verlassen hatte, immer wieder Briefe an Kate geschrieben – diesen Luxus hatte ihr Mrs Turner nach langem Verhandeln genehmigt –, doch mit Leah hatte sie in all dieser Zeit keinen Kontakt gehabt. Sie waren im Streit auseinandergegangen, sie hatte Leah mit ihrer Flucht hintergangen, ihre „großen Pläne" für die Fox-Schwestern zunichte gemacht und Maggie war sich sicher, dass ihre große Schwester sie hasste.

„Was will sie damit bezwecken?", fragte Maggie, wollte nach ihrem Weinglas greifen, doch hielt sich zurück. Sie hatte besonders im letzten Jahr viel zu viel getrunken. Der Alkohol hatte geholfen, die Zeit des Wartens zu überstehen. Doch sie hatte sich vorgenommen, ihren Konsum zu verringern. Sie wusste, dass Elisha nichts von Alkohol hielt und sobald er zurückgekehrt wäre, hätte sie ohnehin keinen Grund mehr, sich zu wünschen, dass die Zeit schneller verging.

„Das ist doch offensichtlich", antwortete Kate, die wollte, dass Maggie selbst über ihre Frage nachdachte.

Kate hatte recht. Es war offensichtlich. Leah wollte Maggie damit unterstützen. Die Nachricht, dass Elisha Kent Kane vorhatte, Maggie zu heiraten, würde es für ihn unmöglich machen, sein Heiratsversprechen ohne Weiteres zurückzunehmen. Es war, als hätte er selbst ihre geheime Verlobung der Öffentlichkeit mitgeteilt.

„Es ist offensichtlich. Sie will dich damit lenken", sagte Kate leise, stellte ihr Glas ab, schloss die Augen und ließ ihren Kopf langsam nach hinten fallen.

Sie war zu dünn, dachte Maggie, während sie ihre Schwester betrachtete. Sie wusste, dass sie oft ganze Nächte hindurch Séancen hielt, während derer nicht selten viel getrunken und auch Opium geraucht wurde. Doch trotz ihres Untergewichts und der blassen Hautfarbe war sie in den letzten zwei Jahren zu einer wunderschönen Frau geworden, deren Ausstrahlung beinahe alle anderen bedeutungslos und alltäglich erscheinen ließ. Sie bewegte sich selbstbewusst und stolz, ihr Blick besaß eine Schärfe, und schaute sie jemandem direkt in die Augen, fühlte man sich automatisch geehrt, ihre Aufmerksamkeit geschenkt bekommen zu haben. Betrat sie einen Raum, sei es Restaurant, ein Kaffeehaus oder eine Hotellobby, wurde es wie selbstverständlich still. In den ganzen USA, doch ganz besonders in New York, war Kate inzwischen eine Berühmtheit, bewundert und verachtet, geschätzt und gehasst zugleich. Wissenschaftler, Forscher, Politiker, Sänger und Schriftsteller gingen bei ihr aus und ein, baten um Audienzen, wollten Kates Fähigkeiten bestaunen und holten sich durch sie Rat aus dem Jenseits. Jeder anderen wäre dieser Ruhm zu Kopf gestiegen, doch Kate kümmerte sich kaum darum.

Als Maggie ihre Schwester nach der langen Zeit wiedertraf, fragte sie Kate, ob sie es nicht satthabe, den Toten Riesen zum Sprechen zu bringen. Nach Susannah Turners ewigen Litaneien und Anschuldigungen ekelte und schämte sich Maggie beim Gedanken daran, selbst Séancen zu geben, vor zahlenden Gästen zu sitzen und sich wie eine Hure zu verkaufen.

„Willst du nicht endlich mit diesem Spiel aufhören?", fragte sie Kate. „Bist du es denn nicht leid?"

Kate blickte sie nüchtern an und erklärte Maggie, dass sie sich diese Frage schon lange nicht mehr stellte.

„Es ist meine Bestimmung", antwortete sie. „Du fragst ja auch keinen Vogel, ob er es satthat zu fliegen."

„Was meinst du …"

„Sie will dich sehen", unterbrach Kate Maggies Frage.

„Wer?"

„Leah. Sie hat es mir gesagt." Maggie war sich da nicht so sicher. „Wirst du sie besuchen?"

„Bist du ihre Bittstellerin?", antwortete Maggie verächtlich.

Kate, die immer noch auf der Couch lag, schüttelte den Kopf. Leise knackte es.

„Sie wird mir nur Vorwürfe machen. Und sie wird versuchen, mich zu überzeugen, wieder aufzutreten."

„Der Tote Riese würde uns gerne wieder vereinen", sagte sie.

„Der Tote Riese kann mir gestohlen bleiben", antwortete Maggie trotzig und zuckte zusammen, als ein lautes Knacken die Luft zerriss. Es ärgerte sie, dass sie inzwischen wie die naiven Gäste reagierte, doch gleichzeitig spürte sie, wie sehr sie diese Macht, diese Autorität und die Verblüffung ihres Gegenübers vermisste. Als sie noch Séancen gehalten hatte, war sie gehört, bewundert und beachtet worden, die Menschen waren von ihr fasziniert gewesen, hatten viel Geld dafür bezahlt, nur um in ihrer Nähe sein zu dürfen.

„Der Tag wird kommen, an dem wir wieder zusammen sind", sagte Kate. „Und eine Zeit lang wird es fast so sein wie früher."

Maggie wusste nicht, was Kate damit meinte und hatte auch keine Lust, ihrer Schwester zu widersprechen.

„Ich finde trotzdem, du solltest damit aufhören", sagte Maggie ein weiteres Mal leise.

Kate schien sie nicht einmal wahrzunehmen. Sie lag auf der Couch, hatte die Augen geschlossen, schien zu schlafen und Maggie bemerkte, wie es leise aus verschiedenen Ecken des Zimmers knackte.

Maggie

[Die Monate fühlen sich an wie Wochen, die Wochen wie Tage. Elisha verabschiedet sich ein weiteres Mal und wie bei unserer letzten Trennung will ich ihn auch dieses Mal nicht gehen lassen. Es kommt mir vor, als wäre es erst gestern gewesen, dass er von seiner Reise zurückgekehrt ist, doch es ist bereits ein Jahr vergangen. Ich sehe ihn noch vor mir, wie er in voller Admiralsmontur dasteht, müde von der langen Reise und den vielen Entbehrungen, doch seine Augen sind voller Leben. Ich sehe, wie sehr er mich vermisst hat, erkenne es in seinen Augen, in seinem Gesicht. Ich will ihn in die Arme nehmen, doch er hält mich davon ab, bittet mich, ein Dokument zu unterzeichnen und ihm die vielen Briefe zurückzugeben, die er mir geschrieben hat. Seine Eltern, stammelt er. Sie haben die Zeitung gelesen. Ich weiß, dass sie mich verachten, dass ich für sie nicht gut genug bin. Auch nicht nach meiner Zeit im Exil, in der ich eine von ihnen hätte werden sollen. Ich werde es nie sein und so unterzeichne ich das Dokument, das besagt, dass keinerlei romantische Beziehung zwischen Elisha und mir bestanden hat, und übergebe ihm die Briefe. Etwas in mir erlischt und mit den Briefen verliere ich auch einen Teil von mir selbst.

Ich dachte mir: Nun bist du allein. Ich dachte: Nun hast du alles verloren. Doch schon am nächsten Tag besucht er mich wieder, zerreißt vor meinen Augen das unterschriebene Blatt Papier und gibt mir die Briefe zurück. Wir zwei, flüstert er. Mehr nicht. Es ist genug. Mehr muss er nicht sagen. Und auch ich flüstere es: Wir zwei.

Dann beginnt wieder Elishas Spiel. Ich kenne es bereits: Annäherung und Rückzug. Er will alles, doch fürchtet sich vor den Konsequenzen. Der tapfere Held hat Angst vor seinen Eltern, vor den Berichten in den Zeitungen, vor den leisen Gesprächen in den Hotellobbys. Er schreibt mir beinahe jeden Tag, drängt mich, verehrt mich, beleidigt und verspottet mich, entschuldigt sich noch im selben Satz und schreibt, dass er nichts und niemanden will außer mich.

Die Briefe häufen sich. Ich halte sie in Ehren und werde es für immer tun. Doch irgendwann sind sie mir nicht mehr genug. Ich will mehr. Ich will endlich Elishas Frau sein. Ich merke, wie sehr dieses Spiel an meinen Nerven zerrt. Ich bin unausgeglichen, kann nachts nicht schlafen. Weist Elisha mich ab, ist alles an mir wie ein Bogen gespannt. Kommt er einen Schritt auf mich zu, löst sich diese Spannung.

Eine Zeit lang gebe ich wieder Séancen, nur um ihn zu ärgern. Es ist schrecklich, doch es wirkt. Er ist außer sich. Bittet, fleht.

Es ist deiner unwürdig, sagt er und insgeheim stimme ich ihm zu.

Ich kann den Gedanken nicht ertragen, dass du im Dunkeln sitzt und die Hand eines anderen berührst, schreibt er.

Ich genieße seine Eifersucht.

Nach einigen Wochen höre ich wieder damit auf. Nicht nur wegen ihm. Ich fühle mich schlecht dabei und zusätzlich habe ich es verlernt. Es ist einfach, den Toten Riesen zum Sprechen zu bringen, doch die Gedanken der anderen, die ich zuvor wie ein Buch lesen konnte, sind mir inzwischen verschlossen. Ich sehe die Antworten auf die Fragen, die mir gestellt werden, nicht mehr und nehme nur noch die Enttäuschung in den Gesichtern der Gäste wahr. Es ist schmerzhaft.

Kate will mir Mut machen, will, dass ich weitermache, dass wir wieder gemeinsam mit dem Toten Riesen sprechen.

Ohne dich ist es einsam, sagt sie.

Du hast doch Leah, antworte ich.

Noch immer bin ich wütend auf sie, obwohl ich längst vergessen habe, warum.

Kate erzählt mir, dass Leah vermutlich heiraten wird. Einen Mann, der sie so liebt, wie sie ist, betont sie und ich weiß nicht, ob sie Elisha mit dieser Aussage schlechtmachen will.

Ob sie weiterhin Séancen geben darf, frage ich und kenne bereits die Antwort. Leah würde keinen Mann heiraten, der ihr etwas verbieten wollte.

Ich frage mich, ob sie mich zu ihrer Hochzeit einlädt. Einen Moment lang trauere ich ihr nach, trauere uns nach, dem, was Leah, Kate und ich hatten. Doch ich will nicht wieder zurück. Ich kann es nicht und Elisha ist dankbar dafür.

Schwöre, dass du nie wieder eine Séance halten wirst, sagt er.

Ich schwöre es und meine es so.

Er mietet eine Wohnung für mich. Zum ersten Mal in meinem Leben wohne ich alleine. Es ist fantastisch.

Elisha sagt, dass er gerne immer bei mir wäre, doch viel Zeit hat er nicht, da er sein Buch schreiben muss. Er arbeitet wie besessen und seine Gesundheit leidet darunter. Die Monate im Eis haben ihm nicht so sehr zu schaffen gemacht wie die Zeit an seinem Schreibtisch. Er ist oft müde, hat einen trockenen Husten und seine Haut ist blass.

Ich mache mir Sorgen, sage ich, wann immer er mich besucht. Er schüttelt stets nur den Kopf.

Wann werden wir heiraten?, frage ich und er blockt ab. Wieder spüre ich, wie sich der Bogen in mir spannt.

Überall warten Reporter auf uns. Wir werden beobachtet und über alles, was wir tun, wird geschrieben. Die Zeitungen zerreißen sich das Maul über unsere Treffen, doch mich kümmert es nicht. Sie schreiben Lügen. Über uns, über ihn, über sein uneheliches Kind. Ich frage ihn, ob es stimmt. Er sagt Nein und ich glaube ihm. Noch vor einigen Jahren hätte ich in seinem Gesicht erkannt, ob er die Wahrheit sagt oder nicht. Nun muss ich ihm glauben.

Die Nächte alleine sind lang. Oft liege ich wach, kann nicht schlafen. Es ist eine innere Unruhe, die ich nicht loszuwerden scheine. Nur der Alkohol hilft mir.

Ich warte darauf, dass Elisha mich bittet, ihn zu heiraten. Warte und warte und eines Tages fragt er mich. Ich sage Ja.

Wir sind verlobt.

Noch muss es unser Geheimnis bleiben, sagt er und ich stimme zu.

Gerne würde ich der Welt davon erzählen. Würde es hinausrufen. Ich will, dass seine Familie mich akzeptiert, dass ich nicht länger alleine in dieser Wohnung lebe, dass die boshaften und verächtlichen Blicke endlich aufhören. Gerne würde ich sagen, dass sie mir nichts ausmachen, doch es stimmt nicht.

Wie lange muss ich noch dieses Leben führen?

Niemand weiß von unserer Verlobung, bis zu dem Tag, an dem Elisha mich, Kate und Cornelius zu sich nach Hause ruft. Wir stehen gemeinsam im Salon, es ist beklemmend still und Elisha spricht es endlich aus:

Maggie ist meine Frau und ich bin ihr Ehemann, sagt er. Wo immer wir sind, sie gehört mir und ich gehöre ihr. Verstehst du das und stimmst dem zu, Maggie?

Wie lange habe ich darauf gewartet. Noch immer klingen seine Worte in meinen Ohren. Endlich ist es offiziell.

Es fühlt sich wie eine Befreiung an und ich freue mich so, mich endlich als Elishas Frau bezeichnen zu dürfen. Die Spannung in mir lässt endlich nach. Doch Elisha ermahnt mich, sagt, dass es unser Geheimnis bleiben muss. Nur noch eine Zeit lang.

Die Zeitungen dürfen es nicht erfahren, sagt er und ich höre die Besorgnis in seiner Stimme. Noch nicht. Erst nachdem er zurückkommt.

Ich spüre, wie sich der Bogen in mir wieder spannt.

Elisha wird nach England reisen und Sir John Franklins Witwe sein Buch überreichen.

Ich habe es ihr versprochen, sagt er und ich verstehe es.

Ich werde dir schreiben, sagt er und ich weiß, dass es stimmt. Wie viele Briefe wir uns schon geschrieben haben? Es müssen Hunderte sein.

Am Tag seiner Abfahrt wäre ich gerne beim Hafen gestanden, doch Elisha will es nicht.

Die Menschen, sagt er und weiß nicht, was er noch hinzufügen soll.

Wenn er zurückkommt, werden wir unsere Ehe verkünden. Es ist sein Versprechen und dieses Mal kann ich sehen, dass es die Wahrheit ist. Ich sehe es so klar wie damals, als ich noch mit Kate den Toten Riesen zum Sprechen gebracht habe.

Das Schiff verlässt den Hafen und segelt nach England.

Wieder schreibe ich meinen Namen auf ein Blatt Papier: Margaret Kane.

Und wieder warte ich darauf, dass er zurückkommen wird. Doch im Gegensatz zum letzten Mal fürchte ich dieses Mal nicht um sein Leben.]

Abschied

New York, Februar 1857

Leah erfuhr von Elisha Kent Kanes Tod aus der *Tribune*. Sie hatte seit seiner Rückkehr aus der Arktis alle Nachrichten über Kane und ganz besonders die vielen Gerüchte über seine

Beziehung mit Maggie verfolgt, hatte mitbekommen, wie die verschiedenen Zeitungen versuchten, die Zuneigung, die die beiden füreinander empfanden, immer und immer wieder in den Dreck zu ziehen, hatte von Maggies Wohnung erfahren, die angeblich von Kane bezahlt wurde, der sie dort regelmäßig und ohne Aufsichtsperson besuchte, und hatte mitansehen müssen, wie Maggies ohnehin bereits beschädigter Ruf langsam, aber sicher endgültig ruiniert wurde. Kate hatte ihr von der heimlichen Hochzeit erzählt, was sie schmerzhaft an ihre eigene Zeremonie mit Bowman Fish erinnerte.

Elisha Kent Kane hatte Maggie, im Gegensatz zu Bowman, zumindest versprochen, ihre Ehe nach seiner Rückkehr aus England öffentlich zu machen. Und nun las sie mit Entsetzen, dass sich Kanes Gesundheitszustand während seines Besuchs in England drastisch verschlechtert hatte. Der britische Arzt, der mehrere Jahre sowohl in den USA als auch in der Karibik praktiziert hatte, riet Elisha Kent Kane, nach Kuba zu reisen. Er sah den Ursprung der schlechten Verfassung seines Patienten in der langen Zeit in der Arktis und war sich sicher, das tropische Klima würde ihn von seinem Leiden befreien. Tragischerweise hatte dies nicht geholfen und der weltberühmte Entdecker, Schriftsteller und gefeierte Held war im jungen Alter von siebenunddreißig Jahren in Havanna völlig unerwartet verstorben.

Leah hatte eine unglaubliche Wut auf diesen Mann gehabt, doch nie hätte sie ihm ein derartiges Schicksal gewünscht. Er hatte mit Maggie gespielt, hatte sie belogen und in eine Falle gelockt, hatte sie dazu gebracht, dem Spiritismus zu entsagen, hatte es geschafft, dass sie sich öffentlich gegen ihre bisherige Tätigkeit aussprach. Leah hatte mitansehen müssen, wie sich viele, die sie und ihre Schwestern zuvor bedingungslos unterstützt hatten, nun von ihr abwandten und alles infrage stellten, wofür sie und die Fox-Schwestern standen. Nur durch Leahs Einsatz, ihre guten Beziehungen zu geachteten Persönlichkeiten und natürlich durch Kates außergewöhnliche Fähigkeiten, hatte sie es geschafft, das Ruder herumzureißen und ihren erworbenen Status zu erhalten. Leah selbst war inzwischen eine Expertin und geschätzte Autorität in Frauenrechtskreisen. All das beruhte auf der Tatsache, dass sie Leah Fox war, eine von den Fox-Schwestern, den Begründerinnen und Galionsfiguren des modernen Spiritismus. Und Maggie, beziehungsweise Elisha Kent Kane, hatte beinahe alles zunichte gemacht.

Die Anteilnahme an Elisha Kent Kanes Ableben war überbordend. Er war genau der Held, den die USA zu dieser Zeit brauchten. Anders als viele vor ihm hatte Kane die Liebe und Bewunderung seiner amerikanischen Mitbürger eher durch wissenschaftliche Forschung als durch militärische Tapferkeit oder politische Führung gewonnen und hatte genau dadurch einen Sonderstatus erlangt, der ihn ganz besonders für die Medien noch interessanter machte. Seit seiner Rückkehr aus der Arktis war kein Tag vergangen, an dem die Zeitungen nicht über ihn berichtet hätten, und nun schien es kein anderes Thema mehr zu geben. Leah las in der *Tribune*, dass Kanes Leiche inzwischen nach New Orleans gebracht worden sei, von wo aus er seine letzte Reise mit dem Dampfschiff und einem speziellen Bestattungszug nach Philadelphia antreten würde. Später erfuhr sie, dass der Zug an fast allen regulären Haltestellen stoppte, damit die vielen Gedenkdelegationen eine Möglichkeit bekamen, Elisha Kent Kane die letzte Ehre zu erweisen. Es sollte der längste Trauerzug des Jahrhunderts sein, der nur von dem Abraham Lincolns übertroffen wurde. Leah jedoch trauerte nicht um Elisha Kent Kane. Sie sorgte sich lediglich um Maggies Zukunft. Die westliche Welt blickte auf den verstorbenen Wissenschaftler und die Journalisten würden alles, was nur im Entferntesten mit ihm zu tun hatte, ausschlachten. Die Zeitungen hatten sich bereits seit Kanes Rückkehr von seiner Arktis-Expedition auf sein Privatleben gestürzt. Ganz besonders nach der Veröffentlichung seines Buches *Arktische Fahrten und Entdeckungen der zweiten Grinnell-Expedition zur Aufsuchung Sir John Franklins*, das im Jahr nach seiner Rückkehr erschienen war und sofort zu einem Bestseller wurde, wollten die Medien alles über den frisch gebackenen Helden wissen. Viele schrieben über verschiedenste Liebschaften, über Skandale, über ein uneheliches Kind, das er angeblich kurz vor seiner Expedition gezeugt habe, und natürlich ganz besonders über seine Beziehung zu Maggie, die nach wie vor selbst als Berühmtheit galt. Immer wieder wollten Vertreter der Zeitungen auch eine Stellungnahme von Kanes Familie erhalten, die jedoch stets so taten, als gäbe es Margaret Fox gar nicht oder als wäre sie es zumindest nicht wert, über sie zu sprechen. Leah wusste, dass Kanes Familie Maggies Verlobung niemals akzeptieren würden und dass Maggie genau aus diesem Grund jetzt unbedingt handeln und zu einem Gegenschlag ausholen musste.

Maggie hatte für Elisha Kent Kane alles aufgegeben, hatte für ihn ihre Arbeit hingeschmissen, den Spiritismus in den Dreck gezogen und ihren Ruf aufs Spiel gesetzt.

Wenn Maggie jetzt untätig bliebe, würde sie mit nichts dastehen, so wie es damals Leah ergangen war, als Bowman sie verlassen hatte. Das konnte und würde sie nicht zulassen. In den Tagen nach der Verkündung von Elisha Kent Kanes Tod versuchte Leah immer und immer wieder, Kontakt zu Maggie aufzunehmen. Von Kate hatte sie erfahren, dass Maggie ihre Wohnung nicht mehr verließ und sich in Alkohol und Drogen flüchtete.

„Bitte überzeuge sie, dass sie unbedingt zum Begräbnis erscheinen muss", sagte Leah ihrer Schwester. „Sie muss der Familie und ganz besonders der Öffentlichkeit demonstrieren, dass sie ihren Ehemann verloren hat. Und bitte sorg dafür, dass sie nüchtern ist."

„Ich glaube nicht, dass sie stark genug dafür ist", antwortete Kate mit monotoner Stimme.

Leah ärgerte sich, dass sich Kate nicht einmal ihre Sorge um Maggie anmerken ließ. Es schien, als zeige sie ihre Gefühle nur noch während der vielen Séancen und als sei sie, sobald sie die abgedunkelten Räumlichkeiten verließ, lediglich eine leere Hülle.

„Wenn sie bei der Beerdigung nicht dabei ist, wird man sie vergessen. Kanes Familie versucht ohnehin schon, die Beziehung der beiden zu verleugnen, und wenn Maggie will, dass man sie als Kanes Witwe wahrnimmt, dann muss sie zumindest an diesem Tag anwesend sein."

„Sie hat kaum die Kraft aufzustehen", antwortete Kate. „Ich denke nicht, dass ich sie überhaupt dazu bewegen kann, aus dem Haus zu gehen, geschweige denn nach Philadelphia. Und ich … Mir geht es zurzeit nicht so gut. Ich weiß nicht, ob ich …"

„Du musst!“, insistierte Leah. „Das bist du ihr schuldig.“

Ein schwaches Argument, doch Leah kannte Kate gut genug, um zu wissen, dass sie darauf anspringen würde. Kate schloss einen Moment lang die Augen und nickte schließlich.

„Du wirst uns begleiten?“, fragte sie.

„Ja, das werde ich“, antwortete Leah. Sie wollte Maggie einerseits unterstützen und andererseits könnte sie eingreifen, wenn Maggie vor oder während des Begräbnisses eine Szene machen würde. „Ich werde auch nach Philadelphia reisen. Doch sag Maggie nichts davon. Wenn sie mich brauchen sollte, bin ich für sie da.“

Kate nickte ein weiteres Mal.

„Ich habe ihre Zukunft gesehen, weißt du“, sagte sie leise.

Leah schüttelte genervt den Kopf und wandte sich von ihrer Schwester ab. Sie konnte die Geheimnisse des Toten Riesen nicht mehr hören.

Es war keine gute Idee gewesen. Oft bereute Leah, dass sie Maggie mit Kates Unterstützung dazu gebracht hatte, zu Elisha Kent Kanes Beerdigung zu gehen. Und oft fragte sie sich, wie sich Maggies Leben und damit auch ihr Geisteszustand wohl entwickelt hätte, wäre sie der Veranstaltung ferngeblieben.

Vielleicht wäre Maggie tatsächlich in Vergessenheit geraten und eventuell wäre das gar nicht das Schlechteste gewesen. Vielleicht hätte sie Glück gehabt. Vielleicht hätte sie einen Mann gefunden, der sie geliebt und sich um sie gekümmert hätte. Vielleicht hätte ihm Maggie ein, zwei Kinder geboren, vielleicht wäre sie sogar voll und ganz in der Mutterrolle aufgegangen und hätte ihre Vergangenheit als berühmtes Medium, als eine der magischen Fox-Schwestern und als angebliche Geliebte des prominenten Entdeckers Elisha Kent Kane als einen dunklen Traum abgetan, längst vergangen und nicht mehr Teil ihres Lebens. Doch Maggies Leben sollte anders verlaufen. Kate schaffte es, ihre ältere Schwester davon zu überzeugen, tatsächlich zur Beerdigung ihres heimlichen Ehemanns zu gehen. Sie half Maggie, die Koffer zu packen und gemeinsam fuhren sie mit dem Zug nach Philadelphia, wo sie ein Zimmer im Webb's Union Hotel nahmen, dem Ort, an dem Maggie Jahre zuvor Elisha kennengelernt hatte. Auch das war eine schlechte Entscheidung, da die vielen Erinnerungen an dieses schicksalhafte Treffen Maggie schwer zu schaffen machten und sie den gesamten ersten Tag weinend im Bett verbrachte. Sie trank mehrere Flaschen Wein und schlief letztendlich ein, wobei Kate nicht wusste, ob ihre Schwester tatsächlich schlief oder sich bewusstlos getrunken hatte.

Leah traf sich heimlich mit Kate und gemeinsam berieten sie sich, wie sie Maggie unterstützen oder besser gesagt lenken konnten. Sie entschieden, dass beide Maggie zur Beerdigung, die am nächsten Tag stattfinden sollte, begleiten würden, ob sie wollte oder nicht. Zum ersten Mal seit Jahren würden sie wieder als die drei Fox-Schwestern in Erscheinung treten, eine starke Einheit, die Macht und Autorität ausstrahlte. Leah und Kate würden ihrer Schwester Mut zusprechen und sie stützen. Ihr überraschender Auftritt würde Maggie bestimmt aus der Reserve locken und ihr aufzeigen, dass Leah bereit war, ihr einen, wenn nicht sogar mehrere Schritte entgegenzugehen. Es war ein guter Plan. Doch Maggie machte ihn zunichte.

Am Tag der Beerdigung, Kate und Leah schliefen noch tief und fest, erwachte Maggie bereits vor dem Morgengrauen, trank leise mehrere Gläser Wein, zog sich an und verließ das Zimmer, ohne Kate Bescheid zu sagen. Der Portier rief ihr eine Kutsche und sie ließ sich zum Laurel Hill Friedhof bringen, wo sich bereits Hunderte Menschen versammelt hatten, die ihrerseits ebenfalls Abschied von ihrem amerikanischen Helden nehmen wollten. Als diese Maggie erblickten, schien es ihr, als wüssten alle über sämtliche anrüchigen Details von Maggies und Elishas Liebschaft Bescheid. Sofort meinte sie zu sehen, wie die Leute Grüppchen bildeten und zu tuscheln begannen. Köpfe wurden geschüttelt und Münder zu Grimassen verzogen. In den Zeitungen, die am nächsten Tag erschienen, stand, dass Margaret Fox über eine Stunde lang am Eingang verweilte, mit sich selbst sprach und hie und da den Anwesenden wüste Beschimpfungen zurief. Maggie sollte sich an diese Stunde jedoch nicht erinnern. Ihr kam es vor, dass sie ankam, die anklagenden Blicke zwar bemerkte, sie aber gezielt ignorierte und irgendwann in Richtung des Mausoleums ging, in dem Elisha beigesetzt werden sollte. Der viele Alkohol und die Drogen der vergangenen Tage ließen sie wanken und immer wieder stolperte sie. Ihr war, als würden alle ihre Schritte von den Anwesenden registriert, als würde jedes noch so leichte Taumeln verurteilt, schlimmer noch, als würde sie für jede noch so winzige, fehlerhafte Bewegung an den Pranger gestellt werden. In ihrem Kopf wurde das leise Gemurmel zu anklagendem

Gebrüll. Maggie meinte, aus dem Augenwinkel zu sehen, dass einige sogar mit dem Finger auf sie zeigten.

„Ich weiß Bescheid!", rief Maggie den Leuten zu und spürte, wie ihr Wut und Trauer die Kehle zuschnürten. „Es ist nicht rechtens …"

Sie suchte nach einem Taschentuch, kniete sich dabei auf den Boden und fiel. Zwei Männer wollten ihr zu Hilfe eilen, doch Maggie erkannte ganz genau, dass dies nur ein Vorwand war. Ein Vorwand, eine der Fox-Schwestern zu berühren, um danach sagen zu können: Ich habe nichts gespürt! In ihr sind keine Geister! Sie ist leer! Vollkommen leer!

„Nein!", brüllte Maggie, stieß die Männer von sich und stand auf.

Sie musste Elisha sehen. Ein letztes Mal. Sie musste sich von ihm in Würde verabschieden. Sie begann zu laufen. Die Richtung gaben die vielen Menschen vor. Sie musste nur dem Strom folgen. Sich treiben lassen, um ihn ein letztes Mal, nur ein allerletztes Mal …

Sie hatten sich wie Liebende verabschiedet, die sich bald wiedersehen würden. Es war keine Verabschiedung gewesen. Sie war sich so sicher gewesen, dass er bald zu ihr …

Schließlich waren es zwei Polizisten, die sie an den Armen packten und auf die Seite zerrten. Maggie erblickte das steinerne Gesicht von Elishas Bruder Robert. Einige Meter hinter ihm standen Elishas Eltern. Nur einen Moment lang drehte sich seine Mutter in ihre Richtung. Durch den schwarzen Schleier konnte sie ihr Gesicht nicht sehen, doch sie war sich sicher, dass sie Maggie für den Tod ihres Sohns verantwortlich machte.

„Ich kann nichts dafür!“, rief sie in ihre Richtung. „Ich …“

„Bringt sie weg“, befahl Robert und die zwei Polizisten gehorchten.

Maggie wurde gewaltsam zum Eingang gebracht, wo Leah und Kate ihr entgegeneilten.

Als Kate erwacht war und bemerkt hatte, dass Maggie das Hotel bereits verlassen hatte, war sie in Leahs Zimmer gestürzt und beide hatten sofort eine Kutsche zum Friedhof genommen. Sie waren gerade angekommen, als sie sahen, wie ihre Schwester vor den Blicken neugieriger Zuschauer nach draußen geschleppt wurde, wo sie schließlich kraftlos auf ihre Knie sank.

„Maggie“, sagte Leah, kniete sich vor sie und ergriff ihre Hände.

Dreizehn Jahre lang hatte Leah ihre Schwester beinahe jeden Tag gesehen. Sie hatte es sich damals zur Aufgabe gemacht, sie zu erziehen, ihre Fähigkeiten zu fördern, sie vor Gefahren zu beschützen. Vor dreieinhalb Jahren war Maggie ohne Ankündigung verschwunden und hatte den Kontakt zu Leah abgebrochen. Sie war damals eine selbstsichere, starke, junge Frau gewesen, doch nun erblickte sie eine völlig andere, gebrochene Person vor ihr. Die Augen rot und blutunterlaufen, die Wangen nass von den Tränen, die Haare ungekämmt, ihr Kleid schmutzig und zerknittert. Sie so zu sehen, brach Leah schier das Herz. Mit einem Taschentuch wischte sie Maggie die Tränen aus den Augen und für einen Moment sah sie plötzlich das Kind, das sie in Rochester kennengelernt und gemeinsam mit Amy großgezogen hatte. Die beiden Schwestern blickten sich in die Augen und kurz war es so, als hätte es den Toten Riesen und alles, was danach gekommen war, nicht gegeben.

Dann konnte Leah förmlich zusehen, wie etwas in Maggie riss. Sie schloss die Augen, lies die Schultern sinken und sackte in sich zusammen.

Maggie Fox sollte sich nie wieder ganz von diesem Moment erholen.

Eine neue Normalität

New York 1862

Es gibt eine Theorie, dass Medien, Spiritistinnen, Geisterbeschwörerinnen, oder wie auch immer man sie auch bezeichnen möge, anfällig für Alkohol- und Drogenabhängigkeit sind. Nicht selten wird diesen außergewöhnlichen Persönlichkeiten gar von ihren Ärzten empfohlen, sich diesen Substanzen zuzuwenden, um die überwältigende Stimulation von Empfindungen, der sie sich Tag für Tag, Stunde um Stunde stellen müssen, die sie von außen und innen bombardiert und gegen die sie keine Abwehrkräfte haben, zumindest kurzzeitig zu blockieren. Wieder andere argumentieren, dass gerade alkoholische Getränke den Spiritistinnen dabei helfen, ihre innere Tür zum Jen-

seits zu öffnen, wenn sich diese trotz aller Versuche nicht öffnen lässt.

Was die berühmteste Spiritistin der westlichen Welt Catherine Fox und deren inzwischen zurückgezogene Schwester Margaret betrifft, so geht der Verfasser dieses Textes davon aus, dass deren Neigung zum Alkohol höchstwahrscheinlich auch aus einer Veranlagung entstand, die von ihrem Vater vererbt, doch mit Sicherheit durch ihre übersinnlichen Fähigkeiten noch verstärkt wurde.

Leah nahm die Zeitung und warf sie in den brennenden Kamin. Es bestand zwar keine große Gefahr, dass Maggie den Artikel gelesen hätte – sie interessierte sich schon seit geraumer Zeit nicht mehr für das, was über sie geschrieben wurde – und doch wollte Leah auf Nummer sicher gehen. Außerdem hatte sie auch keine Lust, dass Daniel den Artikel las und sich deswegen ärgerte.

Sie hatte ihren Mann während einer Séance kennengelernt. Mehrere Wochen nach ihrem ersten Treffen hatte er beinahe täglich als stiller Beobachter an ihren Vorstellungen teilgenommen, bis er schließlich den Mut gefunden und sie um eine private Audienz gebeten hatte. Leah war vom ersten Moment an klar gewesen, dass Daniel Interesse an ihr hatte. Wie er mit ihr sprach, wie er sich in ihrer Anwesenheit bewegte, wie er sich ausdrückte – man musste kein Medium sein, um das zu erkennen.

Daniel Underwood war acht Jahre jünger als sie, Witwer und Leah fand, dass er hervorragend aussah. Er hatte zwar keine breiten Schultern und muskulösen Oberarme, doch er pflegte einen stolzen Gang und seine Augen strahlten vor Intelligenz, Offenheit und Jugendlichkeit. Insgeheim hatte er ihr schon vom ersten Moment an gefallen, doch Leah hatte ihn, wie so viele andere zuvor, abgewiesen und ihm erklärt, dass sie kein Interesse an einem Leben in unsichtbaren Ketten hätte. Im Gegensatz zu allen anderen Verehrern hatte Daniel jedoch nicht so getan, als wisse er nicht, wovon Leah sprach. Nein, ganz im Gegenteil. Obwohl er jünger war als Leah, sprach er, als hätte er bereits ein ganzes Leben hinter sich. Er schwärmte von seiner verstorbenen Frau, beschrieb ihre Stärke, ihren klaren Geist und ihren eisernen Willen, den sie bis zum Tag ihres Todes behalten hatte. Auch sie habe Leahs Werte vertreten und ihm aufgezeigt, dass Gleichstellung kein Privileg, sondern ein Grundrecht sei. Er habe, sagte er und überlegte sichtlich, wie er diesen Moment in Worte fassen konnte, tatsächlich bereits die Möglichkeit gehabt, den Präsidenten dieses Landes selbst, den ehrenwerten Abraham Lincoln, auf dieses Thema anzusprechen und Mr Lincoln habe ihm versichert, dass er selbst diese Einstellung teile. Dies sei zwar noch kurz vor seinem Amtsantritt gewesen, doch er sei sich sicher, dass dieser Mann seine Meinung zur Gleichstellung aller Menschen trotz seiner neuen Position nicht so schnell ändern und dass die USA sich mit diesem Präsidenten in eine Richtung bewegen würde, die nicht nur Amerika, sondern die gesamte Welt verändern sollte.

Während dieses Gesprächs löste sich etwas in Leah, das beinahe ihr gesamtes erwachsenes Leben lang festgesessen hatte. Es war, als habe sich ihre innere Tür einen Spalt breit geöffnet und als habe Daniel es geschafft, einen Fuß hineinzustellen. Es war seltsam gewesen, hatte sie geärgert, besorgt, verängstigt. Ihr erster Impuls war, diesen Mann abzuweisen, wie sie damals Calvin abgewiesen hatte und ihn nie wiederzusehen, da er eine Gefahr für sie darstellte. Vor allem machte es sie nervös, dass dieser Daniel Underwood wie maßgeschneidert und damit zu perfekt für sie wirkte: Er war jünger als sie, ein engagierter Spiritist, vermögend, stammte aus einer alten und respektierten Familie und war Präsident einer wichtigen Versicherungsgesellschaft. All diese an sich positiven Eigenschaften lösten in Leah sonderbarerweise Panik und Unglauben aus. In ihr regte sich ein Fluchtverhalten, dem sie aber dieses Mal nicht gehorchen wollte. Je länger sie nachdachte, desto mehr hinterfragte sie, was eigentlich ihr letztendliches Ziel war. Sie und ihre Schwestern hatten Großes vollbracht. Es gab so viele Frauen, die sie nachahmten und damit eigenständig und erfolgreich waren. Tausende Frauen hatten durch die Vorarbeit der Fox-Schwestern eine Möglichkeit bekommen, ihr eigenes Geld zu verdienen und sich aus der Abhängigkeit der Männer zu befreien.

Ihr Ziel, so gestand sich Leah ein, war erreicht. So floh Leah dieses Mal nicht, stieß Daniel nicht von sich, sondern ließ ihn in ihr Leben. Es grenzte an Schicksal, dass sie ihn kennengelernt hatte. Vielleicht, dachte sie insgeheim, gab es ja wirklich etwas Höheres, etwas Unerklärliches, das es dieses Mal gut mit ihr gemeint hatte und ihr etwas Glück schenken wollte. Als sie diesen Gedanken mit Kate teilte, nickte diese und sagte, dass der Tote Riese sich für sie freute. Wie als Bestätigung knackte es kaum hörbar aus verschiedenen Ecken des Zimmers.

Sie heirateten, wurden eins, seine Tochter Lillie wurde auch zu ihrer, sein Zuhause wurde ihres. Maggie zog ebenfalls ein und Leah fühlte sich in ihrem neuen Heim wohl und sicher. Dass sie weiterhin ihrer Arbeit nachging, verstand sich von selbst.

Leah ertappte sich dabei, wie sie lächelnd über diesen Mann nachdachte, der sich Hals über Kopf in sie verliebt hatte und der nach wie vor völlig vernarrt in sie war. Sie schüttelte ungläubig den Kopf, blickte in den brennenden Kamin und sah zu, wie sich das Zeitungspapier in Asche verwandelte. Die gerade gelesenen Worte kamen ihr wieder in den Sinn und ihr Lächeln verschwand. Maggie konnte sie von derartigen Berichten meistens gut fernhalten, doch Kate war seit einiger Zeit Leahs Einfluss entglitten. Einen Moment lang stellte sie sich die Frage, ob Kate Zeitungsartikel wie diesen überhaupt noch wahrnahm. Vermutlich nicht. Als sie ihre jüngste Schwester das letzte Mal gesehen hatte – das war vor etwas mehr als einem halben Jahr gewesen, kurz nachdem sie von ihrer bisher prestigeträchtigsten Séance im Weißen Haus zurückgekehrt war –, war sie dermaßen in ihre eigene Welt versunken, dass sich Leah nicht vorstellen konnte, wie sie wie ein gewöhnlicher Mensch auf einem Stuhl saß und die Zeitung las.

Leah konnte es immer noch kaum glauben, dass Kate und einige andere Medien tatsächlich von der First Lady selbst ins Weiße Haus eingeladen worden waren, nachdem ihr Sohn William Wallace Lincoln im Alter von zwölf Jahren an Typhus verstorben war. Abraham und Mary Lincoln hatte der unerwartete Tod ihres Sohnes unglaublich hart getroffen. Vor allem die First Lady verkraftete den Verlust ihres Sohnes fast gar nicht. Sie brach zusammen, verließ das Haus nicht mehr und war nicht einmal dazu fähig, an der Trauerfeier teilzunehmen. Es gab viele Gerüchte um ihren Geisteszustand, die sich mehrten, als es hieß, sie wolle ein letztes Mal Kontakt zu Willie aufnehmen.

So kam es, dass auch Kate nach Washington gerufen wurde, wo sie an drei aufeinanderfolgenden Abenden Séancen im Weißen Haus abhielt, das Tor zum Jenseits einen Spaltbreit öffnete und Mary Lincoln ihren Herzenswunsch erfüllte.

Als Kate von ihrer Reise zurückkehrte und Leah begann, sie auszufragen, antwortete sie nur, dass der Tote Riese gnädig gewesen sei und er sie glücklicherweise als Instrument benutzt habe, um den kleinen Willie zu besuchen und so Mrs Lincoln einen würdigen Abschied zu ermöglichen. Leah war neugierig. Sie war schon oft in Washington gewesen und hatte vor dem hohen Zaun das stolze Heim der Präsidentenfamilie bewundert. Sie wollte von Kate wissen, wie das Weiße Haus von innen aussah, wie viele Sicherheitsbeamte sie untersucht hatten, ob sie eine Führung erhalten hatte, wie Mary Lincoln sie empfangen, mit ihr gesprochen und sich ihr gegenüber verhalten hatte, was ihr und den anderen Medien zum Essen serviert worden war und ob sie den Präsidenten ebenfalls kennengelernt habe. Kate hörte sich sämtliche Fragen an und zuckte nur immer wieder ratlos mit den Schultern.

„Ich habe mich meiner Aufgabe gewidmet", antwortete sie und sah ihr mit diesem leeren Blick in die Augen, den sie schon vor geraumer Zeit perfektioniert hatte. Eine vollkommen ausdruckslose Miene, der nur dann Leben eingehaucht wurde, wenn eine Séance begann und der Tote Riese sie, wie Kate es nannte, zu seinem Instrument machte. Leah konnte diese neue Eigenschaft von Kate nicht ausstehen, doch sie musste insgeheim zugeben, dass sie tatsächlich den Effekt erzielte, dass ihre Auftritte noch intensiver und noch geheimnisvoller wurden.

Leah ärgerte sich über Kates Widerwillen, ihre Fragen zu beantworten, und wusste wieder einmal nicht, ob letztendlich der Alkohol Schuld an Kates knappen Antworten trug, oder ob sie die „andere Welt“ vielleicht wirklich einmal zu oft besucht hatte und sie den Weg zurück nicht mehr fand. Der verdammte Alkohol.

Kate schaffte es immerhin trotzdem, weiterhin ihrer Arbeit als Spiritistin nachzukommen. Seit Ausbruch des Bürgerkriegs im Jahr zuvor, der schon Tausende Opfer gefordert hatte, waren ihre Dienste noch gefragter. Unzählige Menschen hatten Angehörige in den Schlachten verloren und die vielen Geisterbeschwörerinnen, die es mittlerweile gab, boten ihre Dienste gerne an, um den Trauernden eine Möglichkeit zu geben, sich von den Gefallenen zu verabschieden.

Maggie hingegen war seit Elisha Kent Kanes Tod nicht mehr dieselbe. Sie hatte in ihrem Zimmer einen Altar für ihren verstorbenen Mann errichtet, vor dem sie stundenlang kniete und entweder mit Elisha sprach oder still betete. Daniel hatte Maggie einmal die Frage gestellt, ob sie mithilfe des Toten Riesen Kontakt zu Elisha aufnehmen konnte. Daraufhin hatte ihn Maggie fragend angestarrt und ihm erklärt, dass sie diesen Teil ihres Lebens für immer aus sich verbannt hatte, dass der Tote Riese nur noch ein Schatten sei, der ihr Leben verdunkelte.

Nach ihrem Zusammenbruch am Tag von Kanes Beerdigung hatte sie Wochen gebraucht, um wieder einigermaßen auf die Beine zu kommen. Leah hatte sich gemeinsam mit Daniel um ihre Schwester gekümmert, hatte sie bei sich aufgenommen und mitansehen müssen, wie Maggie alles genommen wurde, was sie sich erkämpft und sehnlich gewünscht hatte. Zeitungen machten sich über die Szene am Friedhof, die sich vor so vielen Anwesenden vollzogen hatte, lustig. Die Artikel waren voller Ablehnung, Spott und Hohn. Nur die *Tribune* berichtete mit keinem Wort über diesen Vorfall, was mit Sicherheit auf Horace Greeley zurückzuführen war.

Als die Gerüchte um Maggies heimliche Verlobung mit Elisha Kent Kane nicht endeten, distanzierte sich Kanes Familie ein weiteres Mal öffentlich von Maggie und gab an, dass Elisha während keiner Zeit seines viel zu kurzen Lebens ein Verhältnis, weder freundschaftlich noch ausschweifender Natur, mit dieser verwerflichen Person gepflegt habe. Die Tatsache, dass es Hunderte Zeugen gab, die Elisha und Maggie Dutzende Male zusammen gesehen hatten, spielte für die Familie Kane keine Rolle. Obwohl Leah alles daransetzte, dass Maggie derartige Berichte nicht in die Hände bekam, erfuhr Maggie immer wieder von den abwertenden Aussagen der Familie Kane ihr gegenüber, was sie nur noch tiefer in ein Loch fallen ließ.

Trotz allem führten Leahs und Daniels Fürsorge dazu, dass es Maggie nach einigen Wochen wieder etwas besser zu gehen schien, und sie beschlossen, einige ihrer Sachen aus der Dachgeschosswohnung zu holen, die von Elisha Kent Kane bezahlt worden war. Als sie jedoch vor verschlossenen Türen standen und Maggie bewusst wurde, dass man das Türschloss auswechseln hatte lassen, führte dies zu einem weiteren nervlichen Zusammenbruch.

Leah nahm daraufhin Kontakt zu Elishas Bruder Robert Kane auf und forderte ohne Umschweife die Auslieferung von Maggies Besitztümern sowie die achttausend Dollar, die Elisha Kent Kane seiner Ehefrau vor seiner letzten Abreise im Falle seines Ablebens versprochen hatte. Wäre diese Rechnung beglichen, würde Maggie aus dem Leben der Kanes verschwinden. Robert wirkte verdattert und betonte, dass er nichts von diesem Geld wisse. Leah wunderte dies kein bisschen, da sie dieses Versprechen erfunden hatte. Doch sie fand, dass Maggie dieses Geld verdient hatte. Zusätzlich wäre es eine gewisse Sicherheit und eine Wiedergutmachung dafür, wie die Kanes mit ihrer Schwester umgesprungen waren. Als Robert erwiderte, dass es keinerlei Beweise für die Beziehung seines verstorbenen Bruders zu Maggie gab, zog Leah die Daumenschrauben an:

„Die Liebesbriefe, die Ihr rechtschaffender Bruder meiner Schwester über die Jahre hinweg geschrieben hat, sind mit Sicherheit Beweis genug. Ich denke, dass es nicht im Sinne der Familie Kane ist, wenn diese zum Teil geradezu obszönen Nachrichten in die Hände einer Zeitung gelangen, meinen Sie nicht?"

Leah hatte geblufft. Auf keinen Fall wollte sie, dass diese stellenweise richtig erotischen Briefe jemals an die Öffentlichkeit kämen. Es wäre ein Skandal und würde weder Maggie noch Leah und ihrer Sache weiterhelfen. Robert nahm noch am nächsten Tag Kontakt mit Maggie auf und versuchte, sie anfangs vernünftig, und als das nicht wirkte mithilfe von Drohungen zu überzeugen, ihm die Briefe auszuhändigen. Maggie gab jedoch trotz ihrer schlechten Verfassung nicht klein bei und machte Robert Kane klar, dass er die privaten Schriftstücke nie erhalten würde. Schließlich willigte die Familie ein, Maggie halbjährlich zweihundert Dollar zu zahlen. Natürlich war es ein Schweigegeld, das verstand sich von selbst. Und natürlich würden die Kanes weiterhin versuchen, an die Briefe zu kommen. Doch es war besser als nichts.

„Du darfst die Briefe nie hergeben, hörst du?“, trichterte sie Maggie ein. „Diese Zeilen bedeuten Macht und die Kanes wissen das. Sie haben alles getan, um dich aus ihrem Leben zu verbannen und dich zu vergessen. Doch das darfst du nicht zulassen.“

„Wegen dieser Briefe hasst mich Elishas Familie noch mehr als zuvor“, sagte Maggie lethargisch. Leah hörte an ihrer trägen Sprache, dass sie betrunken war. „Daran bist du schuld. Elisha würde mich … Er wäre so …“ Sie führte den Gedanken nicht zu Ende. „Ich wünschte, ich wäre wie Kate. Sie hat es geschafft, die Welt auszublenden. Sie ist mit sich selbst im Reinen. Was gäbe ich dafür, nur einen Tag lang wie sie zu sein.“

Leah schüttelte nur den Kopf und schwieg. Maggie war nicht imstande zu erkennen, dass Kate ihr Leben ganz und gar nicht im Griff hatte. Sie hatte etwa monatelang Séancen für einen äußerst wohlhabenden und einflussreichen Witwer namens Charles Livermore gehalten, der immer und immer wieder Kontakt mit seiner Frau Estelle aufnehmen wollte, die im jungen Alter von siebenundzwanzig Jahren verstorben war. Leah wusste, dass sich Kate in diesen Mann verliebt hatte. Sie hatte es ihr erzählt:

„Bald werde ich heiraten“, sagte Kate. „Es ist nur eine Frage der Zeit.“

„Glaubst du, er wird seine Frau vergessen? Wegen ihr hat er dich erst kennengelernt.“

„Er muss sie gar nicht vergessen“, antwortete Kate. In ihrer Stimme schwebte eine seltsame Selbstsicherheit. „Es wird eine Übertragung geben. Von seiner Liebe zu Estelle auf mich. Wenn ich bei Charles bin, werde ich selbst zu Estelle. Ich weiß alles über sie, ihr Geist wird zu meinem, ihre Vergangenheit, ihr Leben, alles gehört plötzlich mir und ich sehe, dass mich Charles in diesen Momenten so liebt, wie er Estelle geliebt hat.“

Leah gefiel diese Beschreibung ganz und gar nicht.

„Er bezahlt dich dafür, dass du zu seiner toten Ehefrau wirst?“, bohrte Leah nach.

Kate nickte wortlos, schüttelte dann jedoch den Kopf.

„Er *hat* mich dafür bezahlt, doch ich will das nicht mehr.“

„Und du denkst, dass dies der richtige Weg ist?“

Kate antwortete nicht. Ihr Blick verriet, dass sich ihre Gedanken inzwischen wieder woanders befanden und dass ein weiteres Gespräch nicht mehr möglich war.

Es war nicht der richtige Weg gewesen. Dafür wurde Kate durch die Séancen mit Charles Livermore noch bekannter, da er die Sitzungen mit Kate in seinem Tagebuch bis ins kleinste Detail beschrieb und diese Einträge regelmäßig an verschiedene Zeitungen und Magazine weitergab. Ganz besonders das im ganzen Land berühmte Spiritistenmagazin *Der Banner des Lichts*, das inzwischen über

25.000 Abonnenten hatte, riss sich um die Beschreibungen der Séancen mit Kate Fox und verliehen ihr dadurch noch mehr Glaubwürdigkeit, was sie und ihre Dienste noch begehrter machte.

Leah lief es, während sie die Beschreibungen der Séancen las, kalt den Rücken hinunter. Es wurden „Wunder" beschrieben – Estelles Abbild selbst habe sich in der Mitte des Raumes personifiziert, Kate sei durch den Raum geflogen –, die nur auf eine Art und Weise herbeigeführt werden konnten: durch die Verwendung von Opium, das dem Wein, der vor der Séance getrunken wurde, zugefügt worden war. Alle Spiritistinnen kannten dieses Hilfsmittel, das den Geist öffnete und Wunder ermöglichte, die davor nie durchführbar gewesen wären. Das Problem war, dass die Kombination aus Opium und der vollkommenen Hingabe der Spiritistinnen nicht selten dazu führte, dass sich das Medium während der Séance verlor und danach Schwierigkeiten hatte, wieder zurück in die reale Welt zu finden.

Genau das war auch bei Kate der Fall gewesen. Die intensiven Sitzungen mit Charles Livermore, der viele Alkohol, das Opium und die Tatsache, dass Kate für ihren Auftraggeber nur Mittel zum Zweck war, ließen Kates Gesundheitszustand dahinschwinden, bis sie sich letztendlich selbst in die Privatklinik des berühmten, jedoch nicht unumstrittenen Arztes Dr. George Taylor einwies, der unter anderem seltsame Vibrationsgeräte gegen Nervenschwäche und Hysterie entwickelt hatte.

Das war vor einem halben Jahr gewesen. Leah hatte öfters versucht, Kate zu besuchen, war jedoch jedes Mal am

Eingang abgewiesen worden. Kate hatte bestimmt, dass nur eine Person sie sehen durfte: Maggie.

Maggie, die Kate nach wie vor, nach all den Jahren, als einen Teil ihrer selbst betrachtete, die nicht belehrte, sondern nur zuhörte, da sie viel zu sehr von ihrem eigenen Leben vereinnahmt war. Maggie, die keine Ambitionen hatte, ihre Schwester zu belehren, die nicht verurteilte und nicht eingriff.

Leah hatte sich, nachdem Maggie Kate einige Male besucht hatte, nach ihr erkundigt.

„Wird sie wieder gesund?“, hatte sie gefragt.

„Sie ist nicht krank“, hatte Maggie geantwortet.

„Was macht sie dann dort, wenn sie nicht krank ist?“

„Sie spricht mit den Kindern von Dr. Taylor und seiner Frau.“

„Kate hält Séancen?“

„Ja.“

„Wer sind denn ihre Kunden? Die Patienten?“

„Nein. Sie ist nur tagsüber in der Klinik. Sie wohnt und schläft bei den Taylors zu Hause.“

Leah hatte den Kopf geschüttelt.

„Das ist doch nicht gut!“

Maggie hatte teilnahmslos mit den Schultern gezuckt.

„Es ist ihre Entscheidung.“

„Das ist doch Prostitution“, war es Leah herausgerutscht. „Wir sollten Kate da rausholen. Wir müssen …“

„Wir müssen gar nichts. Kate vertraut dir nicht“, unterbrach sie Maggie. „Sie sagt, du hättest sie verkauft. Hast du sie verkauft?“

„Nein!“, sagte sie und dachte an die Greeleys. Maggie starrte sie lange wortlos an. Leah wartete darauf, dass ihre

Schwester etwas erwiderte, doch es geschah nicht. Maggie blieb stumm. „Ich …“, wollte sie sich schließlich rechtfertigen und zuckte zusammen, als ein scharfes Klopfen sie dabei unterbrach.

„Der Tote Riese findet, dass es genug ist“, sagte Maggie leise. „Er will, dass du Kate in Ruhe lässt. Er will, dass du uns beide in Ruhe lässt.“

Dann wandte sie sich ab, ging in die Küche, öffnete den Schrank, nahm eine Flasche Wein heraus und zog sich in ihr Zimmer zurück.

Sie hatte Kate verloren, dachte Leah. Sie hatte sie in dem Moment verloren, als sie sie den Greeleys übergeben hatte. Vielleicht war es wirklich Zeit, sie freizugeben. Doch was würde dann passieren?

Durch die geschlossene Tür hörte sie, wie Maggie mit Elisha sprach. Zumindest Maggie hatte sie wieder unter Kontrolle, ging es ihr durch den Kopf. Ihr geistiger Zustand und ganz besonders Robert Kane waren gefährliche Faktoren, das war offensichtlich. Doch die Chancen standen nicht schlecht, dass Maggie sich der Trägheit hingeben würde, dass sie ein zurückgezogenes Leben führen und irgendwann vergessen werden würde. Das wiederum bedeutete, dass sie keine große Gefahr mehr für Leah und ihre Bewegung sein würde.

„Was ist dein Ziel?“, hatte sie Elisabeth Cady Stanton damals in Seneca Falls gefragt. Die Antwort war, wenn Leah vollkommen ehrlich mit sich war, nicht die, die sie sich gewünscht hätte – ihre Schwestern zu unterstützten, sie zu fördern, sie unabhängig zu machen. Nein, die Antwort, so gestand sie sich ein, war, ein Imperium aufzubauen, eine Hinterlassenschaft, eine neue Welt in der bereits bestehenden. Und zusätzlich wollte Leah Anerkennung für ihre Fähigkeiten, wollte bewundert und geachtet werden, wollte eine Autorität sein, deren Meinung geschätzt und ernst genommen wurde.

Maggie und Kate, die ihr dies erst ermöglicht hatten, hatten sich zu Risikofaktoren entwickelt, die es hieß, zu bändigen und zu steuern. Leah hatte es geschafft, dass Maggie, so undankbar sich diese auch verhielt, sie brauchte. *Sie* hatte sie inzwischen unter Kontrolle und Leah würde dafür sorgen, dass dies auch so blieb. Doch was Kate betraf, so fürchtete sie, dass irgendwann der Tag kommen würde, an dem die jüngste der Fox-Schwestern alles kaputt machen würde, was Leah in all den Jahren aufgebaut hatte. Sie war sich bewusst, dass ihr Imperium auf wackeligen Beinen stand. Ein Problem, das leider immer existierte, wenn das Fundament auf Lügen gebaut war.

Maggie

[Manchmal wache ich auf und ich weiß weder, wo ich bin, noch was für ein Wochentag gerade ist. Passiert mir das, schäme ich mich. Die Wochen und Monate ziehen an mir vorbei, ohne Rücksicht auf mich zu nehmen. Manchmal macht es mir Angst. Oft aber genieße ich es. Es heißt, die Zeit heilt alle Wunden. Es ist ein beruhigender

Gedanke. Und irgendwie stimmt er auch. Der Schmerz ist nur noch eine Erinnerung. Er wurde ersetzt. Was bleibt, ist die Unfähigkeit, Freude zu empfinden. Ich versuche mich daran zu erinnern. An das Gefühl, glücklich zu sein. Versuche, dieses Gefühl wiederherzustellen, den Tag, den Menschen positiv zu begegnen, doch es gelingt mir nicht. Das Glück ist nur eine Erinnerung. Meist fühle ich mich nach diesen erfolglosen Versuchen noch schlechter als zuvor. Ich tröste mich mit dem Gedanken, dass auch dieses Gefühl bald vorübergehen wird. Der Alkohol hilft. Er hilft dabei, mich an früher zu erinnern, und er hilft dabei, das Heute zu vergessen.

Leah ärgert sich über mein Verhalten. Sie nennt es meinen Zustand. Wir streiten oft. Immer wieder redet sie auf mich ein, versucht, meine Liebe zu Elisha zu etwas Banalem, zu etwas Hässlichem zu machen.

Ohne ihn bist du besser dran, sagt sie und merkt nicht, wie sehr sie mich mit ihren Worten verletzt. Mit jedem anklagenden Wort entferne ich mich mehr von ihr.

Es stimmt nicht. Ich weiß, dass es nicht stimmt. Ich weiß, dass unsere Liebe echt war. Ich sehne mich, etwas zu spüren. Ich wünschte, es wäre anders. Ich versuche immer wieder, diese Liebe oder zumindest den Schmerz, den ich nach seinem Tod empfunden haben, wieder heraufzubeschwören. Stundenlang stehe ich vor seiner Fotografie. Elishas Blick in die Ferne gerichtet, auf seinem Arm ein ausziehbares Fernglas. Sein Gesicht ist das eines stolzen Entdeckers, seine Hände sind die eines alten Mannes. Ich kenne jede noch so versteckte Einzelheit auf diesem Bild: jedes Haar, jede Unebenheit, jede Vene. Die winzige Narbe auf seinem Nasenrücken, die feinen Falten in seinen Augenwinkeln. Wie viele Stunden ich sie wohl schon betrachtet habe?

Ich spreche mit ihm, wie ich früher gemeinsam mit Kate mit dem Toten Riesen gesprochen habe. Doch eine Antwort erhalte ich nicht. Im Gegensatz zum Toten Riesen bleibt Elishas Bild stumm.

Der Tag, an dem Kate aus dem Krankenhaus geflohen ist:

Willst du dich mit ihm unterhalten, fragt sie. Meine Antwort ist nein. Elisha würde mich dafür verachten.

Wenn ich die Augen schließe, kann ich ihn sehen, sagt sie. Wenn ich still bin, kann ich ihn hören, sagt sie. Willst du es denn nicht?

Ihre Beharrlichkeit, ihre Selbstsicherheit, die Überzeugung, dass sie es tatsächlich könnte, ärgern mich. Machen mich wütend. Ich wäre so gerne wie sie und ich hasse sie dafür.

Ich kann ihn sehen, sagt sie mit geschlossenen Augen.

Dann wird es mir zu viel.

Wenn ich jetzt meine Augen schließe, sehe ich meine Hand, wie sie auf ihre Wange trifft. Es ist unwirklich und ich bin mir nicht sicher, ob es nicht doch ein Traum war. Das Geräusch meiner Hand auf ihrer Haut. Das Brennen auf meiner Handfläche. Kates Tränen. Mein Brüllen.

Jetzt gerade weiß ich nicht, ob es wirklich passiert ist. Doch es ist passiert. Ich habe sie geschlagen. Kates Abwesenheit ist der Beweis dafür.

Letztes Jahr noch war alles gut. Drei Monate lang waren wir zusammen. In Hydesville. Dort, wo wir gemeinsam den Toten Riesen zum Leben erweckt haben. Dort, wo alles begann.

In Hydesville sind wir sicher, sagte Leah, als wir noch in New York waren. Der Krieg wird uns dort nicht finden. Der Krieg. Ganz Amerika spricht darüber. Für alle gibt es kein anderes Thema. An mir zieht er vorbei. Leah trifft sich täglich mit Freunden. Unterstützer des Nordens nennt Leah sie. Soldaten für die gute Sache. Auch Frederick Douglass ist dabei. Er bedeutet mir nichts mehr. Alle wollen von Leah wissen, wie lange die Kämpfe noch andauern werden, wer gewinnen wird, ob die Sklavenhaltung abgeschafft wird. Leah gibt Ratschläge, die in Wirklichkeit keine sind, beantwortet Fragen, deren Antworten sie nicht wissen kann. Irgendwann sagt sie, dass wir nach Hydesville gehen. Ich wehre mich nicht, da ich keine Energie dafür habe. Leah packt mich ein wie ein Gepäckstück. Wir verlassen New York und flüchten. Leah, Daniel, seine Tochter Lilly, die für mich immer noch eine Fremde ist, und ich. Als wir ankommen, wartet Kate bereits auf uns. Auf mich. Ich wusste nicht, dass sie auch dort sein würde.

Du bist nicht im Krankenhaus, sage ich.

Ich bin gegangen, sagt Kate.

Du bist wieder gesund, frage ich.

Nein, sagt sie.

Ich nicke. Alles ist gesagt.

Drei Monate lang sind wir wieder zusammen. Drei Monate lang sind wir beide wieder ganz. Sie hat es vorausgesagt. Vor langer Zeit. Der Tag wird kommen, an dem wir wieder zusammen sind, hat sie gesagt. Und eine Zeit lang wird es fast so sein wie früher.

Wir sprechen nur wenig. Manchmal erzähle ich ihr von Elisha. Sie spricht über Charles und seine verstorbene Frau Estelle.

Ich bin Estelle, sagt Kate.

Ich schaue sie an und verstehe sie nicht. Früher konnte ich ihre Gedanken lesen, konnte hören, was sie denkt. Es gelingt mir nicht mehr.

Kate kann es nach wie vor. Sie liest in den Gesichtern, als wären es offene Bücher. Für mich war es immer anstrengend, doch sie hat gelernt, sich dafür nicht einmal mehr konzentrieren zu müssen.

Wir werden erkannt. Immer wieder kommen Menschen auf uns zu. Alle erkennen Kate. Manche erkennen mich. Sie bitten uns, Kontakt mit dem Jenseits aufzunehmen. Wenn ich sage, dass ich damit nichts zu tun haben will, wenden sie sich sofort an Kate. Leah und Kate willigen ein. Zwei Mal in der Woche finden Séancen statt. Wenn ich beobachte, wie die Menschen sich vor dem Haus versammeln, drängeln, darum kämpfen, das Wunder mit eigenen Augen zu sehen, empfinde ich Scham und Verachtung. Ich weiß, dass das Susannah Turners Gefühle sind, doch ich kann sie nicht mehr von meinen trennen.

Die Menschen haben nie genug. Sie wollen immer mehr und so verstecken wir uns. Wie früher sitzen Kate und ich beim großen Baum. Wir trinken Wein und erinnern uns. An die Zeit vor dem Toten Riesen, an die Zeit, als wir ihn zum Leben erweckten und alles noch ein Spiel war. Wir erinnern uns an den ersten Abend, machen uns lustig über die vielen Nachbarn, die gekommen sind. An ihre dummen Fragen, ihre offenen Münder, ihre Sprachlosigkeit.

Sie sind unfähig, das Offensichtliche zu erkennen, sage ich und Kate blickt mich fragend an. Sie weiß nicht, was ich meine. Früher hätte sie es gewusst.

In Hydesville treffen wir uns mit Vater. Leah ist dagegen, doch Kate und ich wollen es. Letztendlich willigt sie ein, uns zu begleiten. Er ist ein alter Mann, der weich geworden ist.

Erzählt mir von Mutter, sagt er. Zu uns. Mit Leah spricht er kein Wort.

Er will alles wissen.

Warum hast du uns von ihm ferngehalten, werfe ich Leah nach dem Treffen vor. Ich bin wütend. Daraufhin wird auch sie wütend. Es führt zu einem großen Streit, der sich immer wieder von Neuem entfacht und uns von nun an begleitet. Ich wünschte, Kate würde mich unterstützen, doch sie hat keine Kraft dafür. All ihre Energie wird für die Gespräche mit dem Toten Riesen verbraucht.

So streite ich alleine mit Leah. Ich spüre, dass sie mich satthat. Sie ist mir fremd und ich weiß, dass ich es ihr auch bin. Leah braucht einen Sinn in ihrem Leben und lange waren es Kate und ich. Jetzt sehe ich, wie sie sich von mir entfernt. Beinahe täglich besucht sie David und kümmert sich um seine Kinder. Davids Frau ist vor zwei Jahren gestorben und die Kinder nennen Leah inzwischen „Ma". Ich will nicht eifersüchtig sein und bin es doch.

Drei Monate sind wir in Hydesville. Dann ist der Krieg vorbei. Wir haben gewonnen, ruft Leah immer und immer wieder. Jetzt wird sich alles ändern!

Es fühlt sich nicht danach an.

Leah will nach Hause. Ich wehre mich nicht. Wieder werde ich zu einem Gepäckstück.

Zurück in New York stürzen sich die Menschen auf Kate. Sie wollen mit ihren gefallenen Söhnen und Ehemännern sprechen. Kate wehrt sich nicht. Sie wird mir genommen. Kate verschwindet. Später höre ich, dass sie wieder im Krankenhaus ist. Leah trifft sich wieder mit ihren Frauen, wird zu Feiern und Vorträgen eingeladen. Sie gehört zu den Gewinnerinnen des Krieges.

Ich bin zu Hause. Für mich interessiert sich niemand. Der Streit mit Leah ist ebenfalls mitgekommen. Aus Wut drohe ich ihr, dass ich Elishas Briefe veröffentliche. Ich genieße es, wie sie sich fürchtet. Ich nehme mir vor, Kate im Krankenhaus zu besuchen. Tue es aber nicht. Ich bin zu müde.

Dann kommt der Tag, an dem sie mich besucht. Ihre Haare sind ungekämmt, sie hat schlechte Haut, unter ihren Augen sind dunkle Ringe. Ich denke, dass sie Drogen nimmt, sage aber nichts. An diesem Tag bin ich ebenfalls betrunken. Wir sitzen auf meinem Bett, wie wir es als Kinder getan haben. Wir versuchen in der Vergangenheit zu leben, doch uns beiden gelingt es nicht.

Du sprichst mit Elisha, sagt sie und deutet auf den Altar mit seinem Foto.

Ich sage nichts.

Er antwortet dir nicht, sagt Kate.

Wie Elisha bleibe ich stumm.

Ich kann dir helfen, sagt sie.

Ich will nicht, dass sie mir hilft. Ich will nicht, dass sie Elishas Andenken beschmutzt.

Ich kann ihn sehen, sagt sie und meint damit nicht das Foto.

Ich weiß, dass sie lügt.

Hör auf, rufe ich.

Er versucht …

Sei still!

Kate scheint mich gar nicht mehr wahrzunehmen. Ihre Augen sind geschlossen.

Er will mit dir sprechen, ruft Kate. So hör doch! Es tut ihm leid. Alles tut ihm leid!

Ich schlage zu. Nicht nur einmal. Kate sagt nichts. Doch ihre Tränen sprechen Bände.

Dann ist sie weg. Ich höre Gerüchte über sie. Schlimme Gerüchte. Über Männer, über Alkohol und Drogen. Darüber, dass sie die USA verlassen und England bereisen wird. Ich versuche sie mir vorzustellen, wie sie in ihrem Zustand durch England taumelt. Sie wird zum Gespött werden.

Was wohl die Leute über mich denken?

Ich will nichts darüber hören. Ich will gar nichts mehr hören. Ich will, dass man mich in Ruhe lässt. Doch man lässt mich nicht.

An einem Tag besucht mich Robert. Er bearbeitet mich.

Gib mir die Briefe, sagt er.

Immer und immer wieder. Er raubt mir den Verstand.

Reiß dich doch zusammen, sagt Leah.

Ich will das nicht hören. Ich werfe ihr vor, dass sie mein Leben zerstört hat. Der Streit eskaliert.

Ich habe es satt. Satt, gesagt zu bekommen, was ich zu tun habe. Ich will nicht länger eine Gefangene sein. Ich will mich befreien.

Leah hat recht. Es ist genug.

Ich stehe auf, schaue aus dem Fenster. Es ist Nacht. Das war mir nicht bewusst.

Hier und jetzt beschließe ich, mein Leben selbst in die Hand zu nehmen. Morgen werde ich mich aus meinen Fesseln befreien. Ich gebe mir selbst das Versprechen und warte wie automatisch, dass der Tote Riese meine Entscheidung mit einem Knacken untermauert. Es passiert nicht. Er hat mich verlassen, so wie alle mich verlassen haben.

Morgen, denke ich mir. Morgen.

Es ist genug.]

III

Neubeginn

London 1873

Kate beobachtete, wie Dr. Stanley Grimes – der Mann, der vor fünfundzwanzig Jahren einen Mob in Hydesville mobilisiert hatte und der Grund für ihre monatelangen Albträume gewesen war – mit einem leichten Humpeln durch das Labor seines britischen Kollegen Dr. William Crookes ging, um ein letztes Mal zu prüfen, ob nicht doch irgendwelche unerlaubten Vorbereitungen getroffen worden waren. Dr. Stanley Grimes, der Leah damals so weit gebracht hatte, mit einer geladenen Pistole in der Hand in der Mitte eines Raumes zu stehen, bereit, ihn und alle anderen Angreifer zu erschießen, der Mann, der jahrelang alles versucht hatte, um die Fox-Schwestern zu diskreditieren, der regelmäßig Zeitungen, Magazine und Journale angeschrieben hatte, um Kate und Maggie zu Fall zu bringen und immer entweder auf taube Ohren gestoßen oder kläglich gescheitert war. Er konnte und wollte nicht akzeptieren, dass Kate den Menschen genau das gab, was sie benötigten. Eine Sicherheit in unsicheren Zeiten, Wunder in einer Welt der Wissenschaft und Forschung, Antworten auf Fragen, die ihnen sonst niemand geben konnte. Grimes hatte versucht, mithilfe von Fakten und Beweisen ihr Werk kaputt zu machen, doch auch die besten Argumente und die stichhaltigsten Beweise waren sinnlos, wenn die Menschen sie nicht hören wollten. Die Fox-Schwestern hatten vor fünfundzwanzig Jahren einen Raum ausgefüllt, der ab diesem Moment nie wieder leer bleiben konnte. Durch Kate, Maggie und Leah war der Spiritismus ein Teil der modernen Welt geworden, eine Institution, wie der Glaube an Gott, für manche sogar eine Alternative für die Kirche, die nicht mehr wegzudenken war, ein Bedürfnis, das gestillt werden musste. Genau diese Tatsache hatte Dr. Stanley Grimes nie akzeptieren können.

Sieh nur, wie alt er geworden ist, sagte eine der körperlosen Stimmen.

Alt und jämmerlich, fügte eine andere hinzu.

Beide hatten vollkommen recht. Der Mann, der in den ersten Jahren wie ein Damoklesschwert über ihr und ihren Schwestern gehangen und der so lange versucht hatte, ihnen alles zu nehmen, was sie sich aufgebaut hatten, wirkte nun plötzlich armselig und kein bisschen mehr beängstigend. Nein, Dr. Stanley Grimes machte Kate keine Angst mehr. Das einzige Gefühl, das er in ihr auslöste, war Wut und das Bedürfnis, es ihm heimzuzahlen. Sie würde ihn ein für alle Mal zum Schweigen bringen. Als sie ihn zum ersten Mal getroffen hatte, war alles noch anders gewesen. Sie selbst war noch ein Kind gewesen, das ihre Fähigkeiten nicht wirklich beherrschte, das nicht wusste, ob der Tote Riese tatsächlich in ihr wohnte. Inzwischen musste sie sich diese Frage nicht mehr stellen. Sie wusste, wer sie war, was sie war. Wusste, dass das, was sie tat, echt war. Das Problem war stets gewesen, zu akzeptieren, dass die anderen nicht so waren, dass sie nicht in der Lage waren, die Stimmen zu hören oder die Geister zu sehen.

Wie oft hatte sie in den ersten Jahren die Gäste gefragt: „Seht ihr sie denn nicht?" Sie hatte die Geister gemeint, die ebenfalls am Tisch saßen, die neben ihr standen und ihr leise ins Ohr flüsterten. Und wie oft waren verwunderte, erschreckte oder verängstige Blicke die Antwort auf diese Frage gewesen.

Und dennoch hatte Kate besonders anfangs ihre Begabung immer wieder infrage gestellt. Es fiel ihr so leicht, die Gedanken der anderen zu lesen, die Geister zu sehen, die vielen Stimmen des Toten Riesens zu hören und ihn zum Sprechen zu bringen, und sie konnte sich nicht vorstellen, dass es den anderen tatsächlich nicht so erging. Was, wenn sich alles nur in ihrem Kopf abspielte? Doch mit den Jahren hatte sich herausgestellt, dass dem nicht so sein konnte. Die Antworten, die ihr der Tote Riese auf die gestellten Fragen gab, waren stets die richtigen. Maggie und sie waren wissenschaftlich getestet worden, verschiedenste Komitees hatten sie vor Hunderten Zuschauern begutachtet, geprüft und gequält und das Resultat war immer das gleiche gewesen: Das, was die Fox-Schwestern taten, war echt. Und letzten Endes hatten die Hunderten Gäste, die sie inzwischen in Empfang genommen, die Hunderten Séancen, die sie abgehalten hatte, und die Hunderten Menschen, die die Anwesenheit der Geister ebenfalls gespürt hatten, Kate jegliche Selbstzweifel genommen.

Trotz allem gab es auch nach so vielen Jahren noch Menschen, die nicht in der Lage waren, das Offensichtliche zu sehen, zu akzeptieren, dass es etwas gab, das nicht von dieser Welt war, das sie nicht verstanden, und die immer noch mehr Beweise benötigten. Der alte, verbitterte Dr. Stanley Grimes war einer davon. Sie lächelte innerlich. In ihren fünfunddreißig Lebensjahren hatte sie viel zu viel erlebt, als dass ein weiterer Test ihr Angst machen könnte. Dachte sie an ihr Leben zurück, hatte sie das Gefühl, mehrmals durch die Hölle gegangen zu sein, bis sie endlich ein kleines bisschen Glück gefunden hatte und dort angekommen war, wo sie an diesem Tag stand.

Zum ersten Mal seit zwanzig Jahren fühlte sie sich unbeschwert, frei und beinahe glücklich. Zum ersten Mal seit knapp zehn Jahren war sie außerdem vollkommen nüchtern. Sie war nicht müde, nicht verwirrt, ihre Gedanken waren scharf und sie konnte die verschiedenen Stimmen des Toten Riesen nicht nur klar und deutlich hören, sondern auch endlich wieder verstehen, was sie sagten. Wie früher waren es unterstützende, beistehende Worte. Während ihrer Zeit im Haus der Greeleys hatte sie die Stimme des Toten Riesen – damals war es nur eine gewesen – zum ersten Mal lauter gehört. Er hatte ihr geholfen, diese Zeit zu überstehen, hatte ihr geholfen, nicht verrückt zu werden. Dann veränderte sich alles und er war, wie Kate selbst, in mehrere Stücke zerbrochen. Die Stimmen des Toten Riesens begannen gleichzeitig mit ihr zu sprechen, manche lauter, manche leiser. Kate war nach wie vor dankbar, denn sie wusste, dass die Geister ihr helfen wollten. Doch irgendwann wurden aus den guten Ratschlägen Befehle. Wie sie sich zu verhalten, was sie zu denken hatte. Das gefiel ihr nicht. Sie dachte, der Alkohol und die Drogen würden helfen, die Stimmen zum Schweigen zu bringen. Anfangs schien dies auch der Fall zu sein, doch in Wahrheit verschwanden sie nie. Die Stimmen wurden lediglich leiser und undeutlicher. Sie wurden zu einem kontinuierlichen Hintergrundgeräusch, das jeden klaren Gedanken unmöglich machte. Je mehr sie dagegen ankämpfte, desto stärker wurden sie. Der einzige Ausweg waren die Séancen, in denen sie sich den Stimmen voll und ganz hingab, sie annahm und den Toten Riesen zu Wort kommen ließ. Eine Stimme nach der anderen. Doch sobald die Séance vorbei war, sprachen sie wieder durcheinander, schrien, brüllten, drängten. In ihr herrschte Chaos. Vor zwei Jahren dann hatte dieser Zustand überhandgenommen. Dachte sie nun an diesen Abschnitt ihres Lebens, fühlte es sich inzwischen an wie ein böser Traum, an den sie sich nur noch verschwommen erinnerte. Sie hatte sich selbst vollkommen verloren, Tage und Wochen gingen nahtlos ineinander über, in ihrem Kopf tobte es. Der Alkohol und die Drogen halfen zwar bedingt, führten aber auch dazu, dass sie regelmäßig Erinnerungslücken hatte und in Schlafzimmern aufwachte, die ihr unbekannt waren. Sie war hoffnungslos in Charles Livermore verliebt, der sie jedoch nur benutzte, um mit seiner toten Ehefrau zu kommunizieren, was Kate innerlich zum Verzweifeln brachte und sie in tiefe Depressionen stürzte. Als sie sich eines Tages während einer Party auf einem Balkon in der Fifth Avenue wiederfand, drauf und dran war, über das Geländer zu klettern und eine der vielen Stimmen hörte, die immer und immer wieder sagte: „Spring!“, erwachte sie kurzzeitig und entschied, das Angebot ihres Kunden

Dr. George Taylor anzunehmen und sich in seine Klinik einzuweisen. Sie verbrachte die Tage in viel zu weißen Räumen, in denen Ärzte mit ernsthaften Mienen ihr Medikamente verabreichten, Elektroden an ihr anschlossen und ihren Unterkörper mit vibrierenden Objekten bearbeiteten, die laut Dr. Taylor helfen sollten, ihre Hysterie und Angstzustände zu bekämpfen. Es half nicht. Obwohl sie sich selbst eingeliefert hatte, fühlte sich Kate wie eine Gefangene. Immer wieder folgte sie den Anweisungen, die ihr der Tote Riese gab, und verschwand, brach aus, besuchte Freunde, die in Wahrheit keine waren, Partys, bei denen sie stets im Mittelpunkt stand und bei denen sie für die Gäste Séancen hielt, die sich wie schäbige Zaubertricks anfühlten, jedoch von den „Freunden" mit Applaus, Alkohol und Drogen vergütet wurden. Das ging immer so lange, bis sie irgendwann nicht mehr dazu fähig war, morgens aufzustehen und sie irgendjemand wieder zurück in der Klinik brachte, wo sie ausnüchterte und man sie wieder so fit machte, dass sie Dr. Taylor und seine Frau gebrauchen konnten. Um ihre Visionen schärfer zu machen und ihre Fähigkeiten zu verstärken, verabreichte Dr. Taylor ihr regelmäßig Opiumtröpfchen. Sie erzielten stets die gewünschte Wirkung. Kate fühlte sich, als hätte man ihr schwere Ketten angelegt, die es unmöglich machten, sich aus ihnen zu befreien, als torkelte sie betäubt durch die Dunkelheit, als wäre ihr gesamtes Leben ein böser Traum. Sie war wie gelähmt und hatte keine Wahl, als sich unterwürfig ihrem Schicksal zu ergeben.

Erst der Streit mit Maggie, die Wut, die aufgestaute Energie und letztendlich Maggies Hand, die auf Kates

Gesicht traf, ließen sie erwachen. So sehr sie Maggie dafür verachtete, so sehr genoss sie auch den gellenden Schmerz. Er veränderte etwas in ihr. Einen Moment lang hätte sich Kate beinahe für diesen Weckruf bedankt, doch Maggie war viel zu betrunken, viel zu wütend und viel zu verbittert, um nachvollziehen zu können, was sich gerade in ihrer Schwester abspielte. So gingen sie wieder auseinander. Maggie blieb bei Leah, für die sie inzwischen, aus welchen Gründen auch immer, nur noch Hass und Ablehnung empfand, und Kate ging zurück in die Klinik, wo Dr. Taylor bereits auf sie wartete und mit zu sich nach Hause nehmen wollte.

Doch Kate hörte nicht mehr länger auf ihn. Das Opium, das sie kurz zuvor genommen hatte, begann sich zu entfalten und ohne auf Dr. Taylors Begehren zu reagieren, zog sie sich in ihr Zimmer zurück und verbarrikadierte die Tür. Schließlich fiel sie auf ihr Bett und ließ die Vision, die sich bereits angekündigt hatte, wie eine Welle über sich zusammenbrechen. In dieser Nacht würde sie sich dem Toten Riesen übergeben und anhören, was er zu sagen hatte.

Irgendwann lichtete sich der Nebel. Es war völlig klar, was sie zu tun hatte. Sie musste sich befreien. Aus der Klinik, von den Taylors, von den Freunden, die keine waren. Es war eine Entscheidung, die aus ihrem Innersten kam. Es war noch in dieser Nacht, als Kate beschloss, die USA zu verlassen, nach Europa auszureisen und dort, fernab von New York, ihr Leben neu zu beginnen.

Bereits am nächsten Morgen schrieb sie mit zitternden Fingern einen Brief an das Spiritistenmagazin *Der Banner des Lichts*, in dem sie den Verleger Luther Colby, der zu Kates größten Unterstützern zählte, über ihren Wunsch, nach Europa zu reisen, informierte und ihn bat, ihr bei den Vorbereitungen zu helfen. Colby war sofort Feuer und Flamme. Schon so oft hatte er Kate Fox darum gebeten, Europa zu besuchen, damit einer oder am besten gleich mehrere seiner Reporter sie begleiten und miterleben konnten, wie sich das berühmteste Medium der Welt, die Mutter des Spiritismus, dort mit Kolleginnen und Kollegen traf, gemeinsam mit den europäischen Koryphäen Séancen hielt und sein Magazin darüber berichten konnte. Das Interesse am Übersinnlichen war da, das war unumstritten. Es hatte nicht lange gedauert, bis die Bewegung, die Kate und Maggie im Jahre 1848 ins Rollen gebracht hatten, zuerst nach England und später nach ganz Westeuropa geschwappt war. Inzwischen gab es dort wie in den USA unzählige Spiritisten und Spiritistinnen, Mesmeristen, Geisterbeschwörer, Medien und Handleser, die allesamt ihre Fähigkeiten entdeckt hatten, nachdem Kate und Maggie bereits bewiesen hatten, dass es möglich war, die Tür zum Jenseits zu öffnen. Auch in Europa gab es Tausende und Abertausende Gläubige, die ihr gesamtes Leben dem Spiritismus gewidmet hatten, die keine größere Entscheidung trafen, ohne zuvor ein Medium zu befragen, und mindestens gleich viele, die regelmäßig Séancen und Auftritte von Spiritistinnen besuchten.

So dauerte es keine zwei Wochen, bis Kate entgegen der Empfehlung von Dr. George Taylor die Klinik verließ, ein Schiff am New Yorker Hafen bestieg und in Begleitung von drei Reportern, die sich sowohl um sämtliche Termine und Treffen als auch um Kates weltliche Bedürfnisse kümmerten, ihre Reise antrat.

Leider wurde Kate sehr schnell klar, dass ein Ortswechsel alleine nicht reichte, um aus dem Nebel, in dem sie sich seit so vielen Jahren befand, herauszufinden. Die Euphorie, die sie in der Nacht gespürt hatte, in der sie beschlossen hatte, ihr Leben zu ändern, war längst verflogen und die Lethargie, die sie seit Jahren verfolgte, hatte sich schon längst wieder in ihr eingenistet. Nach wie vor wünschte sie sich nichts sehnlicher, als dass Charles Livermore seine dahingeschiedene Frau vergaß und sich doch noch für sie entschied. Die Tatsache, dass er von Kates Reise erfahren, sich jedoch nicht einmal bei ihr verabschiedet hatte, ließ sie erneut in ein tiefes Loch fallen.

In London angekommen rissen sich die Menschen um Kate. Journalisten, reiche Geschäftsleute, langjährige Gläubige, lokale Spiritistinnen – es schien, als wollten alle ein Stück von ihr. Kate hatte gehofft, dass die Ankunft in England ihre Stimmung heben würde, doch sie verspürte nicht die geringste Lust auf die bevorstehenden Treffen und teilte ihren Begleitern vom *Banner des Lichts* mit, dass eine schwere Migräne es zurzeit unmöglich mache, sich mit dem Jenseits zu unterhalten, und verströstete sämtliche Bittsteller auf einen späteren Zeitpunkt. Dies ging über zwei Monate so. Zwei Monate, in denen täglich Anfragen kamen, zwei Monate, die Kate alleine trinkend in ihrem Hotelzimmer verbrachte, auf einen Brief von Charles Livermore wartend, und zwei Monate, in denen ihre Begleiter täglich darum baten, sich doch zumindest mit den wichtigsten Persönlichkeiten oder angesehenen Medien zu treffen.

Erst als sie einen Brief von Luther Colby erhielt, in dem er Kate damit drohte, sie auf Schadenersatz zu verklagen, gab sie klein bei und begann wieder damit, abends Séancen für einflussreiche Geschäftsleute, wohlhabende Familien und Politiker zu halten, die zwar sehr gut bei den Kunden ankamen, jedoch nichts vollkommen Neues beinhalteten. Dies war nicht, was sich Colby erwartet hatte, und als Kate nach wiederholtem Bitten seinem Wunsch nicht nachkam, sich mit den etablierten britischen Spiritisten und Spiritistinnen zu treffen, beorderte er seine drei Angestellten wieder zurück in die USA, wo sie zwar so reißerisch wie irgendwie möglich über die Reise berichteten, sich jedoch die Höhepunkte entweder aus den Fingern saugen oder gar erfinden mussten.

Kate entschied, in London zu bleiben, wo sich innerhalb kürzester Zeit dieselbe Routine in ihr Leben schlich, die sie zuvor in New York gepflegt hatte. Sie wurde in die Häuser der verschiedensten Persönlichkeiten eingeladen, verblüffte sie mit ihren mystischen Künsten, beobachtete sich selbst, wie sie den Toten Riesen durch sein Knacken, das aus den Wänden, Tischen oder auch aus der Mitte des Raumes zu kommen schien, zum Sprechen brachte, wie er durch sie Fragen beantwortete und verbrachte dann die Tage alleine in ihrem Hotelzimmer.

Doch das Schicksal hatte andere Pläne mit ihr. Nachdem Kate fünf Monate in London verbracht hatte, lernte sie eines Abends den Rechtsanwalt Henry Dietrich Lowenstein Jencken kennen. Henry war kein sehr schöner

Mann, Ende vierzig, Witwer – er erzählte Kate bereits am ersten Abend, dass seine Ehe unglücklich und kinderlos gewesen war – und von der ersten Sekunde an interessiert an Kates Person. Schnell wurde Kate bewusst, dass dieses Interesse über ihre Rolle als Medium hinausging. Henry war schon, seit er von ihrem Schaffen erfahren hatte, Anhänger des Spiritismus, hatte selbst unzählige Séancen mit den verschiedensten Medien organisiert und bereits seit Kates Ankunft in London insgeheim auf ein Treffen mit ihr gehofft. Er nahm all seinen Mut zusammen und gestand ihr, dass sie ihn ungemein fasziniere. Sie nun wirklich zu treffen, ihr gegenübersitzen, ihre Anwesenheit, ihre Einzigartigkeit zu genießen, ihre Schönheit zu bewundern, ihre bezaubernde Stimme zu vernehmen und ihre spiritistische Aura spüren zu dürfen, sei mit nichts zu vergleichen und er wäre ein Narr, wenn er nicht alles unternehmen würde, um so viel Zeit wie nur irgendwie möglich mit ihr zu verbringen. Kate ertappte sich dabei, wie sie über den Verehrer und seine sichtliche Begeisterung schmunzeln musste, und fragte sich im selben Moment, wann ihr das das letzte Mal passiert war. Zusätzlich erschrak sie über die Tatsache, dass einen Moment lang vollkommene Stille in ihrem Kopf herrschte. Sie deutete dies als Zeichen und willigte ein, sich am nächsten Tag erneut mit Henry zu treffen, damit er ihr die Stadt etwas näherbringen konnte. Gemeinsam schlenderten sie durch die ihr noch immer vollkommen fremde Stadt, aßen in einem Restaurant zu Mittag und gingen im Hyde Park spazieren. Sie trafen sich öfters, fuhren in einer Kutsche aufs Land, genossen die Natur, unterhielten sich stundenlang und an einem Tag,

Henry hatte sie gerade herzhaft zum Lachen gebracht, wurde Kate schlagartig bewusst, dass sie sich in diesen gleichzeitig ernsthaften und doch verträumten Mann verliebt hatte und dass die Gefühle für Charles Livermore inzwischen völlig verschwunden waren. Bald war Kate klar, dass Henry mit dem Gedanken spielte, um ihre Hand anzuhalten, sich jedoch davor fürchtete, sie könnte Nein sagen. Und dann kam eines Tages Henrys Frage. Völlig ohne Vorwarnung. Sie saß auf einer Parkbank, hatte sogar ein Sandwich in der Hand, als er vor ihr auf die Knie ging: „Kate, willst du meine Frau werden?"

Wieder wurde es vollkommen still in ihr und sie hörte sich selbst, wie sie seine Frage bejahte. Über eine Woche lang schwieg der Tote Riese. Zum ersten Mal seit dreiundzwanzig Jahren herrschte in dieser Zeit absolute Stille in ihr. Dieses Mal wusste Kate nicht, ob sie dieses Schweigen als Zustimmung werten sollte oder ob der Tote Riese einfach nur ähnlich perplex war wie sie selbst. Gezielt hörte sie in sich hinein. Nichts. Stille bedeutet Zustimmung, beschloss sie schließlich.

Die ersten Tage genoss sie es, seit so vielen Jahren wieder einmal alleine zu sein. Niemand, der in ihr wohnte, mit ihr sprach und ihr Ratschläge gab. Es dauerte jedoch nicht lange, bis sie die Stimmen vermisste. Jahrelang hatten sie Kate begleitet und nun schien es, als wären sie alle gleichzeitig aus ihr gewichen. Am sechsten Tag verzichtete sie auf jeglichen Alkohol, um dem Toten Riesen Raum zu geben, in dem er sich wieder einnisten konnte. Und tatsächlich, nach genau sieben Tagen atmete Kate regelrecht auf, als sie zum ersten Mal wieder eine einzelne Stimme vernahm. Es waren drei

Worte, die sie für ihren nächsten Lebensabschnitt vorbereiten sollten, die sie darin bestätigten, dass ihre Entscheidung die richtige gewesen war, und dass nun etwas Neues beginnen sollte. Drei kleine Worte: Es ist gut.

Und es war gut. Der Tote Riese hatte immer recht. Kate spürte, dass es wichtig war, dem Alkohol von nun an ganz abzuschwören und auch kein Opium mehr zu nehmen. Der erste Tag fiel ihr leicht. Der zweite war schwieriger. Dann stürzte sich das Verlangen über sie wie ein wildes Tier. Tagelang lag Kate gekrümmt vor Schmerzen im Bett. Ihr Körper sehnte sich danach, doch sie wollte den Toten Riesen nicht länger betäuben. Offensichtlich war er dankbar für Kates Entscheidung. Wie damals im Haus der Greeleys, als sie durch die Einsamkeit und Isolation beinahe verrückt geworden wäre, stand er nun wieder an ihrer Seite, flüsterte ihr unterstützende Worte ins Ohr, stärkte sie durch seine Anwesenheit und seine Ratschläge, die keine Kommandos mehr waren.

Außerdem war da auch noch Henry, der ganz genau wusste, wieso es ihr so schlecht ging, jedoch kein Wort der Belehrung äußerte, der sich liebevoll um sie kümmerte, ihr nasse Tücher auf die Stirn legte, sie wusch und ihr immer wieder versicherte, dass sie diese Zeit überstehen und er sein Leben lang für sie da sein würde. Es war in dieser Zeit, in der sich Kate voll und ganz in ihren zukünftigen Ehemann verliebte, in der sie sah, wie zärtlich, fürsorglich und unterstützend dieser Mann war, wie viel leichter ihr Leben durch ihn sein würde und in der ihr klar wurde, dass sie seine Gegenwart nie wieder missen wollte.

Drei Wochen nach ihrem Beschluss, dem Alkohol und den Drogen abzuschwören, verließ sie zum ersten Mal wieder das Haus. Sechs Wochen später gab sie in einem kleinen Kreis ihre erste Séance. Es war ein voller Erfolg. Die Menschen hatten sie vermisst und waren froh, Kates Künste wieder bestaunen zu dürfen. Dass sich etwas verändert hatte, fiel nur den wenigsten auf. Am 14. Dezember 1872 heirateten Kate und Henry in der St. Marylebone Parish Church in London, einer geschichtsträchtigen Kirche, in der bereits der Philosoph Francis Bacon den Bund des Lebens eingegangen, der Dichter Byron getauft und der Theologe Charles Wesley begraben worden war. Viele Reporter von Spiritistenmagazinen waren anwesend und berichteten später über die zarten Klopfgeräusche, die während der gesamten Zeremonie zu hören waren und die dieser Ehe offensichtlich Zustimmung ausdrückten. Zwei Tage später las Henry in einer Zeitung, dass sich anscheinend auch der Tisch mit dem Buffet darauf immer wieder gehoben und gesenkt hatte und öfters mehrere Sekunden lang in der Luft geschwebt war.

„Warst du das?", fragte Henry seine frisch vermählte Ehefrau, die aufgrund ihrer Berühmtheit ihren Nachnamen nicht abgelegt, jedoch ein „Jencken" hinzugefügt hatte. Kate schüttelte den Kopf und seufzte.

„Die Menschen sehen, was sie sehen wollen", sagte sie. „Nun, da wir verheiratet sind, musst du dich daran gewöhnen."

Frederick blickte sie zuerst fragend an, lächelte dann und nickte. Er stellte nie wieder eine derartige Frage.

Kate hätte sich darüber gefreut, wenn Maggie bei ihrer Hochzeit dabei gewesen wäre, doch diese war wieder einmal nicht dazu fähig. Sie hatte einige Monate zuvor ein Buch mit dem Titel *Das Liebesleben von Dr. Kane: Eine Korrespondenz und die Geschichte der Bekanntschaft, Verlobung und geheimen Ehe zwischen Elisha K. Kane und Margaret Fox* veröffentlicht, dessen enorme Wellen über ihr zusammengebrochen waren. Nach Kates und Maggies Streit hatten beide geglaubt, nie wieder zueinanderzufinden. Doch insgeheim wussten beide, dass es schwer war, Zorn oder gar Hass längere Zeit aufrechtzuerhalten. Als Kate dann nach Europa gereist war, hatten Maggie und sie sich langsam wieder angenähert und schrieben sich inzwischen regelmäßig. In einem dieser Briefe hatte Maggie bereits angekündigt, bald etwas zu tun, das sowohl Leah als auch Elishas Familie enorm verärgern würde. Kate hatte geantwortet, dass sie sich nicht um andere kümmern, sondern ihrem Herzen folgen sollte. Bald darauf erschien das besagte Buch, das lediglich aus Briefen zwischen Elisha Kent Kane und Maggie bestand und die Bürger der USA gleichzeitig faszinierten und erzürnten. Kate hatte ein Exemplar erhalten und wusste während des Lesens nicht recht, was sie dabei empfinden sollte. Die Briefe beinhalteten äußerst persönliche, zum Teil beinahe peinliche Nachrichten und es war völlig klar, dass viele Leser und Freunde von Elisha Kent Kane Maggie vorhalten würden, dass sie die Briefe nur veröffentlicht habe, um einen weiteren Moment im Rampenlicht zu stehen. Wieder andere würden ihr mit Sicherheit unterstellen, dass sie diese Briefe selbst verfasst hatte und in Wirklichkeit nichts an der Sache dran war. Genauso war es dann auch. Das Buch verkaufte sich hervorragend, doch zeitgleich stürzten sich die Medien auf

Maggie und zerrissen sie förmlich in der Luft. Man warf ihr vor, den Namen eines Helden beschmutzt zu haben, beschimpfte sie, machte sich über sie lustig und Maggie, die eine völlig andere Reaktion erwartet hatte, isolierte sich daraufhin komplett. Sie zog aus Leahs Wohnung aus und suchte sich eine kleine Unterkunft in Queens, wo sie die Tage damit verbrachte, sich alleine zu betrinken.

Kate spielte kurzzeitig mit dem Gedanken, Maggie in New York zu besuchen, beschloss jedoch, dass sie sich ihrem Vorsatz widmen wollte, ihr eigenes Leben neu zu beginnen. Alles schien seinen natürlichen Lauf zu nehmen und sie wollte sich nun endlich auf sich und auf *ihr* Glück konzentrieren. Und zu ihrem Leben gehörte natürlich auch der Tote Riese, dem sie, nachdem sie ihn wochenlang der Öffentlichkeit vorenthalten hatte, wieder eine breite Plattform bieten wollte.

„Denkst du, die Menschen interessieren sich noch für mich?", fragte sie Henry, während sie gemeinsam am Küchentisch saßen und zu Abend aßen.

Henry, der sonst eher zurückhaltend und ruhig war, lachte laut auf.

„Kate Fox wird man nie vergessen, mein Liebling. Und ganz besonders jetzt nicht." Er erzählte Kate von Königin Victoria, deren Ehemann Prinz Albert im Dezember des Vorjahres im Alter von zweiundvierzig Jahren an Typhus gestorben war und sie mit neun Kindern zurückgelassen hatte. „Es heißt, die Königin sei am Boden zerstört."

Natürlich hatte Henry diese Information aus der Zeitung. Er erzählte Kate, dass die Boulevardblätter sämtliche Details kannten und aus zuverlässiger Quelle erfahren hatten, dass Königin Victoria den Tod ihres Ehemanns nicht akzeptieren konnte, dass Alberts Sterbezimmer in Windsor unverändert bleiben musste, dass man nach wie vor seine Bettlaken und Handtücher regelmäßig wechselte und dass jeden Abend ein kleiner Snack und ein Glas warme Milch in seinem Schlafzimmer bereitgestellt wurden.

„Was das mit dir zu tun hat, mein Liebling, wirst du dich nun bestimmt fragen", sagte Henry und ergriff Kates Hand. „Sehr viel! Denn gerade vor zwei Wochen ist die Nachricht an die Öffentlichkeit gelangt, dass die Königin selbst sich an den schottischen Spiritisten Daniel Dunglas Home gewandt hat, um Kontakt zu Albert aufzunehmen."

„Die Königin? Wirklich? Denkst du, sie wird mich ebenfalls …?", begann Kate, doch Henry unterbrach sie.

„Nein. Das steht außer Frage. Die Queen würde bei einer derartig heiklen Situation niemals an eine Ausländerin herantreten. Doch es sei dir versichert, liebste Kate, dass diese Neuigkeit dem Spiritismus und damit auch dir einen weiteren Höhenflug ermöglichen wird."

Henry behielt vollkommen recht. Wie auch in den Vereinigten Staaten wurde der Spiritismus in der britischen Presse schon seit Langem heiß diskutiert, es gab allein in Großbritannien Hunderte, wenn nicht sogar Tausende, die sich selbst als Medium bezeichneten und noch weit mehr, die ihre Dienste liebend gerne in Anspruch nahmen. Der große Unterschied bestand jedoch in der Akzeptanz des Spiritismus. Anders als in den USA, wo besonders Kates und Maggies Fähigkeiten bereits vor vielen Jahren öffentlich und mit wissenschaftlichen Methoden überprüft worden waren und nicht widerlegt werden hatten können, gab es in Großbritannien nach wie vor viele Wissenschaftler, die den Spiritismus als solchen verurteilten und als Humbug abtaten. Nun jedoch, da selbst die Königin die Dienste eines berühmten Mediums in Anspruch genommen hatte, blieb diesen Kritikern gar nichts anderes übrig, als sich ernsthaft mit diesem Thema auseinanderzusetzten.

Genau aus diesem Grund trat einige Wochen nach Bekanntwerden der Séance mit der Königin der berühmte Wissenschaftler und heimliche Unterstützer ihrer Sache Dr. William Crookes an Kate heran und bat sie, gemeinsam mit dem inzwischen berühmten Spiritisten Daniel Dunglas Home eine Kontaktaufnahme mit dem Jenseits durchzuführen. Die Séance würde selbstverständlich unter strenger wissenschaftlicher Beobachtung durchgeführt werden und sollte sämtliche Bedenken der Briten ein für alle Mal beseitigen.

„Es ist mir auch ein persönliches Anliegen“, verriet Dr. Crookes, als er Kate den Vorschlag unterbreitete. Sie schaute dem besorgt dreinblickenden Mann ins Gesicht. Auch er hat jemanden verloren, den er liebte, flüsterte ihr der Tote Riese zu. Und auch er hat bereits mehrere Male die Dienste eines Mediums in Anspruch genommen, um sie wieder in sein Leben zu holen. „Als Mann der Wissenschaft“, sagte Dr. Crookes, „werde ich immer wieder auf die Echtheit des Spiritismus angesprochen und gehe jedes Mal, wenn ich mich zu sehr aus dem Fenster lehne, das Risiko ein, mein Ansehen in der Forschungsgemeinde aufs Spiel zu setzen. Es wäre mein sehnlichster Wunsch, endlich den Beweis zu erbringen, dass Wissenschaft und Spiritismus nebeneinander existieren können.“

Es sei bereits alles organisiert, fügte er hinzu. Daniel Dunglas Home habe zugesagt, ein amerikanischer Kollege sei auf dem Weg nach England, die europäischen Augen seien auf sie gerichtet und er selbst würde einen wissenschaftlichen Bericht verfassen und diesen anschließend im *Quaterly Journal of Science* veröffentlichen. Er senkte seine Stimme zu einem Flüstern: „Dies ist die Möglichkeit, sämtliche Kritiker ein für alle Mal zum Schweigen zu bringen und dem Spiritismus die Chance zu geben, endlich auch in Europa Fuß zu fassen." Zusätzlich wäre der Werbeeffekt nicht zu unterschätzen, da sich bereits jetzt die verschiedensten Zeitungen darum stritten, bei diesem Treffen der Giganten dabei zu sein und anschließend darüber berichten zu dürfen.

Diese Giganten waren Kate Fox-Jencken und Daniel Dunglas Home. Kate hatte schon viel über den Spiritisten aus Schottland und dessen hellseherische Begabungen, seine Fähigkeit, den eigenen Körper zu schrumpfen und zu verlängern und ganz besonders über seine Gabe zu schweben gehört und spürte, dass eine gemeinsame Séance von Erfolg gekrönt sein würde.

Nun, drei Wochen nachdem Dr. William Crookes an sie herangetreten war, befand sie sich in seinem Labor und beobachtete, wie ihr verbitterter Feind Dr. Stanley Grimes durch den Raum humpelte und Kate und Home durchgehend hasserfüllte Blicke zuwarf. Wie auch Kate war Home derartige Blicke gewöhnt und ließ sich davon nicht irritieren. Sein Gesichtsausdruck war gleichzeitig gelassen und hoch konzentriert, als bewohnten zwei verschiedene Wesen seinen Körper.

Als Dr. Grimes sämtliche Gerätschaften, den Boden, die Wände und letztendlich auch Daniel Dunglas Home und Kate selbst genauestens untersucht hatte – er kam ihr so nahe, dass sie seinen scharfen Atem riechen konnte –, willigte er schließlich ein, mit den Testungen zu beginnen. Darauf folgte eine Vorstellung, die sogar Kate, die schon einiges gesehen hatte, den Atem raubte.

Daniel Dunglas Home schloss einige Sekunden lang die Augen, öffnete sie wieder und Kate hatte das Gefühl, ein anderer Mensch würde plötzlich neben ihr sitzen. Home stand wortlos auf, deutete auf einen schweren Tisch in der Mitte des Raumes und sämtliche Anwesende konnten sehen, wie er sich einige Zentimeter nach vor bewegte.

„Seht!", rief einer der Journalisten und zeigte auf Home, dessen Füße eindeutig eine Handbreit über dem Boden schwebten. Daniel Dunglas Home sank langsam wieder zu Boden, wandte sich an Dr. Crookes und Dr. Grimes und deutete auf einen Polstersessel, der etwas weiter hinten im Raum an der Wand stand.

„Sie haben diesen Sessel zuvor inspiziert?", fragte er. Seine Stimme war nicht mehr dieselbe wie noch vor einigen Minuten. Als die beiden zustimmten, nahm Home darauf Platz und alle konnten sehen, wie sich der Sessel vom Boden löste und bestimmt eine Minute lang einen Meter hoch schwebte. Als der Sessel sich wieder gesenkt hatte, stand Home auf und es war für alle offensichtlich, dass er nun mindestens einen Kopf kleiner war als noch eine Minute zuvor. Dr. Crookes näherte sich ihm und untersuchte seinen Körper. Schließlich wandte er sich an das Publikum und schüttelte den Kopf.

Home bat darum, den Raum vollständig zu verdunkeln. Ein Helfer von Dr. Crookes fixierte zuvor vorbereitete Holzplatten an den Fenstern und sämtliche Lampen wurden gelöscht. Sofort erschienen überall im Raum schwebende, grün funkelnde Kugeln, die an leuchtende Himmelskörper erinnerten. Ebenfalls waren plötzlich an verschiedenen Stellen des Raums glühende Handabdrücke zu sehen, die Geister aus dem Jenseits hinterlassen hatten. Diese waren einige Sekunden lang für jeden klar zu erkennen und lösten sich dann, wie auch die Himmelskörper, wieder in Luft auf.

Nachdem man den Raum wieder erhellt hatte, untersuchten Dr. Crookes und Dr. Grimes die Stellen und mussten sich schließlich eingestehen, keine Erklärung für die geheimnisvollen Vorgänge parat zu haben. Daniel Dunglas Home stand währenddessen wieder in voller Größe neben den Herren und beobachtete interessiert deren Prüfungen.

Es folgten noch weitere Darbietungen – Home ging wortlos zum Kamin, griff mit beiden Händen in das Feuer, nahm eine Handvoll glühende Kohlen heraus, präsentierte sie gemächlich den Anwesenden, bevor er sie wieder zurück ins Feuer warf und seine unversehrten Hände vorzeigte. Er konnte angeben, was die Journalisten in ihren Hosentaschen hatten, wie die Namen ihrer Ehefrauen und Eltern waren, was diese für einen Beruf ausgeübt und wie viele Geschwister sie hatten. Aussagen, die stets der Wahrheit entsprachen.

Sowohl Kate als auch die Journalisten waren fasziniert von Homes Souveränität, der Leichtigkeit, mit der sich sein Körper immer wieder völlig unerwartet eine Handbreit vom Boden löste und der Schnelligkeit und Treffsicherheit seiner Antworten auf sämtliche Fragen.

Nach etwa einer halben Stunde beendete Home seine Vorstellung, setzte sich neben Kate, schüttelte leicht den Kopf und blickte, als wüsste er nicht, wo er sich gerade befand, verdutzt in die Gesichter der Anwesenden. Sofort begannen die Journalisten das Gesehene aufzuschreiben und Dr. Grimes und Dr. Crookes zogen sich eine Zeit lang zurück, um das gerade Erlebte zu reflektieren. Kate beobachtete, wie die beiden gestikulierend diskutierten und immer wieder ratlos den Kopf schüttelten.

Sie blickte zu Daniel Dunglas Home, der sich die Augen rieb und mit seinen Augen nach wie vor etwas unsicher den Raum untersuchte.

Dann war Kate an der Reihe. Dachte sie später auf diesen Abend zurück, hatte sie stets ein ambivalentes Gefühl. Natürlich fühlte sie ein gewisses Maß an Stolz, denn sie hatte sich lange, vielleicht sogar ihr ganzes Leben lang, auf genau diese Séance vorbereitet. Sie hatte sich vom Alkohol und den Drogen befreit, hatte ihren Geist geöffnet und war nun in der Form ihres Lebens. Und doch war der Stolz etwas getrübt, da letztendlich nicht sie selbst, sondern der Tote Riese den Abend bestritt. Er war es, der ihren Körper benutzte, um endlich zu zeigen, wozu er tatsächlich fähig war. Er war es, der Kate aufstehen und sie an einem kleinen, runden Tisch Platz nehmen ließ. Er war es, der durch ihren Mund Dr. Grimes, Dr. Crookes und einen Journalisten, der für den *Guardian* schrieb, darum bat, sich ebenfalls an den Tisch zu setzen. Ein leerer Block, ein Stift und das Buchstabenbrett, das Leah vor so vielen Jahren entworfen hatte und immer noch beinahe gleich aussah, wurden auf dem Tisch platziert. Anschließend bat der Tote Riese alle drei Männer, sich möglichst private Fragen zu überlegen. Kate beobachtete daraufhin sich selbst, wie sie mit der linken Hand eine Nachricht für Dr. Crookes in Spiegelschrift auf den Block notierte, als wäre es das Selbstverständlichste der Welt, während sie gleichzeitig mit der rechten Hand die Fragen von Dr. Grimes mithilfe des Buchstabenbretts beantwortete, und sie sich zudem unterdessen ungezwungen mit dem Journalisten unterhielt. Es fühlte sich an wie ein Kinderspiel, dem Reporter in den Kopf zu blicken, wie aus einem offenen Buch in seiner Vergangenheit zu lesen und ihm von seiner verstorbenen Mutter und ihrer Zeit im Jenseits zu erzählen.

Nun erging es Daniel Dunglas Home – und auch allen anderen – wie es ihr gerade ergangen war. Sie konnten nicht begreifen, mit was für einer Selbstverständlichkeit und Leichtigkeit Kate ihre unerklärlichen Fähigkeiten vorführte. Alles an ihr schien von etwas für das Auge nicht Sichtbarem gesteuert zu werden und sämtliche ihrer Antworten wurden als richtig bestätigt. Dr. Stanley Grimes, den Kates souveränes Auftreten offensichtlich irritierte und erzürnte, versuchte immer wieder, sie aus der Reserve zu locken und mit gefälschten Angaben zu seiner Vergangenheit zu täuschen. Diese wurden jedoch sofort als solche erkannt und mit einem scharfen Knacken bestraft, das allen Anwesenden durch Mark und Bein ging und Kates Gegenspieler die Schweißperlen auf die Stirn trieb. Dr. Crookes hörte irgendwann auf, Fragen zu stellen und schüttelte nur noch ungläubig den Kopf.

„Ein Wunder, wahrhaftig“, murmelte der sonst so gefasste Wissenschaftler leise vor sich hin.

Diese Darbietung hätte bereits ausgereicht, um die Zweifler auch auf dieser Seite des Ozeans ruhigzustellen, doch Kate, ohne sich ihrer Handlungen völlig bewusst zu sein, erklärte nun den Anwesenden, dass sich die Geister, wenn sie das Jenseits verließen, stets an etwas festhalten mussten, um nicht wieder auf die „andere Seite“ zurückgezogen zu werden. Ebendiese Griffe zeigten sich einerseits durch sich bewegende Objekte – Kate legte ihre Hand auf die Tischplatte und der gesamte Tisch hob sich ruckartig nach oben, schwebte und knallte wieder auf den Boden – oder sie seien durch sogenannte „perkussive Klänge“ wahrzunehmen, die Sterbliche üblicherweise nicht hören konnten, jedoch durch ihre Gegenwart auch für menschliche Ohren manifestiert werden konnten. Sie bat Dr. Crookes, ihr die Augen zu verbinden, ging anschließend zu einer Glasscheibe, die zuvor in einer Halterung platziert worden war, legte ihre Hand darauf und konnte regelrecht spüren, wie die Gäste zusammenzuckten, als ein pulsierendes Geräusch durch das Glas erschallte.

Noch nie zuvor hatte Kate dieses Kunststück gezeigt, da es ihr trotz vieler Versuche noch nie gelungen war. Doch nichts an diesem Abend war wie sonst. Dr. Crookes schrieb später im *Quaterly Journal of Science:*

Sämtliche Vorbehalte meines amerikanischen Kollegen Dr. Stanley Grimes, der sich nach wie vor dagegen sträubt, die Ergebnisse dieses Abends und die bewiesene Authentizität der Spiritisten Kate Fox und Daniel Dunglas Home anzuerkennen, wurden klar und deutlich widerlegt. Ich habe noch niemanden getroffen, der sich auch nur annähernd mit Mrs

Kate Fox messen könnte. Andere Medien benötigen ein vertrautes Setting, um eine Séance zu halten, nicht aber Kate Fox. Sie brauchte nur ihre Hand auf ein Objekt zu legen, damit Geräusche erklangen, die an ein Pulsieren erinnerten, laut genug, um mehrere Räume entfernt gehört zu werden.

Erst nachdem der Tote Riese beschlossen hatte, dass er genug gezeigt hatte, gab er Kates Körper wieder an sie zurück. Sie stand in der Mitte des Labors und betrachtete die Gesichter der Anwesenden, die sie entweder mit offenem Mund oder mit einem ungläubigen Kopfschütteln anstarrten. In ihnen spiegelte sich, was Kate schon in den Gesichtern jener gesehen hatte, die am ersten Abend in Hydesville dabei gewesen waren: Verwunderung, Furcht, Verzauberung, Faszination, Hoffnung auf etwas Größeres und ein Gefühl der Bestätigung, dass es tatsächlich mehr gab, als es sich der Mensch vorstellen konnte. Eine Gewissheit, die ihnen weder Kirche noch der Glaube geben konnte, nämlich, dass es ein Leben nach dem Tod gab.

Lediglich im Gesicht von Dr. Stanley Grimes las sie nach wie vor Ablehnung, Missgunst und Hass und sie war selbst überrascht, wie sehr sie diese negativen Gefühle störten. Doch noch überraschter war Kate, als sie sich, ohne es geplant zu haben, vor ihm aufbaute und mit dem Finger auf ihn deutete. Sie spürte ihre eigene Autorität, wusste, dass sich alle in diesem Raum insgeheim vor ihr fürchteten, und während sie sprach, erschrak sie beinahe vor der Stärke und Energie in ihrer eigenen Stimme:

„Ihre Zukunft wurde mir verraten“, sagte sie schließlich, und jedes Wort wurde von einem lauten Knacken untermauert. „Die Geister stehen direkt neben Ihnen!“ Alle Blicke waren auf Dr. Grimes gerichtet. Er versuchte zwar, sich nichts anmerken zu lassen, doch sowohl seine Körperhaltung als auch sein beinahe panischer Gesichtsausdruck verrieten, dass Kate ihn aus der Reserve gelockt hatte.

„Nutzen Sie jeden Tag! Genießen Sie jede Minute! Denn bald …“

Kate brach den Satz abrupt ab, schloss die Augen für einige Sekunden, öffnete sie wieder und blickte fragend in die entgeisterten Gesichter der Anwesenden.

„Das Tor ist geschlossen“, sagte sie und ließ sich, ohne ein weiteres Wort zu äußern, auf den Sessel gleiten, der noch vor nicht allzu langer Zeit mitsamt Daniel Dunglas Home über dem Boden geschwebt war. Immer noch spürte sie die fragenden Blicke, die auf ihr ruhten, doch sie hatte nicht vor, weitere Auskünfte zu geben. Es war genug gesagt. Ihr Ziel war erreicht. Dr. Crookes war fasziniert und verzaubert vom Schauspiel, das ihm geboten worden war, die Journalisten begannen, wild durcheinanderzurufen und Dr. Stanley Grimes saß auf seinem Stuhl und rang offensichtlich um Fassung. Er würde die Worte „Denn bald“ für den Rest seines Lebens, wie lange dieser auch sein sollte, mit sich tragen. Es war ein letztes Geschenk, das Kate ihm gegeben hatte und das ihn von nun an mit Furcht erfüllen würde.

Kate lehnte sich zurück, legte ihre flache Hand auf ihren leicht gewölbten Bauch und konnte sich ein Lächeln nicht verkneifen. Sie war stark. Sie würde eine gute Mutter werden. Und ihr Kind würde in einer Welt aufwachsen, die von ihr mitgeformt worden war.

Beinahe ein ganzes, glückliches Leben

New York 1873–1883

Die nächsten zehn Jahre sollten die unbeschwertesten in Kates hektischem und unbeständigem Leben sein. Sie waren geprägt von einem Gefühl des Angekommen-, des Geerdet-Seins, einer Zeit, in der sie sich selbst, den Alkohol, und die Geister, die sie begleiteten, die meiste Zeit unter Kontrolle hatte. Henry war dabei die Hilfe, die sie benötigte. Er unterstützte sie, ohne sie einzuengen, hielt sie von Verführungen fern, war stolz auf ihre Tätigkeit als Medium und half sogar hie und da im Haushalt mit. Kate genoss das Leben mit ihrem Mann. Seit der Hochzeit wohnten sie in seinem bescheidenen Haus etwas außerhalb von London und alles fühlte sich richtig an.

Nach der Vorführung in Dr. William Crookes' Labor hatte Kate einen weiteren prominenten Fürsprecher gewonnen, der sie von nun an begleitete, Treffen mit Kollegen und angesehenen britischen Spiritisten organisierte, sie in neue einflussreiche Kreise einführte und sich immer wieder öffentlich für sie stark machte. Der angesehene Wissenschaftler war zu dem Schluss gekommen, dass die unerklärlichen Phänomene, die er mit eigenen Augen gesehen hatte, Tatsachen waren, die mit völliger Sicherheit weder das Ergebnis eines

Betrugs noch seiner eigenen Wahnvorstellungen sein konnten. Sein Ziel war es nun, dass das Vereinigte Königreich und am besten auch die gesamte Welt dies ebenfalls akzeptierte.

Kates Schwangerschaft verlief ohne Komplikationen und die Neuigkeit, dass die berühmteste Spiritistin der Welt ein Kind erwartete, ließ sowohl die amerikanischen als auch die britischen Medien sehr wohlwollend über sie berichten. Im September, neun Monate nach ihrer Heirat, gebar sie nach einer langen und schwierigen Entbindung einen Sohn, den sie nach den Brüdern ihres Mannes benannte: Ferdinand Dietrich Lowenstein Jencken. Sofort machten in Englands spiritueller Presse Gerüchte die Runde, dass auch das kleine Baby mit dem langen Namen, das liebevoll Ferdie genannt wurde, wie seine Mutter übersinnliche Fähigkeiten besaß. Kindermädchen berichteten von Begegnungen mit verschleierten weißen Gestalten im Kinderzimmer und von Möbelstücken, die sich selbständig durch den Raum bewegten. Sogar Henry selbst rühmte sich, dass der kleine Ferdie bereits im Alter von sechs Monaten einen Bleistift mit seiner winzigen Hand ergriff, um eine Nachricht aus dem Jenseits auf Griechisch niederzuschreiben. Er verfasste gerade einen blumigen Brief an ein Spritistenmagazin, in dem er dieses Wunder bis ins kleinste Detail beschrieb, als ihn Kate dabei unterbrach.

„Das hast du gesehen?“, fragte sie ihren Ehemann.

„Mit meinen eigenen Augen“, versicherte ihr Henry.

Kate musterte ihn, biss sich vorsichtig auf die Unterlippe und nickte.

„Na gut“, sagte sie leise.

Es dauerte nicht lange, bis Kate ein zweites Mal schwanger wurde. Sie hatte sich sehnlichst ein Geschwisterchen für Ferdie gewünscht und ihre Bitte im Jenseits platziert. Als ihr Wunsch in Erfüllung ging, fühlte es sich an, als sei sie gesegnet. Sie kam nicht umhin, viel an ihre eigenen Schwestern und ganz besonders an die enge Beziehung zu denken, die sie so viele Jahre zu Maggie gehabt hatte. Der Gedanke, dass Ferdie nun auch bald jemanden an seiner Seite haben würde, der oder die ihn besser verstehen würde als jeder andere auf der Welt, jemanden, mit dem er sein restliches Leben eine Verbindung haben sollte, die stärker war als alles andere, löste in ihr die Sehnsucht nach ihren eigenen Schwestern aus, die sie nicht länger ignorieren konnte und wollte.

Es war noch am Anfang ihrer Schwangerschaft, als sie Henry mitteilte, dass sie den Wunsch hegte, nach Amerika zu fahren, um ihr Glück mit Maggie und Leah zu teilen.

„Ich will, dass Ferdie seine Tanten kennenlernt und ich will, dass sie ihn sehen. Ich glaube, er – und es –", sie legte die flache Hand auf ihren Bauch, „können uns wieder zusammenbringen. So wie es ist, fühlt es sich falsch an. Viel zu lange habe ich nicht mehr mit den beiden gesprochen, viel zu lange habe ich nur noch Gerüchte über sie gehört und ich spüre, dass es an der Zeit ist."

Henry wollte warten, bis das zweite Kind geboren war, doch Kate war sich sicher, dass sie es nicht länger aufschieben konnte. Ein leises Knacken untermauerte ihre Entscheidung und Henry willigte ein, sie gehen zu lassen und so bald als möglich nachzukommen.

Noch am selben Tag telegrafierte Kate nach New York und teilte Leah und Maggie mit, dass sie die beiden besuchen würde. Leah antwortete sofort und bot Kate an, bei ihr und Daniel zu wohnen, so lange sie wollte. Maggies Antwort dauerte etwas länger, doch auch sie schrieb Kate schließlich, dass sie sich sehr darüber freue, sie wiederzusehen. Noch immer habe sie das Gefühl, ohne sie nur eine halbe Person zu sein.

Kate war im fünften Monat, als sie in Begleitung eines Kindermädchens von Liverpool aus das Passagierschiff *RMS Adriatic* bestieg und sich auf den Weg nach New York machte. Die Siebzehnjährige aus Dänemark erinnerte sie an Alma, dem Dienstmädchen der Posts, das ihnen vor so vielen Jahren in der Corinthian Hall geholfen hatte. Was wohl aus ihr geworden war? Das Wiedersehen mit ihren Schwestern verlief noch besser, als sie es sich ausgemalt hatte. Zwar sprachen Leah und Maggie nicht miteinander und weigerten sich, auch nur eine Sekunde gemeinsam in einem Raum zu verbringen, doch beide freuten sich unabhängig voneinander enorm, ihre jüngste Schwester wiederzusehen und auch ihren bezaubernden Neffen kennenzulernen.

Leah war inzwischen eine sechzigjährige Frau und erinnerte Kate immer mehr an ihre Mutter. Sie war füllig, hatte sämtliche Ecken und Kanten verloren und behandelte Kate von Anfang an, als wäre sie ihre eigene verlorene und nun wieder zurückgekehrte Tochter.

„Mein Kind!", rief sie, umarmte Kate und ließ sie minutenlang nicht mehr los. Als sie Ferdie zum ersten Mal in den Arm nahm, lächelte sie selig und begann leise zu weinen.

„Es tut mir leid", sagte sie kaum hörbar, jedoch genau so laut, dass Kate sie verstehen konnte.

„Es ist gut“, antwortete Kate ebenfalls flüsternd.

Es stimmte. Etwas hatte sich in ihr gelöst. Kate spürte, dass Leah es ernst meinte und der Tote Riese teilte ihr mit, dass er ebenfalls der gleichen Meinung war.

„Du siehst gut aus“, sagte Leah und kniff ihrer Schwester in die Wangen. „Gibst du heute Abend eine Séance? Die Menschen haben dich vermisst und brennen darauf, dich zu sehen.“

Maggie hingegen, die sich zwar wieder etwas gefangen hatte und an manchen Tagen an die Person erinnerte, die sie einst gewesen war, konnte Leah nicht verzeihen. Kate besuchte sie in ihrer kleinen Wohnung und war im ersten Moment entsetzt. Der Boden war dreckig, es roch unangenehm, in der Küche stapelte sich das schmutzige Geschirr und in den Ecken standen haufenweise leere Weinflaschen. Maggie freute sich sehr, Kate wiederzusehen und Ferdie kennenzulernen, doch bereits nach wenigen Minuten berichtete sie von ihrem Streit mit Leah und von der Zeit, nachdem sie das Buch mit Elishas Briefen veröffentlicht hatte.

„Alle haben sich auf mich gestürzt. Wie Wölfe waren sie. Die Presse, Elishas Familie, wildfremde Menschen. Ich wurde beschimpft und auf offener Straße bespuckt. Sie sagten, dass ich alles nur erfunden hätte. Doch das habe ich nicht!“

Kate legte ihre Hand auf Maggies Arm. Es hatte die gewünschte Wirkung. Maggie beruhigte sich ein wenig. „Leah wollte nichts mehr mit mir zu tun haben. Sie hat mich öffentlich beleidigt, hat mich als Alkoholikerin bezeichnet, hat gesagt, dass ich meinen Verstand verloren hätte. Sie war eine dieser Wölfe."

„Ich denke, sie hat sich geändert", sagte Kate, die nach wie vor den Wunsch hatte, die Schwestern wieder zusammenzubringen.

„Das spielt für mich keine Rolle. Sie ist der Grund, wieso ich alles verloren habe. Leah ist für mich gestorben und sie wird für das bezahlen, was sie mir angetan hat", sagte Maggie mit monotoner Stimme. Es war offensichtlich, dass sie diese Worte nicht zum ersten Mal äußerte.

Maggies Frustration rührte auch daher, dass sie aufgrund ihrer finanziellen Schwierigkeiten wieder gezwungen war, Séancen zu halten, obwohl sie Elisha und sich selbst geschworen hatte, dies nie wieder zu tun. Ein Jahr zuvor war Horace Greeley, der bis zu seinem Tod für Maggies Wohnung aufgekommen war und ihr auch sonst öfters Geld zukommen hatte lassen, an einem Schlaganfall verstorben. Nun gab es niemand, der seine Rolle übernahm. Maggie hatte ursprünglich gehofft, dass der Verkauf ihres Buches sie über Wasser halten würde, doch sie musste sich eingestehen, dass sie zu dem Zeitpunkt, an dem sie die Rechte daran verkauft hatte, in einer sehr schlechten Verfassung gewesen war und die einzelnen Punkte des Vertrags nicht näher beachtet hatte. Die *Liebesbriefe* waren trotz der harschen Kritik ein überwältigender Erfolg und verkauften sich hervorragend. Maggie hatte jedoch nur eine einmalige Zahlung erhalten, die gesamten restlichen Einnahmen gingen in die Taschen ihres Verlegers. Und ihrer Meinung nach trug Leah allein die Schuld an ihrem Schicksal.

Trotz der offensichtlichen Spannung, die zwischen Maggie und Leah lag, genoss es Kate, wieder in New York und bei ihren Schwestern zu sein.

„*Es ist schön zu sehen, wie Ferdie seine Tanten anhimmelt*“, schrieb sie Henry in einem Brief. „*Er hilft Maggie dabei, sich aus der Melancholie zu lösen, sich an manchen Tagen aus ihrem Kokon zu befreien, zaubert sogar hie und da ein Lächeln auf ihre Lippen. Viel zu lange ist es her, dass sie Freude an etwas gezeigt hat. Maggie selbst sagt über sich, dass sie es verlernt hat zu lachen. Doch ich bin mir sicher, dass Ferdie es ihr früher oder später wieder beibringen wird.*

Leah hingegen ist mit ihrer Liebe zu ihrem Neffen nicht so zurückhaltend. Sie verwöhnt unseren Kleinen viel zu sehr. Und auch mich verhätschelt sie, erkundigt sich ständig nach meinem Wohlbefinden und organisiert immer wieder Séancen für mich.

Ich weiß, dass du der Meinung bist, ich müsse mich schonen. Das tue ich auch, keine Sorge. Ich treffe mich höchstens ein bis zwei Mal mit Gästen und die meisten Sitzungen finden nur in einem sehr kleinen Rahmen statt, oft sogar nur mit einer einzelnen Person. Nicht alle akzeptieren das, viele wünschen sich, dass ich wie früher täglich mit dem Toten Riesen spreche, doch ich will es so und die Geister wollen es ebenfalls. Leah sorgt dafür, dass sie mir nicht zu viel Energie rauben. Bisweilen fühle ich mich zurückversetzt in meine Kindheit, in der Leah sich um alles gekümmert hat und mich und Maggie wie ein Kapitän sein Schiff durch stürmische und gefährliche Gewässer gelenkt hat. Ich muss gestehen, dass ich es genieße, zeitweise wie ein Kind behandelt zu werden. Du weißt nur zu gut, dass es mir oft schwerfällt, selbst Entscheidungen zu treffen und ich bin froh, dass Leah mich während deiner Abwesenheit unter-

stützt. Trotzdem sehne ich mich danach, dich wieder an meiner Seite zu haben. Du, mein liebster Henry, bist der eigentliche Kapitän meines Schiffes. Du hast mich auf den richtigen Kurs gebracht und ich wünsche mir nichts sehnlicher, als mit dir gemeinsam in Richtung des Horizonts zu segeln.“

Zwei Monate nach ihrer Ankunft in New York gebar Kate ihren zweiten Sohn, dem sie den Namen ihres Ehemanns gab. Henry kam eineinhalb Monate später nach. Sie verbrachten gemeinsam ein halbes Jahr in New York, wohnten bei Leah und Daniel, und Kate konnte Henry schließlich davon überzeugen, ihren Lebensmittelpunkt nach New York zu verlagern.

So nahm Kates neues Leben so unspektakulär wie noch nie zuvor seinen Lauf. Sie war glücklich, sich um ihre zwei Kinder zu kümmern, abends Zeit mit Henry zu verbringen und zwei Mal die Woche Séancen zu halten. Sie hatte regelmäßigen Kontakt mit Leah und Kate, beobachtete mit Bewunderung, wie Leah ihre hart erarbeitete Stellung in der Gesellschaft immer wieder aufs Neue festigte, wie sie sich mit bedeutenden und einflussreichen New Yorkern traf, wie sie sowohl an Lesezirkeln und Frauenrechtsveranstaltungen teilnahm, als auch selbst welche in ihrem Haus veranstaltete, und natürlich, wie sie als „Stilles Medium“, wie sie sich selbst inzwischen nannte, nach wie vor in gehobenen Kreisen Darbietungen gab. Leah äußerste immer wieder den Wunsch, dass Kate so oft wie möglich während Veranstaltungen an ihrer Seite war, doch Henry riet ihr davon ab, da er befürchtete, dass derartig viele Verpflichtungen Kate wieder in ihr altes Muster fallen lassen könnten. Kate war froh, dass ihr

Mann auf sie aufpasste, da sie es selbst nicht tun würde. Leah hingegen ärgerte sich darüber und warf Henry vor, seine Frau einzuengen und sie nicht als eigenständige und vollwertige Person zu akzeptieren. Als Kate diesen Vorwurf hörte, stimmte sie zu, Leah von nun an öfters zu unterstützen, um nicht undankbar zu wirken.

Was Maggie betraf, so musste Kate traurig mitansehen, wie sich ihr Geisteszustand in Wellen veränderte. An manchen Tagen wirkte sie stark und selbstbewusst, nur um dann wieder in eine tiefe Melancholie zu fallen, während der sie sich voll und ganz dem Alkohol widmete, sich um nichts und niemanden scherte und entweder tagelang ihre kleine Wohnung nicht verließ oder im offensichtlich betrunkenen Zustand versuchte, eine Séance zu halten. Die Zeitungen berichteten regelmäßig über sie und sahen ganz besonders in ihren Skandalen ein gefundenes Fressen. Kate tat, was sie konnte, besuchte Maggie regelmäßig, brachte sie in Kontakt mit ihren zwei Neffen, die sich jedoch in ihrer Anwesenheit zum Teil schüchtern oder gar ablehnend verhielten, versorgte sie mit Lebensmitteln und auch Alkohol, wenn sie sich in einer ihrer „schlechten Phasen" befand und wartete stets darauf, dass diese wieder vorbeigehen würde. Es war für Kate nicht leicht, ihrer Schwester beizustehen, da sie offensichtlich nichts gegen ihre Depression unternehmen konnte. Zusätzlich konnte sie nur schwer mit dem Hass umgehen, den Maggie für Leah empfand, der sie nach wie vor die Schuld für ihr Schicksal und ihren erlittenen Verlust gab.

Sowohl Kate als auch Henry hätten sich erwartet, dass Kates beinahe vollkommener Rückzug aus der Öffentlichkeit bedeuten würde, dass sie bald in Vergessenheit geraten würde. Doch das war ganz und gar nicht der Fall. Im Gegenteil. Es hatte zur Folge, dass die wenigen Séancen, die sie gab, noch exklusiver wirkten und dass sie noch mehr Anfragen erhielt als zuvor. Der Spiritismus hatte sich vollkommen verselbstständigt und war ein fester Bestandteil der modernen Gesellschaft geworden. Ihr nach wie vor großer Einfluss wurde offensichtlich, als sie Dr. William Crookes, in dessen Labor sie vermutlich die besten Darbietungen ihres Lebens gegeben hatte, darüber informierte, dass ihr britischer Kollege Daniel Dunglas Home plante, ein Buch zu veröffentlichen, in dem er angeblich verschiedenste Spiritistinnen an den Pranger stellen, ihre Tricks verraten, sie als Lügnerinnen bezeichnen und erklären würde, dass und wie sie die verschiedensten, scheinbar unerklärlichen Manifestationen vorgetäuscht hatten. Es heißt, schrieb Dr. Crookes, dass angeblich auch Margaret und Leah Fox in diesem abscheulichen und mit Sicherheit nicht auf Fakten beruhenden Werk erwähnt werden sollen. Als Kate das las und sich vorstellte, welche Konsequenzen dieses Buch und die darin enthaltenen Anschuldigungen für ihre Schwestern haben könnten, schrieb sie umgehend selbst einen Brief an Daniel Dunglas Home, in dem sie ihm mitteilte, dass sie sein Projekt unterstützte, da auch sie der Meinung war, dass sich inzwischen viel zu viele Schwindlerinnen als Medium bezeichneten. Sie schrieb, dass es ihr sehr wohl bewusst war, dass es Menschen gab, die die Authentizität ihrer zwei Schwestern infrage stellten, doch sie sei sich sicher, dass ein bedeutender Spiritist wie Daniel Dunglas Home selbst nicht zu diesem Kreis der Zweifler gehörte:

Margaret Fox mag zwar durch ihr trauriges Schicksal nicht mehr dieselbe sein, die sie einst gewesen ist, doch steht ihre Fähigkeit, die Stimmen aus dem Jenseits wahrzunehmen, außer Frage. Ich selbst war sowohl bei der ersten als auch bei unzähligen anderen Kontaktaufnahmen anwesend und ich bürge für sie mit meinem Namen. Ich habe Ihnen bei unseren letzten Treffen von meiner Schwester Mrs Leah Fox-Underhill erzählt und ich gebe zu, dass ich zu dieser Zeit kein gutes Wort über sie verloren habe. Meine mehr als dreiundzwanzig Jahre ältere Schwester war ihr Leben lang eifersüchtig auf mich, und als meine gesegnete Mutter starb, sprachen wir lange nicht miteinander. Ich gestehe, dass es verschiedenste Gründe für meine boshaften Worte ihr gegenüber gab, doch die Dinge haben sich geändert. Mrs Fox-Underhill versucht endlich, die Ungerechtigkeit der Vergangenheit auszugleichen. Ich habe ihr vergeben und obwohl ich nach wie vor immer wieder Schatten ihrer Bosheit in meinem Herzen entdecke, versuche ich stets, mich daran zu erinnern, dass sie ein geläuteter Mensch und nicht mehr dieselbe Frau ist, die sie einmal war. Aus diesem Grund würde es mich in tiefe Trauer stürzen, wenn Sie, verehrter Herr, sie anklagen und sich dann die Öffentlichkeit gegen sie wenden sollte.

Im Jahr 1877 erschien Daniel Dunglas Homes Werk *Licht und Schatten des Spiritismus*, in dem er verschiedenste sogenannte Medien der gezielten Irreführung bezichtigte und deren betrügerische Tricks verriet. Es wurde sofort zu einem internationalen Bestseller. Wieder einmal wurden die Stimmen der Kritiker lauter, die Wissenschaftler gaben Interviews, in denen sie sagten, dass es enorm viele

Beweise gäbe, die sämtliche Grundlagen diese Bewegung widerlegten, die Zeitungen verrissen die Spiritistinnen und Spiritisten, die von Home namentlich genannt wurden, und sowohl Kate als auch Maggie und Leah waren äußerst froh, dass keine der Fox-Schwestern in Homes Buch auch nur mit einem Wort erwähnt wurde. Leah, die sich bis zur Veröffentlichung davor gefürchtet hatte, dass Home doch noch über sie schreiben und sie und ihr Lebenswerk damit vernichten könnte, bedanke sich überschwänglich bei ihrer Schwester.

„Du bist und warst schon immer unsere Retterin! Dank dir, mein Kind, kann uns niemand etwas anhaben."

Leah wusste nicht, wie sehr sie sich mit dieser Aussage irren sollte.

Maggie

[Kate ist in Russland und hat es noch nicht erfahren. Es heißt, sie reagiert nicht auf die vielen Briefe und Telegramme. Es heißt, sie will die Realität nicht akzeptieren. Ich spüre jedoch, dass sie die Nachricht noch nicht erhalten hat.

Es wird sie brechen. Ich bin mir sicher. Als ich es erfahren habe, war ich einen Moment lang sie. Wie früher. Ich spürte ihren Schmerz. Für sie. Sah das unendlich tiefe schwarze Loch, in das ich bereits gefallen bin, das mich verschlungen hat, mich nie wieder freigeben wird, und das sie nun erwartet.

Sie hätte nicht gehen dürfen. Hätte nicht auf Leah hören sollen, hätte New York, hätte Henry nicht verlassen sollen. Hätte dafür kämpfen müssen, dass alles so bleibt, wie es ist.

Wie ich selbst darum hätte kämpfen müssen.

Doch nun ist es zu spät.

Für sie und für mich.

Ich bin sie und sie ist ich. Nun, da auch sie ihren Mann verloren hat, sind wir wieder gleich.]

Leah sagt: Das Schicksal will es so

Russland 1883

Im Februar des Jahres 1883 erhielt Kate eine Einladung des russischen Beamten Ivan Oblonsky, den Kate einige Monate zuvor während einer Séance im Barnum's Hotel kennengelernt hatte. In seiner äußerst förmlichen und offiziellen Einladung bat er Kate, nach Moskau zu reisen, um dort als Sicherheitsberaterin für die baldigen Krönungsfeierlichkeiten des neuen Zaren Alexander III tätig zu sein.

„Was bedeutet das?", fragte Henry, der gleichzeitig neugierig und auch etwas misstrauisch war.

„Es geht um die Zukunft Russlands“, antwortete Kate gelassen, die insgeheim schon auf diese Einladung gewartet hatte. Während ihrer Vorbereitung für die Séance hatte Kate in Erfahrung gebracht, dass der Vater des herrschenden Zaren, Alexander II, zwei Jahre zuvor durch ein Attentat ums Leben gekommen war. Oblonsky selbst hatte den Geistern damals verschiedenste Fragen bezüglich des Wohlergehens und der Zukunft des neuen Zaren gestellt und Kate nach der Séance verraten, dass sich ganz Russland davor fürchtete, dass dem jungen Zaren das gleiche Schicksal wie seinem Vater blühen könnte.

„Sollte das der Fall sein, würde dies einen Sieg der Revolutionäre bedeuten“, hatte er Kate damals ins Ohr geflüstert.

Kate, die sich an das ruhige Leben in New York gewöhnt hatte und es genoss, jeden Tag bei Henry und ihren Kindern zu sein, fühlte sich zwar geehrt, hatte jedoch nicht vor, die beschwerliche Reise ins ferne Russland anzutreten.

„Jetzt wollen auch noch die Russen unsere Geister“, war Maggies Reaktion, als Kate ihr von der Einladung erzählte. „Damit es auch dort Menschen gibt, die uns dafür hassen.“

Kate blickte ihre Schwester bemitleidend an. Sie hatte dunkle Augenringe, trockene Lippen und kaute an ihren Fingernägeln – eine Angewohnheit, die sie erst seit Kurzem hatte. Der Stress und der Kummer standen ihr ins Gesicht geschrieben. Beinahe täglich erhielt sie nach wie vor bösartige und hasserfüllte Briefe. Sowohl von Gegnern des Spiritismus als aber auch von anderen Spiritistinnen, die Maggie vorwarfen, dass sie durch ihre unmotivierte und unprofessionelle Art, durch ihren Alkoholkonsum und durch die vielen Skandale – es kam leider immer öfters vor, dass Maggie im betrunkenen

Zustand Séancen hielt, deren Qualität äußerst bedenklich waren – den gesamten Berufsstand beschmutze.

„Sag ab", riet sie Kate, stand auf, stellte sich vor das Fenster und blickte durch die schmutzige Scheibe nach draußen. „Bleib hier, wo du hingehörst. Bei Henry und deinen Kindern." Maggie zeichnete mit ihrem Zeigefinger ein unerkennbares Symbol in die Fensterscheibe und flüsterte: „Genieße was du hast. Es kann dir alles so schnell genommen werden."

Kate wusste, dass sie damit Elishas letzte Reise nach England meinte, und es lief ihr bei dem Gedanken kalt den Rücken runter. Sie beschloss, das Angebot nicht anzunehmen. Als sie jedoch Leah von der Einladung und ihrer Entscheidung erzählte, reagierte diese völlig konträr zu Maggie. Sie war begeistert von der Vorstellung, dass ihre Bewegung nun auch in Russland Fuß fassen könnte, und bekniete Kate, diese einmalige Möglichkeit anzunehmen. Als ihre Überzeugungsversuche nicht wirkten, erinnerte Leah sie daran, dass Kate mit dem Geld, das sie durch diesen Auftrag erhalten würde, sich selbst, ihren Kinder und – sie hielt kurz inne – auch Maggie ein sicheres Leben bieten könnte. Es war ein billiger Trick, denn Leah hätte dies ebenfalls gekonnt. Sie war durch die Heirat mit Daniel zu finanziellem Wohlstand gekommen und hätte ohne Weiteres für Maggies tägliche Bedürfnisse aufkommen können. Doch seit dem Zerwürfnis hatte Leah keinerlei Sympathien mehr für Maggie. Beide bezeichneten ihren Streit inzwischen als Krieg und die Schlachten waren öffentliche, herablassende Bemerkungen und offene Briefe über die jeweils andere, die dann in den Klatsch- und Tratsch-Teilen der verschiedenen Zeitungen abgedruckt wurden.

Kate versuchte sich so gut wie möglich aus diesem Krieg herauszuhalten, doch sie wurde immer wieder von Reportern gefragt, auf wessen Seite sie stand. Immer schwieg sie, doch in ihrem Inneren kannte sie die Antwort. Sie stand zu Maggie. Sie war schon immer hinter ihr gestanden, sah Maggie als Opfer und verachtete an manchen Tagen Leah dafür, was sie aus ihrer Schwester gemacht hatte. Doch trotz dieser Gefühle war es letztendlich Leah, die zu ihr durchdrang und es schaffte, sie davon zu überzeugen, die Einladung nach Moskau anzunehmen. Denn insgeheim genoss Kate, wie auch Leah, die Aufmerksamkeit und Anerkennung. Und die Vorstellung, dass sie im fernen Russland wie eine Heldin gefeiert werden, ja, vielleicht sogar den Zaren höchstpersönlich treffen würde, ließ sie ihre Zweifel vergessen.

„Es ist richtig", sagte Leah begeistert, als Kate ihr die Entscheidung mitteilte. „So soll es sein. Ich spüre, dass das Schicksal es so will."

So telegrafierte Kate Ivan Oblonsky, der hocherfreut war und ihr gelobte, dass er höchstpersönlich dafür sorgen würde, dass es ihr an nichts fehlen und sie sich um nichts kümmern musste. Er hatte nicht zu viel versprochen. Am 25. März 1883 wurde Kate von einem Herrn und zwei Damen, alle drei Russen, doch alle mit guten Englischkenntnissen, abgeholt und in einer noblen Kutsche zum New Yorker Hafen geführt, wo sie eine exklusive Einzelkoje auf dem brandneuen Dampfschiff *Shannon* bezog. Bereits zehn Tage später erreichte sie den Hafen in Rotterdam. Anschließend ging es mit dem Zug weiter nach Berlin,

Warschau, Minsk und schließlich nach Moskau, wo sie eine Nacht in einem luxuriösen Hotel im Zentrum der Stadt verbrachte. Bereits am nächsten Tag brachte man sie in einer Kutschte in den Moskauer Kreml, wo sie von Ivan Oblonsky in Empfang genommen wurde.

Dachte Kate später an diese Zeit zurück, kam es ihr vor, als wäre sie ihrer Fantasie entsprungen. Die Fremdartigkeit der Sprache, die unwirkliche Weite des Roten Platzes, der Blick von der Moskwa-Brücke auf die imposante Burganlage des Kremls, die unbezwingbar wirkende rote Festungsmauer, die unzähligen prunkvollen Gebäude mit ihren grünen Ziegeldächern und den vergoldeten Zwiebeltürmen, die in der Sonne schimmerten. Fünf Wochen verbrachte Kate im Kreml. Fünf Wochen, in denen Kate täglich mit den Geistern Kontakt aufnahm, um zu erfahren, wie es um die Zukunft des Zaren stand und ob es eine Gefahr gab, die man bei den Vorbereitungen zu den Krönungsfeierlichkeiten übersehen hatte. Fünf Wochen, in denen sie wie eine Heilige behandelt wurde, in denen sie nur mit ausgewählten Personen Kontakt hatte und ansonsten vollkommen abgeschirmt wurde, fünf Wochen, in denen sie zuerst die Familie des Zaren und später tatsächlich auch Alexander III traf, der sie sowohl über seine eigene Zukunft ausfragte als auch die Meinung des Jenseits zu verschiedensten politischen Entscheidungen wissen wollte. Kate hatte Leah oft genug dabei beobachtet, wie sie Vertreter der verschiedensten politischen Ämter beraten hatte, war bereits als Kind von ihrer ältesten Schwester dafür geschult geworden und teilte dem Zaren nun mit, dass die Stimmen aus dem Jenseits der Meinung waren, dass er von staatlicher Unterdrückung Abstand nehmen und liberale Reformen befürworten sollte. Es war ein Risiko, derartig eindeutige Antworten zu geben, doch dem Zaren schien genau das zu gefallen und so traf er sich insgesamt vier Mal mit Kate.

Als am 27. Mai 1883 die offizielle Zeremonie in der Moskauer Mariä-Entschlafens-Kathedrale erfolgreich und ohne jegliche Komplikationen vonstattengegangen war, versicherte man Kate, dass dem Zaren selbst sehr wohl bewusst war, dass sie, beziehungsweise ihre Fürsprache im Jenseits, ihren Teil dazu beigetragen hatte. Beinahe euphorisch über den offensichtlichen Erfolg ihrer Mission trat sie vier Tage nach den Feierlichkeiten die Heimreise an. Wieder musste sie sich um nichts kümmern und wurde in einer prunkvollen Kutsche zum Bahnhof gebracht, wo sie erneut ein luxuriöses Privatabteil bezog. Am 07. Mai betrat sie in Rotterdam das Dampfschiff, das sie nach New York bringen würde, und erhielt den Lohn für ihre Dienste, der weit geringer war, als ursprünglich ausgemacht. Kate ärgerte sich, protestierte aber nicht. Sie würde zu Hause gemeinsam mit Henry ein Schreiben aufsetzen und den ausgemachten Betrag einfordern. Kurz bevor das Dampfschiff ablegte, verabschiedete sich der stille Bedienstete, der sie während der gesamten Hin- und Rückreise begleitet hatte, und übergab ihr ein kleines Paket mit Briefen und Telegrammen – Kate hatte sich bereits gewundert, dass sie keinerlei Nachrichten von zu Hause erhalten hatte –, die allesamt an sie adressiert waren und aus denen sie erfuhr, dass Henry vor vier Wochen einen Schlaganfall erlitten hatte und daran verstorben war.

IV

Angst

New York 1888

Leah saß am Frühstückstisch, las die Nachrichten in der *Tribune* und schlug schließlich so heftig mit ihrer Faust auf den Tisch, dass ihre Kaffeetasse überschwappte und Daniel sichtlich zusammenzuckte.

„Verdammt!", entfuhr es ihr. Daniel legte vorsichtig seine Hand auf ihre. Sie sah aufgrund seiner Ruhe, dass er die Neuigkeit bereits vor ihr gelesen, jedoch nicht den Mut gehabt hatte, sie vorzuwarnen. Leah zog ihre Hand zurück und schlug ein weiteres Mal wütend auf den Tisch.

Sie war selbst überrascht über die Kraft, die noch in ihr steckte. Leah fühlte sich zwar trotz ihres stattlichen Alters von fünfundsiebzig Jahren noch erstaunlich rüstig, doch es war ihr sehr wohl bewusst, dass sie keine junge Frau mehr war. Ihr Leben mit Daniel war ruhig geworden. Sie hatte sich zum größten Teil aus dem Rampenlicht zurückgezogen und gab nur noch einmal in der Woche eine einstündige Séance im Barnum's Hotel. Ansonsten hatte sich eine angenehme Routine in ihr Leben geschlichen, die nun jedoch wieder einmal von ihren Schwestern gestört wurde.

Es war traurig, was mit Maggie und Kate passiert war. Traurig und vor allem ärgerlich. Die beiden hätten so viel

Potenzial gehabt. Die Welt war ihnen offengestanden, doch sie waren unter dem Druck, den die Gesellschaft auf sie ausübte, und letztendlich wegen eines Mannes zerbrochen und gescheitert. Immer wieder hatte sich Leah gefragt, ob sie es verhindern hätte können. Nicht, dass sie ihnen nicht das Glück der Liebe gegönnt hätte. Elisha Kent Kane war ein überschätzter Nichtsnutz gewesen, aber Henry hatte ihr anfangs wirklich gefallen. Er war ein liebevoller, aufrichtiger und unterstützender Mann gewesen, der sie oft an Daniel erinnert hatte, doch letztendlich war auch seine Fürsorge zu viel gewesen. Er hatte Kate von sich abhängig gemacht, hatte dafür gesorgt, dass sie das Gefühl bekam, ihn für ihr Überleben zu brauchen und ohne ihn nichts zu sein. Als Henry dann starb, fehlte plötzlich der Rückhalt ihres Ehemannes, der sie vor den vielen Verführungen beschützt hatte und sie erlag wieder ihrem alten Feind, dem Alkohol. Und das alles, obwohl Leah stets versucht hatte, ein Vorbild zu sein. Eine starke Frau, die auch ohne einen Mann etwas wert war. Doch Maggie und Kate waren schwächer als sie es war und es schien, als hätten beide mit der Zeit alles vergessen, was Leah ihnen beigebracht hatte. Nun hatten beide ihren Tiefpunkt erreicht.

Bei Kate war dies vor vier Monaten geschehen, als man sie vollkommen betrunken verhaftet, drei Tage lang eingesperrt und ihre zwei Kinder – den inzwischen vierzehnjährigen Ferdie und den zwölfjährigen Henry – in ein Pflegeheim gesteckt hatte. Kate wurde vorgeworfen, ihre Aufsichtspflicht vernachlässigt zu haben – etwas, das Leah schon lange vorausgesehen und davor schon dutzenden Male öffentlich kundgetan hatte. Kate hatte zwar in den vergangenen Jahren immer noch Séancen abgehalten, war jedoch besonders in den letzten Monaten vor ihrer Verhaftung nur noch wegen ihrer klar erkennbaren Alkoholkrankheit und ihren unberechenbaren Stimmungsschwankungen in den Zeitungen gewesen. Dass sie nicht mehr dazu imstande war, sich um ihre Kinder zu kümmern, war offensichtlich und Leah hatte immer wieder sowohl im privaten Kreis als auch im Rahmen von Interviews betont, dass die Kinder es bei jemand anderem besser hätten. Es waren diese abwertenden Äußerungen und letztendlich die Veröffentlichung ihres zwei Jahre zuvor erschienen Buches *Das fehlende Glied des Spiritismus* gewesen, das zu einem endgültigen Bruch mit Maggie und Kate geführt hatte. Natürlich hatte Leah gewusst, dass den beiden der zugegebenermaßen äußerst reißerische Schreibstil und die Tatsache, dass nicht alles in ihrem Buch genau der Wahrheit entsprach, nicht gefallen würden. Trotzdem hatte sie nicht damit gerechnet, dass Maggie und Kate derart verletzt sein würden, um ab diesem Zeitpunkt jeglichen Kontakt zu ihr abzubrechen.

Dennoch bereute sie es nicht. Weder die Veröffentlichung ihres Buches, die aufgrund der immer lauter werdenden Kritik gegenüber dem Spiritismus nötig gewesen war und Leah und ihrer Bewegung wieder neuen Aufwind verschaffte, noch die Tatsache, dass sich ihre Schwestern von ihr distanziert hatten. In Wahrheit war dieser Schnitt nötig und längst überfällig gewesen und hatte Leah insgeheim geholfen, sich selbst von den beiden zu befreien. Zu lange hatte sie sich gesorgt und geärgert, zu lange hatte sie versucht, deren oft irrationales Verhalten zu rechtfertigen oder ihre Skandale zu vertuschen. Das war nun vorbei. Inzwischen war sie frei und das einzige, was sie noch interessierte, war ihr Vermächtnis, das sie der Welt und besonders den Frauen hinterlassen wollte: In einer Gesellschaft, die nach wie vor von Männern dominiert und geprägt war, hatte sie einen Raum erschaffen, der inzwischen beinahe ausschließlich den Frauen gehörte. Ein Beruf, mit dem Frauen für sich selbst sorgen konnten, ein Bereich, in dem sie sich verwirklichen konnten und der seit seiner Entstehung von verschiedensten Kräften bekämpft und attackiert wurde. Jahrelang war es vor allem Kates Souveränität geschuldet gewesen, dass es schien, als könne nichts ihrer Bewegung etwas anhaben. Doch das hatte sich seit Henrys Tod drastisch geändert. Viele Spiritistinnen sprachen sich gegen Maggie und Kate – und damit gleichzeitig auch gegen Leah, die letztendlich nur eine der Fox-Schwestern war – aus und inzwischen berichteten auch die Medien weitaus ablehnender als früher über die drei. Zusätzlich saß ihr selbst aber vor allem Maggie seit geraumer Zeit die SPR – die *Society for Psychical Research* – im Nacken, deren erklärtes Ziel es war, den Spiritismus als riesigen, internationalen Betrug zu entlarven und deren Gründungsmitglied Arthur Balfour es inzwischen sogar zum Premierminister von England gebracht hatte. Die SPR war inzwischen eine gut geölte und mächtige Maschine, die nichts anderes tat, als ausgewählte Spiritistinnen zu diffamieren, ihre Tricks zu verraten und legendäre Séancen ein weiteres Mal genauestens zu analysieren, nur um dann aufzuzeigen, wie das jeweilige Medium die Zuschauer zum Narren gehalten hatte. Leah konnte das Damoklesschwert, das so nah über ihr hing wie noch nie zuvor, regelrecht in ihrem Nacken spüren. Jedes entlarvte Medium, jeder Skandal einer angesehenen Spiritistin, jede schlecht geführte Séance stärkte die SPR und schadete dem Spiritismus. Maggies und Kates öffentlich ausgelebter Alkoholismus half zusätzlich dabei, dass ihre Gegner immer mehr an Boden gewannen. Was das betraf, waren die letzten vier Monate nach Kates Inhaftierung geradezu hilfreich gewesen. Sowohl Kate als auch Maggie hatten sich komplett aus der Öffentlichkeit zurückgezogen und kämpften hinter den Kulissen darum, das Sorgerecht zurückzubekommen.

Auch Leah sorgte sich um das Wohl der Kinder, die sie mit den Jahren ins Herz geschlossen hatte. Sie wusste, dass sie nicht vollkommen unschuldig an Kates Alkoholkrankheit war, und konnte dennoch den Gedanken nicht ertragen, dass die Kinder zurück in die zweifelhafte Obhut ihrer Mutter kommen würden. So hatte sie in Absprache mit Daniel beschlossen, ebenfalls um das Sorgerecht zu kämpfen. Direkt nachdem sie erfahren hatte, dass sich Ferdie und Henry Jr. in einem Pflegeheim befanden, nahm sie Kontakt mit den Behörden auf und bestätigte, dass Kate mit Sicherheit nicht dazu imstande war, sich um die Kinder zu kümmern. Sie und Daniel hingegen hätten sich nie etwas zuschulden kommen lassen und würden diese Aufgabe gerne übernehmen.

Im Nachhinein bereute sie, dass sie selbst diese Sache hatte regeln wollen und dass sie nicht Daniel darum gebeten hatte. Leah musste sich eingestehen, dass sie sich seit Jahren in einer Art Blase befand und schon längst nicht mehr die Ungerechtigkeit spürte, gegen die sie beinahe ihr gesamtes Leben lang gekämpft hatte. In ihrer kleinen, selbstgebauten Welt fühlte es sich manchmal tatsächlich so an, als wären Frauen den Männern vollkommen ebenbürtig, als gäbe es keine Diskriminierung und als hätten beide die gleichen Rechte. Die Realität sah jedoch völlig anders aus, was sie nun wieder einmal am eigenen Leib erfahren musste, als sie sich zuerst mit dem Leiter des Pflegeheims und später mit dem Richter traf, der Kates Verhandlung geleitet hatte. Beide wussten, wer Leah war, und beide reagierten äußerst ablehnend und herablassend auf ihre forsche Art. Als hätten sie sich abgesprochen, rügten sie Leahs Benehmen und sagten ihr, dass es sich nicht zieme, derart respektlos mit einem Mann zu sprechen.

„Arbeiten Sie doch zuerst daran, bevor Sie anfangen, Forderungen zu stellen."

Leah war gezwungen, unverrichteter Dinge wieder abzuziehen. Mit Ärger gestand sie sich ein, dass sie kein so unbeschriebenes Blatt war, wie sie sich gerne selbst sah. Der Name Leah Fox-Fish-Underwood war bekannt in New York und sie wurde nach wie vor von vielen als eine Frau angesehen, die schon zwei Mal verheiratet war, gemeinsam mit ihren Schwestern eine zweifelhafte Sekte gegründet und ein skandalöses Buch geschrieben hatte, in dem sie detailliert schilderte, wie ihre Schwestern wiederholte Male splitternackt untersucht worden waren. Eine Frau, die mit den Toten sprach und die sich in dubiosen Kreisen von Geisterbeschwörern und Frauenrechtlern herumtrieb. So war es in Wahrheit kein Wunder gewesen, dass man ihrem Wunsch, die zwei Kinder bei sich aufzunehmen, nicht nachgekommen war. Es war aber auch kein Wunder, dass Leah sich diese Entscheidung nicht gefallen ließ und alle einflussreichen

Unterstützer mobilisierte, die ihr bei ihrem Bestreben helfen könnten. Vier Monate lang setzte sie sämtliche Hebel in Bewegung, schrieb Briefe, sprach mit Journalisten von Tageszeitungen und von Spiritistenmagazinen und kam nicht umhin, immer wieder zum traurigen Schicksal ihrer Schwestern Stellung zu beziehen und sich öffentlich von ihnen zu distanzieren. Sie wusste, wie verletzend dies für Maggie und Kate sein musste, und bekam den Beweis dafür, als sie eines Tages einen Brief erhielt, den Kate und Maggie gemeinsam verfasst hatten und in dem sie ihr drohten, Leah solle sich gefälligst aus dieser Sache heraushalten, da sie ansonsten dafür sorgen würden, dass auch sie alles verlieren würde, was ihr wichtig und heilig sei. Der Brief war aufgrund der Formulierungen und auch der beinahe unleserlichen Schrift offensichtlich unter starkem Alkoholeinfluss verfasst worden. Leah reagierte nicht darauf. Sie hätte erwartet, dass die beiden daraufhin ebenfalls versuchen würden, sie in Misskredit zu bringen, doch sowohl Kate als auch Maggie hielten sich aus der Öffentlichkeit zurück und planten ihre Rache im Verborgenen. Irgendwann hieß es, Maggie habe New York auf einem Dampfschiff verlassen und sei aus ungewissen Gründen auf dem Weg nach Europa. Eine Nachricht, die Leah unruhig werden ließ, da sie wusste, dass Maggie Kate besonders in dieser Zeit niemals ohne Grund alleine lassen würde.

Was auch immer sie dort getan hatte, sie war damit erfolgreich gewesen, da Leah nun aus der *Tribune* erfahren musste, dass sich Henrys in Australien lebender Bruder Erik, der zurzeit in England weilte, mit seinem Namen für seine Schwägerin verbürgt hatte, die zwei Kinder sich aufgrund dessen nicht mehr länger im Pflegeheim, sondern wieder bei ihrer Mutter befanden und die drei auf dem Weg nach England waren.

Leah konnte die Ungerechtigkeit nicht fassen, dass alleine das Ehrenwort eines unbekannten Mannes ausreichte, um Kates Glaubwürdigkeit wiederherzustellen. Sie griff nach ihrem Tee, nahm einen Schluck, stellte ihn wieder auf die Untertasse und merkte dabei, dass ihre Hand zitterte. Sie schlug die Zeitung zu, schob sie von sich und blickte Daniel, der sie die ganze Zeit still beobachtet hatte, in die Augen.

„Du hast den Artikel auf der nächsten Seite noch nicht gelesen, oder?“, fragte er. Leah schüttelte den Kopf und griff erneut nach der Zeitung. Dort erfuhr sie, dass Mitglieder der *Society for Psychical Research* auf ein Dokument gestoßen waren, das vor mehr als dreißig Jahren von drei Ärzten in Buffalo verfasst und in dem angeblich bewiesen worden war, dass Margaret Fox die mysteriösen Knackgeräusche selbst erzeugte. Nun forderte die SPR eine Wiederholung der Untersuchung. Mit Grauen erinnerte sich Leah an diese Vorstellung und an Maggies dilettantischen Auftritt. Damals hatte sie es geschafft, dass die Kritik der Ärzte nicht ernstgenommen wurde, indem sie die drei öffentlich diffamiert hatte. Jetzt jedoch wurden die Aufzeichnungen wie ein Beweis behandelt und Leah wusste, dass Maggie einerseits nicht in der Lage wäre, die Behauptung zu widerlegen, andererseits sich niemals dazu bereit erklären würde, sich erneut untersuchen zu lassen.

Maggie, immer wieder Maggie. Es schien, als gäbe es niemanden, der mehr Feinde hatte als sie. Die SPR hatte es sich offensichtlich zum Ziel gesetzt, sie zu Fall zu bringen und zu beweisen, dass sie keine mystischen Fähigkeiten besaß. Bewunderer, Freunde und die Familie des Helden Elisha Kent Kane warfen ihr vor, seinen Namen in Verruf gebracht zu haben und wollten sie ebenfalls am Boden sehen. Andere Spiritistinnen wollten nichts mit ihr zu schaffen haben, da sie sich dafür schämten, dass diese heruntergekommene Frau den Grundstein für ihre Bewegung gelegt hatte.

Daniel zupfte an seinem Bart und schien die Gedanken seiner Frau lesen zu können. „Es sind gefährliche Zeiten", sagte er leise.

Leah nickte und stellte sich zum ersten Mal der Frage, die sie die ganze Zeit gezielt erfolgreich verdrängt hatte: Was musste wohl in Kate vorgegangen sein, als sie erfahren hatte, dass ihre älteste Schwester versucht hatte, ihr die Kinder wegzunehmen? Wie wütend musste sie auf Leah sein? Und wie würde sie es ihr heimzahlen? Der Gedanke, dass sie Maggie und Kate durch ihr Handeln vereint hatte, gefiel ihr ganz und gar nicht. Was würden die zwei, da sie diesen Kampf gewonnen hatten, als Nächstes tun? Wie hatte es in Kate und Maggies Brief geheißen: Wir werden dafür sorgen, dass du alles verlierst, was dir heilig ist. Leah spürte ein Gefühl in sich stärker werden, das sie das letzte Mal vor vielen Jahren gehabt hatte, als sie mit einer Pistole in der Hand in der Mitte eines Raums gestanden war, bereit, sich vor den Feinden zu verteidigen:

Sie hatte Angst. Und diese Angst wurde noch größer, als sie sich eingestand, dass die Feinde dieses Mal ihre eigenen Schwestern waren.

Maggie

[Es fühlt sich richtig an, wieder mit Kate vereint zu sein. Nach so langer Zeit sind wir erneut eins geworden. Wir sprechen, ohne den Mund öffnen zu müssen, ich lese in ihrem Gesicht, wie sie in meinem liest.

Ich bin froh, dass wir England wieder verlassen haben. Es war viel zu still. Noch immer brauche ich den Lärm, um einschlafen zu können, noch immer wird mein Geist erst dann ruhig, doch Kate kommt nicht mehr auf die Idee, Holzklötze zusammenzuschlagen und mir das Geräusch von Pferdehufen vorzugaukeln. Sie hat selbst Probleme mit dem Einschlafen.

Auch sie ist nicht mehr die Person, die sie früher war. Vieles in ihr ist mit den Jahren von ihr abgefallen, hat sich gelöst, wie alte Farbe. Das letzte, was sich in den vergangenen Monaten von ihr gelöst hat, war ihr Glaube an den Toten Riesen. So viele Jahre dachte sie, er könne sie beschützen. Als Henry starb, redete sie sich ein, dass zumindest der Tote Riese weiterhin bei ihr wäre. Wie ich musste sie sich aber eingestehen, dass dies nicht der Fall war. Die letzten Monate haben alles verändert. Inzwischen hat Kate, wie ich, erkannt, dass sie in Wahrheit alleine ist.

Dennoch gibt es bei unserem Wiedersehen einen Moment, in dem ich die frühere Kate erkenne, die kindliche, unbeschwerte Kate, die sich des Lebens freut. Als sie mit Ferdie und Henry in England ankommt und ich sie am Hafen abhole. Die Kinder laufen auf mich zu, nennen mich Onkel Jencken und lachen. Sie wissen von unserem Trick. Wissen von meinem gefälschten Telegramm, das ausgereicht hat, um die zwei zu befreien. Kate muss ihnen davon erzählt haben. Sie selbst steht hinter den Kindern, lächelt zuerst und lacht schließlich auch. So lange habe ich ihr Lachen nicht mehr gehört. Wir umarmen uns. In diesem Moment ist alles gut. Viel zu schnell geht der Moment wieder vorbei.

Wir wohnen bei Kates Freunden. Sie haben selbst keine Kinder und freuen sich über Ferdies und Henrys Anwesenheit. Immer wieder bitte ich Kate, dass sie mich nach New York begleitet, um Leah ihre Worte und Taten endlich heimzuzahlen. Zu lange habe ich geschwiegen, nun kann ich es nicht länger.

Ein letztes Mal, sage ich. Alleine bin ich nicht stark genug.

Ich lese Mitleid in Kates Gesicht. Es schmerzt, doch ich akzeptiere es. Irgendwann willigt sie ein. Doch sie will nicht riskieren, ihre Kinder wieder nach New York zu bringen. Sie fragt ihre Freunde, ob sie sich eine Zeit lang um Ferdie und Henry kümmern können. Sofort sind sie einverstanden. Es sind gute Menschen.

Kate hat das Gefühl, mir etwas schuldig zu sein. Jetzt ist sie auf meiner Seite. Wir verlassen England. Es ist an der Zeit.

Es ist gut, dass uns die Kinder nicht begleiten. Sie haben in diesem Krieg nichts zu suchen, da sie uns verletzlich machen. Jetzt, ohne sie, sind wir unangreifbar. Jemand, der nichts hat, hat auch nichts zu verlieren. Ich weiß das schon lange. Kate wurde es erst in den letzten Monaten bewusst.

Wir fahren zurück nach New York. Mit Kate an meiner Seite werde ich mich rächen. Für unsere verlorene Kindheit, für die Qualen, die wir erleiden mussten, für unser Leben voller Hass, Neid und Missgunst. Zum ersten Mal seit Jahren fühle ich mich stark. Bereit, reinen Tisch zu machen.

Bald, sage ich zu Kate.

Sie scheint mich manchmal gar nicht zu hören. Sie vergisst oft, gegen was wir kämpfen, redet sich selbst ein, sie wolle doch nur ihre Ruhe. Und ich muss sie wieder daran erinnern. In diesen Momenten hole ich Leahs Buch hervor, in dem sie ein grimassenhaftes Bild unseres Lebens gezeichnet hat. All die peinlichen Details über das Geld, das verdient wurde und das weder ich noch Kate je gesehen haben, über unsere Skandale und die genauen Schilderungen der vielen Male, an denen wir als Kinder und junge Frauen unserer Kleidung entledigt und vollkommen nackt untersucht wurden, während Männer ungeduldig auf der anderen Seite der Tür darauf warteten, das Resultat zu erfahren. Jedes Mal, wenn ich an dieses Buch denke, schäme ich mich für alles, was wir getan haben. Für das, wozu wir von Leah gezwungen wurden.

Wenn das nicht reicht, zeige ich Kate eine hässliche Auswahl der Briefe, die ich in den Jahren gesammelt habe und immer bei mir trage. Es sind Zeugnisse, die mich selbst daran erinnern sollen, gegen was ich kämpfe.

Kate sagt: Der Hass ist zu deinem ständigen Begleiter geworden.

Ich sage: Die, die mich hassen, sind meine ständigen Begleiter.

Wir haben beide recht.

Doch ich werde mich davon befreien. Werde uns davon befreien. Ich werde der Welt erzählen, dass Leah Schuld an unserem Schicksal trägt, werde die Dinge richtigstellen. Und die Zeitungen, die mich so lange vernichten wollten, werden mich dafür bezahlen.]

Ein Vorgeschmack auf das, was kommt

New York 1888

Am 14. Oktober wartete der junge und noch recht unerfahrene Journalist des *Herold* Donald Forrest am New Yorker Hafen, beobachtete, wie die *RMS Skythia* langsam anlegte, die Passagiere nach und nach das Dampfschiff verließen und irgendwann auch die zwei Fox-Schwestern vorsichtig über die Gangway traten. Die fünfundfünfzigjährige Margaret Fox trug wie immer ein schwarzes, wallendes, hochgeschlossenes Kleid mit Fledermausärmeln, ihre dunklen Haare waren nach hinten gekämmt und zu einem Knoten hochgesteckt. Ihre drei Jahre jüngere Schwester Catherin Fox trug ein vergleichsweise figurbetontes, beiges Kleid mit einer langen Knopfreihe und einem dunklen Umhang um die Schultern gelegt. Ihre kohlrabenschwarzen Haare waren zu zwei strengen Zöpfen geflochten. Ihre Haut war bleich und unter ihren Augen zeichneten sich dunkle Ringe ab, die Forrest der langen Fahrt, aber auch den bekanntermaßen ungesunden Lebensumständen der zwei Schwestern zuwies.

Donald Forrest ging auf die beiden zu, begrüßte sie höflich und führte die Schwestern zu der bereitstehenden schwarzen Kutsche, die sie zu Maggies Wohnung in Midtown Manhattan bringen würde. Als er ebenfalls in die Kutsche steigen wollte, erklärte ihm Maggie, er solle doch ein separates Fortbewegungsmittel verwenden. „Selbstverständlich", murmelte Forrest mit zusammengekniffenen Zähnen, suchte nach einer freien Kutsche und folgte den beiden. Bei ihrer Wohnung angekommen, befahl Maggie dem Journalisten, dafür zu sorgen, dass man ihnen ein gutes Essen und genug Wein bringe. Dafür könne er sie am Nachmittag des nächsten Tages besuchen, um dann das versprochene Gespräch zu führen.

„Ausgemacht war, dass …", wollte Forrest etwas verärgert widersprechen, doch Maggie unterbrach ihn forsch und erinnerte ihn an die fünfhundert Dollar, die der *Herald* ihr für das Exklusivinterview zugesichert hatte und die er gefälligst mitbringen sollte. Kate hatte die ganze Zeit kein Wort geäußert.

Donald Forrest hatte das Gefühl, wie ein Laufjunge behandelt zu werden. Verärgert tat er, wie ihm geheißen, ging danach ins nahegelegene New York Herald Building und informierte den Chefredakteur über die Verzögerung. Dieser reagierte gelassen und beauftragte ihn, am nächsten Tag die zwei Schwestern erneut aufzusuchen.

Es war um Punkt vierzehn Uhr des nächsten Tages, als Donald Forrest an Maggies Wohnungstür klopfte. Es dauerte eine gefühlte Ewigkeit, bis sie ihm die Tür öffnete, ihn mit einer kaum sichtbaren Handbewegung hineinbat und ihm bedeutete, er solle am Küchentisch Platz nehmen. Es war offensichtlich, dass sie betrunken war. Die enge Küche war unaufgeräumt und schmutzig. Das kleine Fenster war so trüb, dass man kaum hinaussah, überall standen dreckiges Geschirr und leere Weinflaschen, auf der Decke sah er feuchte Flecken und es roch unangenehm nach Schimmel. In der Ecke stand ein Foto des Abenteurers Elisha Kent Kane, dessen Rahmen mit vertrockneten Blumen verziert und von brennenden Kerzen umgeben war. Donald Forrest fragte sich, was er hier tat. Insgeheim betrachtete er das Interview als vollkommene Zeitverschwendung und konnte nicht verstehen, dass sein Arbeitgeber sich wirklich bereit erklärt hatte, dermaßen viel Geld für ein Interview zu bezahlen, in dem vermutlich nichts anderes passieren würde, als dass Kate Fox Stellung zu ihrer Verhaftung, ihrem Alkoholismus oder der Tatsache, dass sie ihre Kinder zurückbekommen hatte, beziehen würde. Dieses Thema schien doch schon längst abgehandelt. Umso mehr wunderte er sich, als Maggie ihm erklärte, dass nicht ihre Schwester, sondern sie mit ihm sprechen würde. Forrest, der in Wahrheit nur wenig über die Fox-Schwestern wusste, versuchte, sich seine Enttäuschung nicht anmerken zu lassen. Er hatte das Gefühl, dass es so viele jüngere Spiritistinnen gab, die mysteriöser, beeindruckender und spannender waren als diese zwei abgehalfterten Frauen, nach denen kein Hahn mehr krähte. Er konnte nicht wissen, wie sehr er sich mit dieser Einschätzung irrte und dass dieses Interview den Grundstein für seine zukünftige Karriere legen würde.

Die Entscheidung

New York 1888

Kate beobachtete ihre Schwester, wie sie ein Kuvert nach dem anderen in die Hand nahm, es einen Moment lang betrachtete und dann wieder zu den anderen legte. Sie hätte nicht geglaubt, dass Maggies Gespräch mit dem Journalisten derartige Wellen schlagen würde. Und nie hätte sie erwartet, dass der Schuss derart nach hinten losgehen könnte. Wie Maggie war sie davon ausgegangen, dass Leahs Ruf unter ihren ehrlichen Worten leiden würde, dass sich ihre Anhänger von ihr distanzieren würden, wenn sie erfuhren, was sie in Wahrheit für ein Mensch war. Doch Maggie war es nicht gelungen, ihre Botschaft zu übermitteln, und das Resultat war letztendlich völlig anders als erwartet. Maggie war betrunken gewesen und hatte sich in Rage geredet.

„Habe ich das wirklich alles gesagt?", fragte Maggie, die sich an das meiste gar nicht mehr erinnern konnte.

Kate nickte und erinnerte sich an Maggies zornigen Monolog, der immer wieder durch das Knacken des Toten Riesen untermauert worden war. Sie hatte das gesamte Gespräch vom Schlafzimmer aus durch den Türspalt mitverfolgt:

„Was hat es mit dem Knacken auf sich?“, hatte der Reporter verunsichert gefragt. Maggies wirre Entgegnung beantwortete diese Frage jedoch nicht:

„Ja! Das Knacken!“, flüsterte sie ihm verschwörerisch zu. „Das ist das Zeichen, nicht wahr? Wir wissen es alle. Oft genug wurde es bewiesen. Oder zumindest konnte das Gegenteil nicht bewiesen werden. Das ist doch dasselbe!“

Kate musste sich öfters zurückhalten, nicht in die Küche zu stürzen, um Maggie vor sich selbst zu retten. Letztendlich tat sie es nicht, da sie fand, dass sie es verdient hatten. Beide: Maggie und Leah. Maggie hatte es verdient, ihrer Wut Luft zu machen – zu lange hatte sie sämtliche Anschuldigungen, Beleidigungen und Demütigungen schweigend über sich ergehen lassen – und Leah hatte es verdient, als Schuldige bezeichnet zu werden. Maggie hatte ein Recht darauf, wütend zu sein. Stets hatten alle in Leah die Beschützerin gesehen, die sie in Wirklichkeit nicht gewesen war. Ganz im Gegenteil. Immer schon hatte sie die Fäden gezogen und Maggie und sie wie Marionetten für ihre eigenen Zwecke benutzt. Wäre Leah nicht gewesen, wäre sie niemals nach Russland gegangen. Sie wäre an Henrys Seite gestanden, als er …

Sie zwang sich wie so oft dazu, diesen Gedanken nicht weiterzuspinnen. Stattdessen konzentrierte sie sich auf Maggies Worte:

„Wir waren noch Kinder, als der Spiritismus ins Rollen kam! Und diese alte Frau, meine andere Schwester, sie hat uns zu ihren Werkzeugen gemacht! Sie überzeugte unsere dumme Mutter. Eine Fanatikerin. Ich nenne sie so, weil sie eine war. So viele Fanatiker gibt es in der Zwischenzeit. Sie haben aus uns Götter gemacht. Unsere Mutter war nicht anders. Sie glaubte an diese Dinge. Wie alle anderen auch. Dumme Menschen. Es gibt so viele von ihnen."

„Heißt das, es ist alles nur Betrug?", fragte der Journalist.

Maggie lachte laut auf und zeigte zuerst auf den Tisch, dann auf die Tür und schließlich auf die Wand. Im selben Augenblick ertönte ein Knacken von genau diesen Stellen.

„Wie machen Sie es?", stammelte der junge Journalist nicht ohne eine gewisse Bewunderung in seiner Stimme.

„Geister, ist unser naiver Gast nicht leicht zu täuschen?", erwiderte Maggie viel zu laut, lachte auf und setzte ihren Monolog fort:

„Alle sind so naiv wie Sie. Und Leah Fox-Underwood, meine Schwester, hat diese Naivität stets ausgenutzt. Sie hat uns verkauft, sie hat das Knacken aus dem Jenseits unterstützt, hat es gemanagt und damit Geld verdient. Reich ist sie durch uns geworden und uns ist nichts geblieben. Sie spielt eine Rolle, wie auch Kate und ich unser Leben lang eine gespielt haben. Sie gibt vor, jemand zu sein, der sie in Wahrheit nicht ist, verstehen Sie? Und jetzt schaut sie auf uns herab und stellt sich gegen uns. Oh, ich bin hinter ihr her! Man kann manchmal auch töten, ohne Waffen zu benutzen!"

Maggie hätte die letzten Worte nicht äußern sollen. Leah machte sie zu ihrer Waffe. In ihrer Stellungnahme, die bereits einen Tag nach Erscheinen des Interviews in der *Tribune* veröffentlicht wurde, nahm sie beinahe ausschließlich darauf Bezug und begab sich selbst in die Opferrolle. Mit einer ungewohnten Härte bezeichnete sie Maggie als verwirrt und geisteskrank und behauptete, dass sie aufgrund ihrer Äußerungen Angst um ihr Leben hatte. Leah, die sich im Gegensatz zu Maggie über Jahre eine treue Anhängerschaft geschaffen hatte, wurde weitaus ernster genommen als ihre jüngere Schwester.

Maggie überflog die Briefe, schluckte manchmal sichtlich und legte sie dann zur Seite. Die Euphorie, die ihre Schwester in den Tagen vor dem Gespräch mit dem Journalisten gehabt und die auch Kate wieder Mut gemacht hatte, war verschwunden. Sie wusste, wie sehr ihre Schwester in den letzten Jahren gelitten hatte, wie sehr es sie quälte, das Gefühl zu haben, vom Pech verfolgt zu werden. Maggie hatte nie echtes Glück erlebt. Sie war so lange gezwungen gewesen, ihre Liebe zu Elisha zu verbergen, und als sie es dann nicht mehr tat, war es längst zu spät und sie wurde an den Pranger gestellt. Dazu kam, dass sie ihr Leben lang im Schatten ihrer Schwestern gestanden hatte. Kate war dies nicht bewusst gewesen, doch Leah, so viel war ihr in den letzten Monaten klar geworden, hatte immer schon eiskalt berechnend gehandelt und, aus welchen Gründen auch immer, gezielt Maggies Glück zerstört. Sie hatte ihr Frederick Douglass, Maggies erste große Liebe, genommen, sie hatte vom ersten Moment an vorgehabt, die Beziehung mit Elisha Kent Kane im Keim zu ersticken, sie hatte sich stets für Maggies Verhalten geschämt und es wäre ihr am liebsten gewesen, wenn sie sich still und heimlich aus der Öffentlichkeit zurückgezogen hätte. Als Maggie dann aus Trotz und Verletzung die Liebesbriefe veröffentlichte, nur um endlich ernst genommen zu werden, distanzierte sich Leah von ihr, verstieß sie und betonte immer wieder öffentlich, dass Maggie völlig unzurechnungsfähig war und sie nichts mehr mit ihrer Schwester zu tun haben wollte.

Maggie schien tatsächlich vom Pech verfolgt und führte seit so vielen Jahren das Leben einer Ausgestoßenen. Kate schmerzte diese Erkenntnis und sie fand, dass ihre Schwester eigentlich nicht zu viel verlangte. Maggie hätte sich nichts sehnlicher gewünscht, als durch das Gespräch mit dem Journalisten endlich gehört und verstanden zu werden. Zuspruch, Unterstützung oder zumindest etwas Mitleid zu erfahren. Doch sie bekam nichts davon. Die Briefe, die sie jetzt öffnete, waren voll mit Beleidigungen und Anklagen. Kate wusste, dass Maggie am meisten diejenigen schmerzten, die von anderen Spiritistinnen oder von Frauenrechtlerinnen kamen. Die ersten bezichtigten sie, dass sie durch ihre ordinäre Art ihren Berufsstand beschmutzte und die zweiten nahmen Leah in Schutz und tadelten Maggie, wie jemand wie sie sich überhaupt anmaßen konnte, ein schlechtes Wort über ihre älteste Schwester zu verlieren, die in ihrem Leben bereits so viel Gutes getan hatte. Irgendwann schob Maggie den Stapel mit Briefen von sich und blickte Kate verzweifelt an.

„Es war alles umsonst", sagte sie leise. „Leah hat gewonnen."

Kate legte ihre Hand auf Maggies und blickte in ihr Gesicht. Wie früher konnte sie die Gedanken ihrer Schwester lesen, als wären sie ihre eigenen. Sie spürte ihren Schmerz, ihre Wut, ihre Trauer und ihre Verzweiflung. Und dann dachte Kate an ihr eigenes Leben. An die schreckliche Zeit bei den Greeleys, die etwas in ihr verändert hatte. An die vielen verlorenen Stunden in abgedunkelten Hotelzimmern, an den Alkohol, das Opium, an das Gefühl, eine Sklavin zu sein, stets von ihrer Schwester gelenkt zu werden, zuzusehen, wie Leah eine Welt um sich aufbaute, die keine Rücksicht auf Maggie und sie nahm, nur um sie dann als unfähige Alkoholikerinnen zu bezeichnen und zu versuchen, ihr die Kinder wegzunehmen. Es war nicht fair. Es war nicht rechtens, dass Leah alles hatte und Maggie und Kate alles verloren hatten. Für Kate war ab diesem Moment klar, dass sie Maggie von dem Versprechen, das sie viele Jahre zuvor gegeben hatte, befreien würde und dass es Zeit war, dieses Spiel, das schon lange keines mehr war, ein für alle Mal zu beenden.

Erwartungen an einen besonderen Abend

New York – Academy of Music, 21. Oktober 1888

Die inzwischen zweiundsechzigjährige Mary Redwood war völlig überwältigt von New York. Weder hatte sie die atemberaubende Größe, die beinahe bis in den Himmel ragenden und regelrecht beängstigenden Gebäude, die tausenden, gefährlich surrenden Strom- und Telefonleitungen über ihr, den ohrenbetäubenden Lärm erwartet, noch die Massen an Menschen, die scheinbar planlos und gleichzeitig zielsicher an ihr vorbeihetzten. Vor vielen Jahren, als die Fox-Schwestern noch regelmäßig öffentliche und private Vorstellungen gegeben hatten, war sie immer wieder nach Rochester gereist und hatte jedes Mal gedacht, dass es wohl keinen aufregenderen Ort auf der Welt geben konnte, als diese pulsierende und stetig wachsende Stadt. Doch im Vergleich zu New York war Rochester eine unbedeutende Kleinstadt.

Obwohl es beinahe vierzig Jahre her war, erinnerte sich Mary noch gut an das erste Mal, als sie Rochester besucht hatte. Es war im Jahre 1849 gewesen und der Grund für ihre Reise war Maggies und Kates erster großer Auftritt in der Corinthian Hall. Ihr vor drei Jahren verstorbener Mann Ned hatte sie damals, nachdem sie ihn tagelang bekniet und angefleht hatte, begleitet und war neben ihr gesessen, als die zwei Mädchen vor einem riesigen Publikum bewiesen, dass ihre Fähigkeiten echt waren. Sie bekam, wie auch sonst immer, wenn es um dieses Thema ging, eine wohlige Gänsehaut. Es war ein fantastischer Abend gewesen. Ein Abend, der ihren Glauben an den Spiritismus, der damals noch keinen Namen gehabt hatte, und an die Fox-Schwestern nur noch gestärkt hatte. Sie war Zeugin eines echten Wunders geworden, das alles, woran sie bisher geglaubt hatte, worauf man ihren Glauben gedrillt hatte, ersetzte. Was auch immer die Zeitungen über die Schwestern in der Zwischenzeit geschrieben hatten, egal, welche Gerüchte über sie in die Welt gesetzt worden waren, sie kannte die Wahrheit. An diesem Abend vor vierzig Jahren hatte Mary Redwood erkannt, dass das Jenseits etwas Reales war, dass es eine Möglichkeit gab, das Übersinnliche am eigenen Leibe zu erfahren, Fragen zu stellen und diese – ganz im Gegensatz zum Christentum – auch beantwortet zu bekommen. Es war auch an diesem Abend, als sie ihren Glauben ablegte und ihn durch Wissen ersetzte.

Wie selbstverständlich hatte sie im Anschluss daran damit begonnen, die Besucher in Hydesville in Empfang zu nehmen, die extra zu diesem abgelegen Ort pilgerten, sich nach dem Haus der Familie Fox erkundigten und die Geburtsstätte des Spiritismus mit eigenen Augen bestaunen wollten. Vor vierzig Jahren waren es vielleicht dreißig Personen in der Woche gewesen, doch mit den Jahren waren es stetig mehr geworden. Irgendwann kamen täglich Menschen aus allen Teilen des Landes, die den Ort besuchen wollten, an dem alles begonnen hatte. Mary Redwood war mit den Jahren zu einer respektierten Persönlichkeit in Hydesville geworden. Sie war eine der ersten gewesen, die das Wunder erlebt hatte, sie kannte die Fox-Schwestern persönlich, hatte sie bereits als Kinder kennengelernt und pflegte auch heute noch regen Briefkontakt mit Leah, Maggie und Kate. Das zumindest erzählte sie allen Besuchern, während sie sie durch das inzwischen baufällige Haus führte.

Wie sehr hatte sich ihr eigenes Leben durch die Schwestern verändert. Die Führungen zum Fox-Haus hatten eine nicht zu verachtende Geldquelle aufgetan. Anfangs hatte Mary nichts dafür verlangt, doch stets ein kleines Trinkgeld als Anerkennung für ihre Dienste erhalten. Irgendwann hatte sie Mut gefasst und dieses Trinkgeld eingefordert. Inzwischen zahlten die Gäste – es waren zwar nicht mehr so viele wie noch vor einigen Jahren, aber dennoch kamen nach wie vor regelmäßig Besucher vorbei – gerne den zuvor ausgemachten Betrag, um eine Führung zu bekommen und den Geschichten einer Expertin auf dem Gebiet des Spiritismus zu lauschen. Die Fox-Schwestern hatten Mary Redwood zu einer angesehenen Frau gemacht, und als sie vor zwei Wochen in der Zeitung gelesen hatte, dass Maggie ihren vermutlich allerletzten Auftritt geben würde, hatte sie entschieden, bei diesem besonderen Moment dabei zu sein. Leah war schon eine alte Frau und Kate hatte sich seit dem Tod ihres Mannes beinahe völlig zurückgezogen. Auch von Maggie hieß es, dass ihr Gesundheitszustand zu wünschen übrig ließ. Es konnte also gut sein, dass dies die letzte Möglichkeit für Mary sein würde, eine der Gründerinnen des Spiritismus hautnah zu erleben.

So stand sie nun gemeinsam mit zwei Freundinnen und deren Ehemännern vor den Toren der berühmten Academy of Music, riss sich von der überwältigenden Kulisse um sich herum los und reihte sich in den Strom an Schaulustigen ein, die in den Veranstaltungssaal eilten, um sich einen Platz nahe der Bühne zu sichern. Obwohl die Vorstellung erst in über zwei Stunden beginnen sollte, war der riesige Saal, der über eintausendzweihundert Menschen fasste, bereits mehr als halb voll. Voller freudiger Erwartung suchten sie sich einen Platz, bestaunten die herausgeputzten New Yorker und Mary erzählte so laut, dass es auch ihre Sitznachbarn vor und hinter ihr hörten, von der Nacht des 31. Aprils im Jahre 1848. Schnell wurde Mary jedoch klar, dass sich in diesem Saal nicht nur Unterstützer und Anhänger der Schwestern befanden, sondern dass es mindestens gleich viele gab, die entweder den gesamten Spiritismus als Humbug und Betrug oder als Verstoß gegen den christlichen Glauben bezeichneten oder die in Maggie Fox eine heruntergekommene Frau sahen, die den Spiritismus durch ihre vielen Skandale verunreinigte und entweihte.

Mary konnte nicht glauben, was sie da hörte. Maggie hatte so vieles für den Spiritismus getan, hatte so vielen Menschen geholfen und hatte Tausenden die Möglichkeit gegeben, sich von ihren verstorbenen Liebsten zu verabschieden. Wie konnte man nur eine derart niedrige Meinung zu dieser beinahe göttlichen Frau vertreten? Irgendwann wurde es Mary zu viel, sie wandte ihren Blick der Bühne zu und wartete schweigend auf das Erscheinen von Maggie Fox, einer der drei Mütter des Spiritismus.

Einige Minuten vor Beginn der Vorstellung, der Saal hatte sich inzwischen bis zum letzten Platz gefüllt, gab es hektisches Gemurmel. Köpfe drehten sich, Zuschauer standen auf, einige stiegen sogar auf die Stühle. Es hieß, dass Leah Fox, das Stille Medium, ebenfalls die Academy betreten habe und sich nun in einer Loge befand. Über Marys Rücken lief ein wohliger Schauer. Alle Zeichen deuteten darauf hin, dass dieser Abend tatsächlich etwas ganz Besonderes sein würde.

Um Punkt zwanzig Uhr betrat ein äußerst beleibter Mann die Bühne, der sich als Dr. Clint Richmond vorstellte. Er wirkte trotz seines Titels und seiner einnehmenden Statur extrem nervös, begrüßte stotternd die zahlreichen Zuschauer und begann einen schwer verständlichen Monolog über die Geschichte des modernen Spiritismus, die verschiedenen Ausführungen und über die inzwischen unzähligen Nachahmer und Schwindlerinnen im In- und Ausland. Nach wenigen Minuten wurde es dem Publikum jedoch bereits zu viel und zum ersten und einzigen Mal an diesem Abend taten sich Gegner und Unterstützer zusammen, brüllten und pfiffen, verlangten nach Maggie Fox und riefen dem selbsternannten Experten zu, er solle die Bühne freigeben oder er würde selbst ein Wunder erleben. Sogar Mary ertappte sich dabei, wie sie die Faust in die Luft streckte und sich dem allgemeinen Gebrüll anschloss. Schließlich gab Dr. Richmond klein bei, verbeugte sich, deutete auf den Vorhang hinter ihm und sagte: „Meine Damen und Herren. Margareth Fox-Kane."

Die Erwähnung von Elisha Kent Kanes Familiennamen gefiel einigen Zuschauern ganz und gar nicht und wieder ging ein abschätziges Raunen durch die Menge. Als nichts passierte, verebbte dieses jedoch und nach einer gefühlten Ewigkeit sah Mary Redwood endlich, wie der Vorhang etwas zur Seite geschoben wurde, Maggie hervortrat und sich wortlos auf einen Stuhl in der Mitte der Bühne setzte. Keine zehn Sekunden später betrat Kate die Bühne – wieder begannen die Gäste zu tuscheln – und nahm auf einem weiteren Stuhl am Rand Platz. Mary Redwood konnte es kaum fassen. Zum ersten Mal seit bestimmt zehn Jahren befanden sich alle drei Fox-Schwestern unter einem Dach. Bestimmt würden gleich die Geister ihre Anwesenheit bekunden, dachte sie und wusste nicht, wie sehr sie sich irrte.

Der Todesstoß

Obwohl sämtliche Tageszeitungen und Magazine tage- und wochenlang über nichts anderes berichteten, obwohl man das Gefühl bekommen konnte, dass jeder und jede in New York jemanden kannte, der am 21. Oktober 1888 in der Academy of Music dabei gewesen war, unterschieden sich die Nacherzählungen jedes einzelne Mal gravierend.

Maggie sei während ihres gesamten Auftritts einen Fingerbreit über dem Boden geschwebt, behaupteten einige. Genau so hoch, dass es nur die Allerwenigsten erkennen konnten. Dies sei der Beweis dafür, dass sie gezwungen worden war, das zu tun, was sie getan hatte. Es sei ein Trick gewesen, sagten die einen. Ein Test, die anderen.

„Die Menschen wollen endlich die Wahrheit wissen", schrieb die *New York Sun* drei Tage später. „Die Wahrheit ist nur eine Seite der Münze", meldete der *Courier Express* und ließ offen, was genau er damit meinte.

Es gab viele, die sich diesen Tag herbeigesehnt hatten und viele, die sich insgeheim schon immer vor diesem Tag gefürchtet hatten. Nicht nur Mary Redwood, sondern alle Anhänger des Spiritismus, jede Handleserin, jede Wahrsagerin und jedes Medium in den USA hätte sich gewünscht, dass dieser Abend niemals geschehen oder ganz anders verlaufen wäre. Maggie saß auf dem Stuhl, ihr Oberkörper wiegte beinahe unmerklich vor und zurück. Die Menge hielt den Atem an. Dann drehte sie den Kopf, warf Kate einen kurzen Blick zu, suchte Leah in der Dunkelheit der Besucherplätze, fand sie nicht, erhob sich schließlich, zog ein Blatt Papier aus dem weiten Ärmel ihres Kleids und begann vorzulesen.

Was wäre gewesen, wenn Maggie dieses Schriftstück nicht gebraucht hätte, wenn sie dazu imstande gewesen wäre, sich wie früher besser zu konzentrieren? Was wäre gewesen, hätte Maggie Fox nicht von einem Blatt Papier gelesen, sondern ihr Anliegen frei vorgetragen? Hätten ihre Worte eine andere Wirkung gehabt? Hätten die Anwesenden *nicht* das Gefühl gehabt, ihre Aussage sei einstudiert oder gar von jemand anderem geschrieben? Was, wenn die Öffentlichkeit nicht erfahren hätte, dass Maggie für diesen Auftritt und das darauffolgende Interview zweitausend Dollar von der *World* erhalten hätte? Viele würden sich in den kommenden Jahren und Jahrzehnten genau diese Fragen stellen und niemand würde eine zufriedenstellende Antwort erhalten.

„Meine jüngere Schwester Kate und ich", begann Maggie mit fester Stimme vorzulesen, „waren noch so jung, als alles begann. Wir waren Kinder und wussten es nicht besser. Wir machten uns einen Spaß daraus, unserer ängstlichen Mutter Streiche zu spielen. Sie war ein guter Mensch und wie sehr bereue ich jede Unannehmlichkeit, die wir ihr bereitet haben. Doch ist es rechtens, Kinder für ihre Dummheiten verantwortlich zu machen?" Sie schluckte.

„Sind Kinder in ihrem tiefsten Inneren nicht unschuldig?"

Hier setzte sie einen Moment lang ab, hielt inne und blickte fragend ins Publikum. Sie biss sich auf die Lippe, rieb sich die Schläfen und drehte sich Kate zu. Sie schloss die Augen für einige Sekunden und öffnete sie wieder. Die Anwesenden wurden unruhig. Hie und da ertönte ein unsicherer Buhruf. Einige Männer begannen zu pfeifen.

„Die Klopfzeichen", sagte Maggie schließlich und atmete geräuschvoll aus. Es herrschte augenblicklich wieder Stille. „Deswegen sind Sie alle hier." Es knackte so laut, dass alle Anwesenden, auch diejenigen in den hintersten Reihen, es deutlich vernehmen konnten. Viele der Zuschauer zuckten zusammen, einige, darunter auch Mary Redwood, begannen zu applaudieren, andere pfiffen und wieder andere riefen lauthals, dass sie wüssten, dass jemand aus dem Publikum dieses Geräusch gemacht habe. Maggie beobachtete die zum Teil äußerst emotionalen Reaktionen, schüttelte den Kopf und stand auf. Ohne darauf zu warten, dass es ruhiger wurde, sprach sie weiter:

„Es begann mit einem Apfel", sagte Maggie laut und deutlich, „den wir an eine Schnur banden, die Treppe hinunterrollen ließen und dessen Geräusche von unserer leichtgläubigen Mutter als Zeichen aus dem Jenseits gedeutet wurden."

Nun war es wieder still in der Academy of Music, da alle darauf warteten, was als nächstes kommen würde. „Sie war wie all die anderen. Sie *wollte* die Geräusche hören. Sie *wollte* glauben!" Wieder hielt sie einen Moment lang inne. „Das Knacken", Maggie senkte den Blick und las vor, was auf ihren Notizen stand, „ist das Ergebnis einer perfekten

Kontrolle der Beinmuskeln unterhalb des Knies." Es waren dieselben Worte, die vor fünfunddreißig Jahren von den Ärzten in Buffalo verwendet worden waren. „Das Anspannen und Lockerlassen der Fußsehnen ermöglicht ein Zusammenspiel der Zehenknochen und Knöchel, das der Allgemeinheit nicht bekannt ist."

Nun herrschte vollkommene Stille. Während die einen noch über Maggies komplizierte Aussage nachdachten und versuchten, den Sinn darin zu erkennen, hatten die anderen bereits die Bedeutsamkeit dieser Worte verstanden und konnten es schlicht und einfach nicht fassen, was sie gerade gehört hatten. Maggie ließ ihre Notizen zu Boden fallen und blickte ausdruckslos in das Publikum.

„Verstehen Sie denn nicht? Es ist alles eine Lüge!"

Wortlos zog sie ihr Kleid eine Handbreit nach oben, präsentierte ihre nackten Füße, stellte ein Bein auf die Sitzfläche des Stuhls, spannte für diejenigen, die in den vordersten Reihen saßen, gut sichtbar die Zehen an und produzierte mit dieser winzigen Bewegung ein lautes und scharfes Knacken, das durch den riesigen Saal hallte und das sich für sämtliche Anhänger des Spiritismus wie ein Dolchstoß anfühlte, das alles, woran sie so lange geglaubt hatten, mit einem Mal vernichtete.

Am darauffolgenden Tag erschien ein ausführlicher Artikel inklusive eines langen Exklusivinterviews mit Maggie Fox in der *World*, der aufgrund der enorm hohen Nachfrage am nächsten Tag ein weiteres Mal abgedruckt wurde – dieses Mal jedoch in doppelter Auflagenstärke. Auch an diesem Tag wurden sämtliche Exemplare restlos verkauft. In der

World konnte man lesen, dass Maggie ihr Geständnis vom Vortag wiederholte, jedoch auch äußerst deutlich hervorhob, dass in all den Jahren nicht sie und Kate, sondern in Wahrheit nur Leah die eigentliche Übeltäterin gewesen war. Leah habe vor vierzig Jahren, so schilderte Maggie, bereits nach kürzester Zeit erkannt, dass es sich um nichts anderes als ein kindliches und unschuldiges Spiel handelte. Die Zeitung zitierte Maggie:

Man wollte in uns etwas Großes sehen, etwas, das nicht von dieser Welt war, und Kate und ich hatten Angst davor, den Menschen die Wahrheit zu sagen. Wir wurden von unserer älteren Schwester und unserer Mutter geleitet. Von Leah Fox-Underhill gezielt und von unserer Mutter ungewollt. Meine Mutter zum Beispiel hörten wir oft sagen: „Ist das ein Geist, der meine lieben Kinder in Besitz genommen hat?" Und natürlich antworteten Kate und ich, wie Kinder es tun, wenn sie von ihren Eltern etwas gefragt werden, stets mit ja.

Es war im Artikel klar herauszulesen, dass selbst der erfahrene und als objektiv geltende Journalist seine Zweifel hatte, dass es tatsächlich derart einfach gewesen sein sollte, die gesamte westliche Welt so lange an der Nase herumzuführen. Immerhin hatte es verschiedenste Überprüfungen von Experten gegeben, die allesamt daran gescheitert waren, die Fox-Schwestern als Betrügerinnen zu entlarven. So versuchte der Interviewer immer wieder, Maggie in die Falle zu locken, und stellte ihr äußerst spezifische Fragen, die alle ohne Zögern schlüssig beantwortet wurden.

„Bei Ihrem ersten öffentlichen Auftritt in der Corinthian Hall in Rochester vor neununddreißig Jahren", sagte er, „gab es Berichte, dass das Klopfen gleichzeitig von verschiedenen Stellen aus vernommen wurde. Die Fähigkeit, mit den Zehen ein Knacken zu erzeugen, reicht hier nicht aus."

„Es gab natürlich Helfer", antwortete Maggie unbeeindruckt. „Unsere ältere Schwester konnte Männer mühelos um den Finger wickeln. Der Bereich unter dem Hauptraum der Corinthian Hall ist für jedermann zugänglich. Mit einem Stock war es für die Helfer möglich, den Eindruck zu erwecken, dass sich die Geister gleichzeitig an mehreren Stellen meldeten."

„Sie und Ihre Schwester wurden doch noch am darauffolgenden Tag von einem unabhängigen Komitee überprüft."

„Über diese entwürdigende Prozedur habe ich bereits gesprochen. Dass man keinen Gegenbeweis fand, lag daran, dass die Männer blind waren."

„Blind?", fragte der Interviewer.

„Bereits der nackte Knöchel eines jungen Mädchens reicht vollkommen aus, um den Geist eines Mannes zu verwirren. Hier liegt die Schuld nicht bei uns, sondern bei der armseligen Schwäche der Männer und der heimlichen Furcht vor dem weiblichen Körper."

„Und die schwebenden Tische?", fuhr der Interviewer fort.

„Sie bestanden aus einem sehr leichten Material. Unsere Schwester ließ sie extra anfertigen. Sie zwang uns, mithilfe von Schienen, die an unseren Unterarmen festgemacht worden waren und in eine dafür vorgesehene Öffnung eingeführt werden konnten, die Tische zum Schweben zu bringen."

„Viele Ihrer Gäste berichteten von leuchtenden Himmelskörpern."

„Phosphor", war Maggies nüchterne Antwort. „Jeder Apotheker kann Ihnen das besorgen."

So ging es weiter und weiter. Maggie beschrieb, wie Leah das Buchstabenbrett entwickelt hatte, dessen winzige und kaum erkennbare Einkerbungen es möglich machten, auch in völliger Dunkelheit oder mit verbundenen Augen zu wissen, wo sich der Keil gerade befand. Sie erklärte, wie sie und Kate sich als Kinder das Lippenlesen beigebracht hatten, um so wortlos miteinander kommunizieren zu können. Auch dies sei anfangs nur Spaß gewesen, entstanden aus Langeweile, doch Leah wusste diese Fähigkeit später wieder zu nutzen, um die Menschen hinters Licht zu führen. Sie erzählte von den vielen Stunden, in denen Leah ihre Schwestern darauf gedrillt hatte, mit den Zehen einen Stift zu halten und heimlich unter einem Tisch kurze Nachrichten aufzuschreiben. Leah habe es ihnen stets als Spiel verkauft und immer hatten Kate uns sie es als solches gesehen. Bald wurde jedoch aus diesem Spiel Ernst und Maggie und Kate fürchteten sich davor, jemals die Wahrheit zu verraten.

Mit jeder Antwort, die Maggie gab, mit jeder Erklärung und mit jeder detaillierten Beschreibung ihrer betrügerischen Handlungen wurde klarer, dass besonders Maggie sich immer wieder aufs Neue gewundert hatte, dass ihre Vorstellungen nicht auch von den anderen als Spiel gesehen wurden und dass sich so viele immer wieder hinters Licht führen hatten lassen.

„Also war wirklich alles nur eine Lüge?", beendete der Reporter desillusioniert das Interview.

„Was ist schon eine Lüge", antwortete Maggie lethargisch und fügte selbst eine letzte Frage hinzu: „Doch auch wenn alles nur eine Lüge gewesen ist, trägt dann nicht auch derjenige eine gewisse Schuld, der die Wahrheit nicht sehen will, sondern die Lüge bevorzugt?"

Beim Zusammenstellen des Artikels machte sich der Journalist noch einmal Gedanken über diese Worte, die er während des Gesprächs so stehen hatte lassen, und entschied, diese Aussage nicht in das Interview aufzunehmen. Natürlich lag die Schuld nicht nur bei den Schwestern, sondern auch bei all jenen, die ihnen eine Plattform geboten, die ihren geradezu irrsinnigen Behauptungen geglaubt, die sie zu dem gemacht hatten, was sie heute waren. Doch er kannte seine Leser. Er wusste, dass alle unterhalten, doch niemand einen Spiegel vorgehalten bekommen wollte. In Wahrheit wollte das doch niemand. Und so endete das lange und zum Teil verworrene Interview mit der einfach zu beantwortenden Frage: „Also war alles eine Lüge?" und Maggies simpler Antwort: „Ja. Es war ein Spiel, das irgendwann zu einer Lüge wurde."

V

Eine Zukunft in Frieden

New York, drei Wochen später

Daniel stellte ein Tablett auf den Wohnzimmertisch, schenkte zwei Gläser Wein und eine Tasse Tee ein, nickte Leah und ihren Schwestern lächelnd zu und verließ schweigend den Raum. Leah und Maggie griffen gleichzeitig nach dem Weinglas. Kate ließ ihren Tee noch etwas ziehen. Leah war stolz auf ihre Schwester. Seit ihrer Inhaftierung hatte sie keinen Schluck Alkohol mehr angerührt. Im Wohnzimmer war es so still, dass man durch das offene Fenster von draußen die Stimmen der Menschen hören konnte, die den Fox-Schwestern seit dem Abend in der Academy of Music auf Schritt und Tritt folgten. Darunter waren sowohl Reporter von verschiedensten Zeitungen, die ihnen Fragen entgegenriefen, als auch wütende Frauen und Männer, die den Schwestern wüste Beschimpfungen entgegenspuckten. Doch unter den Verfolgern waren auch viele Anhängerinnen des Spiritismus, einige von ihnen selbst Medien. Sie beknieten die Schwestern, zu bestätigen, dass Maggie zu ihrem falschen Geständnis gezwungen worden war, und flehten sie an, endlich zuzugeben, dass sowohl die Geister als auch die Fähigkeiten der Fox-Schwestern echt waren.

Leah erkannte an den unbeeindruckten Gesichtern ihrer Schwestern, dass auch sie sich inzwischen daran gewöhnt hatten. Nach vielleicht zwei Minuten ergriff auch Kate ihre Tasse, blies vorsichtig auf die dampfende Flüssigkeit und nahm einen winzigen Schluck.

„Wann fährst du wieder nach London?", durchbrach Leah das Schweigen.

„In drei Tagen", antwortete Kate.

Leah nickte.

„Ziehst du mit den Kindern wieder zurück nach New York?"

„Wirst du wieder versuchen, sie ihr wegzunehmen?", warf Maggie ein. In ihrer Stimme schwebte jedoch trotz der harten Worte ein etwas versöhnlicher Ton. Vielleicht war Leahs Einladung in ihr Haus der Grund dafür. Leah senkte den Blick, schloss ihre Augen für einen Moment und blickte Maggie und Kate dann ernst ins Gesicht. Wieder einmal konnte sie Kates Gesicht nicht lesen. Diese Frau, ihre Schwester, war ihr nach wie vor ein Mysterium. Bei Maggie war es anders. Sie wirkte müde, unglaublich müde, als hätte sie tage- oder sogar wochenlang nicht geschlafen. Und doch hatte Leah irgendwie das Gefühl, dass ihre Schwester sie nicht mehr mit dem Hass anblickte, den sie so lange in sich getragen hatte.

„Nein, das werde ich nicht", sagte Leah und spürte, wie ihre Stimme versagte. „Nie wieder werde ich mich gegen euch stellen." Sie schluckte, Tränen rollten ihr über die Wangen. „Es tut mir so leid", sagte sie und schüttelte den Kopf. „Ihr wart Kinder. Und ich …" Leah musste schlucken, mit einem Stofftaschentuch putzte sie sich die Nase. „Alles tut mir so leid. Alles!"

Maggie und Kate blickten Leah eine Zeit lang wortlos an, bis sie sich schließlich einander zuwandten und Leah etwas beobachtete, das sie das letzte Mal gesehen hatte, als Maggie und Kate noch Kinder gewesen waren. Die Schwestern bewegten abwechselnd die Lippen, doch kein Laut war zu hören. Hie und da machte eine der beiden eine kaum merkliche Bewegung mit ihren Fingern, führte Zeigefinger und Daumen zum Mundwinkel, erhob den kleinen Finger und drückte ihn auf das Handgelenk. Leah beobachtete fasziniert jede Regung, studierte die alt gewordenen Gesichter ihrer Schwestern, die Falten in ihren Augen- und Mundwinkeln, Maggies trockene Lippen, Kates dunkle Augenringe, sah jedoch auch so vieles, das an ihre ehemalige Schönheit erinnerte. Maggies spitzes Kinn, ihre zarten Wangenknochen, Kates durchdringender und weiser Blick, ihre dünnen Augenbrauen und die kleinen Grübchen auf ihrer Wange. Die Szene hatte etwas Magisches. Obwohl weder Maggie noch Kate ein Wort äußerten, sah man eindeutig, dass die beiden miteinander sprachen. Es schien Leah, als höre sie nur durch das Beobachten der Lippen die Stimmen der beiden in ihrem Kopf. Zwar nicht, was gesagt wurde, aber *dass* ein Gespräch stattfand.

Der Journalist der *World* hatte in seinem Interview immer wieder durchklingen lassen, dass er Maggies Aussage in Wahrheit nicht glaubte, dass es doch schlichtweg unmöglich war, so lange Zeit tausende und abertausende Menschen hinters Licht zu führen. Es war in diesem Augenblick für Leah völlig offensichtlich, dass er selbst nie an einer Séance teilgenommen hatte. Leah beobachtete das stille Gespräch und verspürte Stolz, die Schwester dieser zwei außergewöhnlichen Frauen zu sein. Sowohl während Maggies Geständnis als auch in den Wochen danach war ihr so vieles klar geworden und sie hatte es geschafft, all die negativen Gefühle, die sie in den letzten Jahren begleitet hatten, abzulegen. Sie war es vielleicht gewesen, die ihre Schwestern zu Ruhm und Berühmtheit verholfen hatte, doch letztendlich war es allein die Entscheidung von Maggie und Kate, was sie aus dieser Berühmtheit und aus ihren Fähigkeiten machten. Es stand sowohl in der Unabhängigkeitserklärung als auch in der *Declaration of Sentiments*: Männer und Frauen sind gleich geschaffen und wurden von ihrem Schöpfer mit bestimmten unveräußerlichen Rechten ausgestattet: Zu diesen gehören das Recht auf Leben, Freiheit und das Streben nach Glück.

Nie wieder würde Leah ihren Schwestern diese Rechte verwehren.

Als hätten sie ihre Gedanken erkannt und als wären sie eine Person, wandten sich Maggie und Kate gleichzeitig Leah zu, blickten sie lange an, schlossen dann für einen Moment die Augen, öffneten sie gleichzeitig wieder und äußerten wie aus einem Mund die Worte: „Es ist gut." Sie hielten einen Moment lang inne und fügten hinzu. „Alles."

„Wirklich?", fragte Leah und spürte, wie das Gewicht, das sie so lange begleitet hatte, von ihren Schultern fiel.

„Ja", antworteten Maggie und Kate. „Was gesagt werden musste, wurde gesagt. Die Vergangenheit ist vergangen. Wir können nur bestimmen, wie unsere Zukunft verläuft."

„Eine Zukunft in Frieden?", fragte Leah.

„Eine Zukunft in Frieden", antworteten Maggie und Kate. Einen Moment darauf ertönte ein Knacken, das ihre Worte unterstrich. Die beiden schauten sich fragend an, schüttelten den Kopf und blickten anschließend Leah ins Gesicht. Diese konnte sich ein Lächeln nicht verkneifen, deutete auf ihre Zehen und ließ erneut ein Knacken ertönen.

„Du hast es doch noch gelernt", sagte Kate und lächelte ebenfalls.

Leah nickte.

„Wann?", fragte Maggie.

„Vor einigen Jahren ist es mir endlich gelungen", antwortete Leah stolz. „Es hat lange genug gedauert."

„Und du hast es niemandem gezeigt?", fragte Maggie.

„Die Stimme des Toten Riesen gehört euch", antwortete Leah und meinte es ernst.

„Ich glaube, wir haben den Toten Riesen für immer zum Schweigen gebracht", sagte Maggie, blickte ihre Schwestern an und zuckte mit den Schultern.

„Es war an der Zeit", erwiderten Kate und Leah gleichzeitig. Dieses Mal war es keine Absicht.

„Das ist Magie", flüsterte Kate. „Ein Zeichen aus dem Jenseits", fügte Maggie hinzu. Sie lächelte, legte die Hand vor den Mund, gluckste und begann schließlich laut zu lachen. Es dauerte einen Moment, bis auch Kate und Leah sich nicht mehr zurückhalten konnten und alle drei Schwestern laut lachend im Wohnzimmer saßen.

An diesem Tag saßen die Fox-Schwestern bis spät nachts beisammen, tranken Wein und Tee und sprachen über die schönen Momente, die sie gemeinsam erlebt, und über die Zeit, die sie getrennt verbracht hatten. Sie erinnerten sich an die Tage in Rochester, an die vielen Spaziergänge, an Leahs erfolglose Versuche, den beiden das Klavierspielen beizubringen, an die Abende, an denen Leah ihnen Geistergeschichten erzählt hatte. Maggie sprach von ihrer Faszination von Großstädten, der Anziehungskraft, die diese lauten und unruhigen Orte stets auf sie gehabt hatten, und gestand, dass sie nach wie vor diese Geräuschkulisse brauchte, um einschlafen zu können. Kate schilderte ihre Zeit in Russland, das Treffen mit dem jungen Zaren und verriet, dass eine seiner Fragen gewesen war, ob er es jemals schaffen würde, sich so einen stolzen Bart wachsen zu lassen, wie sein Vater ihn getragen hatte. Leah erinnerte sich an die vielen Treffen mit den beeindruckenden Frauen zurück, denen sie in den Jahren begegnet war, von deren unerschütterlichen Überzeugung davon, dass der Tag kommen würde, an dem man den Frauen das Wahlrecht zusprechen würde. Sie erzählte davon, wie stolz die Frauen gewesen waren, für ihre Sache zu kämpfen, dass sie auf Demonstrationen mitmarschiert waren, verhaftet wurden und Nächte in den Gefängniszellen verbracht hatten.

„Die Nächte in einer Zelle sind sehr einsam", warf Kate ein und trübte die bisher heitere Stimmung. Jedoch nur für einen Moment, da Maggie, die schon recht betrunken war, auf die Teetasse zeigte und grinsend hinzufügte: „Zumindest haben sie dir die Lust auf Wein verdorben. Das ist doch auch schon etwas."

So unterhielten sich die drei stundenlang, lachten, scherzten, und ließen gewissenhaft all jene Themen aus, die eine Grundlage für Streit bilden könnten. Leah wurde klar, dass sie sich in all den Jahren nie die Frage gestellt hatte, die sie immer schon brennend interessierte. Und so beschloss sie, den Moment zu nutzen und auch das letzte Geheimnis zu lüften.

„Die Klopfzeichen waren die Grundlage“, sagte sie und merkte, dass sie aufgrund des Weins bereits ein wenig lallte. „Die Sterne, der Tisch, die Möbel, die Schnüre … alles Requisiten.“ Maggie und Kate blickten sie fragend an. „Doch wenn man euch Fragen stellte, habt ihr sie stets richtig beantwortet.“

„Das haben wir“, sagte Kate. „Und es war einfach.“

„Ihr konntet die Antworten auf die Fragen immer in den Gesichtern ablesen, nicht wahr?“

„Wenn die Menschen die Antwort kannten, dann ja. Wenn nicht, dann gab es keine richtige oder falsche Antwort“, antwortete Maggie.

„Was mir aber nach wie vor nicht klar ist“, sagte Leah und lehnte sich etwas nach vor, „Wie habt ihr es geschafft, die Zukunft vorauszusagen?“ Maggie und Kate lächelten schelmisch. „So oft habt ihr den Menschen etwas vorausgesagt, das sich dann bewahrheitet hat. Einsame Frauen haben einen Mann gefunden, gierige Männer sind zu Reichtum gekommen, wenn sie danach gefragt haben. Und dann waren auch noch die Fragen zum eigenen Todeszeitpunkt. Ich weiß, dass ihr das nur zweimal gemacht und diese Frage dann nicht mehr beantwortet habt, doch ich erinnere mich an diese zwei Fälle, bei denen eure Vorhersage auf den Tag genau gestimmt hat. Wie ist das möglich? Wie habt ihr es gemacht?“

Maggie, die schon zuviel getrunken hatte, lehnte sich zurück, schloss die Augen und überließ Kate die Antwort auf diese Frage. Diese biss sich vorsichtig auf die Lippen, überlegte, was sie ihrer Schwester antworten sollte und sagte schließlich: „Die Zukunft ist formbar. Jeder Schritt, den wir tun, jedes Wort, das wir sprechen, jede Handlung definiert sie neu. Eine Frau, die weiß, dass sie einen Mann kennenlernen wird, tut alles dafür, dass dies auch passiert. Diejenigen, die wissen, dass sie reich werden können, handeln meist automatisch richtig."

„Und der Todeszeitpunkt?"

„Ich erinnere mich an die zwei. Sie waren Fanatikerinnen. Sie machten uns Angst." Maggie war eingenickt. „Sie glaubten an jedes unserer Worte und hätten alles getan, was wir ihnen befohlen hätten." Einen Moment lang hielt Kate inne und fuhr sich mit Zeigefinger und Daumen ihren Nasenrücken entlang. Dann fuhr sie fort: „Letztendlich haben beide selbst ihre von uns vorausgesagte Zukunft wahr gemacht."

Leah griff nach ihrem Weinglas und nahm einen großen Schluck.

„Jeder bestimmt seine Zukunft selbst", sagte sie leise und ihre jüngste Schwester nickte. Sie atmete tief ein und aus. „Und was wird aus unserem Vermächtnis?", fragte sie schließlich und dachte an all die Frauen, die durch sie und ihre Schwestern eine Möglichkeit gefunden hatten, sich etwas aufzubauen und selbständig Geld zu verdienen.

Kate lächelte sanft und zuckte mit den Schultern.

„Maggie hatte recht. Der Tote Riese ist zum Schweigen gebracht worden und wird keine Fragen mehr beantworten."

„Was hat er immer gesagt, wenn er keine Lust mehr hatte?“, fragte Leah, wohl wissend, was die Antwort auf ihre Frage war.

„Lebt wohl“, antwortete Kate.

„Lebt wohl“, wiederholte Leah.

Leise ertönte ein zustimmendes Knacken.

Lebt wohl

Maggies Geständnis war ein harter Schlag für den Spiritismus und löste ein wahres Beben aus. Unzählige Kunden von Wahrsagerinnen, Hellsehern und Medien in den USA und in Europa fühlten sich betrogen und verlangten – zum Teil sogar gewaltsam – ihr Geld zurück. Selbstverständlich weigerten sich die meisten Medien mit der Begründung, dass vielleicht die Mächte der Fox-Schwestern eine Lüge waren, *ihre* Künste jedoch sehr wohl existierten. Von vielen wurde diese Antwort jedoch nicht akzeptiert. Immer wieder kam es vor, dass Steine durch Scheiben flogen oder auch Wohnungen und Studios angezündet wurden. Auf belebten Straßen wie dem Broadway verschwanden nach und nach die bunt bemalten Schilder, die so lange einen leistbaren Blick in die Zukunft angepriesen hatten. Kannte zuvor beinahe jeder jemanden, der sich als Spiritist bezeichnete, hörte man diesen Begriff plötzlich nur noch sporadisch. In Europa passierte das Gleiche, wenn auch etwas zeitverzögert.

Was die Schwestern betraf, so hätten sie nach Maggies Geständnis alle gedacht, dass nichts mehr so sein würde wie zuvor. Alle drei waren dafür gerüstet, zum Gespött der Menschen und zum Ziel von Angriffen zu werden. Doch ihre Zukunft hatte anderes mit ihnen vor.

Kate reiste drei Tage nach dem Treffen in Leahs Wohnzimmer nach London, wo sie von ihren Kindern und von ihren Freunden liebevoll empfangen wurde. Sie erkundigte sich, ob die Nachricht Europa schon erreicht habe. Natürlich, war die Antwort, aber das spiele doch keine Rolle. Man wisse, was man gesehen und erlebt habe, und man sei sich bewusst, wie viel man Kate verdanke.

Mit dem Geld, das sie von Leah bekommen hatte, kaufte sie ein kleines Haus etwas außerhalb von London, in dem sie bis zu ihrem Lebensende, das leider schon sehr bald kommen sollte, wohnte. Immer wieder standen Anhänger von ihr vor ihrer Tür. Niemand von ihnen zweifelte an Kates Fähigkeiten und alle baten sie um eine letzte Séance. Kate selbst freute sich über jeden Besuch, unterhielt sich mit den Bittstellern, antwortete jedoch stets, dass sie nicht mehr dazu in der Lage war, die Stimme des Toten Riesen zu vernehmen, dass er sie verlassen habe und es für sie nicht mehr möglich sei, die Tür zum Jenseits zu öffnen. Obwohl sie ihren Worten treu blieb und nie wieder eine Séance hielt, riss der Strom an Besuchern nicht ab. Viele waren enttäuscht, doch es gab genug, die von Kates Ehrlichkeit und Offenheit so verzaubert waren, dass sie ihr ein Honorar übergaben, als hätte die Séance stattgefunden.

Auch Leah war verwundert, wie wenig sich ihre Anhänger für Maggies Geständnis interessierten. Als sie zum vierten Mal in Folge am Donnerstagnachmittag nicht im Barnum's Hotel erschien, um dort ihre allwöchentliche Séance zu halten, besuchte sie der Direktor des Hotels höchstpersönlich und teilte ihr mit, dass sowohl er als auch die zahlreichen Gäste, die sich beinahe täglich nach ihr erkundigten, sich sehr darüber freuen würden, wenn sie ihre allwöchentlichen Séancen wieder aufnehmen würde. So kam es, dass Leah wieder jeden Donnerstag ins nahegelegene Barnum's Hotel spazierte, wo sie sich in einen Trancezustand versetzte, der ihr dabei half, die Fragen der immer mehr werdenden Gäste zu beantworten. Es kam nicht ein einziges Mal vor, dass jemand den Abend von Maggies Geständnis oder ihr berühmtes Interview in der *World* erwähnte. Bis zwei Wochen vor ihrem Tod hielt Leah jeden Donnerstag eine Séance.

Für Maggie war es leider nicht möglich, so zu tun, als wäre nichts geschehen. Sie zog sich einige Monate lang vollkommen aus der Öffentlichkeit zurück. Über zwei Jahre lang wohnte sie bei Leah, die alles daran tat, dass Maggie sich wohlfühlte und dass es ihr an nichts fehlte. Doch trotz aller Bemühungen gelang es Leah nicht, Maggie vor ihrer düsteren Stimmung, dem Alkohol und vor sich selbst zu retten. Als sie mitbekam, dass Leah wieder regelmäßig Séancen gab, fühlte es sich für sie nicht richtig an. Es war zu dieser Zeit, als sie während einer ihrer seltenen Spaziergänge eine ehemalige Kollegin, das Medium Emily Ruggles, traf und sich länger mit ihr unterhielt. Maggie, die die Wut ihrer enttäuschten Anhängerschaft ständig zu spüren bekam, entschuldigte sich bei Mrs Ruggles, dass sie ihr die Lebensgrundlage genommen hatte. Diese reagierte jedoch völlig anders und erzählte Maggie, dass sie nach wie vor jeden Tag Séancen hielt. Maggie konnte nicht verstehen, wie das denn möglich sei. Sie hätte erwartet, dass sich niemand mehr für den Spiritismus interessierte, da sie doch das Geheimnis ein für alle Mal gelüftet und dem Ganzen den Zauber gestohlen hatte. Emily Ruggles erklärte ihr, dass nichts und niemand dazu fähig sei, den Spiritismus zu Fall zu bringen. Die Menschen *wollten* glauben, sie brauchten die Geister wie die Luft zum Atmen und würden sich diese niemals nehmen lassen. Und wie viele andere wisse auch sie – Maggie müsse dazu gar nichts sagen – dass man sie dazu gezwungen hatte, ihr sogenanntes Geständnis abzuliefern. Emily Ruggles griff nach Maggies Arm und flüsterte ihr zu, dass sie wusste, dass sie alles, was sie sich aufgebaut hatte, Maggie und ihren Schwestern zu verdanken hatte. Für immer würde sie in ihrer Schuld stehen und sie wäre bereit, alles für sie und ihr Wohlergehen zu tun.

Maggie freute sich über diese unverhoffte Unterstützung und als Emily sie einlud, bei ihr zu Hause eine Tasse Tee zu trinken, nahm sie das Angebot an. Die Frauen verstanden sich von der ersten Sekunde an sehr gut und völlig unerwartet entwickelte sich daraus eine Freundschaft – etwas, das Maggie ihr gesamtes Leben noch nicht gehabt hatte. Sie genoss ihre Treffen mit Emily, doch die

Erkenntnis, dass ihr Geständnis dazu geführt hatte, dass sie von den einen noch mehr gehasst wurde als zuvor und von den anderen schlichtweg ignoriert, stürzte Maggie erneut in eine tiefe Depression.

„Wie können die Menschen so dumm sein?", fragte sie eines Abends ihre älteste Schwester. Maggie war betrunken und stand wankend in der Mitte des Raums. Leah wusste nicht, was sie darauf antworten sollte. „Weißt du, manchmal denke ich, dass sie es nicht anders verdient haben. Wir sollten …" Maggie setzte ab, schloss die Augen und nickte heftig. „Für dein Vermächtnis, Leah …"

„Was sollten wir?", hakte Leah nach.

„Wenn Kate hier wäre …", sagte Maggie leise.

„Sie hat geschrieben, dass sie in zwei Monaten mit Ferdie und Henry nach New York kommen will", erwiderte Leah, darauf hoffend, dass diese Nachricht Maggie etwas aufmuntern würde.

„Das ist gut", antwortete Maggie leise und verlor sich wieder in ihren Gedanken. Leah war sich sicher, dass Maggie ihre wirre Idee wieder vergessen würde. Dieses Mal sollte sie sich jedoch irren.

Knapp vier Monate nach diesem Gespräch, am 3. Dezember des Jahres 1890, starb Leah Fox-Underwood im Alter von siebenundsiebzig Jahren. Sie schlief eines Nachts ein und wachte nicht mehr auf. Daniel erhielt Beileidsbekundungen von Spiritisten aus allen Teilen der Welt, in denen man den Tod dieser besonderen Frau betrauerte. Die Beerdigung fand in einem sehr engen Rahmen statt. Lediglich Daniel, Maggie, ihr Bruder David und seine Frau sowie vier enge Freundinnen von Leah standen um das schlichte, aber würdevolle Grab.

Daniel bot Maggie an, dass sie weiterhin in seinem Haus wohnen könnte, doch Maggie wollte das nicht und entschied sich, das Angebot ihrer Freundin Emily Ruggles anzunehmen, ihr freies Zimmer in ihrer Wohnung in Brooklyn zu beziehen. Emily freute sich, dass Maggie und damit nach wie vor eine der berühmtesten Spiritistinnen bei ihr zu Hause lebte und schlug ihr immer wieder vor, ein letztes Mal zu versuchen, Kontakt mit dem Jenseits aufzunehmen. Maggie wusste, wie wichtig der Spiritismus für ihre Freundin war und wie sehr sich Emily darüber freuen würde, und willigte schließlich ein.

Die Nachricht, dass Margareth Fox zurück zu den Geistern gefunden hatte, machte unglaublich schnell die Runde. Innerhalb kürzester Zeit sprach sich herum, dass Maggies Geständnis zwei Jahre zuvor in Wahrheit nur ein Glaubenstest gewesen war und Maggie konnte sich trotz ihrer schlechten gesundheitlichen und psychischen Verfassung vor Anfragen kaum retten.

Kate suchte immer wieder den Kontakt zu ihrer Schwester, besuchte sie im März 1892 für drei Wochen, drang jedoch nicht wirklich zu ihr durch. Traurig musste sie beobachten, wie Maggie sich jeden Tag betrank, in diesem Zustand Séancen hielt und sich die meiste Zeit in ihrem Zimmer in Emilys Wohnung versteckte. Im April nahm Kate eine Fähre in Richtung England und erkrankte während ihrer Rückreise schwer. Sie kam neun Tage später mit hohem Fieber und starkem Husten in London an. Die Ärzte vermuteten, dass der jahrelange Alkoholkonsum ihren Körper geschwächt hatte und verabreichten ihr verschiedenste Medikamente, um ihren Gesundheitszustand zu verbessern. Kate sollte sich nicht mehr erholen und starb am 3. Juli 1892 im Kreise ihrer zwei Söhne und zwei engen Freundinnen. Im ihrem Nachruf wurde als Beruf „Hausfrau und Mutter“ angegeben.

Die Nachricht vom Tod ihrer Schwester brach Maggie vollkommen und man hatte das Gefühl, dass sämtliche Lebensgeister sie verlassen hatten. Maggie verbrachte ihre Tage in einem Dämmerzustand, trinkend und vollkommen zurückgezogen. Sie starb kein Jahr später, am 8. März 1893. Bis zu ihrem Lebensende brauchte sie die Geräusche der Stadt, um einschlafen zu können, und schlief auch im Winter stets mit weit geöffnetem Fenster, was zuerst zu einem schweren Keuchhusten und schließlich zu einer Lungenentzündung führte.

Emily Ruggles, die sich in Maggies letzten Jahren als wahrhaft gute Freundin bewiesen hatte, fand sie am Tag darauf in ihrem eisigen Zimmer, rief den Leichenbestatter und organisierte das Begräbnis. Vier Tage später wurde Maggie im nicht-konfessionellen Evergreen Friedhof in Brooklyn beigelegt. Emily hatte ursprünglich geplant, die Beerdigung im kleinen Rahmen durchzuführen, entschloss sich jedoch aufgrund der zahllosen Beileidsbekundungen für ein öffentliches Begräbnis. Letztendlich erschienen trotz strömenden Regens über siebenhundert Menschen. Die Blumen und Trauerkränze bildeten einen mehrere Meter breiten Wall um Maggies Grab. In der *Tribune* erschien ein würdiger Nachruf, der Maggie als Mutter des Spiritismus bezeichnete, ihr Geständnis vor

fünf Jahren nicht erwähnte und mit den Worten endete:
Nun sind die drei Fox Schwestern im Jenseits wieder vereint.

Lebt wohl.

Epilog

Die Hinterlassenschaft

Heute – Lily Dale Assembly

Christine Baker war froh, als der Bus endlich zum Stehen kam. Die Klimaanlage war während der Fahrt ausgefallen und sie und die anderen vierundzwanzig Frauen ihrer Reisegruppe hatten seit zwei Stunden nichts anderes mehr wahrgenommen als die höllische Hitze und den immer penetranter werdenden Schweißgeruch. Als sich die Türen des Busses endlich öffneten, erhoben sich alle Frauen gleichzeitig aus ihren Sitzen und drängten Richtung Ausgang. Von der respektvollen und besonnenen Stimmung, die am Anfang der Fahrt geherrscht hatte, war nichts mehr zu spüren. Schließlich stolperte auch Christine aus dem Bus, sah sich um und betrachtete fasziniert das blaue Schild, das über dem schmiedeeisernen Eingangstor festgemacht war:

Lily Dale Assembly – World's Largest Center for the Religion of Spiritualism

Als sie diese Worte las, waren all die Strapazen der Reise vergessen. Auch die anderen Frauen nickten sich gegenseitig zu, entschuldigten sich leise für ihr ungeduldiges

Verhalten, flüsterten „Endlich“ und „Schön“ und betraten schließlich das kleine Dorf Lily Dale, das sich bereits seit 1879 voll und ganz dem Übersinnlichen widmete und schon lange eine Pilgerstätte für Menschen wie sie war. Das ganze Jahr über wurden unzählige Workshops, Meditationssessions und Vorträge angeboten und jährlich besuchten über 25.000 Besucher diesen Ort.

Die Reisegruppe spazierte entlang des schmalen Melrose Drive und passierte atemberaubend schöne und über hundert Jahre alte Gästehäuser mit wohlklingenden Namen wie etwa Aurora's House of Light & Joy. Das viktorianische Light and Joy mit seinen vielen Erkern und Türmchen strahlte, wie der Name versprach, tatsächlich eine wundersame und positive Aura aus. Wie gerne hätte sie hier ein Zimmer bezogen, doch gerade dieses Gästehaus war dafür bekannt, stets bereits viele Monate zuvor voll ausgebucht zu sein. So hatte Christine für die kommenden vier Tage ein Zimmer im Maplewood Hotel, einem recht schlicht gehaltenen, weißen Holzgebäude mit einer freundlich wirkenden Terrasse, gebucht. Auf dem kurzen Weg dorthin ging die Gruppe vorbei an den wunderschönen Privathäusern von Mary Czapar und Sharon Klinger, beides Lily Dale-registrierte Medien, denen dadurch die Ehre zuteil gekommen war, eine Immobilie in diesem besonderen Ort zu erwerben. Christine blieb vor einem der charmant hergerichteten, historischen Häuser stehen und spürte, wie sie eine Welle von Eifersucht überkam. Schon seit geraumer Zeit wünschte sie sich nichts sehnlicher, als eines Tages ebenfalls auf der Webseite der Lily Dale Assembly als registriertes und anerkanntes Medium angeführt zu werden, um dann ebenfalls eines dieser wunderbaren Häuser zu kaufen. Sie hatte bereits zweimal ein Ansuchen gestellt, war jedoch beide Male abgelehnt worden. Man benötigte verschiedenste glaubwürdige Referenzen, musste zuerst Mitglied der Medium-Liga werden, deren Jahresbeitrag sie jedes Mal aufs Neue schlucken ließ, und mindestens drei echte Wunder vorweisen, was ihr bisher noch nicht gelungen war. Doch sie war noch jung und hatte sich ein klares Ziel gesetzt.

Nachdem sie ihr schlichtes Zimmer im Maplewood Hotel bezogen hatte, ging sie noch einmal die verschiedenen Vorträge und Workshops durch, die sie in den nächsten Tagen besuchen würde. Der erste war Teil der Frauentage und versprach ein interaktives und reflektierendes Gespräch darüber, sich „ermächtigt zu fühlen, um seine Ziele zu erreichen". Direkt danach fand die Veranstaltung mit dem Titel „Geister-Treffen und Nachrichten aus dem Jenseits" statt, die von dem berühmten TV-Medium Cindy Kaza, einem ihrer Idole, geleitet wurde. Cindy Kaza war eine Frau, die aus ihrer Berufung einen Beruf gemacht hatte und jeden Tag aufs Neue Millionen von Menschen dabei half, Kontakt mit ihren verstorbenen Liebsten aufzunehmen.

Da die erste Veranstaltung erst am späteren Nachmittag beginnen würde, beschloss sie, zuerst das Dorf zu erkunden. Eine Zeit lang spazierte sie ziellos durch die wunderschön gepflegte Anlage, bis sie schließlich einen Blick auf die Karte warf, die man ihr an der Rezeption gegeben hatte und auf der die verschiedenen Gästehäuser, Restaurants, Souvenirläden und natürlich sämtliche Attraktionen in Lily Dale – der Waldtempel, der Fairy-Trail, das Labyrinth, der Heilungstempel und natürlich Lily Dales berühmter Haustier-Friedhof – eingezeichnet waren. Sie fand schnell, wonach sie gesucht hatte. Den Ort, der sie am allermeisten faszinierte, hatte sie sich eigentlich als Abschluss aufheben wollen. Doch nun, da sie hier war, wollte sie nicht länger warten.

Sie ging Richtung Norden, vorbei am Göttlichen Weisheitszentrum und dem Lily Dale Museum, einem historischen Schulgebäude aus dem Jahr 1890, das eine einzigartige Sammlung von Artefakten, Erinnerungsstücken und Fotografien beherbergte, und betrat schließlich den sogenannten Waldtempel, an dessen Rand der Ort war, den sie gesucht hatte: das Familiendenkmal der Fox-Schwestern.

Obwohl sie genau wusste, was sie erwartete, hätte sich Christine doch etwas mehr erhofft als eine auf einem Podest angebrachte Bronzetafel und eine Fotografie des ehemaligen Fox-Hauses. Und doch spürte sie, nachdem sie einige Minuten lang schweigend an diesem Ort verbracht hatte, die Besonderheit dieses Platzes. Sie konnte fühlen, dass sich genau hier das Haus befunden hatte, in dem die Fox-Schwestern zum ersten Mal Kontakt mit dem Jenseits aufgenommen hatten. Sie stellte sich vor die Bronzetafel, fuhr mit ihren Fingern über das Relief der Buchstaben und las, dass der Lily-Dale-Bewohner Benjamin Bartlett im Jahr 1916 das Haus der Fox-Schwestern erworben hatte und es anschließend auseinanderbauen, über den Ontariosee nach Buffalo verschiffen und in Lily Dale wieder aufbauen ließ. Ein unglaublicher Akt, dachte Christine. Vielleicht sogar eine Art von Blasphemie, die letztendlich im Jahr 1955 bestraft wurde, als das Gebäude aus unerklärlichen Gründen einem Feuer zum Opfer fiel und vollständig abbrannte.

Christine setzte sich auf den feuchten Waldboden, schloss die Augen und dachte über die vielen Schritte nach, die sie zu diesem Ort geführt hatten. Ihr Leben lang hatte sie gespürt, dass sie eine Gabe hatte, ein Geschenk, das nicht von dieser Welt war. Bis zu ihrem achtzehnten Lebensjahr war sie eine Außenseiterin gewesen, war sowohl von ihren Mitschülern als auch von beinahe allen anderen Mitmenschen nicht verstanden und gemieden worden, da ihr selbst nicht bewusst war, was eigentlich nicht mit ihr stimmte. Das alles änderte sich, als sie im Alter von achtzehn Jahren in einer antiquarischen Buchhandlung über die Biografie *Das fehlende Glied des Spiritismus* des berühmten Mediums Leah Fox stieß und sie endlich verstand, dass gar nichts mit ihr *nicht* stimmte. Christine fühlte sofort, dass nicht sie das Buch, sondern das Buch sie gefunden hatte. Sie verlor sich in Leahs Worten und las fasziniert von dem Abend, als die Schwestern zu Medien wurden. Es war, als beschrieben Leahs Worte sie selbst und mit einem Mal wurde sich Christine ihrer eigenen Fähigkeiten bewusst. Sie verschlang das Buch und begann, im Internet alles zu lesen, was je über die drei Schwestern geschrieben worden war. Sie bezeichnete sich selbst bereits als überzeugte Spiritistin, als sie über Maggie Fox' sogenanntes Geständnis stolperte. Diese Erkenntnis schockierte sie zutiefst und für einen Moment – für den sie sich später schämte – zweifelte sie an der Echtheit der Fähigkeiten der Fox-Schwestern. Doch all ihre Zweifel verflogen, als sie las, dass man im Jahr 1904 erneut im Keller des ehemaligen Fox-Hauses in Hydesville zu graben begonnen hatte und man dieses Mal sowohl auf die kleine Zinnschatulle, die sich heute im Lily Dale Museum befand, als auch auf die Knochen des ermordeten Hausierers stieß, dessen Stimme Maggie und Kate Fox in dieser legendären Nacht vernommen hatten. Dieser Fund bewies ein für alle Mal, dass es sich bei den Fox-Schwestern um echte Medien gehandelt hatte.

Christine legte ihre Handflächen auf den Boden, an dem einst das Haus der Schwestern gestanden hatte und dankte ihnen leise. Sie hatten die Grundlage gebildet, auf denen Menschen wie sie aufbauen konnten. Sie hatten die Welt zu einem Ort gemacht, an dem sich Personen mit besonderen Fähigkeiten entfalten, an dem sie ihr Geschenk teilen durften, ohne sich dafür zu schämen. Ohne die Fox-Schwestern hätte sie vermutlich niemals ihre eigenen Fähigkeiten begriffen, sie wäre eine Außenseiterin geblieben, missverstanden von der Gesellschaft und von sich selbst, und sie hätte nie die Möglichkeit bekommen, sich zu verwirklichen. Christine öffnete die Augen und drückte ihre Handflächen noch fester in den feuchten, moosigen Waldboden.

„Danke“, flüsterte sie und war sich noch sicherer als zuvor, dass sie eines Tages ein erfolgreiches und Lily-Dale-registriertes Medium werden würde. Die Zukunft lag in ihren Händen.

Leah
September 1890

[Ich weiß, dass es das letzte Mal ist, an dem wir alle zusammen sind. Es war ein langer Weg. Ich spüre, dass meine Lebenszeit bald vorbei sein wird. Doch es macht mir keine Angst. Nicht mehr. Es ist passend, dass wir uns auf einem Friedhof befinden. Der Mond leuchtet hell und ich lasse meinen Blick über die Gräber schweifen. Bald werde auch ich unter der Erde sein.

Ich bemerke, dass auch Kate immer wieder um sich blickt. Bei ihr ist es jedoch die Sorge entdeckt zu werden.

Nur Maggie beobachtet fokussiert den jungen Mann, wie er mit seinem Fuß die Schaufel immer wieder in den Boden drückt und die Erde an die Oberfläche befördert. Der Haufen neben dem Grab wird mit jedem Mal etwas größer.

Ich kenne den Mann nicht. Maggie hat alles organisiert und sowohl Kate als auch ich haben die Unwissenheit akzeptiert.

Zuerst haben wir uns geweigert. Wir nahmen Maggie nicht ernst. Doch sie ließ nicht locker.

Es ist wichtig, sagte sie. Mir ist es wichtig.

Warum?, fragte Kate.

Maggie brauchte eine Zeit lang, um diese Frage zu beantworten. Inzwischen kennen wir die Antwort: Weil es nur ein Spiel ist und wir die Regeln bestimmen.

Das war das eine.

Weil die Menschen es nicht anders verdient haben.

Das war das andere.

Und damit der Tote Riese irgendwann wieder erwacht.

Das klang für Kate und auch für mich richtig.

Das Geräusch der Schaufel auf dem hölzernen Sarg. Der junge Mann blickt Maggie fragend an.

Maggie nickt.

Später fahren wir nach Hydesville. Schweigend.

Das Haus ist in keinem guten Zustand. Schindeln fehlen, ein Fensterladen hängt schief herab. Maggie und Kate betrachten es mit anderen Augen als ich. Und doch hat dieser Ort unser aller Leben geprägt. Hier begann, was heute endet.

Gemeinsam stehen wir im Keller und beobachten, wie der junge Mann erneut die Erde mit seiner Schaufel bearbeitet. Wir halten uns an den Händen.

Als das Loch tief genug ist, legt er die Knochen hinein. Er fragt, ob er darauf achten muss, dass die Anordnung des Skeletts stimmt. Wir zucken gleichzeitig mit den Schultern.

Nein, sagt Maggie schließlich. Das spielt keine Rolle.

Der Mann bedeckt Schaufel für Schaufel die Knochen mit Erde. Als er fertig ist, stampft er sie mit seinen Füßen fest.

Ich denke an Bowman. Meine erste Liebe. So lange ist es her. Ein ganzes Leben. Ich erinnere mich an unser erstes Treffen.

Jeder hat eine Leiche im Keller vergraben, sagte er damals.

Ich nicht, antwortete ich. Ich erinnere mich daran. Nun kann ich das nicht mehr von mir behaupten.

Der junge Mann ist fertig und will gehen, als Maggie zusammenzuckt.

Nein, sagt sie. Das Loch muss noch einmal geöffnet werden.

Sie zieht eine Zinnschatulle aus ihrer Tasche.

Die muss auch noch dazu.

Zum ersten Mal in dieser Nacht stellt der junge Mann eine Frage: Was ist das?

Das ist die Schatulle des Hausierers, der vor vielen Jahren in diesem Haus ermordet wurde, sagt Maggie.

Die Antwort wird nicht weiter hinterfragt und unser Helfer beginnt wieder zu graben.

Kate und ich blicken Maggie an.

Alles nur ein Spiel, sagt sie.

Alles nur ein Spiel, wiederholen Kate und ich gleichzeitig.

Dieses Mal ist es kein Zeichen aus dem Jenseits.]

INHALT

I

Briefe

II

III

IV

V

Epilog

Bastian Kresser

Die Andere Seite

Roman

ISBN 978-3-99200-232-0
320 Seiten, Hardcover mit
Schutzumschlag und Lesebändchen
(D) **€ 24**

Gute Menschen, die Böses tun. Böse Menschen, die Gutes tun. Wie weit ist man für das Wohl seiner Familie bereit zu gehen? In einer Zeit, in der Mauern und Zäune errichtet werden, verschwimmen gleichzeitig die Grenzen der Moral.
Bastian Kresser erzählt sieben miteinander verbundene Geschichten, verwoben in einen zutiefst bewegenden Roman über die unterschiedlichen Blickwinkel unserer Gesellschaft. Es geht etwa um einen spanischen Familienvater, der mit dem Verkauf von Stacheldraht Geld verdient, an dem sprichwörtlich Blut klebt, um eine ambitionierte Journalistin, die ihre Chance auf Berühmtheit erkennt, sich Flüchtlingen anschließt und dabei ihr Leben riskiert, oder um einen libyschen Fischer, der für ein besseres Leben seiner Familie zum Schlepper wird. Auf manchmal amüsante, manchmal ironische, manchmal tragische Weise zeigt Bastian Kresser auf, dass eine Kategorisierung der Welt in Gut und Böse so nicht möglich ist.

„Kann die Geschichte eines Menschen in Zeiten der Globalisierung noch ein Bild einer Gesellschaft entwerfen? Wir sind nicht mehr eine Gesellschaft, sondern viele in einer. Bastian Kresser erzählt aus sieben Leben aus sieben Gesellschaften, sein Roman macht uns zu Weltbürgern. Auf der letzten Seite habe ich mich als solcher gefühlt."

Michael Köhlmeier